la ruche d'Hellstrom

J'AI LU

FRANK HERBERT | *ŒUVRES*

DUNE	
LE MESSIE DE DUNE	
LES ENFANTS DE DUNE	
LA RUCHE D'ELLSTROM	*J'ai Lu* 1139****
LE MONSTRE SOUS LA MER	
L'ÉTOILE ET LE FOUET	
LE CERVEAU VERT	
DOSADI	
LES FABRICANTS D'ÉDEN	

FRANK HERBERT

la ruche d'Hellstrom

traduit de l'américain par Robert Latour

Éditions J'ai Lu

Ce roman a paru sous le titre original :

HELLSTROM'S HIVE

Paroles de la Mère fondatrice, Trova Hellstrom.
Bienvenu le jour où j'irai à la cuve et ne ferai qu'un avec tout notre peuple.

(daté du 26 octobre 1896)

L'homme aux jumelles avançait en se tortillant sur le ventre parmi les herbes brunes chauffées par le soleil et peuplées d'insectes. Il n'aimait pas les insectes, mais il les ignorait pour atteindre son objectif, l'ombre des chênes qui couronnaient la crête, sans troubler l'ordonnance de la végétation qui le dissimulait; tant pis si celle-ci faisait pleuvoir sur sa peau des petites bêtes rampantes ou collantes.

Sa figure étroite, basanée, à rides marquées, trahissait son âge – cinquante et un ans – que n'auraient révélé ni ses cheveux noirs huileux qui apparaissaient sous un panama kaki ni ses gestes vifs et assurés.

Parvenu sur la crête, il respira plusieurs fois à fond tout en essuyant les verres de ses jumelles avec un mouchoir propre. Puis il écarta les herbes sèches, régla ses jumelles et les orienta vers la ferme qui occupait toute la vallée en contrebas. Son examen se trouva compliqué à la fois par la brume de chaleur d'un après-midi d'automne et par ses jumelles, des

10/60 de fabrication spéciale. Il s'était cependant exercé à les utiliser de la même manière qu'il aurait tiré un coup de fusil : en retenant son souffle, en procédant à une exploration rapide rien que par des mouvements d'yeux, en maintenant immobile le coûteux instrument de verre et de métal qui faisait ressortir tous les détails d'un objet éloigné.

C'était une ferme singulièrement isolée qui s'offrait à ses verres grossissants. La vallée mesurait huit cents mètres de long sur cinq cents de large, mais elle se rétrécissait au fond où une maigre cascade dévalait une paroi de roches noires. Les bâtiments de ferme étaient disposés sur un terrain dégagé, de l'autre côté d'un ruisseau dont le lit sinueux et bordé de saules rappelait qu'au printemps son cours pouvait être impétueux. Pour l'heure, des plaques de mousse verte indiquaient l'emplacement de ses rochers, et il était plutôt une suite de mares dont l'eau semblait stagner.

Les bâtiments tournaient le dos au ruisseau; ce groupe de constructions rustiques patinées et à vitres en verre dépoli s'accordait mal avec le bon ordre des cultures qui se succédaient en rangées parallèles à l'intérieur de grands rectangles clôturés dans le reste de la vallée. L'élément principal était la maison de maître, en bois, de type colonial; on lui avait ajouté deux ailes dont l'une avait été pourvue d'une baie vitrée. A droite de cette maison, on voyait une vaste grange avec de grandes portes au premier étage et, le long du faîte, une sorte de dôme; pas de fenêtres, mais des ventilateurs à abat-sons qui étaient espacés sur toute la longueur et à l'extrémité visible. L'homme aux jumelles distingua, derrière la grange et à flanc de colline, un hangar qui pouvait être une ancienne dépendance, une modeste structure en bois qui avait probablement servi autrefois de bâtiment des pompes, et en bas, près de la clôture principale à l'extrémité nord de la vallée, un bloc de béton trapu à toit plat et de six à sept mètres de côté; sans doute s'agissait-il du nouveau bâtiment des pompes, mais il ressemblait à un blockhaus défensif.

L'observateur, qui s'appelait Carlos Depeaux, constata que la vallée correspondait aux descriptions où plusieurs anomalies avaient été relevées : ainsi, personne ne travaillait au-dehors (bien qu'un bourdonnement de machines, distinctement audible et agaçant, provînt de la grange) et il n'y avait pas de route entre la porte nord et les bâtiments de ferme (la route la plus proche, à une seule voie, venait du nord vers la vallée mais se terminait à la porte au delà du blockhaus). Un sentier creusé d'étroits sillons (de brouette?) reliait la porte à la ferme et à la grange.

Plus haut, les flancs de la vallée étaient escarpés, presque rocailleux par endroits, et couronnés sur le versant d'en face par des affleurements de roches brunes. Depeaux aperçut sur sa droite, à une trentaine de mètres, des soulèvements rocheux analogues. Quelques pistes d'animaux déroulaient leurs rubans poussiéreux parmi des chênes et des madrones. La paroi noire de la petite cascade bloquait l'extrémité sud, et le filet d'eau se déversait, couleur cannelle, dans le ruisseau. Vers le nord, les terrains ondulaient au sortir de la vallée pour s'élargir en pâturages où des pinèdes alternaient avec des chênes et des madrones. Du bétail paissait dans le lointain et, quoiqu'il n'y eut pas de clôtures à l'extérieur immédiat de la ferme, la hauteur de l'herbe indiquait que les bêtes ne s'aventuraient pas près de la vallée. Ce détail aussi concordait avec les rapports.

S'étant assuré que la vallée était toujours conforme aux descriptions, Depeaux recula en rampant derrière la crête, et il trouva un peu d'ombre sous un chêne. Il s'étendit alors sur le dos pour explorer l'intérieur de son sac. Il savait que ses vêtements étaient bien assortis à l'herbe, mais il renonça à s'asseoir; il préféra attendre et écouter. Son sac contenait l'étui des jumelles, un exemplaire fatigué de *Comment identifier les oiseaux d'un coup d'œil,* une bonne caméra de trente-cinq millimètres avec un long objectif, deux minces sandwiches de bœuf enveloppés dans du plastique, une orange et une bouteille d'eau tiède.

Il prit un sandwich et resta allongé un petit moment pour scruter les branches du chêne, sans que ses yeux gris clair observassent quelque chose en particulier. Il tira sur les poils noirs de ses narines. La situation était vraiment très étrange. A la mi-octobre, l'Agence n'avait pas encore pu voir les fermiers de cette vallée au cours de toute la moisson. Or, la moisson avait été faite. Depeaux n'était pas un agriculteur, mais il croyait avoir reconnu les chaumes des blés, même si les tiges avaient été enlevées.

Il se demanda pourquoi elles avaient été enlevées. Au cours de sa longue randonnée vers cette vallée, il avait vu dans d'autres fermes le sol jonché des restes de la moisson. Il n'en était pas sûr, mais il s'agissait probablement d'une autre de ces anomalies qui intriguaient si fort l'Agence. L'incertitude et la lacune qu'il constatait dans ses connaissances le contrarièrent; il se promit de vérifier s'ils brûlaient les tiges.

Ne se sentant pas surveillé, Depeaux se mit sur son séant et s'adossa contre le tronc du chêne; il mangea le sandwich, puis but un peu d'eau tiède. C'était le premier repas qu'il se permettait depuis le lever du jour. Il décida de réserver l'orange et le second sandwich pour plus tard. Il lui avait fallu du temps et de la patience pour accéder à cet observatoire après avoir caché sa bicyclette sous les pins. Et la camionnette où il avait laissé Tymiena se trouvait à une bonne demi-heure de vélo de cette cachette. Il avait résolu de ne pas repartir avant la tombée de la nuit ; il aurait donc diablement faim en attendant, mais ce ne serait pas la première fois au cours d'une mission. La nature singulière de celle-ci lui était apparue de plus en plus nettement à mesure qu'il se rapprochait de la ferme. Après tout, il avait été averti ! Seulement, la campagne était beaucoup plus dégagée, c'est-à-dire démunie de cachettes, qu'il ne l'avait cru en étudiant les photos aériennes. Les rapports de Porter auraient dû le mettre en garde. Mais Depeaux avait espéré qu'en venant d'une direction différente il trouverait des couverts. En fin de compte, il n'avait rien vu de mieux que ces herbes hautes et brunes pour le dissimuler dans la traversée d'un grand pâturage et au cours de son ascension vers le sommet de la colline.

Ayant mangé son sandwich et bu la moitié de son eau, Depeaux reboucha la bouteille qui rejoignit le reste de ses provisions dans son sac. Ensuite il reporta ses regards sur son itinéraire aller pour s'assurer qu'il n'avait pas été suivi. Il ne distingua pas le moindre signe d'une présence humaine et, néanmoins, il ne parvenait point à se défaire de l'impression désagréable qu'on l'épiait. Il y avait aussi ce trait d'ombre que les rayons obliques du soleil soulignaient sur son trajet. Depeaux n'y pouvait rien ; l'herbe qu'il avait écrasée sur son passage représentait une piste repérable.

Il avait traversé Fosterville à 3 heures du matin ; il aurait bien aimé savoir pourquoi les habitants refusaient en général de répondre à toutes questions concernant la ferme. Un nouveau motel avait été bâti à la lisière de la ville et Tymiena avait suggéré qu'ils pourraient y terminer la nuit avant d'aller reconnaître la vallée, mais Depeaux se méfiait. Il avait ses idées personnelles sur l'affaire. Des informateurs à Fosterville ne signaleraient-ils pas à la ferme l'arrivée d'inconnus dans la région?

La Ferme.

Depuis quelque temps, et même un bon moment avant la disparition de Porter, elle avait été gratifiée d'un F majuscule dans tous les rapports de l'Agence. Après avoir décliné l'offre d'achever la nuit au motel de Fosterville, Depeaux avait continué de rouler jusqu'à une bifurcation à quelques kilomètres de la vallée; il avait laissé là Tymiena et la camionnette un peu avant le lever du jour. A présent, il était un observateur des mœurs des oiseaux. L'ennuyeux, c'était qu'il n'avait vu aucun oiseau.

Depeaux regarda encore une fois la vallée à travers la trouée dans les herbes. Un massacre d'Indiens y avait eu lieu un peu avant 1870 : des fermiers avaient exterminé les derniers éléments d'une tribu « sauvage » qui « menaçait » leur bétail au pâturage. Dans le but de perpétuer un souvenir presque oublié, la vallée avait été baptisée Val Gardé. Autrefois, à en croire un livre d'histoire que Depeaux avait consulté, la vallée s'appelait Eau Vive dans l'idiome indien. Mais des générations d'éleveurs blancs avaient trop puisé dans cette eau qui ne coulait plus toute l'année.

Sans quitter des yeux la vallée, Depeaux s'interrogea sur le sens que l'homme pouvait donner à des noms pareils. Un touriste de passage aurait pu s'imaginer que la vallée avait acquis le sien à cause de son emplacement. Le Val Gardé, en effet, était un site bien clos auquel, selon toutes les apparences, un seul chemin accédait facilement. Les versants étaient abrupts, un escarpement bouchait le fond et la vallée ne s'ouvrait que vers le nord. Mais Depeaux savait par expérience que les apparences pouvaient être trompeuses. Ainsi il était parvenu sans incident à son observatoire, et ses jumelles auraient pu être une arme de mort. Dans un sens elles l'étaient, d'ailleurs, puisque cette arme subtile participerait à la destruction du Val Gardé.

Pour Depeaux, ce processus de destruction avait commencé lorsque Joseph Merrivale, directeur des Opérations à l'Agence, l'avait convoqué à une conférence de travail. Originaire de Chicago et affectant un accent britannique très prononcé, Merrivale l'avait accueilli par un large sourire et cette phrase : « Cette fois-ci, vous serez peut-être obligé de liquider quelques-uns de vos chers congénères. »

Ils savaient tous, bien entendu, à quel point la violence personnelle répugnait à Depeaux.

Extrait du Manuel de la Ruche d'Hellstrom. Sur le plan de l'évolution, la réalisation capitale des insectes, il y a plus de cent millions d'années, a été le reproducteur secondaire. De ce fait, la colonie est devenue l'unité de sélection naturelle, et toutes les limitations antérieures apportées à la somme de spécialisations (exprimée en différences de castes) que pouvait tolérer une colonie ont été supprimées. Il est évident que si nous, vertébrés, pouvons suivre la même voie, nos individus qui possèdent un cerveau beaucoup plus gros deviendront des spécialistes incomparablement supérieurs. Aucune autre espèce ne sera en mesure de s'opposer à nous, jamais – même pas la *vieille* espèce humaine à partir de laquelle nous développerons nos nouveaux êtres humains.

Le petit homme au visage faussement juvénile écoutait avec attention Merrivale qui donnait ses instructions à Depeaux. C'était un lundi matin, 9 heures n'avaient pas encore sonné, et le petit homme qui s'appelait Edward Janvert avait été surpris qu'une conférence de travail ait été convoquée si tôt et si précipitamment. Des difficultés avaient-elles surgi quelque part à l'Agence?

Janvert, que la plupart de ses camarades surnommaient Shorty et qui réussissait à dissimuler son aversion pour ce sobriquet, ne mesurait qu'un mètre quarante-cinq, ce qui lui avait valu de tenir l'emploi de jouvenceau dans certaines missions de l'Agence. Les sièges du bureau de Merrivale n'étaient jamais assez petits pour lui et, au bout d'une demi-heure, il commençait à se tortiller comme un ver sur un grand fauteuil de cuir.

L'affaire était subtile, pensait Janvert. Exactement le genre d'affaires dont il avait appris à se méfier. Leur objectif était un entomologiste, un certain Dr Nils Hellstrom, et, à en juger par le soin que Merrivale mettait à choisir ses mots, Hellstrom avait sûrement des amis haut placés. Dans ce métier, il y avait toujours beaucoup d'orteils à ne pas écraser. Il était impossible de dissocier la politique des enquêtes de sécurité traditionnelles telles que l'Agence les menait, et ces enquêtes avaient inévitablement des prolongements économiques.

Lorsque Merrivale s'était adressé à Janvert, il avait seulement évoqué la nécessité d'avoir une deuxième équipe en réserve pour assister éventuellement la première. Quelqu'un devait se tenir prêt à intervenir à tout moment.

Ils s'attendent à des pertes, se dit Janvert.

Il lança un coup d'œil discret à Clarisse Carr dont la silhouette presque enfantine était encore rapetissée par un autre grand fauteuil à oreilles. Janvert soupçonnait Merrivale d'avoir décoré le bureau afin de lui donner l'air d'un club anglais de luxe, ce qui allait de pair avec son faux accent.

Sont-ils au courant pour Clarisse et moi? se demanda Janvert dont l'attention se diluait sous les flots de l'éloquence incohérente de Merrivale. A l'Agence, l'*amour* était une arme à utiliser chaque fois qu'elle pouvait être utile. Janvert essaya de ne plus regarder Clarisse, mais malgré lui il continua à tourner de temps à autre la tête de son côté. Clarisse était petite, elle n'avait qu'un centimètre de plus que lui; elle était brune avec un visage ovale à l'air mutin et un teint pâle du nord qui avait tendance à rougir au moindre rayon de soleil. A certains moments, Janvert ressentait son amour pour elle comme une véritable souffrance physique.

Merrivale était en train de parler de « la couverture d'Hellstrom », c'est-à-dire la réalisation de films documentaires sur les insectes.

– Diablement curieux, hein? demanda Merrivale.

Ce n'était pas la première fois au cours des quatre années qu'il avait passées à l'Agence que Janvert regrettait d'en faire partie. Il y était entré alors qu'il était étudiant en droit de troisième année et que, pendant l'été, il travaillait comme commis au Département de la Justice. Là, il avait trouvé un dossier oublié par mégarde sur une table de la bibliothèque de sa division. Comme il était d'un naturel curieux, il avait ouvert le dossier et y avait trouvé un rapport extrêmement délicat sur un traducteur d'une ambassade étrangère.

Sa première réaction au contenu du dossier avait été une sorte de dégoût attristé. Comment des gouvernements pouvaient-ils avoir recours à de pareilles méthodes d'espionnage? Certaines choses dans le dossier lui avaient fait comprendre qu'il s'agissait d'une opération très complexe de son propre gouvernement.

Janvert avait traversé de l' « agitation des campus » avant d'entreprendre son droit. Au début, le droit lui était apparu comme un moyen possible de trancher les nombreux dilemmes du monde, mais cette opinion n'avait pas duré longtemps. Le droit n'avait fait que le conduire dans cette bibliothèque de malheur où se trouvait le dossier. Une chose avait forcément mené à une autre, comme toujours, sans relation précise de cause à effet, la deuxième étant qu'il avait été surpris en train de lire le dossier par le possesseur de celui-ci.

La suite se déroula bizarrement en sourdine. Il y avait eu une période de pressions, les unes très subtiles, les autres un peu moins, pour qu'il fût engagé par l'Agence qui avait produit le dossier. Janvert était d'une bonne famille, expliquait-on; son père était un homme d'affaires important (directeur-propriétaire d'une quincaillerie dans une petite ville); d'abord, cela l'avait vaguement amusé.

Et puis, les propositions de salaires (frais en plus) avaient grimpé de façon embarrassante et il avait commencé à s'étonner. On ne tarissait pas d'éloges sur ses capacités et ses aptitudes; Janvert soupçonnait l'Agence de les avoir inventées sous l'impulsion du moment tant il éprouvait de difficultés à se reconnaître dans ces descriptions.

Finalement, on avait cessé de mettre des gants avec lui. Il avait été informé très nettement qu'il pourrait fort bien ne pas trouver d'autre emploi de fonctionnaire. Du coup, il s'était presque mis en colère, car tout le monde savait qu'il voulait entrer au Département de la Justice. Après force discussions, il avait déclaré qu'il ferait un essai de quelques années à condition qu'il pût poursuivre des études de droit. A cette époque, il avait traité avec le bras droit du Chef, Dzule Peruge, et Peruge avait manifesté une satisfaction évidente devant cette perspective.

– L'Agence a besoin d'hommes ayant une formation juridique, affirma Peruge.

Les paroles suivantes de Peruge avaient déconcerté Janvert.

– Vous a-t-on jamais dit que vous pourriez passer pour un adolescent? Cela pourrait être fort utile, surtout chez quelqu'un qui a une formation juridique.

Ces derniers mots avaient été prononcés comme sous l'effet d'une réflexion après coup.

En réalité, Janvert avait été toujours trop occupé par l'Agence pour parfaire sa précieuse formation juridique.

– Ce sera pour l'année prochaine, Shorty. Vous voyez bien vous-même l'importance de l'affaire qui vient de vous être confiée. Je voudrais que Clarisse et vous...

Voilà comment il avait fait la connaissance de Clarisse qui possédait aussi cet extérieur *utile* de la jeunesse. Quelquefois elle avait été sa sœur; en d'autres circonstances, ils avaient joué le rôle d'amoureux en fuite dont les parents « ne comprenaient pas ».

Peu à peu, Janvert avait deviné deux choses : d'abord que le dossier qu'il avait trouvé et lu était encore plus délicat qu'il se l'était imaginé; ensuite que, s'il n'était pas entré à l'Agence, il aurait prématurément terminé ses jours dans un marais du sud, sans plaque commémorative sur sa tombe. Il n'avait jamais participé à ce genre d'exécutions, mais il savait qu'elles se pratiquaient.

C'était comme ça à l'Agence, apprit-il.

L'Agence.

Personne ne l'appelait jamais autrement. Les opérations économiques de l'Agence et l'espionnage sous toutes ses formes auquel elle se livrait ne firent qu'affermir le cynisme précoce de Janvert. Il voyait le monde sans masques, et il se disait que l'immense majorité de ses compatriotes ne se doutaient absolument pas qu'ils vivaient déjà dans ce qui était virtuellement un Etat policier. Cela avait été rendu inévitable après la constitution du premier Etat policier à vocation mondiale. Le seul moyen apparent de s'opposer à un Etat policier consistait à organiser un autre Etat policier, d'où un mimétisme encouragé dans tous les domaines (Clarisse Carr et Edward Janvert étaient d'accord sur ce point). Tout ce qu'ils voyaient dans la société revêtait un aspect d'Etat policier. « C'est l'époque des Etats policiers », disait Janvert.

Dans le pacte qu'ils conclurent, ils posèrent comme principe qu'ils quitteraient l'Agence ensemble à la première occasion. Ils connaissaient les risques que leur faisaient courir leurs sentiments mutuels et le pacte qui en était la conséquence. Quitter l'Agence? Cela les obligerait à changer d'identité et à mener ensuite une vie d'obscurité dont ils ne comprenaient que trop bien la nature. Les agents ne quittaient le service que lorsqu'ils se faisaient tuer en mission ou qu'ils prenaient une reraite soigneusement surveillée – ou bien ils disparaissaient et leurs camarades étaient invités à ne pas poser de questions indiscrètes. A propos de retraite, un bruit savamment répandu parmi le personnel de l'Agence faisait état de *la ferme.* Rien à voir avec la ferme d'Hellstrom. C'était une maison de repos que personne n'aurait su situer géographiquement avec précision. Certains parlaient du Minnesota du nord. La légende voulait qu'il y eût des clôtures très hautes, des gardes, des chiens, un golf, des tennis, une piscine, de merveilleuses parties de pêche sur un lac à l'intérieur du domaine, des chambres particulières très confortables pour les « invités », et même des logements pour les couples mariés, mais rien pour les enfants. Dans cette profession, le fait d'avoir des enfants équivalait à une condamnation à mort.

Or, Clarisse et Janvert tenaient beaucoup à avoir

des enfants. Ils décidèrent de fuir lorsqu'ils se trouveraient tous les deux dans un lointain pays étranger. Ils avaient à leur disposition tout ce qu'il leur faudrait matériellement pour réussir : des faux papiers, de nouveaux visages, de l'argent. Seule manquait l'occasion. Pas une fois, ils ne mirent au compte d'une fantaisie d'adolescents de tels rêves, ni le travail qui occupait leur vie. Ils s'évaderaient – un jour ou l'autre.

Pour l'heure, Depeaux formulait des objections à l'égard d'une partie des instructions de Merrivale. Janvert s'efforça de reconstituer le fil de la discussion. Il était question d'une jeune femme qui aurait essayé de s'échapper de la ferme d'Hellstrom.

– Porter est à peu près certain qu'ils ne l'ont pas tuée, disait Merrivale. Ils l'ont simplement ramenée à l'intérieur de cette grange dont on nous a dit qu'elle servait de studio pour les films d'Hellstrom.

Extrait d'un rapport de l'Agence sur le Projet 40. Les papiers faisaient partie d'un dossier appartenant à un homme qui a été identifié comme l'un des collaborateurs d'Hellstrom. L'incident s'est produit à la bibliothèque de l'Institut de Technologie du Massachusetts au début de mars, comme l'explique la note ci-jointe. Le titre « Projet 40 » était griffonné en haut de chaque page. A la suite d'un examen des textes et des diagrammes (cf. annexe A), nos experts considèrent qu'il s'agit de plans de croissance pour ce qu'ils appellent « un disrupteur de champ toroïdal », autrement dit une pompe à électrons (ou particules) capable d'influencer de loin la matière physique. Les papiers sont, malheureusement, incomplets. On ne peut déterminer d'après eux aucune ligne précise de développement, bien que nos propres laboratoires soient en train d'explorer les implications d'une provocation. Il semble évident toutefois que quelqu'un travaille, dans l'organisation d'Hellstrom, sur un prototype opérationnel. Nous ne pouvons dire avec certitude : 1) s'il fonctionnera ou 2) à quel usage il sera destiné s'il fonctionne. Cependant, au vu du rapport du Dr Zinstrom (cf. annexe G), nous devons envisager le pire. Zinstrom nous a affirmé en privé que la théorie sur laquelle s'appuie un tel développement est sérieuse, et qu'un disrupteur de champ toroïdal assez grand, assez amplifié, et réglé sur une résonance correcte pourrait faire voler en éclats l'écorce terrestre avec des conséquences catastrophiques pour tout ce qui vit sur notre planète.

– Au fond, c'est une affaire en or que nous confions à Carlos, dit Merrivale en portant un doigt à sa lèvre supérieure pour caresser une moustache imaginaire.

Carr, qui était assise derrière Depeaux et qui faisait face à Merrivale, remarqua que la nuque de Depeaux rougissait subitement. Il n'aimait visiblement pas cette façon assez basse de l'encourager. Le soleil du matin frappait à la fenêtre sur la droite de Merrivale, et la table du directeur des Opérations reflétait une lumière jaunâtre qui éclairait d'un effet inquiétant son visage.

– Cette façade de compagnie de cinéma, je dois le dire, a fort excité Peruge, déclara Merrivale.

Depeaux ne put réprimer un frisson. Carr toussa pour dissimuler une soudaine envie nerveuse de rire tout haut.

– Vous comprenez qu'étant donné les circonstances, nous n'osons pas entrer et les exterminer, poursuivit Merrivale. Nous ne possédons pas suffisamment de preuves. Ce sera à vous de nous les apporter. Cette façade de cinéma nous offre toutefois un point de départ extrêmement prometteur.

– Quel est le sujet de ce film? interrogea Janvert.

Ils tournèrent tous leurs regards vers lui, et Carr se demanda pourquoi Eddie s'était permis cette interruption. En général, il intervenait rarement. Cherchait-il à pêcher des informations *derrière* l'exposé de Merrivale?

– Je crois l'avoir précisé, répondit Merrivale. Les insectes! Ils font des films sur ces saloperies d'insectes. La première fois que Peruge me l'a dit, j'ai été quelque peu étonné. Ma première idée, je l'avoue, avait été qu'ils tournaient des films cochons et que... bref qu'ils cherchaient à faire chanter des personnes photographiées dans des postures délicates.

Depeaux suait à grosses gouttes; le faux accent anglais et toute l'attitude de Merrivale l'exaspéraient; il n'apprécia pas davantage l'interruption de Janvert. Qu'on en finisse! pensait-il.

– Je ne suis pas sûr d'avoir bien compris ce qui se passe autour de l'opération d'Hellstrom, dit Janvert. J'avais cru que le film me mettrait sur la voie.

Merrivale soupira. Satané coupeur de cheveux en quatre! Il reprit :

– Hellstrom est un toqué d'écologie. Vous n'ignorez pas à quel point c'est un sujet politiquement délicat. D'autre part, il est employé comme consultant par plusieurs, je répète, plusieurs personnalités d'une influence extrêmement puissante. Je pourrais nommer un sénateur et au moins trois représentants. Si nous attaquions de front Hellstrom, nul doute que les répercussions seraient graves.

– Ecologie, avez-vous dit? Depeaux essaya de remettre Merrivale sur les rails.

– Oui, écologie! (Merrivale prononça ce mot comme s'il voulait le faire rimer avec sodomie.) Cet homme dispose aussi de sommes considérables d'argent, et nous voudrions bien avoir des informations de ce côté.

– Revenons à cette vallée, dit Depeaux.

– Oui, bien sûr, acquiesça Merrivale. Vous avez tous vu la carte. Cette petite vallée appartient à la famille d'Hellstrom depuis l'époque de sa grand-mère, Trova Hellstrom, pionnière, veuve, ce genre de femme, quoi!

Janvert se frotta les yeux. D'après Merrivale, Trova Hellstrom aurait été une petite veuve repoussant une attaque des Peaux-Rouges à partir d'une cabane en feu, pendant que derrière elle ses moutards faisaient la chaîne avec des seaux d'eau. Ce Merrivale était décidément incroyable!

– Voici la carte, dit Merrivale en l'exhumant de la paperasse qui recouvrait son bureau. Oregon du Sud-Est, juste ici. (Il posa un doigt sur la carte.) Le Val Gardé. La civilisation la plus proche est cette ville qui s'appelle Fosterville.

– Et ils tournent tous leurs films dans cette vallée? questionna Depeaux.

– Oh non! protesta Merrivale. Mon Dieu, Carlos, n'auriez-vous pas lu les annexes de R à W?

– Il n'y avait aucune annexe dans mon dossier, déclara Depeaux.

Merrivale leva les bras au ciel.

– Certains jours, je me demande comment nous arrivons à faire du bon travail dans cette institution! Bon. Je vous donnerai le mien. En résumé, sachez qu'Hellstrom, ses cameramen et ses je ne sais quoi ont parcouru à peu près toutes les parties du monde : le Kenya, le Brésil, le Sud-Est asiatique, l'Inde... Tout est là-dedans. (Il tapa sur les papiers qu'il avait devant lui.) Vous lirez cela plus tard.

– Et ce Projet 40? demanda Depeaux.

– Voilà ce qui a éveillé notre attention, expliqua Merrivale. Les papiers s'y rapportant ont été copiés, et les originaux remis à l'endroit où ils avaient été découverts. Le collaborateur d'Hellstrom est revenu chercher ces papiers; il les a retrouvés là où il les avait posés, il les a repris et il s'en est allé. Sur le moment, leur importance n'a pas été estimée à leur juste valeur. Simple routine. Notre représentant à la bibliothèque a été intrigué, sans plus, mais la curiosité s'est considérablement accrue quand les papiers ont gravi les échelons supérieurs. Malheureusement, nous n'avons jamais revu ce collaborateur d'Hellstrom. Sans doute n'a-t-il pas quitté la ferme depuis son passage à la bibliothèque. Nous croyons cependant qu'Hellstrom ignore que nous connaissons son petit projet.

– La conjecture m'apparaît un peu comme de la science-fiction, et passablement plus qu'extravagante, dit Depeaux.

Janvert opina de la tête. Ces soupçons explicités étaient-ils la véritable raison pour laquelle l'Agence s'intéressait tant aux affaires d'Hellstrom? Ou n'était-il pas possible qu'Hellstrom fût en train de mettre au point un produit de nature à menacer l'un des groupes qui subventionnaient l'Agence? On ne savait jamais dans ce métier!

– Il me semble avoir déjà entendu parler de cet Hellstrom, intervint Carr. N'est-il pas l'entomologiste qui s'est élevé contre le D.D.T. quand...

– Le même! s'écria Merrivale. Un pur fanatique! Maintenant, Carlos, passons au plan de la ferme.

Voilà ma question liquidée, pensa Carr. Elle ramassa ses jambes sous elle dans le fauteuil à oreilles et, sans se gêner, adressa à Janvert un long regard qu'il lui retourna avec un sourire. Il s'est amusé avec Merrivale, comprit-elle, et il s'imagine que j'en fais autant.

Merrivale avait étalé sur son bureau un plan, et ses longs doigts sensibles se mouvaient autour des principales caractéristiques.

– Ici la grange... des dépendances... la maison de

maître. Nous avons tout lieu de croire que la grange, comme ces rapports l'indiquent, est le studio d'Hellstrom. Curieuse bâtisse en béton, là, à proximité de la porte d'entrée! A quoi sert-elle? Je n'en sais rien. Ce sera à vous de le découvrir.

– Et vous ne voulez pas que nous entrions carrément pour fouiner un peu, dit Depeaux.

Il fronça les sourcils en considérant le plan. Cette décision lui semblait visiblement incompréhensible. La jeune femme qui a tenté de s'enfuir...

– Oui, c'était le 20 mars, répondit Merrivale. Porter l'a vue s'échapper de la grange. Elle a couru jusqu'à la porte nord, ici, où elle a été appréhendée par deux hommes qui venaient de l'autre côté de la clôture et qui se sont emparés d'elle. D'où sont-ils sortis? Nous l'ignorons. Mais ils l'ont ramenée à la grange-studio.

– D'après le compte rendu de Porter, ces gens-là étaient nus comme des vers, dit Depeaux. Il me semble qu'un rapport aux autorités qui aurait donné une description de...

– Et nous aurions dû expliquer pourquoi nous étions là, et présenter notre seul témoin contre les nombreux complices d'Hellstrom, tout cela en présence de la *nouvelle moralité* qui imprègne cette société.

Espèce de sale hypocrite! pensa Carr. Tu sais bien comment l'Agence se sert du sexe pour sès propres buts.

Janvert se pencha en avant.

– Merrivale, vous nous cachez quelque chose dans cette affaire. Je voudrais savoir quoi. Nous avons le rapport de Porter, mais il n'est pas ici pour le commenter et le développer. Porter est-il libre? (Il se rencogna dans son fauteuil.) Un simple oui ou non suffira.

Tu as pris une voie dangereuse, Eddie, se dit Carr.

Elle dévisagea attentivement Merrivale pour prendre la mesure de sa réaction.

– Je ne peux pas dire que votre ton m'est indifférent, Shorty, déclara Merrivale.

Depeaux s'appuya en arrière, se couvrit les yeux d'une main.

– Et je ne peux pas dire que vos cachotteries me sont indifférentes, riposta Janvert. Nous voudrions connaître les choses qui ne figurent pas dans ces rapports.

Depeaux laissa retomber sa main, fit un signe approbateur. Oui, il y avait dans cette affaire certaines choses...

– L'impatience est un défaut chez de bons agents, dit Merrivale. Je comprends néanmoins votre curiosité, et la règle de la nécessité de savoir n'a pas été appliquée dans cette affaire. Peruge a été formel là-dessus. Ce qui nous a excités, si je puis m'exprimer ainsi, ce n'est pas simplement cette histoire de Projet 40, mais une accumulation de détails, d'indices que les activités cinématographiques d'Hellstrom servent en réalité de couverture à des activités politiques graves et extrêmement subversives.

Mensonges! pensa Janvert.

– Quelle gravité? s'enquit Carr.

– Eh bien... Hellstrom est allé fouiner dans la zone des expériences atomiques au Nevada. Il dirige des recherches entomologiques, voyez-vous. Ses films sont proposés sous l'étiquette « documentaires ». Il a eu du matériel atomique pour ses prétendues recherches et...

– Pourquoi *prétendues?* demanda Janvert. N'est-il pas possible qu'il soit simplement ce qu'il...

– Impossible! tonna Merrivale. Voyons, lisez les rapports que j'ai ici, et tout spécialement les passages qui contiennent des indications selon lesquelles Hellstrom et ses gens pourraient être intéressés par la formation d'une sorte de société nouvelle où tout serait mis en commun. Une véritable provocation. Hellstrom et son équipe de cinéma mènent ce genre de vie partout où ils se rendent – une vie en circuit fermé, pourrais-je dire – et l'attention qu'ils accordent aux jeunes nations africaines, leurs nombreuses visites à la zone expérimentale du Nevada, cette histoire d'écologie qui est d'une nature explosive, le...

– Des communistes? interrompit Carr.

– C'est... heu... possible.

– Où est Porter? demanda Janvert.

– Ah, ça... (Merrivale se gratta le menton.) C'est un peu ennuyeux. Je suis sûr que vous comprenez la délicatesse de notre position dans tout...

– Je ne la comprends pas, dit Janvert. Qu'est-il arrivé à Porter?

– C'est l'une des énigmes que Carlos, nous l'espérons bien, saura élucider.

Depeaux lança un coup d'œil méditatif à Janvert avant de se retourner vers Merrivale qui s'était replongé dans l'étude du plan.

– Porter a disparu? interrogea Depeaux.

– Quelque part autour de cette ferme, répondit Merrivale. (Il releva la tête comme s'il venait de remarquer la présence de Depeaux.) Probablement.

Extraits des commentaires écrits de la Mère fondatrice Trova Hellstrom. Une menace est bonne pour une espèce. Elle a tendance à stimuler la reproduction, à élever le niveau de la vigilance. Une menace trop forte, cependant, peut produire un effet d'hébétude. C'est l'une des tâches des dirigeants de la Ruche de régler le degré de la menace stimulante.

Lorsque le soleil descendit derrière lui sur la colline qui dominait le Val Gardé, Depeaux veilla à ce que sa silhouette ne fût pas éclairée. Cette lumière présentait des avantages et des inconvénients. Elle mettait en relief certains détails de la ferme : les clôtures, les sentiers sur le versant opposé, les planches patinées de la face ouest de la grange.

Il n'avait pas encore vu d'activité humaine à l'extérieur des bâtiments, et rien ne lui permettait de confirmer la présence d'êtres humains à l'intérieur. Le bourdonnement agaçant qui provenait de la grange continuait sans répit, et Depeaux avait épuisé toutes les hypothèses valables sur son origine. A tout hasard, il avait opté pour un conditionnement de l'air, non sans regretter de ne pouvoir en profiter après cet après-midi brûlant dans l'herbe poussiéreuse.

Un long drink bien frais, voilà ce qu'il me faudrait, se dit-il.

Le fait que la ferme correspondait aux rapports et descriptions antérieures (dont celles de Porter) ne l'avançait guère.

Depeaux scruta encore une fois la vallée avec ses jumelles. Le vide qu'il y constata conférait au site une singulière atmosphère d'attente, comme si des forces allaient se mettre en mouvement pour animer la ferme d'une vie intense.

Depeaux se demanda ce que faisait Hellstrom des produits de sa ferme. Pourquoi toute la région était-elle à ce point dépourvue d'activité humaine? Il n'avait aperçu ni vacanciers ni pique-niqueurs sur la route en terre battue qui menait à la vallée; pourtant la campagne ne manquait pas d'attraits. Pourquoi les habitants de Fosterville restaient-ils bouche cousue quand on les interrogeait sur la ferme d'Hellstrom? Ce mutisme aussi avait intrigué Porter. C'était une zone de chasse, mais Depeaux n'avait pas vu plus de traces de cerfs que de chasseurs. La petite rivière n'avait évidemment pas de quoi attirer les pêcheurs, mais tout de même...

Un geai bleu battit des ailes dans l'arbre situé derrière Depeaux; il lança un appel rauque, puis s'envola en direction des arbres du versant opposé. Depeaux suivit le vol de l'oiseau avec un intérêt particulier : c'était en effet la première forme de vie un peu supérieure qu'il découvrait dans la vallée d'Hellstrom. Un geai! Maigre bilan pour une journée de travail... mais après tout, il était censé être un bon observateur des mœurs des oiseaux, n'est-ce pas? Un simple petit vacancier plus très jeune, un représentant de commerce qui vendait des pièces pyrotechniques pour le compte de la Blue Devil Fireworks Corporation de Baltimore, Maryland. Il soupira, replongea dans l'ombre du chêne. Il avait étudié les cartes, les photos aériennes, les descriptions de Porter, tous les rapports. Les détails les plus insignifiants s'étaient gravés dans sa mémoire. Il braqua ses jumelles sur le chemin qu'il avait suivi et qu'il reprendrait en sens inverse à la tombée de la nuit. Rien ne bougeait dans l'herbe haute à ciel ouvert ni du côté des arbres, plus loin. Rien. L'étrangeté de cette situation s'imposa de plus en plus à son attention.

Un seul geai?

Depuis quelque temps, la chose l'avait frappé mais, à présent, il y réfléchit à l'exclusion de toutes autres considérations. Un oiseau, un unique oiseau. A croire que toute la vie animale avait été chassée de la région qui entourait le Val Gardé. Pourquoi Porter n'y avait-il pas fait allusion? Et les bestiaux qui pâturaient en contrebas, au nord, vers Fosterville? Aucune clôture ne les empêchait de s'approcher de la ferme, mais ils tenaient leurs distances.

Pourquoi?

Au même instant, Depeaux découvrit la raison pour laquelle les champs de la ferme lui avaient paru si bizarres.

Ils étaient nets, propres.

Ces champs n'avaient pas été moissonnés. Ils avaient été nettoyés, déblayés de toutes leurs tiges, feuilles ou ramilles. Un verger occupait les parties hautes de la vallée, et Depeaux regagna en rampant son observatoire pour l'examiner avec ses jumelles. Sur le sol, il n'y avait pas de fruits tombés ni de morceaux de fruits pourris, pas de feuilles, pas de branchages – rien. Net, propre. Mais l'herbe haute était restée sur les collines du périmètre.

Complément d'Hellstrom aux notes diététiques. Les principaux ouvriers doivent, bien entendu, prendre sans faute le supplément de nourriture accordé aux dirigeants, mais il n'est pas moins important qu'ils continuent à absorber leur ration des cuves. C'est là, en effet, que nous nous procurons les marqueurs qui entretiennent notre conscience d'identité mutuelle. Sous l'uniformité chimique que nous fournissent les cuves, nous deviendrons comme les hommes de l'Extérieur : isolés, seuls, dérivant sans but.

A la fin de l'après-midi, le désir de trouver quelque chose d'animal, de vivant dans la vallée, obsédait littéralement Depeaux. Mais il avait cherché en vain, et le soleil baissait.

D'un autre observatoire peut-être, se dit-il.

Puis il demeurait sur la colline qui surplombait la ferme, moins son histoire de couverture lui plaisait. Observateur des mœurs des oiseaux, vraiment! Pourquoi Porter n'avait-il pas mentionné cette absence de vie animale? Oh certes, les insectes ne manquaient pas; ils foisonnaient dans l'herbe; ils rampaient, bourdonnaient, voletaient...

Depeaux se laissa glisser pour s'éloigner de la crête, puis se mit à genoux. Il avait mal au dos, il était ankylosé; des aoûtats avaient envahi son col, s'étaient faufilés sous sa ceinture et ses chaussettes, remontaient sous ses manches. Il ébaucha un sourire qui était plutôt une grimace à l'adresse de ces incommodités; il crut entendre Merrivale : *Cela fait partie du prix à payer quand on choisit ce métier, petite tête.* Le salaud!

Porter avait précisé dans ses rapports qu'il n'y avait pas de gardes appostés à l'extérieur du périmètre de la ferme. Mais c'était l'avis d'un seul homme. Depeaux s'interrogea sur les risques de sa position exposée sous le chêne. Dans cette profession, on ne survit que si l'on se fie en dernier ressort à ses propres sens. Et, de plus, Porter avait disparu. C'était là une information d'importance. La disparition de Porter était-elle fortuite ou de mauvais augure? Mieux valait envisager le pire. Quel pire? Eh bien, Porter était mort, et les occupants de la ferme d'Hellstrom portaient la responsabilité de cette mort. Merrivale le croyait. Il l'avait clairement laissé entendre, et ce cachottier était bien capable d'en avoir obtenu confirmation sans en avoir pour autant averti ses agents.

– Vous opérerez avec une prudence extrême, sans jamais oublier que nous avons besoin de savoir avec précision ce qui est arrivé à Porter.

Le salaud le sait probablement déjà, pensa Depeaux.

Dans cette région vide, Depeaux flairait des périls cachés. Il savait que des agents trop confiants dans les rapports de leurs camarades trouvaient souvent la mort – parfois une mort aussi affreuse que douloureuse. Serait-ce le cas à cette ferme?

Encore une fois, il examina son itinéraire aller. Il ne distingua ni mouvements ni yeux aux aguets. Sa montre lui apprit qu'il disposait de deux bonnes heures avant le coucher du soleil. Il avait donc le temps d'aller jusqu'au fond de la vallée et de l'inspecter sur toute sa longueur.

La taille pliée en deux, Depeaux se leva et, ramassé sur lui-même, se dirigea au trot vers le sud en demeurant derrière l'abri de la crête. Nullement essoufflé par l'effort, il pensa que, pour un homme de cinquante et un ans, sa condition physique n'était pas mauvaise et que la natation et de longues marches constituaient une excellente recette de santé. Tiens, il aurait bien voulu être dans l'eau en ce moment! Sous la crête, l'air était très chaud et sec, l'herbe couverte d'une poussière qui chatouillait ses narines. Mais son envie de nager ne le tourmenta pas beaucoup. Il avait connu bien d'autres tentations depuis seize ans, c'est-à-dire depuis qu'employé de bureau à l'Agence il avait été promu agent. En général, il interprétait ces désirs fugitifs d'être ailleurs comme la reconnaissance inconsciente d'un danger, mais il lui arrivait aussi de les attribuer à un simple inconfort physique.

Lorsqu'il avait été secrétaire au bureau de Baltimore, Depeaux se voyait déjà transformé en agent. Il avait classé un certain nombre de rapports définitifs sur des agents « perdus au combat », et il s'était juré d'être toujours extrêmement prudent si jamais il obtenait sa promotion. Il n'avait pas eu beaucoup de mal à tenir sa promesse. De nature, il était circonspect et méticuleux. « Le secrétaire modèle », disaient quelques camarades malveillants. Mais c'était sa prudence attentive qui l'avait incité à inscrire dans sa mémoire le plan de la ferme et des environs, à repérer les couverts possibles (guère nombreux) ainsi que les pistes du gibier à travers l'herbe haute que les photos aériennes avaient indiquées.

Des pistes de gibier, mais aucun signe de gibier, se rappela-t-il. Quelle sorte de gibier fréquentait donc ces pistes? Des précautions s'imposaient.

Un jour, Depeaux avait surpris Merrivale en train de dire à un autre agent : « L'ennui, avec Carlos, c'est qu'il pense avant tout à survivre. »

Comme si Merrivale ne faisait pas la même chose! avait songé Depeaux. Il n'était pas arrivé à son poste éminent de directeur des Opérations sans avoir évité les risques inutiles.

Depeaux entendit le maigre ruissellement de la cascade. Il se rappela qu'un bosquet de madrones marquait l'extrémité nord de la vallée d'Hellstrom. Depeaux s'arrêta pour souffler à l'ombre des madrones, et il procéda à un nouvel examen de son environnement, notamment du chemin qu'il venait de suivre. Il ne décela rien d'inquiétant, mais il n'en décida pas moins, séance tenante, d'attendre la nuit pour retraverser ce secteur à découvert.

Bon. Jusque-là, ça n'avait pas trop mal marché. Rien de plus que l'impression un peu troublante d'un danger inconnu. Une seconde étude de la vallée, du haut de ce nouvel observatoire, ne devrait pas prendre trop de temps. Alors, pourquoi n'irait-il pas récupérer en plein jour sa bicyclette afin de conférer plus tôt avec Tymiena dans la camionnette? Oui, peut-être... Mais il tenait encore à sa première idée.

Pas de risques inutiles, et avant tout survivre, se rappela-t-il.

Il tourna à gauche d'un pas vif, remit ses jumelles en bandoulière et grimpa à travers des chênes et des madrones vers des buissons d'un vert huileux qui se trouvaient derrière la paroi rocheuse du fond de la vallée. La cascade était devenue plus bruyante. Arrivé aux buissons, Depeaux tomba à quatre pattes, enfouit les jumelles sous sa chemise et serra son sac contre son côté droit. Puis il progressa en rampant sur son côté gauche afin de protéger les jumelles et de ne pas faire traîner son sac sur le sol. Les buissons s'ouvrirent bientôt sur une étroite corniche rocheuse d'où il pouvait voir sur toute sa longueur le Val Gardé.

Tout en s'emparant de ses jumelles, Depeaux se demanda distraitement où les Indiens « sauvages » avaient été massacrés. Le grondement de la cascade, à une vingtaine de mètres sur sa droite, s'était amplifié. Il s'allongea sur les coudes et porta les jumelles à ses yeux.

Les bâtiments de ferme, cette fois-ci, étaient plus loin de lui, et la vaste grange-studio dissimulait toute la maison, sauf son aile ouest. Les méandres du ruisseau apparaissaient plus nettement. Sa surface n'avait pas plus de rides qu'un miroir comme si l'eau était stagnante; elle reflétait les arbres et les broussailles de ses berges. Il avait vue jusqu'à l'autre extrémité de la vallée; il distingua les prairies onduleuses, les bouquets d'arbres, les silhouettes lointaines du bétail.

Pourquoi ce bétail ne s'aventurait-il pas sur les prairies où l'herbe était plus fournie, donc plus attrayante? Rien ne semblait l'en empêcher. Il n'y avait ni clôtures ni fossés... rien.

Soudain Depeaux repéra un véhicule qui roulait dans un nuage de poussière, loin derrière les bêtes, sur la route étroite qu'il avait prise avec Tymiena. Qui venait donc ici? Le ou les occupants remarqueraient-ils la camionnette de camping? Tym devait être en train de peindre ce paysage imbécile, évidemment, mais enfin... Depeaux orienta ses jumelles sur la poussière et, après les avoir mises au point, il découvrit un gros camion bâché qui se dirigeait à bonne allure vers la vallée. Il essaya de localiser Tymiena, mais la colline sur sa gauche le gêna; d'ailleurs, ils avaient garé la camionnette à l'ombre sur un petit chemin transversal. Les occupants du camion ne passeraient peut-être pas assez près d'elle pour la voir. De toute façon, cela n'avait aucune importance, se dit-il. Une surexcitation étrange s'était emparée de lui.

Il braqua ses jumelles sur les bâtiments de la ferme. Il faudrait bien que quelqu'un en sortît pour accueillir le camion. Donc, il verrait pour la première fois des habitants de cette résidence mystérieuse. Son attention redoubla.

Rien ne bougea dans la vallée.

Ils devaient pourtant entendre le camion, puisqu'il l'entendait lui-même, malgré la distance et le bruit de la cascade.

Où étaient les habitants de la ferme?

Les jumelles avaient de nouveau pris la poussière. Tout en nettoyant l'objectif, Depeaux réfléchit à la situation. Il savait que cela pourrait paraître ridicule, mais l'absence de toute activité de surface (alors qu'il y avait tant de preuves que des gens menaient ici une vie active) le remplissait d'inquiétude. Ce n'était pas normal! Tout était trop immobile dans la vallée. Il eut soudain la chair de poule en pensant que des yeux innombrables l'observaient. Il se retourna, regarda derrière lui du côté des buissons, mais rien ne bougeait. Alors, pourquoi être inquiet, n'est-ce pas? Il l'était pourtant, et son incapacité à expliquer son malaise l'irritait. Que cachaient-ils donc ici?

Du gâteau, avait dit Merrivale en présentant l'affaire à l'agent désigné. Mais, dès le début, Depeaux avait trouvé que ce gâteau sentait mauvais et de toute évidence Shorty Janvert avait eu la même impression. A présent qu'il l'avait entamé, ce gâteau, il lui découvrait un goût acide. Non pas l'acidité d'un fruit vert cueilli au bord d'un chemin. Non, c'était plutôt celle d'un fruit trop mûr, pourri, qui aurait mijoté trop longtemps dans son propre jus aigre.

Le camion montait maintenant la petite côte qui menait à la clôture nord. Grâce à ses jumelles, Depeaux aperçut dans la cabine deux silhouettes vêtues de blanc. La réverbération du soleil sur le pare-brise contrariait ses observations.

Et personne ne sortait des bâtiments de ferme.

Le camion vira près de la clôture nord. Depeaux distingua sur son côté blanc de grosses lettres : *N. Hellstrom, Inc.* Le véhicule effectua un large virage comme s'il voulait s'éloigner de la ferme, puis il stoppa et revint en marche arrière vers la porte. Deux jeunes hommes blonds sautèrent à bas de la cabine. Ils se hâtèrent vers l'arrière et rabattirent le panneau qui se transforma en une rampe à rouleaux. Ils grimpèrent dans le camion ouvert et, de l'intérieur obscur, poussèrent une grande caisse jaune et grise. A en juger par leurs efforts, la caisse devait être lourde. Ils la placèrent sur les rouleaux du panneau et la laissèrent glisser; elle s'arrêta sur le sol avec une secousse qui souleva de la poussière.

Que pouvait-il y avoir dans cette caisse? Elle était suffisamment grosse pour être un cercueil.

Les deux hommes descendirent, se raidirent et unirent leurs forces pour mettre la caisse debout. Ils la déplacèrent ensuite péniblement pour pouvoir refermer le panneau arrière, puis ils remontèrent dans la cabine et le camion repartit.

La caisse se trouvait à trois mètres de la porte nord.

Depeaux examina la caisse avec ses jumelles. Elle était plus haute que les hommes du camion, et elle était lourde. Faite en bois, elle semblait avoir été renforcée par des bandes d'acier qui l'encerclaient de haut en bas.

Une livraison, se dit Depeaux. Mais que pouvait-on livrer à la ferme dans une caisse de cette forme-là?

Hellstrom disposait d'un camion pour les livraisons de marchandises à la ferme, mais il lui était égal qu'elles attendissent en plein soleil de l'autre côté de sa porte. A première vue, cette façon de procéder n'avait rien d'étrange. Le dossier de l'Agence renfermait nombre d'informations sur l'activité cinématographique d'Hellstrom. Sa société s'appelait la N. Hellstrom, Inc. et Hellstrom en était à la fois le propriétaire et le directeur. Il tournait des films documentaires sur les insectes. Parfois, les séries filmées d'Hellstrom étaient incorporées dans des productions fort imposantes que d'autres compagnies distribuaient à Hollywood et à New York. Tout cela s'expliquait aisément tant qu'on ne s'était pas installé sur ce versant de colline et qu'on n'avait pas observé l'opération comme Depeaux à présent et Porter avant lui. Qu'était-il advenu de Porter? Et pourquoi Merrivale ne voulait-il pas recourir à une enquête directe sur la disparition d'une personne?

Il y avait autre chose dans l'opération d'Hellstrom. L'absence d'opérations.

Extrait du Manuel de la Ruche. La relation entre l'écologie et l'évolution est extrêmement étroite, profondément impliquée dans les changements organiques au sein d'une population animale donnée, et extrêmement sensible à la densité mesurable à l'intérieur d'un habitat donné. Nos adaptations visent à accroître la tolérance de la population, à permettre une densité de dix à douze fois plus grande que celle qui est couramment considérée comme possible. C'est à partir de cela que nous obtiendrons nos variations de survie.

Une atmosphère d'attente désintéressée régnait dans la salle de conférence quand Dzule Peruge entra et se dirigea vers le fauteuil du Chef au haut bout de la longue table. Il jeta un coup d'œil à sa montre quand il posa sa serviette sur la table : 5 h 14 de l'après-midi. C'était dimanche, et pourtant ils étaient tous présents, les hommes importants et la seule femme qui partageaient la responsabilité de l'Agence.

Dédaignant les préliminaires d'usage, Peruge s'assit.

– J'ai eu une journée très éprouvante. Pour comble, le Chef m'a convoqué il y a deux heures et m'a prié de vous communiquer son rapport. Il avait à s'occuper de certains problèmes venus de plus haut. Bien entendu, ils passaient avant tout le reste.

Il promena son regard dans la salle. C'était une pièce paisible et garnie de sièges capitonnés. Des rideaux gris aux fenêtres du côté nord conféraient aux rayons du soleil de l'après-midi une sorte de lumière fraîche, vaguement sous-marine, quand ils filtraient à travers pour caresser le bois verni et sombre de la table.

Il entendit quelques toux impatientes, mais ses auditeurs n'élevèrent pas d'objection à ce remplacement.

Peruge poussa sa serviette devant lui et en retira le contenu – trois dossiers minces.

– Vous avez tous vu, dit-il, le dossier Hellstrom. Le Chef m'a informé qu'il l'avait mis en circulation depuis trois semaines. Vous serez heureux d'apprendre que nous avons maintenant déchiffré le code qui figure sur la page 17 des documents originaux. Il s'agit d'un code assez intéressant, basé sur une configuration à quatre unités dont nos gens m'ont dit qu'elle était dérivée du code de l'acide désoxyribonucléique. Très ingénieux.

Il s'éclaircit la voix, prit un feuillet dans le dossier du dessus, le parcourut.

– Encore une fois, il s'agit du Projet 40, mais

aujourd'hui on nous le présente comme une arme possible. Les mots exacts sont « un stimulant qui assurera la suprématie à nos ouvriers sur le monde entier ». Très suggestif!

Un homme assis à gauche de Peruge l'interrompit.

– Foutaises! Cet Hellstrom produit des films. Son arme secrète pourrait être tout simplement un nouveau procédé cinématographique spectaculaire.

– Il y a plus, dit Peruge. Notamment des instructions partielles pour un circuit d'échange dont notre homme de Westinghouse nous assure qu'il est réel. Très excité par les implications qui en découlent, il l'a appelé « une autre clef de l'énigme ». Il admet que c'est une clef incomplète; rien n'indique l'endroit où le circuit pourrait s'adapter dans le projet amplifié. Mais il y avait un détail supplémentaire dans le passage chiffré.

Peruge guetta l'effet produit par ses paroles.

– Le message est très direct. Il donne pour consigne au porteur des documents en question de transmettre ses futurs rapports à quelqu'un de Washington. Nous avons identifié ce quelqu'un : c'est le sénateur dont nous avions commencé à suspecter les activités.

Peruge eut envie de rire. Leur réaction fut exactement celle que le Chef avait prévue. Il eut droit à leur attention sans partage, privilège rarement octroyé dans ce club de géants.

L'homme à sa gauche lui demanda :

– Aucun doute là-dessus?

– Pas le moindre.

Extrait du rapport original de Dzule Peruge sur Joseph Merrivale. Le sujet n'est pas enclin à des émotions détectables qui lui interdiraient toute chaleur humaine envers ses camarades, mais il simule très bien ses réactions. Ses capacités administratives sont suffisantes pour les tâches nécessaires, mais il manque de qualités d'initiative et d'audace. Il est exactement tel que nous l'avions pressenti : un homme qui est capable de diriger sa division sans à-coups et, s'il en reçoit l'ordre, d'envoyer ses collaborateurs à leur mort sans l'ombre d'un remords. Promotion recommandée.

Lorsqu'il quitta la conférence, Peruge se permit un petit accès de triomphalisme. Il y avait eu quelques passes d'armes délicates avec cette garce, mais il s'en était bien tiré en fin de compte. Il ne parvenait toujours pas à comprendre pourquoi ils avaient laissé siéger une femme dans ce conseil.

Il pleuvait quand il sortit dans la rue; l'air vespéral s'en trouvait rafraîchi, mais Peruge n'aimait pas du tout l'odeur de la poussière mouillée : il héla le premier taxi qu'il rencontra.

Le chauffeur, comme par hasard, était une femme. Peruge poussa un soupir résigné en s'installant sur la banquette.

– Conduisez-moi au Statler, dit-il.

Impossible de savoir quand et où s'arrêtera l'intrusion des femmes, pensa-t-il. Des métiers pareils devraient être interdits à ces êtres fragiles. Il en était arrivé à ce jugement après avoir observé sa mère qui, toute sa vie, avait été déchirée par des attitudes contradictoires entre son ascendance et les exigences de son sexe. Pour autant qu'elle le sût, elle avait des ancêtres noirs, cherokees, portugais et cajuns. Elle avait quelquefois été fière de ses aïeux. « N'oublie jamais, mon garçon, que tes ancêtres ont vécu ici avant que le premier voleur blanc ait débarqué. » D'autres jours, elle lui rappelait : « Nous étions marins à l'époque d'Henri le Navigateur, lorsque la plupart des marins ne revenaient jamais d'un long voyage. » Mais elle pouvait tempérer ces explosions d'orgueil amer par des recommandations de prudence : « Dzule, tu as l'air suffisamment blanc pour que personne ne se doute qu'il y a du nègre dans notre sang. Joue le jeu blanc, mon petit; c'est le seul moyen de gagner en ce monde. »

Et aujourd'hui il avait gagné la partie. La garce du conseil avait essayé de le mettre sur la sellette à propos des activités commerciales d'Hellstrom et de l'amener à se contredire. Le Chef l'avait averti : « On tentera de vous prendre au dépourvu et de vérifier les activités de l'Agence. J'espère fermement que vous leur rendrez coup pour coup. » Il était comme cela, le Chef : un père pour ceux à qui il faisait confiance.

Peruge n'avait jamais connu son propre père, qui avait été seulement le premier d'une longue série d'hommes à se partager les faveurs de Juanita Peruge. Elle s'appelait en réalité Juanita Brown, mais elle avait trouvé trop banal ce nom de famille et elle l'avait remplacé par Peruge, plus mystérieux. Le père était resté assez longtemps auprès de Juanita pour avoir donné au bébé le prénom de Dzule, en mémoire d'un oncle dont nul ne savait rien, puis il avait embarqué à bord d'un bateau de pêche pour un voyage qui aurait justifié les pires craintes du Navigateur : son bateau s'était perdu corps et biens dans une tempête au large de Campêche.

La tragédie avait été le ciment raffermissant du tempérament de Juanita. Elle lui offrait la merveille d'une quête sans fin pour remplacer un amour que le temps rendait toujours plus romanesque et incomparable. Pour Dzule, elle créa un mythe du formidable John (Juan à l'origine) Peruge : grand, bronzé, capable de réussir n'importe quel exploit qu'il voulait entreprendre. Un dieu jaloux l'avait enlevé, et voilà.

Ce fut cette tragédie, vue à travers l'imagination

de sa mère, qui incita Dzule à pardonner à Juanita tous ses outrages à la morale. Sa première, sa plus convaincante image des femmes lui apprit qu'elles ne pouvaient supporter les grands tourments de la vie qu'en recherchant les plaisirs du lit. Elles étaient faites ainsi, et il fallait accepter le fait. Des hommes pouvaient le nier, mais ils dissimulaient sûrement un comportement identique chez leurs propres femmes.

L'Agence avait été l'endroit idéal pour que Dzule Peruge prît conscience de ses capacités. Là, les forts cherchaient leur place dans la vie. Là, ceux qui ne se cachaient pas la tête sous l'aile gravitaient normalement. Là enfin, et ce n'était pas le moins important, se situait l'un des derniers cadres pour romans de cape et d'épée. A l'Agence, tous les rêves étaient permis à condition de se rappeler que la plupart des êtres humains étaient essentiellement fragiles – notamment les femmes.

La garce du conseil ne constituait pas une exception; elle avait sa propre faiblesse, obligatoirement. Mais elle était intelligente, et sa nature implacable l'animait tout entière.

Peruge, après avoir jeté un coup d'œil sur les rues lavées par la pluie, réfléchit aux épisodes de son match dans la salle du conseil. Elle avait pris l'offensive en sortant son exemplaire personnel du dossier Hellstrom. Ayant trouvé les passages dont elle avait besoin, elle les cita et déclara :

– Vous nous dites que la société d'Hellstrom est une entreprise privée, constituée en 1958 : un gros actionnaire, lui-même, et trois administrateurs : Hellstrom, une certaine miss Fancy Kalotermi et une certaine miss Mimeca Tichenum. (Elle reposa son dossier et regarda Peruge fixement à travers la longue table.) Ce qui trouble une partie d'entre nous, c'est que vous ne nous donnez aucun renseignement sur ces femmes, bien qu'elles aient signé de leurs noms les documents de constitution de société en présence de témoins et par-devant notaire.

Ma réponse, pensait Peruge, avait été très appropriée à l'attaque. Haussant les épaules, il avait dit en effet :

– C'est exact. Nous ne savons pas d'où elles viennent, où elles ont fait leurs études. Nous ne savons rien. Leurs noms font penser à deux étrangères, mais le notaire de Fosterville s'est contenté de leurs pièces d'identité et le représentant du gouvernement n'a élevé aucune objection contre leur nomination d'administrateurs dans une société commerciale de la région. Il se peut que Mimeca soit un prénom oriental, ainsi que l'ont suggéré certains d'entre vous, et que le nom de l'autre ait une origine grecque. Pour l'instant, nous ne savons pas. Nous n'avons pas l'intention de laisser des questions sans réponse. Nous sommes en train de faire des recherches de ce côté-là.

– Habitent-elles la ferme d'Hellstrom? demanda-t-elle.

– Apparemment oui.

– Pouvez-vous nous les décrire?

– Vaguement. Des cheveux noirs. Possédant les caractéristiques générales de la femme.

– Les caractéristiques générales de la femme? réfléchit-elle. Je serais curieuse de savoir comment vous me décririez. Bah, aucune importance! Quels sont leurs rapports avec Hellstrom?

Peruge avait pris son temps pour répondre. Il connaissait l'impression qu'il produisait sur les femmes. Il était grand, un mètre quatre-vingt-treize, et il en imposait avec ses cent cinq kilos. Ses cheveux blonds avaient une nuance indiscrète de roux que ses sourcils plus foncés accentuaient. Ses yeux étaient de ce brun sombre que l'on prend souvent pour du noir; ils se logeaient dans des orbites profondes au-dessus d'un nez plutôt court, d'une bouche large et d'un menton carré. Le tout était extrêmement masculin. Il expédia ce message de virilité à l'autre bout de la table en l'accompagnant d'un grand sourire inattendu.

– Madame, je ne vous décrirais à personne, moins encore à moi-même. Il entre dans mes responsabilités à l'Agence que vous demeuriez sans nom et sans visage. Quant à ces autres femmes, Hellstrom leur accorde une confiance assez considérable pour les avoir voulues comme administrateurs de sa société, ce qui a beaucoup stimulé notre curiosité. Nous voulons que cette curiosité soit satisfaite. Vous noterez que les documents stipulent que la femme Kalotermi est vice-président et l'autre trésorier-secrétaire; et cependant chacune n'est intéressée qu'à un pour cent dans la société.

– Quel âge ont-elles? interrogea la garce en lui lançant un regard torve.

– Ce sont des adultes.

– Voyagent-elles avec Hellstrom?

– Rien ne nous permet de le supposer.

– Et vous ne savez même pas si ces femmes ont des maris ou des liaisons masculines de quelque nature que ce soit? insista-t-elle.

Les épais sourcils de Peruge eurent envie de s'abaisser pour lui donner un air méditatif ou courroucé, et il ne les contraria pas, mais il conserva une voix unie pour ne pas révéler que son ignorance présente l'ennuyait fort.

– Nous ne le savons pas. Non.

Sans doute soupçonna-t-elle néanmoins sa gêne, parce qu'elle se livra à la même attaque, cette fois au sujet d'Hellstrom.

– Et Hellstrom? Est-il marié ou lié autrement avec une femme?

– Pas à notre connaissance. Les rapports vous disent tout ce que nous savons pour l'heure.

– Tout? ricana-t-elle. Quel âge a Hellstrom?

– Trente-quatre ans probablement. Il a passé ses sept premières années à la ferme où il a reçu un début d'instruction. Sa grand-mère, Trova Hellstrom, était un professeur de bonne réputation.

– Je connais par cœur votre dossier, dit-elle. Trente-quatre ans seulement. Je pose cette question pour suggérer qu'il est bien jeune pour avoir provoqué tant de vagues.

– Assez âgé.

– Vous dites qu'il fait des conférences, qu'il participe occasionnellement à des séminaires ou à des symposiums, et qu'il a pris la parole dans les facultés de plusieurs universités. Comment obtient-il ces dangereuses facilités?

– Sur sa renommée.

– Hum! Que savons-nous de ses autres collaborateurs?

– Son personnel technique, ses relations d'affaires? Vous avez vu le dossier.

– Et il a un compte en banque en Suisse. Intéressant. Aucune indication sur sa valeur?

– Uniquement ce qui est dans le dossier.

– Avez-vous envisagé de procéder à des enquêtes discrètes sur ses hommes de loi?

– Nous prenez-vous pour des idiots? demanda Peruge.

Elle le regarda un moment.

– J'ai dit : discrètes.

– Son conseiller juridique, ainsi que vous l'avez lu dans le dossier, est originaire de Fosterville, qui est une *petite* ville, expliqua Peruge prudemment. Des liens étroits entre deux individus dangereux ne peuvent pas se nouer discrètement dans un tel cadre.

– Hum!

Peruge contempla les papiers qu'il avait devant lui. Elle savait évidemment, comme les autres, qu'il ne disait pas tout. Elle s'y était attendue, mais elle n'avait aucun moyen de deviner la réalité. Elle n'avait que ses soupçons.

– Des gens à nous ont-ils jamais rencontré cet Hellstrom? s'enquit-elle.

Peruge releva la tête en se demandant pourquoi ils lui permettaient d'être leur porte-parole; ce n'était pas dans leurs habitudes.

– Ainsi que vous le savez peut-être, le Chef est en relation avec un vice-président de la banque qui s'occupe des affaires financières de la compagnie de cinéma qui d'ordinaire trouve des débouchés pour les productions d'Hellstrom. Ce vice-président a rencontré Hellstrom dans le monde et nous avons son rapport qui vous sera remis très bientôt.

– Cette banque ne travaille pas pour la propre société d'Hellstrom?

– Non.

– Avons-nous fait des travaux d'approche par l'intermédiaire de nos correspondants suisses?

– Il n'y a probablement rien de frauduleux; par conséquent, nous ne pouvons pas avoir accès aux comptes suisses. Ce qui ne nous empêche pas de continuer sur cette voie.

– Quelle impression Hellstrom a-t-il produite sur le vice-président?

– Celle d'un homme compétent dans les domaines qui lui sont propres, assez paisible, avec parfois des mouvements d'énergie passionnelle quand il s'agit de choses qui l'intéressent personnellement, par exemple quand on aborde devant lui le sujet de l'écologie.

– Quels salaires Hellstrom verse-t-il à ses employés?

– Le tarif syndical, mais nous n'avons pas de

déclarations de revenus pour certains d'entre eux.

– Les deux femmes qui figurent au conseil de sa société?

– Il semble qu'elles soient à son service pour un autre motif que l'argent. Nous croyons qu'elles vivent de la ferme, mais elles ne déclarent aucun revenu. Il a été suggéré qu'Hellstrom était moins que généreux, ou qu'il y avait fraude. Nous ne pouvons pas encore nous prononcer. Certains documents que nous avons vus indiquent que sa société de cinéma ne fait pas de bénéfices. Tous les revenus semblent être absorbés par des activités qui sont apparemment d'une nature éducative.

– Cette ferme pourrait-elle être une sorte d'école de subversion?

– Quelques jeunes sont censés y séjourner pour s'instruire sur la fabrication des films et sur l'écologie. Tout cela est détaillé dans le dossier.

– Détaillé? dit-elle d'une voix blanche. Pouvons-nous supposer que ses installations ont été visitées par des inspecteurs de la construction par exemple ou par d'autres fonctionnaires? L'Oregon doit avoir des lois pour des choses pareilles.

– Des inspections ont été faites par des fonctionnaires locaux, et l'exactitude des informations basées sur ces inspections reste aléatoire.

– Les techniciens d'Hellstrom, comme les cameramen, sont-ils tous connus dans leur profession?

– Ils ont exécuté des travaux qui leur ont valu des éloges.

– Mais les gens eux-mêmes, sont-ils admirés?

– On pourrait le dire.

– Mais vous, le diriez-vous?

– La question a peu d'importance en dehors du fait qu'elle peut donner des indications pour de plus amples investigations. Notre opinion est que les gens qui réussissent dans cette industrie obtiennent souvent une admiration de surface de la part de leurs collègues, mais que cette attitude de surface dissimule une hostilité qui peut être très profonde. L'admiration au sens habituel du mot n'a pas grand-chose à voir dans la situation, à moins qu'elle ne soit révélatrice d'une grande compétence ou de gros revenus.

– Combien de déplacements Hellstrom a-t-il effectués depuis le rapport qui nous a été remis?

– Un voyage au Kenya et deux jours à Stanford.

– Est-il absent en ce moment?

– C'est possible. Il faudrait que je consulte nos tout récents rapports pour en être sûr. Nous venons d'envoyer une nouvelle équipe sur le terrain, comme vous le savez. Bien entendu, vous serez informés.

– Vos rapports précédents montrent qu'il s'est absenté de sa ferme de quinze à trente jours de suite. Qui dirige l'affaire quand il n'est pas là?

– Nous ne le savons pas encore.

– Pendant ses déplacements où il est plus vulnérable, votre enquête a-t-elle été suffisamment approfondie?

– Nous avons fait fouiller ses bagages, et nous n'avons trouvé que des caméras, des pellicules, des ouvrages techniques, des journaux... Le sujet le plus souvent traité dans les documents écrits en sa possession était les insectes. Il semble très minutieux dès que sa spécialité entre en jeu. Nous n'avons rien découvert qui puisse prouver une culpabilité quelconque.

– Ne pourrait-on glisser quelque chose de compromettant dans ses affaires?

– Ce serait contre-indiqué en raison de son prestige dans l'enseignement. Trop de gens croiraient en la sincérité de ses protestations.

Elle recula sur sa chaise et se tut quelques instants avant de déclarer :

– Vous informerez le Chef qu'il doit y avoir un bénéfice quelque part dans cette affaire. Nous ne sommes pas satisfaits.

Pas satisfaits! répéta Peruge en tambourinant avec impatience sur le siège en plastique noir du taxi. Mais ils avaient peur, et cela suffisait pour le moment. Si les éléments véritables du Projet 40 donnaient les résultats escomptés, s'il se développait dans les directions que le Chef et lui avaient volontairement cachées, il y aurait assez de bénéfices pour tous, Dzule Peruge compris. Ce ne serait jamais une arme, bien entendu! L'objet créait trop de chaleur dans ses propres circuits. Mais à des basses températures, cette chaleur pourrait être transformée en chaleur induite pour les produits en métal et en plastique. A tout le moins elle transformerait la métallurgie en réduisant les coûts actuels par un facteur extraordinaire. Là, il y aurait des bénéfices!

Instructions de la Mère fondatrice pour les ouvriers sélectionnés. Nous utilisons le langage de l'Extérieur, mais avec nos propres significations. Il est important que les distinctions essentielles soient maintenues. Les pratiques de la dissimulation l'exigent. Parce que nous sommes virtuellement impuissants contre les meilleures forces de l'Extérieur, notre défense principale réside encore en ce qu'ils n'apprennent jamais que nous vivons parmi eux en nous façonnant d'après les créatures de la Ruche.

Pendant que s'achevait l'après-midi sur la vallée d'Hellstrom, Depeaux réfléchit aux séances d'instruction avec Merrivale, et il commença à se demander combien d'agents avaient été perdus pour ce projet. Merrivale était un drôle de type – cet accent britannique affecté et tant d'autres choses. A différentes reprises il avait donné l'impression très nette qu'il admirait Hellstrom. C'était bien dans le style de Merrivale de n'admirer que la réussite, mais son admiration était toujours teintée de crainte. Plus la réussite se situait près de Merrivale, plus il avait peur.

La vallée close baignait toujours dans le chaud soleil de l'automne. Une certaine somnolence s'empara de Depeaux et, à certains moments, ses paupières se fermèrent.

Il se contraignit à concentrer son attention sur les bâtiments de la ferme. A en croire les derniers rapports, Hellstrom en personne se trouvait quelque part dans l'un d'eux. Cependant rien ne venait confirmer cette hypothèse.

Pourquoi donc Merrivale admirait-il Hellstrom?

Un subit claquement de porte réveilla la vigilance de Depeaux. Il y eut du mouvement à l'angle gauche de la grange-studio. Une charrette apparut. C'était un véhicule bizarre qui rappelait les anciens chariots à bagages de chemins de fer, ceux que l'on tirait à la main dans les gares. La charrette avait des cotés en planches et deux grandes roues à rayons. De derrière le bâtiment, une voix aiguë lança un ordre, mais Depeaux ne comprit pas les mots. Ils ressemblaient à « Actionnez une charge », ce qui ne voulait rien dire.

Une jeune femme s'avança et alla se placer devant la charrette. D'abord, Depeaux crut qu'elle était nue. Ses jumelles lui apprirent qu'elle portait une petite culotte couleur de peau, mais ni chemisier ni soutien-gorge, et qu'elle était chaussée de sandales.

Les verres puissants et bien réglés permirent à Depeaux de l'observer comme s'il était à côté d'elle, pendant qu'elle abaissait une sorte de timon qui avait été relevé à la verticale à l'avant de la charrette. Elle avait des seins très fermes aux pointes foncées. Il la regarda avec tant d'attention qu'il faillit ne pas voir une autre jeune femme vêtue (ou dévêtue) de la même façon. Il ne la remarqua que lorsqu'une troisième main s'introduisit dans son champ visuel. Les deux jeunes femmes se ressemblaient assez pour être sœurs, mais elles ne correspondaient pas du tout à la description des administrateurs féminins de la société d'Hellstrom et qu'il avait soigneusement étudiée : elles avaient des cheveux d'or clair.

Les jeunes femmes se saisirent du timon et, en le tirant, véhiculèrent la charrette en direction de la porte nord. Elles agissaient avec une précipitation que Depeaux ne s'expliqua pas, étant donné que la caisse avait longtemps attendu à l'extérieur de la grille. Car ce ne pouvait être que pour la caisse que la charrette avait été requise. Elles allaient prendre possession de la caisse. Qu'y avait-il dans cette maudite caisse? Et pourquoi étaient-elles presque nues? Il se rappela que les deux livreurs avaient peiné pour déplacer la caisse, et il s'étonna que deux femmes fussent chargées de hisser cet objet lourd à bord de leur charrette. D'autres allaient sans doute sortir pour les aider.

Avec une stupéfaction croissante, il vit les femmes ouvrir la porte, mettre la charrette en position, rabattre son arrière et incliner la caisse en direction du fond de la charrette. Elles soulevèrent la caisse avec une aisance musculaire qui le surprit, et elles la hissèrent beaucoup plus facilement que les hommes qui l'avaient descendue. Après avoir refermé l'arrière de la charrette, elles repartirent au trot vers la grange avec la même hâte que pour véhiculer la charrette vers la porte nord. En beaucoup moins de temps qu'il ne l'avait prévu, elles arrivèrent à la grange et disparurent derrière elle. Depeaux entendit un nouveau claquement sec. Une porte?

Depeaux calcula que tout l'épisode n'avait duré

que cinq minutes. Ahurissant! C'étaient des amazones. Pourtant elles n'avaient paru que des jeunes femmes nubiles et bien développées. La ferme d'Hellstrom serait-elle une retraite cachée pour des fanatiques de la santé, une sorte de séjour naturiste dans l'arrière-pays? Le nudisme presque intégral dont il avait été le témoin autorisait ce genre d'hypothèses. Mais cette explication ne le satisfit pas. Il avait noté chez ces femmes un comportement de professionnelles exercées. Elles n'étaient pas là pour se faire des muscles à tout prix. Elles avaient agi comme deux ouvrières allant exécuter une tâche, et elles connaissaient assez bien cette tâche pour l'accomplir sans se livrer à une débauche de paroles ou de gestes inutiles. Pourquoi des femmes pour ce genre de travail?

Encore l'une de ces sacrées anomalies!

Depeaux consulta sa montre : le soleil se coucherait dans moins d'une heure. La vallée et la ferme s'étaient replongées dans leur troublante tranquillité superficielle. Et le vide était encore plus sensible après la brève démonstration d'énergie des jeunes femmes.

Que pouvait-il y avoir dans cette caisse?

Le soleil bas blanchissait la crête sur sa gauche, les profondeurs de la vallée s'assombrissaient, mais la lumière que réfléchissaient les herbes et les feuilles dorées du versant opposé rendait les ombres transparentes. Depeaux savait qu'il disposait d'un bon couvert sous les buissons, mais la vallée et la campagne avaient retrouvé leur quiétude menaçante. Il aspira une bonne bouffée d'air et maintint sa décision d'attendre la nuit pour repartir. Il flairait un piège. Il recula en se tortillant pour mieux s'enfoncer dans l'ombre, et il examina sur sa gauche la campagne dégagée qu'il lui faudrait traverser. La lumière oblique du couchant projetait sur le champ un éclairage doré, vaguement orangé, et marquait d'une ombre nette la trace de l'herbe qu'il avait foulée pour monter.

J'ai été idiot de passer par là, se dit-il. Et il se posa une question morbide : Quelle a été l'erreur de Porter?

Une impression d'impuissance terrible l'accabla. La force musculaire des jeunes femmes quasi nues, le bourdonnement aussi persistant qu'exaspérant qui provenait de la grange-studio, les avertissements à demi-mot contenus dans les rapports et les consignes de Merrivale, cette immobilité de la vallée qui contrastait avec les mouvements du bétail dans le lointain (pourquoi si loin?), tout cela lui commandait de ne pas s'aventurer en plein jour. Il resta allongé encore près d'une heure à guetter l'invisible, à agiter ses propres pressentiments.

La lumière s'atténua. Bas vers l'ouest, le ciel se divisait en banderoles empourprées sur un fond d'incandescence. Les versants de la vallée se vêtirent d'un voile noirâtre où il lui fut difficile de déterminer s'il en percevait réellement les détails ou s'il ne faisait que s'en souvenir. Aucune lumière ne s'allumait dans la ferme ou la grange. La visibilité s'était réduite à quelques mètres mais, lorsqu'il émergea des buissons en rampant, il aperçut des étoiles et un halo lumineux sur l'horizon du nord. C'était sûrement Fosterville. Et la ferme était toujours plongée dans l'obscurité.

Une autre anomalie.

Depeaux tâta le sol autour de lui pour être certain qu'il s'était dégagé des buissons. Il se leva. Son dos lui fit mal. Il fouilla dans son sac, en retira le sandwich et le mangea tout en cherchant à retrouver son sens de l'orientation. Le halo lumineux de Fosterville était un bon repère. Le sandwich lui redonna des forces. Il but une grande gorgée d'eau et amarra son sac.

L'impression de danger subsistait.

Une impression illogique, certes, mais il avait appris à se fier à cette sorte de sixième sens. C'était comme s'il recevait le message de tout ce qu'il avait étudié au sujet de ce site – de tout ce qu'il avait entendu, de tout ce qu'il avait vu – le message, aussi, de choses ni vues ni entendues. Et ce message d'anomalies lui disait *danger*.

Fiche le camp d'ici, se dit-il.

Il tourna son bracelet-montre pour avoir bien en vue le cadran lumineux de sa boussole, et il partit pour traverser le champ. A mesure qu'il s'éloignait des arbres, il voyait mieux, et il retrouva la longue pente d'herbes séchées qu'il avait gravie plus tôt.

Le sol était inégal sous l'herbe, et il trébucha souvent. Il souleva avec ses pieds de la poussière – c'était inévitable – et à plusieurs reprises il s'arrêta pour réprimer un éternuement. Son passage à travers l'herbe lui sembla anormalement bruyant dans le silence de la nuit, mais il y avait un peu de vent et, quand il s'arrêtait, il l'entendait frémir dans les arbres devant lui. Une similitude existait entre les deux sons, et il le vérifia en ralentissant le pas. Mais les aoûtats qu'il avait récoltés lui grattaient la peau, et il n'aimait pas marcher lentement. Inconsciemment, il accéléra l'allure. Dans son for intérieur, une voix lui disait : *Dépêche-toi.*

Le cadran lumineux de sa boussole et le ciel rougeoyant lui permettaient de bien s'orienter. Il évita sans difficulté les quelques arbres du champ. La ligne sombre des arbres plus groupés à travers lesquels il était venu se détachait avec netteté. Là, il retrouverait la piste du gibier et il n'aurait plus qu'à la suivre. Qu'elle était donc loin, cette piste! Enfin, ses pieds en foulèrent la surface dure et sans herbes. Il s'accroupit pour la toucher avec ses mains, et il tâta des empreintes presque effacées de sabots. Il y avait bien longtemps qu'un cerf était passé par ici! Il avait déjà remarqué en montant que ces empreintes étaient très anciennes, mais à présent cette ancienneté complétait le message de la vallée.

En entendant un bruissement distant dans le champ qu'il venait de traverser, Depeaux se redressa et s'engagea d'un pas vif sur la piste. Il pencha la tête pour écouter. Ce bruissement n'était sûrement pas causé par quelqu'un qui marchait sur l'herbe ni par le vent. Il ne réussit pas à le situer avec précision. Il était derrière lui, voilà tout. La lumière des étoiles ne lui montra rien d'autre que des ombres qui pouvaient être des arbres ou des accidents de terrain. Mais le son s'amplifiant, il y perçut une menace. Maintenant, ce son ressemblait davantage à un faible bourdonnement qu'à un bruissement. Il se raidit, commença à trotter sur la piste. Il s'aperçut qu'il la voyait distinctement s'il la regardait sous un angle aigu.

Il arriva à la ligne des arbres plus groupés, mais ces madrones et ces pins diminuèrent la faible contribution de la lumière stellaire, et il se trouva contraint de marcher au pas. Il perdit la piste à plusieurs reprises, n'y revint qu'en tâtonnant avec ses pieds. Il aurait bien voulu prendre dans son sac sa petite lampe électrique, mais le son bizarre qu'il entendait derrière lui augmentait de force. Et c'était à présent un bourdonnement-sifflement. Quelle pouvait être son origine? Le bruit d'innombrables vertugadins traînant dans l'herbe n'aurait pas été aussi mécanique. L'image des vertugadins l'amusa un instant, jusqu'à ce qu'il se rappelât les jeunes amazones quasi nues de la ferme : elles n'auraient certainement rien d'amusant, même affublées des vertugadins de son imagination!

Il avait caché sa bicyclette dans des buissons, au croisement de la piste avec une route étroite et non macadamisée qui contournait une petite colline avant de descendre une longue rampe vers le lieu où la camionnette était garée. La bicyclette avait une lampe au guidon; il utiliserait cet éclairage pour foncer comme un bolide.

Le son derrière lui s'intensifiait toujours. Mais qu'est-ce qui pouvait donc produire un bruit pareil? Etait-ce quelque chose de naturel? Des oiseaux, peut-être?... Et ce son se répandit progressivement de chaque côté de Depeaux, dans l'herbe. Il eut l'impression auditive qu'une armée se déployait en éventail pour le cerner. Il essaya de marcher plus vite, mais les ténèbres étaient trop épaisses; il se cogna aux arbres.

Qu'était ce son?

Il avait le corps trempé de sueur; la peur comprimait sa poitrine.

Voulant encore une fois accélérer l'allure, il fit un faux pas et s'étala de tout son long. Le murmure qui le poursuivait cessa comme par enchantement. Depeaux ne bougea pas; il attendit un moment en tendant l'oreille. Plus rien. Mais l'absence du son lui parut aussi effrayante que sa présence l'avait été. Lentement il se releva et, aussitôt, le bruit recommença derrière lui, sur sa droite, sur sa gauche. Alors il s'affola, repartit en trébuchant, en dérapant, en titubant pour s'enfoncer plus avant au milieu des arbres – et pas toujours sur la piste.

Où était donc cette maudite route près de laquelle il avait caché sa bicyclette?

Les ondes sonores ne vibraient plus seulement derrière lui et de chaque côté : il les entendit soudain devant lui aussi. Hors d'haleine, Depeaux fouilla dans son sac et en sortit sa lampe électrique. Pourquoi n'avait-il pas emporté une arme, un petit pistolet automatique comme celui de Tymiena? Quelle imprévoyance! Ah, ce bruit, toujours ce bruit! Il se demanda s'il aurait l'audace d'allumer sa lampe et de promener son faisceau autour de lui. Au fait, il n'aurait même pas pu prendre un petit pistolet! Non! Sa couverture d'observateur des mœurs des oiseaux le lui interdisait! Il était tout essoufflé. Ses jambes lui faisaient mal.

La route fut sous ses pieds avant qu'il s'en rendît compte. Il s'arrêta pour essayer de s'orienter dans le noir. Venait-il de quitter la piste? En tout cas il ne devait pas être loin des buissons où il avait caché la maudite bicyclette. Allait-il oser se servir de sa lampe électrique? Le bourdonnement-sifflement l'entourait à présent. La bicyclette devait être juste sur sa droite. Il fallait qu'elle fût là. Il avança à tâtons vers des ombres plus noires, trébucha sur des broussailles et atterrit sur le cadre de sa bicyclette.

Etouffant un juron, Depeaux se leva, remit d'aplomb la bicyclette et s'appuya contre elle. Il voyait mieux la route maintenant : une sorte de bande plus claire dans les ténèbres. Mon Dieu, que ce serait bon d'enfourcher la bicyclette et de descendre en roue libre vers la camionnette et Tymiena! Mais le son le serrait de près. Il actionna sa lampe électrique. Un rayon de lumière troua le rideau d'arbres, révéla trois jeunes femmes vêtues comme les amazones de la ferme d'une petite culotte et chaussées de sandales; mais elles avaient le nez et les yeux cachés derrière un masque noir et luisant qui avait la forme d'un masque de plongée. Chacune portait une longue baguette terminée par une sorte de fouet double. Les baguettes lui firent penser à un système d'antenne, mais leurs extrémités jumelles étaient braquées sur lui et il n'y avait pas à se méprendre sur la menace.

Extrait du journal de Nils Hellstrom. Je me rends

compte parfois que mon nom n'a pas d'importance. Il pourrait être n'importe quel autre assemblage de sons, et je serais encore moi. Les noms n'ont pas d'importance. Voilà une bonne idée. Exactement conforme à ce que disaient ma mère fondatrice et mes premiers maîtres. Le nom dont je me sers représente un accident. Il n'est pas le nom qui aurait pu m'être donné si j'étais né dans une famille de l'Extérieur avec tout l'individualisme égocentrique habituel de ses membres. Leur conscience n'est pas ma conscience; leur calcul du temps n'est pas mon calcul du temps. Nous, de la Ruche, nous nous déferons un jour de nos noms. Les paroles de ma mère fondatrice à cet égard nous rassurent pleinement. Notre société parfaite ne peut pas autoriser des noms individuels permanents. Qu'ils soient, au mieux, des étiquettes d'une utilité temporaire. Peut-être porterons-nous des étiquettes différentes à différentes étapes de nos vies. Ou des numéros. Je trouve que des numéros seraient plus conformes au dessein que ma mère fondatrice a si bien exprimé.

Il était 2 h 40 du matin et, depuis dix minutes, Clarisse observait Eddie qui marchait de long en large dans le petit living-room de l'appartement qu'elle possédait. Le téléphone les avait tirés d'un profond sommeil, et Eddie s'était levé pour répondre. Il s'était rendu chez elle sans se cacher. L'Agence ne voyait aucun mal à cela. Elle s'attendait à quelques ébats sexuels de la part de ses collaborateurs et, du moment qu'ils se passaient entre quatre murs, elle les considérait avec sympathie. Dans cette activité, rien de profond ni d'exigeant; simplement un bon plaisir physique.

Eddie n'avait pas dit grand-chose après avoir raccroché.

– C'était DT. Merrivale lui avait demandé de téléphoner. On a perdu le contact avec Carlos et Tymiena.

– Oh, mon Dieu!

Elle avait bondi hors du lit, enfilé une robe de chambre. Eddie était allé tout de suite dans le living-room.

– J'aurais dû répondre au téléphone, dit-elle en espérant que cette phrase le tirerait de sa rêverie.

– Pourquoi? C'était moi que cherchait DT.

– Ici?

– Oui.

– Comment savait-il que tu étais ici?

– Il avait appelé chez moi et personne ne répondait.

– Eddie, cela ne me plaît pas.

– Bah!

– Eddie, raconte-moi le reste. Qu'est-ce que DT a dit d'autre?

Il s'arrêta devant elle et contempla ses pieds qu'elle avait partiellement repliés sous son corps en se laissant tomber sur un fauteuil.

– Il m'a dit que nous allions devoir recommencer à jouer au frère et à la sœur. Nick Myerlie sera notre papa, et nous allons passer de jolies vacances en Oregon!

Extrait du journal de Nils Hellstrom. Fancy montre par des signes certains qu'elle n'est pas heureuse dans la Ruche. Je me demande si elle n'est pas devenue, je ne sais comment, conditionnée pour préférer la vie à l'Extérieur. Ce problème a toujours été l'un de nos soucis, et il se pose quelquefois. Je crains qu'elle n'essaie de s'enfuir. Dans ce cas, je crois que je préférerai en faire une souche reproductrice plutôt que l'envoyer à la cuve. Son premier-né Saldo a répondu à tous nos espoirs. Je ne voudrais pas que la

Ruche perde ce potentiel de reproduction. Quel dommage qu'elle soit aussi parfaite avec les insectes! Il faudra que nous la surveillions étroitement jusqu'à ce que le film en cours soit terminé. De toute façon, nous ne pourrons plus l'envoyer travailler à l'Extérieur avant que nous soyons sûrs d'elle. Peut-être devrions-nous lui donner plus de responsabilités internes pour le film. Elle pourrait alors en venir à partager ma vision du film et à se guérir de cette instabilité. Ce film est d'une telle nécessité pour nous! C'est un nouveau commencement. Avec lui et ceux qui suivront, nous préparerons le monde à notre solution de la survie humaine. Je sais que Fancy a des convictions schismatiques. Elle croit que les insectes nous survivront. Même ma mère fondatrice redoutait cela, mais sa solution et les raffinements que j'ai apportés à cette solution doivent être développés. Il faut que nous devenions plus intensément semblables à ceux sur lesquels nous modelons nos vies.

– Est-ce que cela vous choque? demanda Hellstrom.

A cet homme blond de taille moyenne, nul n'aurait donné plus de trente-quatre ans. Depeaux connaissait les documents de l'Agence qui le concernaient. Une grande dignité intérieure émanait de toute sa personne, et la manière dont ses yeux bleus se posaient sur un objet ou un être humain qui l'intéressait en disait long sur la résolution de son caractère. Il donnait l'impression de contenir plus d'énergie qu'il n'en dépensait.

Hellstrom était debout dans un laboratoire en face de son prisonnier qui avait été ligoté sur une chaise de plastique. Le laboratoire était une salle de métal brillant, de surfaces blanches luisantes, et de cadrans d'instruments, qu'éclairait une lumière blanchâtre provenant d'une voussure qui faisait le tour du plafond.

Depeaux s'était réveillé ici. Il ne savait pas combien de temps il était resté inconscient mais il avait encore la tête embrumée. Hellstrom lui faisait face et deux femmes complètement nues le gardaient. Il se rendait compte qu'il leur accordait trop d'attention (une autre paire d'amazones) mais il ne pouvait pas s'en empêcher.

– Je vois que cela vous choque, dit Hellstrom.

– Ma foi, oui, avoua Depeaux. Je n'ai pas l'habitude de voir tant de chairs féminines nues autour de moi.

– Chairs féminines, répéta Hellstrom avec un petit rire qui ressembla à un gloussement.

– Peut-être ne sont-elles pas très contentes que nous parlions d'elles sur ce ton? interrogea Depeaux.

– Elles ne nous comprennent pas, répondit Hellstrom. D'ailleurs, même si elles comprenaient nos paroles, elles ne comprendraient pas votre attitude. C'est l'attitude typique d'un homme de l'Extérieur mais je l'ai toujours trouvée étrange.

Pour vérifier la solidité des liens qui le maintenaient sur la chaise, Depeaux tenta prudemment de tirer dessus. Sa tête continuait à lui faire mal. Il ressentait une douleur juste derrière les yeux, et n'avait aucune idée du temps qui s'était écoulé. Il se rappelait qu'il avait commencé à parler aux trois jeunes femmes que sa lampe électrique lui avait révélées, puis qu'il s'était tu brusquement en se rendant compte qu'il y en avait beaucoup d'autres dans les ténèbres environnantes. Une masse confuse de souvenirs obscurcit sa mémoire. Mon Dieu, qu'il avait donc encore la tête lourde! Il se souvint d'avoir prononcé des paroles banales et stupides sous le coup de la peur et de la surprise : « C'était ici que j'avais laissé ma bicyclette. »

Oui, il était resté là en tenant sa maudite bicyclette, mais ces masques de plongée opaques l'avaient intimidé. Il ne pouvait pas voir les yeux qu'ils dissimulaient, ni deviner d'après leurs regards les intentions des amazones. Les baguettes à double extrémité qu'elles agitaient ne pouvaient être qu'une menace. Il ne savait absolument pas ce qu'étaient ces baguettes, mais une arme était une arme, n'est-ce pas? Les extrémités jumelles sortaient d'un manche court que les jeunes femmes serraient avec une compétence décidée. Ces extrémités émettaient un faible bourdonnement qu'il pouvait entendre quand il retenait son souffle. Il se demanda s'il ne devrait pas essayer de forcer le cercle où elles l'enfermaient. Pendant qu'il réfléchissait, un oiseau de nuit fondit sur les insectes attirés par la lampe électrique. Lorsque le nocturne passa près de lui, il avait entrevu quelqu'un, dans la zone mal éclairée au delà de la lumière, qui levait sa baguette. Un sifflement sec avait retenti, le même que celui qu'il avait entendu tout autour de lui en traversant les champs. L'oiseau était tombé comme une pierre. Une femme s'était avancée à quatre pattes et avait enfoui l'oiseau dans un sac qu'elle portait en bandoulière. Il s'aperçut alors qu'un certain nombre de femmes avaient des sacs analogues bien bourrés.

– Je... j'espère ne pas avoir commis de délit, avait hasardé Depeaux. On m'avait dit que c'était une bonne région pour mon passe-temps préféré. J'aime... beaucoup observer les mœurs des oiseaux.

Tout en parlant, il s'était rendu compte de la stupidité de ses mots.

Qu'étaient donc ces baguettes? Cet oiseau n'avait même pas battu de l'aile une seule fois. Un sifflement, et bang! Merrivale ne lui en avait jamais parlé. S'agissait-il du Projet 40? Pourquoi ces bonnes femmes qui l'entouraient ne disaient-elles rien?

Elles semblaient ne pas l'avoir entendu. A moins qu'elles ne le comprissent pas? Peut-être s'exprimaient-elles dans une autre langue?

– Ecoutez, avait-il repris, je m'appelle...

Voilà. Il ne se rappelait plus autre chose, sauf une nouvelle rafale très brève de ce bizarre bourdonnement-sifflement sur sa gauche, et puis, ah oui, la sensation pénible que sa tête avait explosé. Il s'en souvenait à présent : une douleur explosive à l'intérieur de son crâne. Il avait encore mal quand il leva les yeux vers Hellstrom. C'étaient ces baguettes qui avaient fait cela; il en était sûr. Les deux femmes qui, derrière lui, montaient la garde étaient munies des mêmes armes, mais elles ne portaient pas de masques de plongée.

Je suis dans un drôle de pétrin, pensa-t-il. Rien d'autre à faire que de payer de toupet.

– Pourquoi m'avez-vous ligoté? demanda-t-il.

– Ne perdez pas votre temps en jouant les ingénus, dit Hellstrom. Nous sommes obligés de vous garder en sûreté jusqu'à ce que nous ayons décidé de la manière dont nous disposerons de vous.

Depeaux se sentit soudain la gorge sèche et le cœur battant.

– C'est un vilain mot, murmura-t-il, ce *disposerons.* Il ne me plaît pas du tout.

Hellstrom soupira. Oui, il n'avait pas très bien choisi le terme à employer. Il était fatigué, la nuit avait été longue et elle n'était pas encore terminée. Maudits soient ces intrus de l'Extérieur! Que voulaient-ils réellement?

– Excusez-moi, dit-il. Mon intention n'est pas de vous causer des soucis ou un inconfort inutiles. Mais vous n'êtes pas la première personne que nous avons capturée ici dans des circonstances identiques.

Depeaux éprouva une sensation subite de déjà vu. C'était comme s'il revivait quelque chose dont il ne se souvenait qu'à moitié parce qu'il ne l'avait pas vécu personnellement, mais quelque chose qui était survenu à l'un de ses proches. Porter? Il n'avait jamais été son ami intime, mais...

– Et vous avez *disposé* des autres? interrogea Depeaux.

Hellstrom ignora la question. Tout cela était tellement déplaisant! Il se borna à déclarer :

– D'après vos papiers, vous seriez représentant de commerce pour une société de feux d'artifice. L'un des autres que nous avons surpris ici travaillait pour cette même société. N'est-ce pas curieux?

Depeaux obligea des mots à franchir la barrière de ses lèvres sèches.

– S'il s'appelait Porter, je ne vois rien d'étonnant. C'est lui qui m'avait parlé de cette vallée.

– Un autre observateur des mœurs des oiseaux, je parie?

Hellstrom lui tourna le dos. N'y avait-il donc pas d'autre moyen de parer à cette menace?

Depeaux se rappela l'oiseau que la femme avait abattu. Qu'était cette arme? La solution du mystère du Projet 40? Il décida de changer de tactique.

– J'ai vu cette nuit certaines de vos amies tuer un oiseau. Elles ne devraient pas faire des choses pareilles. Les oiseaux représentent une partie importante de...

– Oh, calmez-vous! (Hellstrom lui tournait toujours le dos.) Evidemment, elles ont tué un oiseau – et des insectes, des lapins, des souris, ainsi que quelques autres petites bêtes. Nous ne pouvions tout de même pas consacrer le ratissage nocturne à vous cueillir.

Depeaux hocha la tête. *Ratissage nocturne?*

– Pourquoi font-elles cela? demanda-t-il.

– Pour se nourrir, naturellement.

Hellstrom, cette fois, se retourna vers son prisonnier.

– Il faut que j'aie un peu de temps pour étudier le problème soulevé par votre présence. Je suppose que vous ne renoncerez pas à vos subterfuges et que vous refuserez de me raconter toute l'histoire.

– Je ne sais même pas de quoi vous parlez, protesta Depeaux.

Mais il transpirait abondamment, et il savait comment Hellstrom interpréterait ce signe.

– Je vois, dit Hellstrom avec un air attristé. N'essayez pas de vous évader. Ces deux ouvrières connaissent leur consigne : elles vous tueront si vous tentez de fuir. Et vous perdriez votre temps à vouloir leur parler. Elles ne parlent pas. Elles sont aussi très nerveuses : elles savent sentir la différence entre vous et nous. Vous êtes dans notre milieu un homme de l'Extérieur, et elles ont été instruites à disposer d'intrus de votre espèce. Maintenant, si vous voulez bien m'excuser...

Hellstrom traversa la salle à grandes enjambées et poussa sur le côté une porte coulissante. Avant qu'il l'eût refermée, Depeaux entrevit un large couloir éclairé d'une lumière blanchâtre et grouillant d'êtres humains – hommes et femmes, tous complètement nus. Deux d'entre eux passèrent devant la porte au moment où Hellstrom allait sortir, ce qui l'immobilisa l'espace d'une seconde. C'étaient deux femmes qui transportaient le corps d'un homme nu dont la tête et les bras ballottaient mollement.

Extrait du journal de Nils Hellstrom. C'est de la vanité qui m'incite à écrire ces lignes en essayant d'imaginer les spécialistes qui les liront. Etes-vous réellement présents dans je ne sais quel futur, ou n'êtes-vous que des créatures de mon imagination? Je sais que la Ruche aura besoin pendant longtemps, sinon toujours, des talents des lecteurs. Mais il s'agit d'une période encore plus longue qui rapetisse davantage nos menus propos. Vous qui êtes peut-être en train de me lire, si vous partagez mes interrogations, vous devez vous rendre compte que vos talents de lecteurs pourront être éventuellement délaissés. C'est un véritable problème que de savoir si votre spécialité est utile à un objectif infini. Il se peut que vienne un temps où ces mots demeureront, mais où il n'y aura plus personne pour les lire. D'un point de vue pratique, c'est peu vraisemblable, parce que la matière sur laquelle je consigne mes mots serait alors comme une substance capable d'être employée à d'autres fins. C'est donc de la vanité et je m'adresse à vous. Mon désir de le faire doit être attribué à un instinct pour l'objectif à court terme. Je suis partisan de la solution de ma mère fondatrice au problème de l'Extérieur. Nous ne devrons jamais nous contenter d'être des adversaires des hommes de l'Extérieur, mais il nous faudra œuvrer avec des compromis et une pression constante pour les absorber dans notre unité. C'est ce que nous faisons maintenant sous ma direction et, si vous avez changé cela, je me dis que vous aider à me comprendre pourra vous servir dans vos projets d'avenir.

Hellstrom avait été tiré de sa sieste par une jeune surveillante dont l'écran d'observation avait révélé l'intrusion de l'homme de l'Extérieur dans le territoire de la Ruche. La cellule d'Hellstrom avait été isolée afin qu'il pût bénéficier du secret accordé aux ouvriers supérieurs, et la surveillante s'y était rendue en personne pour le réveiller en le secouant doucement par l'épaule. Elle l'avait informé en utilisant le langage digital, rapide et silencieux, de la Ruche.

L'intrus était visible sur la colline qui surplombait les bâtiments supérieurs de la Ruche. Il utilisait des jumelles pour étudier la région. Son approche avait été enregistrée par des appareils de détection installés sur tout le périmètre. Il avait laissé quelqu'un dans un véhicule près de la route de Fosterville. Trois secondes suffirent pour délivrer l'intégralité du message.

En soupirant, Hellstrom s'arracha à la chaleur mousse-et-duvet de son lit et fit signe qu'il avait compris. La surveillante quitta la cellule. Hellstrom marcha sur les carreaux unis du plancher dont la fraîcheur l'aida à rassembler ses esprits, puis il actionna les répéteurs qui lui donnaient le contact avec les détecteurs du système de sécurité de la Ruche. Il concentra son attention sur le secteur que la surveillante avait signalé.

Hellstrom éprouva d'abord des difficultés à localiser l'homme de l'Extérieur dans l'herbe haute parce qu'à cette heure-là la lumière était toujours mauvaise. Il se demanda si la surveillante ne s'était pas trompée d'écran. Les spécialistes du guet s'énervaient et se crispaient parfois, mais il n'en avait pas encore trouvé un qui eût déclenché une fausse alerte ou commis une erreur grossière.

Hellstrom examina avec soin la haute herbe brunie. Rien ne semblait avoir troublé ce paysage de sécheresse. Et puis, soudain, quelque chose bougea sur la crête. Comme si le mouvement avait créé une nouvelle scène, il vit l'intrus, un homme de l'Extérieur si astucieusement vêtu pour se confondre avec l'herbe que le hasard seul ne pouvait en être la cause. Plus de soixante-dix années passées à vivre la vie de la Ruche avaient déterminé chez Hellstrom un réflexe qui était la nécessité de rester caché. Il avait acquis le sens de la prudence longtemps avant de s'être attribué un faux âge et d'être sorti de la Ruche pour se faire une identité de l'Extérieur. Donc, ayant vu l'intrus qui espionnait, il ne perdit pas de temps : il chaussa des sandales et se couvrit le corps d'une blouse blanche de laborantin. Il regarda la pendule-cristal du mur : 14 h 59. La pendule, qui ne variait pas de plus de quatre secondes par an, avait été fabriquée par une femme dont l'ascendance et l'instruction l'avaient conduite aux laboratoires où elle demeurerait jusqu'à la fin de ses jours.

Hellstrom réfléchissait à l'intrus. Si celui-ci attendait comme les autres, il pourrait être capturé pendant la nuit. Hellstrom nota dans sa tête de faire commencer le ratissage nocturne de bonne heure et de prévoir des dispositions spéciales pour cette éventualité. La Ruche avait besoin d'apprendre pourquoi les hommes de l'Extérieur cherchaient à pénétrer ses secrets.

Avant de quitter sa cellule, Hellstrom étudia le périmètre extérieur de la Ruche sur ses répéteurs; il découvrit, loin au bas de la vallée, une camionnette de camping à côté de laquelle une femme assise dessinait sur une tablette posée sur ses genoux. Il agrandit l'image, il vit de la tension nerveuse dans les muscles de l'épaule de cette femme, un mouvement involontaire de la tête qui dirigeait ses regards vers les pentes menant à la Ruche. Il faudrait la cueillir, elle aussi. Pourquoi la *ferme* leur était-elle suspecte? Qui se tenait derrière ces opérations? Il y avait dans cette intrusion quelque chose de professionnel qui accéléra le pouls d'Hellstrom.

Il mordilla sa lèvre inférieure en réfléchissant, à la recherche au fond de lui-même d'un instinct qui lui permettrait d'affronter cette menace. La Ruche était forte et cachée d'une manière qui ne sollicitait pas l'attention, mais il connaissait sa vulnérabilité; il savait que cette force pèserait peu en regard de la vigilence scandalisée des gens de l'Extérieur.

Ses yeux firent distraitement le tour de sa cellule. Elle était l'un des plus grands compartiments cloisonnés de la sorte de labyrinthe qui s'étendait sous la ferme et les collines environnantes. Elle avait été l'une des premières construites par les colons originels qui avaient achevé ici leurs migrations séculaires sous la direction de sa mère fondatrice.

« Le moment est venu de ne plus fuir, mes ouvriers bien-aimés. Nous qui avons vécu clandestinement une double vie chez les hommes de l'Extérieur pendant plus de trois cents ans, en nous cachant, en étant toujours prêts à décamper au plus léger soupçon, nous sommes arrivés au lieu qui nous servira de refuge et qui nous rendra forts. »

Elle se prétendait guidée par une vision; elle était visitée dans ses rêves par le bienheureux Mendel « dont les mots nous ont dit que la voie que nous connaissions depuis toujours était la vraie voie ».

La toute première éducation d'Hellstrom, celle qu'il avait reçue avant de se rendre à l'Extérieur sous l'aspect simulé d'un adolescent qui allait enfin acquérir des « connaissances livresques », avait été nourrie des idées de sa mère fondatrice.

« Les meilleurs doivent s'accoupler avec les meilleurs. De la sorte nous produirons les ouvriers divers dont nous avons besoin pour toutes les tâches qui peuvent se présenter à notre Ruche. »

En cette journée froide d'avril 1876, quand ils avaient commencé à édifier leur première Ruche en creusant dans les grottes naturelles qui existaient sous la ferme, elle leur avait dit : *« Nous perfectionnerons notre voie, et nous deviendrons ainsi les doux que la terre un jour accueillera. »*

Cette cellule qu'il occupait à présent datait des premières excavations, bien que les terrassiers et sa mère fondatrice fussent depuis longtemps allés à la cuve. Elle mesurait cinq mètres de large sur sept mètres de long, et deux mètres cinquante séparaient le plafond du plancher. Elle n'était pas tout à fait rectangulaire à l'arrière afin de loger un bras de la grotte originelle. Il aurait pu y avoir une porte dans ce prolongement, mais il avait été décidé d'y mettre des branchements, des canalisations et diverses autres conduites. A partir du labyrinthe initial en calcaire, la Ruche s'était étendue à près de deux kilomètres de profondeur et développée en un cercle dont le diamètre était de trois kilomètres au-dessous d'un niveau de neuf cents mètres. Près de cinquante mille personnes (ce qui dépassait de beaucoup les espérances de sa mère fondatrice) vivaient dans ce labyrinthe, étroitement intégrées, avec leurs propres usines, jardins hydroponiques, laboratoires, centres de reproduction, et même une rivière souterraine qui contribuait à produire l'énergie nécessaire. On ne voyait plus aucune paroi de la grotte originelle. Tous les murs étaient du gris lisse et uniforme de leur béton mucilagineux prétravaillé.

Dans la cellule d'Hellstrom, au cours des années, l'espace mural gris avait été recouvert de divers plans et dessins relatifs à la croissance de la ruche. Il ne les avait jamais retirés; c'était une manie de gaspillage que la Ruche tolérait rarement. Il avait préféré coller par-dessus des statistiques sur la vitalité de la Ruche.

Il disposait d'une cellule plus spacieuse que les autres, mais ses meubles étaient du type Ruche : un lit formé de plaques de mucilage avec des tresses de cuir cru sous un coussinet de mousse, des sièges de même fabrication, un bureau à pieds de mucilage avec un dessus en céramique, douze classeurs métalliques achetés à l'Extérieur (les armoires de la Ruche étaient plus solides, mais il préférait ceux-là à titre de souvenirs), le pupitre des répéteurs avec ses écrans et sa ligne directe avec l'ordinateur central. Une penderie avec des vêtements de l'Extérieur dans un angle le désignait comme l'un des principaux ouvriers qui se battaient pour la Ruche dans le monde menaçant au delà de leurs périmètres. A l'exception de deux lampes réglables, l'une sur son bureau et la seconde au-dessus du pupitre des répéteurs, la pièce n'était éclairée que par des tubes rayonnants le long de l'intersection du plafond et des murs, comme cela se faisait dans toutes les galeries, les tunnels, et les cellules de la Ruche.

Il aurait pu avoir l'une des cellules plus neuves et plus sophistiquées des niveaux inférieurs, mais Hellstrom avait une prédilection pour celle qu'il occupait depuis le jour où sa mère fondatrice était allée à la cuve « pour ne faire qu'un avec tout notre peuple ».

Hellstrom marcha de long en large sur les carreaux de son plancher. Que voulait cet intrus? Qui représentait-il? A coup sûr, il n'était pas venu par une curiosité fortuite. Hellstrom flairait une puissante force de l'Extérieur qui, lentement, dirigeait son attention vers la Ruche.

Il savait qu'il ne pouvait pas attendre plus longtemps pour réagir. Les surveillants s'agiteraient et ne seraient pas contents. Ils avaient besoin de recevoir des ordres, et ils estimaient qu'il fallait faire quelque chose. Hellstrom se pencha sur son pupitre, coda ses instructions, et les expédia par le système à relais qui les communiquerait dans tout le laryrinthe. Les ouvriers supérieurs agiraient comme convenu. Chacun de ceux qui auraient été choisis par le système à relais grâce à l'ordinateur central de la Ruche verrait sur un écran les signaux digitaux. Le langage silencieux de la Ruche les unirait pour une défense commune.

Hellstrom savait, comme beaucoup d'ouvriers principaux, que les défenses de la Ruche étaient réellement faibles. Se rappelant cette faiblesse, il fut envahi par un sentiment de crainte, et il regretta de ne pouvoir se réfugier dans l'oubli mental de l'ouvrier ordinaire qui, en dehors de ses besognes immédiates, avait fort peu de soucis.

Conduit par cette peur, Hellstrom ouvrit le tiroir d'un classeur et s'empara d'un dossier intitulé « Julius Porter ». L'estampille de la cuve figurait sur la chemise du dossier pour indiquer ce qui était arrivé à la chair de Porter, comme s'il avait été un étalon supprimé dont l'histoire aurait été conservée pour servir de commentaire sur sa progéniture; mais Porter n'avait pas de progéniture dans la Ruche. Il y avait seulement introduit l'idée d'une menace mystérieuse qui était restée en grande partie inexpliquée. Certains détails au sujet du nouvel intrus lui avaient rappelé Porter. Hellstrom se fiait à ce genre d'instincts. Il parcourut les lignes serrées d'informations écrites dans le code de la Ruche. Porter était muni de papiers d'identité attestant qu'il était un employé de la Blue Devil Fireworks Corporation de Baltimore. Sur la fin, il avait bafouillé quelque chose sur l'« Agence ». Cette agence symbolisait dans son esprit terrifié l'instrument de sa vengeance. L'Agence.

Hellstrom regretta qu'ils eussent envoyé si tôt Porter à la cuve. Ils avaient été aussi insensibles que négligents.

L'idée d'utiliser la souffrance d'un congénère, cependant, allait contre les sensibilités de la Ruche. La souffrance était un phénomène reconnaissable. Lorsqu'elle se produisait chez un ouvrier et ne pouvait pas être atténuée, cet ouvrier pouvait aller à la cuve. Les hommes de l'Extérieur, en revanche, ne se comportaient pas ainsi. C'était une particularité de la Ruche. On tuait pour manger, pour survivre. Le meurtre pouvait causer de la souffrance, mais celle-ci était rapidement finie. On ne la prolongeait pas. Oh, la survivance pouvait inspirer d'autres solutions, mais la Ruche les avait évitées.

Hellstrom rangea le dossier, appuya sur une clef de son poste de répéteurs. Il demanda l'un des inspecteurs de la sécurité dans la salle de garde en haut de la grange-studio. L'instrument qui véhicula sa voix avait été construit à la Ruche, et il admira son fonctionnalisme positif en attendant une réponse. Le vieux Harvey ne tarda pas à apparaître sur l'écran au-dessus de l'instrument. Sa voix tremblait légèrement. Le vieux Harvey devrait aller bientôt à la cuve, réfléchit Hellstrom, mais rien ne pressait car cet homme possédait des talents nécessaires à la Ruche – plus nécessaires que jamais en cette période de crise. Le vieux Harvey avait été l'un des premiers reproducteurs. Sa semence se retrouvait dans toute la Ruche. Mais il était aussi très bien informé des mœurs de l'Extérieur, et il veillait à la sécurité de la Ruche avec une intelligence et une imagination jamais en défaut.

Ils parlèrent librement sur le circuit intérieur. Il n'y avait aucune chance pour que les hommes de l'Extérieur disposassent d'instruments capables de forcer les barrières électroniques de la Ruche. Dans ce domaine, les spécialistes de la Ruche avaient pris une forte avance sur l'Extérieur.

– Vous êtes au courant de la présence de l'intrus, évidemment, dit Hellstrom.

– Oui.

– L'avez-vous personnellement observé?

– Oui. C'est moi qui vous ai envoyé la surveillante.

– Que fait-il?

– Il regarde. Le plus souvent avec des jumelles.

– Avons-nous du monde dehors?

– Non.

– Pas d'activité extérieure prévue?

– Rien qu'une livraison. Des morceaux de diamant pour nos foreuses du niveau cinquante et un.

– N'allez pas la chercher avant de m'avertir.
– Entendu.
– Se pourrait-il qu'il porte des instruments de relais capables d'enregistrer ces activités de loin?
– Porter n'en portait pas.
Hellstrom contint une irritation naissante, mais il remarqua que le vieux Harvey avait établi lui aussi cette relation inconsciente.
– Je voulais vous demander simplement si nous avions procédé aux vérifications nécessaires.
– Pas complètement; nos vérifications sont en cours.
– Ah, je vois que vous prenez la chose au sérieux, dit Hellstrom.
– Naturellement.
– Dès que vous aurez une certitude, communiquez-la-moi.
– Oui.
– Et l'aviation? interrogea Hellstrom. Rien?
– Deux jets à très haute altitude voilà une heure.
– Pas d'indications que ces avions se livraient à une enquête?
– Aucune. C'étaient des avions de transport commerciaux. Rien à dire.
– L'intrus a-t-il l'air de s'être installé pour un long séjour?
– Il a un sac et de quoi déjeuner. Nous pensons qu'il attendra la nuit pour repartir. Nous l'avons touché de temps à autre par des décharges à basse fréquence pour entretenir sa nervosité.
– Excellent, approuva Hellstrom. Continuez les subsoniques. S'il s'énerve, il commettra des fautes. Mais n'exagérez pas : vous pourriez le faire repartir avant la nuit.
– Je comprends, dit le vieux Harvey.
– Maintenant, il y a cette femme qui attend à côté

du véhicule près de notre périmètre. Qu'en pensez-vous?

– Nous la gardons sous surveillance. L'intrus est venu de sa direction. A notre avis, ils sont complices.

Il s'éclaircit la gorge, et ce son rauque et bruyant rappela à Hellstrom son âge. Le vieux Harvey devait avoir plus de deux cents ans, ce qui était *très* vieux pour les premiers colons qui n'avaient pas eu l'avantage de passer toute leur vie sous le régime de la Ruche.

– Ils sont indiscutablement complices, dit Hellstrom.

– Ne pourrait-il s'agir de promeneurs innocents? demanda le vieux Harvey.

– Vous envisagez sérieusement cette idée? questionna Hellstrom.

Un long silence suivit.

– C'est une hypothèse peu vraisemblable, mais possible.

– Je pense qu'ils viennent de la même source que Porter, dit Hellstrom.

– Nos gens de l'Est ne devraient-ils pas s'intéresser à cette Blue Devil Fireworks Corporation? interrogea le vieux Harvey.

– Non. Cela risquerait de révéler l'étendue de notre influence. A mon avis, il faut que nous soyons extrêmement prudents – surtout si ce couple est venu découvrir ce qui est arrivé à Porter.

– Peut-être avons-nous agi avec trop de précipitation pour celui-là.

– J'ai eu mes propres craintes à cet égard, avoua Hellstrom.

– Quelle est cette agence que représentait Porter?

Hellstrom réfléchit à cette question. Elle reflétait son malaise personnel. Porter avait abondamment parlé à la fin. Ç'avait été répugnant, et son transfert aux hachoirs et à la cuve s'en était trouvé précipité.

Cependant ce cas de force majeure avait pu obscurcir le contenu de l'incident. Aucun membre de la Ruche ne se serait jamais comporté ainsi, même pas un ouvrier ordinaire, bien qu'ils ne sussent pas parler une langue intelligible par l'Extérieur. Porter avait dit que l'Agence les aurait. L'Agence était toute-puissante. « Nous vous connaissons maintenant! Nous vous aurons! » Porter avait été le premier adulte de l'Extérieur à voir le fonctionnement intérieur de la Ruche, et sa réaction hystérique contre les choses ordinaires qui étaient nécessaires à la vie de la Ruche avait scandalisé Hellstrom.

J'ai répondu à son hystérie par une autre hystérie, pensa Hellstrom. Il ne faudra pas que je recommence un jour.

– Nous interrogerons ce couple avec plus de précautions, dit Hellstrom. Ils pourront peut-être nous parler de cette agence.

– Estimez-vous sage de les capturer? s'enquit le vieux Harvey.

– Nécessaire en tout cas.

– Peut-être faudrait-il envisager d'abord d'autres actions.

– Que suggérez-vous? demanda Hellstrom.

– Une enquête discrète par nos gens de l'Extérieur, pendant que nous userons de dissimulation à l'égard de ces nouveaux intrus. Pourquoi ne pas les inviter à entrer et leur permettre de visiter nos activités de surface? Ils ne pourront sûrement pas prouver que nous sommes responsables de la disparition de leur camarade.

– Nous n'en sommes pas certains, dit Hellstrom.

– Voyons, leur réaction aurait été différente s'ils savaient que nous étions responsables.

– Ils savent, répliqua Hellstrom. Simplement, ils ne savent pas comment ni pourquoi. Aucune dissimulation ne leur donnera le change. Ils continueront à s'accrocher à nous comme des fourmis sur une carcasse. Que nous usions de dissimulation, oui, il le faut, mais il faut en même temps que nous continuions à leur poser un problème. Je vais tenir au courant nos gens de l'Extérieur, mais mes instructions demeurent que nous ne nous départions pas de la plus extrême prudence et discrétion là-bas. Mieux vaut sacrifier la Ruche que perdre tout.

– Dans toutes vos considérations, vous voudrez bien noter, je vous prie, que je ne suis pas d'accord, dit le vieux Harvey.

– Votre objection est notée et il en sera tenu compte.

– Ils vont certainement en envoyer d'autres, murmura le vieux Harvey.

– Je m'y attends.

– Chaque nouvelle équipe sera de plus en plus expérimentée, Nils.

– Sans aucun doute. Mais une grande compétence, ainsi que nous l'avons appris par nos propres spécialistes, a tendance à rétrécir la vision. Je ne crois pas que ces premières explorations engagent l'élément central de cette agence qui voudrait mieux nous connaître. Bientôt cependant, ils enverront quelqu'un qui sera au courant de tout ce que nous désirons savoir sur ceux qui veulent fourrer leur nez dans nos affaires.

Par une hésitation le vieux Harvey révéla qu'il n'avait pas envisagé cette possibilité. Puis il demanda :

– Vous voulez essayer de capturer ce quelqu'un et de le mettre sous votre coupe?

– Il le faut.

– C'est un dangereux gambit, Nils.

– Les circonstances nous imposent ce risque.

– Je suis encore moins d'accord, dit le vieux Harvey. J'ai vécu à l'Extérieur, Nils, je connais les hommes de l'Extérieur. C'est une route extrêmement périlleuse que vous choisissez.

– Avez-vous à me proposer une autre solution où le risque potentiel serait moins grand? demanda Hellstrom. Réfléchissez bien avant de répondre. Pensez aux ultimes conséquences de la suite des événements provoqués par notre réaction présente. Nous avons fait une erreur avec Porter. Nous l'avons pris pour l'un de ces intrus que nous avions déjà capturés et envoyés à la cuve. C'est la sagacité du chef du ratissage qui me l'a signalé après sa capture. L'erreur à ce moment-là, c'est moi qui l'ai commise, mais les conséquences nous concernent tous. Mes regrets personnels ne modifient pas d'un iota la situation. Notre problème se complique du fait que nous ne pouvons pas effacer toutes les pistes qui nous ont amené Porter. Nous avions pu le faire auparavant, sans exception. Nos réussites antérieures m'ont entraîné dans une suffisance trompeuse. Une longue histoire de succès ne garantit pas de bonnes décisions. Je le savais et pourtant je me suis trompé. J'admettrai volontiers que l'on engage une procédure pour me déposer, mais je ne modifierai pas ma décision actuelle sur la conduite à tenir, conduite qui tient compte de l'erreur que j'ai commise.

– Nils, je ne suggérerais pas de déposer...

– Alors, obéissez à mes instructions, répliqua Hellstrom.

» Bien que je sois un mâle, c'est moi le chef de la Ruche sur l'ordre de ma mère fondatrice. Elle connaissait l'importance de ce choix et, jusqu'ici, sa vision est restée proche des événements actuels. Pendant que vous placerez les sondes soniques sur cette femme et sa voiture, vérifiez la possibilité qu'elle soit enceinte.

Le vieux Harvey parut peiné.

– Je n'ignore pas que nous avons constamment

besoin d'un sang nouveau, Nils. Vos ordres seront exécutés séance tenante.

Hellstrom relâcha la clef des communications, et le visage du vieux Harvey disparut de l'écran. Le vieux Harvey pouvait être très âgé et avoir de la Ruche une image ternie par son ancienne expérience de l'Extérieur, mais il savait obéir en dépit des préceptes inspirés par ses craintes fondamentales. A cet égard, il était parfaitement loyal – plus loyal qu'on ne pourrait en dire de la majorité de l'espèce humaine qui s'était développée à l'Extérieur, conditionnée par les limitations précises qui prédominaient dans ce que la Ruche appelait les « sociétés sauvages ». Le vieux Harvey était un bon ouvrier.

Conscient du fardeau qu'il portait, Hellstrom soupira : près de cinquante mille ouvriers pensionnaires exerçaient leurs activités dans le labyrinthe de la Ruche. Pendant un moment, il écouta avec tout son être, en quête de la sensation qui lui dirait que tout restait normal dans la Ruche. Il aurait souhaité entendre le bourdonnement grave d'abeilles en train de butiner par un chaud après-midi. Il avait parfois besoin d'entendre cette musique normale pour le raffermir et lui redonner confiance. Mais la Ruche ne lui offrit pas ce réconfort. Il crut même discerner de l'inquiétude dans ses propres directives qui étaient diffusées dans toute la Ruche et dont l'écho lui revenait. Tout n'allait pas bien ici.

La nécessité de la prudence avait toujours été une pression dont la Ruche avait souffert – en réalité chacun de ses habitants en souffrait. Il possédait sa bonne part de cette prudence innée, savamment raffinée par sa mère fondatrice et ceux qu'elle avait choisis pour l'instruire. Au début, il s'était opposé à l'idée de faire des films documentaires; ce serait s'approcher un peu trop des mystères auxquels il tenait tant. Mais l'aphorisme de la Ruche « Qui pourrait mieux connaître les insectes que les natifs de la Ruche? » avait triomphé de ses objections et, finalement, il s'était voué sans réserves à cette entreprise cinématographique. La Ruche avait toujours besoin du moteur universel qu'était l'argent. Les films grossirent beaucoup ses avoirs dans des banques suisses. Cet argent servit pour l'essentiel à acheter à l'Extérieur des produits de première nécessité pour la Ruche – par exemple, des diamants pour ses forages. Mais, contrairement aux sociétés sauvages, la Ruche recherchait une harmonie avec son environnement; elle coopérait pour servir cet environnement; elle achetait donc à l'environnement des services pour la Ruche. À coup sûr, cette profonde relation interne qui avait toujours entretenu la Ruche dans le passé continuerait à la soutenir. Les films ne sont pas une erreur! se disait-il. Ils contenaient même un je ne sais quoi de poétiquement amusant : effrayer les gens de l'Extérieur sous cette apparence, leur montrer la réalité sous la forme de films consacrés aux multiples populations d'insectes répandues à travers le monde, alors qu'une réalité infiniment plus profonde tirée de cette pâtée d'insectes se nourrirait des craintes qu'elle avait contribué à accroître.

Il se rappela les lignes qu'il avait voulu insérer dans le script du film le plus récent : « Dans la société parfaite, il n'existe ni émotion ni pitié; l'espace précieux ne saurait être gaspillé pour ceux qui ont survécu à leur utilité. »

Cette nouvelle intrusion d'un homme de l'Extérieur rappela toutefois à Hellstrom les raids du sphinx à tête de mort, auxquels une ruche devait faire face avec toutes les ressources dont elle pouvait disposer. Dans une coopérative, le destin de chacun pouvait être le destin de tous.

Il faut que je monte immédiatement, se dit-il. Et

que j'assume personnellement le commandement de nos services de protection.

D'un pas vif, il sortit pour se rendre à une salle d'eau de la communauté, se doucha en compagnie de plusieurs ouvrières chimiquement asexuées, frotta son visage avec un dépilatoire fabriqué à la Ruche et regagna sa cellule. Là, il s'habilla de vêtements plus épais de l'Extérieur : un pantalon marron, une chemise blanche de coton, un chandail gris foncé, une veste brun clair; il se chaussa de souliers d'un cuir fabriqué à la Ruche. Comme à la suite d'une réflexion après coup, il glissa dans sa poche un petit pistolet étranger qu'il avait tiré d'un tiroir de son bureau. Cette arme de l'Extérieur avait une plus longue portée que la baguette à étourdir, et les intrus la reconnaîtraient s'il avait besoin de les menacer.

Il sortit, s'engagea dans les galeries et couloirs familiers qui bourdonnaient des activités de la Ruche. Les salles hydroponiques du niveau étaient sur son chemin, et leurs portes étaient ouvertes pour faciliter l'entrée des récoltants. Il jeta un coup d'œil en passant; les travaux de routine s'effectuaient rapidement. Des paniers de cuir étaient remplis de soja; il y avait deux ouvriers par panier. Quelqu'un de l'Extérieur aurait pu trouver qu'il y avait une certaine confusion, mais personne ne se chamaillait, ne bavardait; les travailleurs ne se cognaient pas les uns contre les autres; aucun papier n'était renversé. Les paniers pleins étaient déversés sans à-coups dans des monte-charge situés derrière des fentes dans le mur du fond, d'où ils monteraient pour subir les processus indispensables. Tous les signaux nécessaires étaient lancés par des gestes silencieux de la main. Lorsque les salles gigantesques étaient examinées à la lumière de la vigilance de la Ruche, elles révélaient une organisation extrêmement efficace. Les ouvriers étaient chimiquement neutres et bien conditionnés; ils ne souffraient pas de la faim (des tapis roulants chargés de nourriture se trouvaient seulement à quelques pas de là dans la galerie principale), et ils œuvraient en étant parfaitement conscients que leur labeur était vital pour toute la Ruche.

La marche d'Hellstrom devint une sorte de danse élégante à travers les ouvriers qui entraient et sortaient. Un horaire précis pour les équipes aurait été inutile ici. Les ouvriers s'en allaient quand ils avaient faim ou quand la fatigue les accablait. D'autres survenaient pour « boucher les trous ». Ils savaient tous ce qui leur était demandé.

Parvenu à l'ascenseur – l'un des plus anciens modèles que l'on voyait monter, avec force secousses, par les portes ouvertes – il fut retardé un moment par une équipe de planteurs qui le dépassa au trot pour se diriger vers les salles hydroponiques avec des graines destinées aux semis. Il ne devait pas y avoir de retard dans l'entretien du cycle alimentaire indispensable à leur survie.

Hellstrom sauta par la porte ouverte de l'ascenseur quand il vit de la place dans une cabine qui montait. La lourde odeur animale de la Ruche, que les appareils de nettoyage supprimaient de l'air échangé avec l'Extérieur, était forte dans l'ascenseur – indice que des fuites se produisaient tout en bas de la cage et qu'il faudrait les colmater. Les réparations exigeaient constamment des efforts et, même actuellement, ne pouvaient être négligées. Hellstrom se promit de se renseigner au sujet de l'entretien de la cage d'ascenseur. En deux minutes, il arriva au deuxième sous-sol de la grange-studio, et son attention se concentra une fois de plus sur le problème immédiat.

Nous ne devrons pas livrer trop tôt ces nouveaux intrus à la cuve, se dit-il.

Extrait du journal de Nils Hellstrom. Dans la tradition orale qui régna plus de cent ans avant que nos ancêtres commencent à écrire leurs premiers documents, il était dit que le refus de gaspiller la moindre protéine de la colonie datait de nos tout premiers débuts. A présent, j'en doute. Des réactions de l'Extérieur indiquent qu'il ne s'agit que d'un mythe agréable. Ma mère fondatrice comparait cela à la franchise que, dans la Ruche, nous pratiquions réciproquement. Pour elle, la cuve était une très belle métaphore de la communication intérieure sans contrainte et, ainsi qu'elle le disait fréquemment, « de cette manière, quand l'un de nous meurt, aucun secret ne meurt avec lui; tout ce que chacun a appris sera une contribution au succès de tous ». Dans les deux siècles de nos documents écrits, rien ne remet le mythe en question, et je ne le ferai pas maintenant dans nos conseils publics. Ainsi, je cache quelque chose au nom d'un mythe qui nous raffermit. Voilà peut-être comment débutent les religions.

Dans le deuxième sous-sol du haut de la Ruche, la prudence devenait quelque chose de visible. Une échelle en acier de la Ruche était solidement attachée dans un coin de l'espace dégagé sous les chicanes et les insonorisateurs des supports du plancher. L'échelle conduisait à travers les chicanes vers un abattant caché qui se relevait dans la cabine d'un cabinet de toilette commun au sous-sol de la grange. Un écran dissimulé au haut de l'échelle glissait en position quand un ouvrier grimpait jusque-là. L'écran révélait si la cabine était occupée. Un appareil de fermeture distant bloquait la porte de la cabine quand un ouvrier d'en bas apparaissait.

Devant les écrans auxiliaires de contrôle, au bas

de l'échelle, un surveillant était de service; il fit un signe à Hellstrom pour lui indiquer que les intrus ne s'étaient pas aventurés dans le secteur du studio. L'échelle était fixée à la paroi de l'un des énormes conduits de ventilation qui sortaient par le toit de la grange. Pendant qu'il montait, Hellstrom en sentit les subtiles vibrations. Il sortit rapidement de la cabine et pénétra dans un cabinet de toilette vide par lequel il passa dans le véritable sous-sol du studio où étaient entreposés des vestiaires, des provisions de pellicule, des cabines de maquillage, ainsi que des accessoires. Selon les normes de l'Extérieur, rien que de très normal. Des ouvriers se livraient à leurs activités habituelles dans le secteur, mais ils ne firent pas attention à lui. Un escalier ordinaire au bout d'un long couloir permettait d'accéder à un passage à doubles portes, et de là au grand stutio qui occupait la majeure partie de la grange.

Extrait des procès-verbaux permanents du conseil de la Ruche. Des calculs récents indiquent que la Ruche commencera à ressentir les pressions de l'essaimage quand sa population dépassera le chiffre de soixante mille. Sans certaines protections, telles que celles qu'offrirait le Projet 40, nous ne pouvons pas permettre à un essaimage de ce genre de se produire. En dépit de toute l'ingéniosité de nos spécialistes, nous sommes impuissants devant les forces combinées de l'Extérieur dont les machines à tuer nous écraseraient. Le dévouement total de nos ouvriers les ferait tomber par milliers dans la tentative suicidaire d'assurer l'avenir de notre race. Mais nous sommes beaucoup moins nombreux que les hommes de l'Extérieur. La brutalité aveugle du plan de base de la nature doit être endiguée pendant ce temps de préparation. Un jour, étant donné la puissance d'une arme comme le Projet 40, nous serons capables d'émerger et, si nos ouvriers meurent ce jour-là, au moins ne mourront-ils pas pour rien – ils mourront par désintéressement et non par cupidité.

– Ils sont, comme d'habitude, résolus et polis, mais évasifs, commenta Janvert en se détournant du téléphone.

Il faisait jour maintenant, à l'extérieur de l'appartement de Clarisse, et elle s'était habillée en vue des convocations spécifiques qui, ils le savaient tous deux, n'allaient pas tarder à arriver.

– Ils t'ont dit d'être patient, répliqua Clarisse qui avait repris sa position préférée sur le long divan : assise avec les pieds cachés sous elle.

– Ah, autre chose! dit Janvert. C'est Peruge en personne qui va prendre le commandement de cette équipe. Une chose qui ne plaît pas du tout à ce vieux Merrivale.

– Tu crois qu'il voulait la diriger lui-même?

– Mon Dieu, non! Mais il est le directeur des Opérations. Avec Peruge sur le terrain, il ne pourra pas donner des ordres. En réalité, il n'est plus directeur des Opérations. Et ça, ça lui déplaît!

– Est-ce définitif, pour Peruge?

– Aucun doute là-dessus.

– Ce qui explique pourquoi ils sont plutôt discrets.

– Je pense que oui. (Janvert se dirigea vers le divan et s'assit à côté d'elle; il lui prit une main qu'il caressa distraitement.) J'ai peur, dit-il. J'ai réellement peur pour la première fois depuis que je fais ce métier. J'ai toujours su qu'ils se fichaient de notre vie, mais Peruge... (Janvert avala difficilement sa salive.) Je pense qu'il est extrêmement fier du nombre de gens qu'il peut envoyer dans l'autre monde, et qu'il ne se soucie pas de savoir si ce sera nous ou les autres.

– Au nom du Ciel, ne lui fais pas connaître ton sentiment! supplia Clarisse.

– Oh non! Je serai l'habituel Shorty insouciant, toujours prêt à dire un bon mot ou à sourire.

– Crois-tu que nous partirons aujourd'hui?

– Ce soir au plus tard.

– Je me suis toujours posé des tas de questions sur Peruge, dit-elle. Je me demande qui il est en réalité. Ce drôle de nom et tout le reste...

– Au moins il a un nom, répliqua Janvert. Le Chef, maintenant...

– N'y pense pas, murmura-t-elle en guise d'avertissement.

– Ne t'es-tu jamais demandé si nous travaillons vraiment pour le gouvernement? interrogea-t-il. Ou si nos patrons représentent un super-gouvernement derrière celui qui est visible?

– Si tu parles de ce que je pense, je ne veux rien en connaître, dit-elle.

– Voilà une bonne attitude, très saine, répondit-il.

Il lâcha sa main, se leva et recommença à marcher de long en large. Clarisse avait raison, évidemment. Son appartement était truffé de micros. Ils avaient su où le joindre. Pas moyen d'empêcher cela. Quand on travaille pour faire du monde un aquarium, on vit dans un aquarium. L'astuce consiste à devenir l'un des observateurs des mœurs des poissons.

Extrait du Manuel de la Ruche. Dans la sélection des ouvriers, reproducteurs et des divers spécialistes, dans le développement d'une conscience de la Ruche par tous les mécanismes chimiques et manipulatifs dont nous disposons, le programme de notre société coopérative s'esquisse avec un potentiel de permanence qu'il faut contrôler avec d'infinies précautions. Ici, chaque génération vient au monde en tant que continuation des précédentes, et chaque individu comme un simple prolongement des autres. C'est dans les conséquences de cette extension que nous devons édifier notre place éventuelle dans l'univers.

Lorsque Hellstrom apparut dans le vaste studio qui occupait presque toute la moitié nord de la grange, une jeune assistante-metteur en scène qui avait travaillé avec une ruche sous verre l'aperçut et lui fit signe. Hellstrom hésita entre le désir de monter immédiatement au poste de commandement et la nécessité de maintenir une apparence de continuité ininterrompue dans le travail qui servait de support à la Ruche. Il reconnut tout de suite la jeune femme; elle faisait partie du petit groupe de celles qui pouvaient à l'occasion avoir des contacts limités avec les hommes de l'Extérieur venant observer la production cinématographique pour des motifs légitimes. Elle était de la lignée génétique Niles-8 : médiocre vision dans cette ligne, qu'il faudrait corriger dans les processus de reproduction, et aussi une sensibilité certaine aux goûts de l'Extérieur comme dans la lignée Fancy.

Il remarqua que les membres de la deuxième équipe du film se tenaient autour de la ruche sous verre, les bras croisés. Tout annonçait un retard qui pouvait être couteux. Hellstrom pesa ces divers problèmes. Il pouvait faire confiance au vieux Harvey pour l'exécution de ses instructions. L'argent que représentait ce film serait une ressource vitale. Hellstrom changea de direction et marcha vers l'assistante-metteur en scène et son équipe oisive. Son visage sans éclat n'était pas embelli par de grandes lunettes de grand-mère et le chignon sévère qui recueillait sur sa nuque ses cheveux blonds. Mais elle avait une silhouette bien pleine et, de toute évidence, était féconde. Hellstrom se demanda distraitement si elle avait été déjà examinée pour son potentiel personnel de reproductrice.

Il s'adressa à elle en l'appelant par son nom de l'Extérieur.

– Qu'y a-t-il donc, Stella?

– Nous avons eu des ennuis imprévus avec cette ruche, et je voulais me faire aider par Fancy, mais on m'a dit que vous lui aviez confié une autre tâche dont elle ne pouvait se libérer pour l'instant.

– C'est vrai, dit Hellstrom qui comprit que quelqu'un avait appliqué à la lettre ses instructions personnelles de surveiller étroitement Fancy. Qu'arrive-t-il à vos abeilles?

– Elles s'agglomèrent à la reine chaque fois que nous essayons de l'exposer pour la photographie. La dernière fois que cela s'était produit, Fancy nous avait dit de l'appeler et qu'elle pourrait sans doute nous aider.

– A part l'appeler, vous a-t-elle indiqué une autre solution?

– Elle nous a conseillé d'utiliser un tranquillisant dans leur air et dans leur alimentation.

– L'avez-vous fait?

– Nous voudrions les voir plus actives.

– Je vois. Fancy vous a-t-elle dit à quoi elle attribuait cette perburbation?

– Elle pense qu'il s'agit de quelque chose dans l'air – peut-être de l'électricité atmosphérique, ou un produit chimique émis par nos propres corps.

– Ne pouvons-nous filmer autre chose que ces abeilles?

– Ed croit que si. Il voulait vous appeler plus tôt et vous demander si vous seriez disponible pour l'une des séquences du labo où vous paraissez.

– Quand voudrait-il tourner?

– Ce soir, vers 8 heures probablement.

Hellstrom réfléchit.

– Je pense pouvoir être prêt à 8 heures pour ce tournage. Dites à Ed de tout préparer. J'ai fait ma sieste, et je pourrai travailler toute la nuit si c'est nécessaire.

Il pivota et s'éloigna ; sa décision devrait ramener ici la tranquillité, mais il ne put s'empêcher de considérer ces abeilles comme une métaphore de sa propre Ruche. Si la Ruche subissait trop de dérangements, les événements pourraient échapper à tout contrôle. Des ouvriers pourraient agir de leur propre initiative. Il fit signe à un préposé à la grue au centre du studio, se désigna lui-même et indiqua l'étage supérieur où l'on avait accès au poste de commandement.

La cabine de la grue sur son long bras descendit vers le plancher du studio avec toute la grâce silencieuse d'une mante religieuse fondant sur sa proie. Hellstrom entra dans la cabine qui le souleva et, après avoir décrit un large cercle, le déposa au bord de l'étage supérieur. En quittant la cabine, Hellstrom s'émerveilla du rôle que jouait cette grue aussi bien dans le domaine de la sécurité que comme couverture. Personne ne pouvait monter sans le concours d'un grutier de confiance, et il était pourtant bien normal de considérer la grue comme un ascenseur, ce qui pouvait servir d'excuse à l'absence de tout autre accès à la section de sécurité.

L'étage supérieur avait été pourvu d'un mur central qui s'étendait sur la moitié de la longueur de la grange. L'autre moitié dissimulait les sorties pour les ventilateurs, avec un tube de dégagement qui permettait un examen visuel des hauteurs de la vallée. Des cordes à glissière avaient été soigneusement enroulées à intervalles réguliers au bord de l'étage, et chacune était attachée à l'un des étançons du garde-fou. Les ouvriers de la Ruche s'étaient entraînés sur ces cordes mais n'avaient jamais été contraints de les utiliser; elles permettaient d'accéder au studio en cas d'urgence. Ni les cordes, ni le mur intérieur derrière l'ambulatoire, ni les portes des divers postes de sécurité n'étaient visibles de l'étage du studio.

En traversant l'espace dégagé, Hellstrom sentit une légère odeur de poussière; il faudrait rappeler aux équipes de nettoyage que le studio devait absolument rester à l'abri de la poussière. La coursive d'où l'on voyait les multiples activités dans le studio, en contrebas, le conduisit le long d'un mur insonorisé vers une porte qu'il ouvrit.

Il entra dans le poste du vieux Harvey, assez sombre et plein d'odeurs de l'Extérieur qui entraient par des lucarnes ouvertes dans le fond. Un arc d'écrans de répéteurs à lumière verte avait été installé le long du mur intérieur contre un système de destruction par une bombe thermique qui pouvait réduire en cendres toute la grange jusqu'aux tampons mucilagineux ininflammables qu'il suffisait d'actionner pour isoler totalement le haut de la Ruche. Les préoccupations présentes d'Hellstrom lui rappelèrent que tous ces préparatifs avaient fait partie de la vigilance de la Ruche depuis de nombreuses années.

Le vieux Harvey leva les yeux de son pupitre quand Hellstrom parut. Il avait les cheveux gris et sa grosse tête poussée en avant ressemblait d'autant plus à un saint-bernard que la ligne de sa mâchoire était munie de peaux flasques et pendantes. Ses yeux étaient très écartés, marron et mensongèrement bienveillants. Hellstrom avait un jour vu le vieux Harvey décapiter un ouvrier hystérique d'un seul coup de couperet de boucher – mais c'était de l'histoire ancienne car il était encore enfant à cette époque-là, et cette lignée d'hystériques avait été extirpée du fonds de reproduction de la Ruche.

– Où est notre homme de l'Extérieur? interrogea Hellstrom.

– Il a mangé un morceau voilà un petit moment, puis il est parti de la crête en rampant, répondit le vieux Harvey. Il se taille son chemin vers l'extrémité supérieure de la vallée à présent. S'il se poste à l'endroit le plus probable, nous pourrons l'observer par les lucarnes d'en face avec nos jumelles. Nous avons éteint toutes les lampes à l'intérieur, afin de réduire les risques qu'il ne remarque une activité quelconque ici.

Bonne et prudente idée!

– Avez-vous relu le dossier de Porter?

– Oui.

– Et qu'en déduisez-vous? demanda Hellstrom.

– C'est le même genre d'approche, avec des vêtements conçus pour qu'il se dissimule bien dans l'herbe. Je parierais gros qu'il veut se faire passer pour un observateur des mœurs des oiseaux.

– Vous gagneriez.

– Il y a trop du professionnel en lui, cependant. (Il étudia l'un des écrans du pupitre par-dessus l'épaule d'un surveillant, étendit le bras, et dit :) Le voici, exactement comme je m'y attendais.

L'écran montrait l'intrus qui se faufilait sous des buissons pour pouvoir examiner la vallée sur toute sa longueur.

– Porte-t-il une arme? questionna Hellstrom.

– Nos détecteurs indiquent que non. Je crois qu'il a une lampe électrique et un couteau de poche en plus de ses jumelles. Regardez : il y a des fourmis là-haut sur la crête, et il ne les aime pas. Voyez-vous comme il les fait tomber de son bras?

– Des fourmis? Depuis combien de temps avons-nous ratissé ce secteur?

– Un mois environ. Voulez-vous que je vérifie?

– Non. Notez simplement que ce pourrait être le moment d'un nouveau ratissage là-bas par une petite équipe. Nous avons besoin de plusieurs nids dans les sections hydroponiques.

– Entendu. (Le vieux Harvey se retourna pour transmettre ces instructions par signaux manuels à l'un de ses assistants. Puis il revint devant son écran et prit un air songeur.) Ce Porter était un type curieux. J'ai relu ce qu'il nous a dit. Il nous a raconté pas mal de choses, en vérité.

– Il était du mauvais côté, déclara sèchement Hellstrom.

– Que croyez-vous qu'ils recherchent? demanda le vieux Harvey.

– Nous avons attiré je ne sais comment l'attention d'une agence officielle, répondit Hellstrom. Ils ne sont pas obligés de rechercher quoi que ce soit, sinon de quoi satisfaire leur propre type de paranoïa.

Le vieux Harvey fit une grimace, frémit.

– Je n'aime pas du tout cette histoire, Nils.

– Moi non plus.

– Etes-vous sûr d'avoir pris la bonne décision?

– Au mieux de mes capacités. La première chose à faire est de cueillir ce couple. L'un des deux doit en savoir davantage que le regretté Mr Porter.

– J'espère que vous avez raison, Nils.

Extrait du journal de Nils Hellstrom. Trois de nos jeunes généticiens ont de nouveau rencontré aujourd'hui des femmes fécondes, et certains vieux colonisateurs se sont émus. Il a fallu que je leur explique une fois de plus que la chose en soi n'avait aucune importance. L'impulsion de reproduction ne peut pas être supprimée chez les ouvriers supérieurs en activité qui ont besoin du bon fonctionnement de leurs capacités mentales. Je passe moi-même pour m'être adonné de temps à autre à ces pratiques, et les vieux spécialistes de la génétique le savent très bien. Bien entendu, ils se plaignaient de moi. Quand donc comprendront-ils que la manipulation génétique a des limites très strictes, étant donné notre stade actuel de développement? Heureusement, les vieux sont en voie de disparition. Notre axiome trouve ici son application : *Ce qui va à la cuve est vieux, ce qui en sort est neuf.* Il faudra surveiller de près, naturellement, les descendants possibles de cette récente incursion. Le talent est où on le trouve. Nous savons tous à quel point la Ruche a besoin de nouveaux talents.

Le ton dont usait Peruge au téléphone ne plaisait pas du tout à Merrivale, mais il réussit à cacher ce sentiment sous un flot de réponses raisonnables. Peruge était très en colère et ne se gênait pas pour le montrer. Aux yeux de Merrivale, Peruge constituait le seul obstacle de taille à une nouvelle promotion. Merrivale croyait fort bien comprendre Peruge, mais il ne se sentait pas moins vexé par ses réactions qui soulignaient la supériorité de sa situation à l'Agence.

Merrivale avait été convoqué au début de la séance de travail qu'il avait organisée pour les nouvelles équipes en instance de départ pour l'Oregon. Il avait quitté la réunion à contrecœur, mais immédiatement. Peruge n'était pas quelqu'un que l'on faisait attendre au bout de la ligne. Peruge faisait partie du petit nombre des élus qui avaient quotidiennement des contacts directs avec le Chef. Peut-être connaissait-il même la véritable identité du Chef.

Un ouvre-lettres en forme de sabre traînait sur le buvard gris uni du bureau de Merrivale. Il s'en empara, piqua le buvard avec sa pointe tout en écoutant Peruge et, quand la conversation prenait un tour pénible, l'enfonçait carrément.

– C'était au début du mois, Dzule, protestait Merrivale, bien que connaissant l'insuffisance de l'explication, et nous n'en savions pas autant alors que maintenant.

– Et que savons-nous maintenant? (C'était plus une accusation qu'une question.)

– Nous savons qu'il y a là-bas quelqu'un qui n'hésite pas à faire... disparaître nos gens.

– Nous le savions déjà!

– Mais nous n'avions pas mesuré l'étendue de la détermination de notre adversaire à nous défier.

– Possédons-nous donc tant de monde que nous puissions nous permettre de perdre des collaborateurs pour découvrir des faits aussi importants? interrogea Peruge.

L'hypocrite! pensa Merrivale. Personne n'a perdu plus d'agents que Peruge! C'est lui qui m'a transmis les ordres formels qui nous ont coûté ces équipes!

Merrivale creusa un rainure profonde dans son buvard et fronça les sourcils en voyant le dégât qu'il avait commis. Dès que cette communication serait terminée, il ferait remplacer le buvard.

– Dzule, aucun de nos agents ne croit que cette affaire soit de tout repos. Ils connaissent les risques qu'ils prennent.

– Mais connaissent-ils les risques que *vous* leur faites prendre?

– C'est injuste! dit Merrivale.

Il se demanda pourquoi Peruge l'avait brusquement attaqué. Y avait-il du grabuge aux échelons supérieurs?

– Vous êtes un imbécile, Merrivale, reprit Peruge. Vous avez perdu trois bons agents.

– Mes ordres étaient clairs, et vous le savez.

– Et au vu de ces ordres, vous avez fait ce que vous jugiez le mieux.

– Naturellement. (Merrivale sentit la sueur s'amasser sous son col, et il passa un doigt entre sa peau et le col.) Nous n'avions aucun moyen de savoir avec précision ce qui était arrivé à Porter. Vous m'aviez dit de l'envoyer là-bas tout seul. Ce sont vos propres termes.

– Et quand Porter a... disparu?

– Vous avez dit vous-même qu'il avait pu avoir des motifs personnels pour disparaître!

– Quels motifs personnels? Les états de service de Porter comptaient parmi les meilleurs.

– Mais vous m'avez dit qu'il s'était disputé avec... avec sa femme.

– L'ai-je dit? Je n'en ai aucun souvenir.

Voilà donc comme on écrit l'histoire! pensa Merrivale dont l'estomac se nouait douloureusement.

– Vous *savez* que vous avez avancé cette hypothèse puisque vous vous êtes fondé sur elle pour expédier une équipe de deux, mais avec des ordres identiques.

– Je ne sais rien de tout cela, Merrivale. Vous avez envoyé Depeaux et Grinelli dans cette souricière de l'Oregon, et vous restez tranquillement assis dans votre bureau à vous chercher des excuses. Lorsque Porter a disparu, vous auriez dû déclencher une enquête officielle pour un vacancier porté manquant dans cette région.

Ainsi, voilà quelle sera notre nouvelle façon d'attaquer le problème, se dit Merrivale. Si elle réussit, Peruge en retirera tout le crédit; mais si elle échoue, je serai le bouc émissaire. Clair comme le jour!

– Je suppose, dit Merrivale, que vous opterez pour cette tactique quand vous serez en Oregon.

– Vous savez fichtrement que ce n'est pas une supposition, mais une réalité!

Le Chef en personne doit être en train d'écouter cette communication, pensa Merrivale. Mon Dieu, pourquoi ai-je choisi ce métier?

– Avez-vous dit aux nouvelles équipes que je les commanderais moi-même? demanda Peruge.

– J'étais en train de leur donner des instructions quand vous m'avez appelé.

– Très bien. Je partirai avant une heure et je rencontrerai les nouvelles équipes à Portland.

– Je les avertirai. (Merrivale parlait d'un ton las et résigné.)

– Et dites-leur ceci. Dites-leur que j'insiste tout particulièrement pour que cette opération soit menée avec la plus extrême discrétion. Il ne s'agit pas de se faire mousser aux yeux du public, compris? Hellstrom a des amis puissants et je n'ai pas besoin de vous rappeler que l'écologie est un problème explosif. Hellstrom a su trouver les mots qu'il fallait pour séduire les gens dont il souhaitait le concours, et ils le prennent pour une sorte de messie écologique. Par bonheur, d'autres se rendent compte qu'il est un fanatique enragé et je suis sûr que nous triompherons. Vous m'avez compris?

– Parfaitement.

Merrivale n'essaya plus de cacher son amertume. Le Chef écoutait Peruge. C'était certain. Tout cela n'était qu'une mise en scène, la préparation du bouc émissaire qui, bien entendu, ne pouvait être que Merrivale.

– Je ne pense pas que vous me compreniez parfaitement, dit Peruge, mais il est vraisemblable que vous me comprenez suffisamment pour exécuter les ordres que je viens de vous donner sans commettre de nouvelles erreurs déplaisantes. Prenez tout de suite vos dispositions.

Un cliquetis sec retentit sur la ligne.

Merrivale soupira, raccrocha. Les signes étaient évidents. En cas d'échec, il serait désigné comme le coupable. Bah, il s'était déjà trouvé dans cette situation, tout comme il en avait placé d'autres dans des situations identiques. La seule bonne parade consistait à déléguer son autorité, mais avec assez de subtilité pour que tout parût encore dépendre de lui. Le candidat logique était Shorty Janvert. En guise de première mesure, Shorty serait désigné numéro deux pour ce projet, immédiatement derrière Dzule Peruge. Peruge n'avait pas précisé qui il désirait avoir pour second, et là il avait fait une faute. Si Peruge récusait cette nomination, ce qui n'était pas impossible, il serait alors responsable des actes de son nouvel adjoint. Shorty était un choix logique. Peruge avait déjà insinué à différentes reprises qu'il n'avait en Janvert qu'une confiance limitée. Mais ce petit bonhomme ne manquait ni d'imagination ni d'ingéniosité. C'était un choix défendable.

Extrait du Manuel de la Ruche. L'ouvrier neutre est la véritable source de liberté dans toute société. Même la société sauvage a ses ouvriers neutres, leurs fonctions neutres se trouvant maintenues derrière un masque de fécondité réelle d'où viennent des descendants réels. Mais de tels descendants ne participent pas à la libre vie créatrice de la société sauvage et sont donc effectivement des ouvriers neutres. On peut toujours les reconnaître. Ils ne portent pas le fardeau de l'intelligence, des émotions débridées, d'une identité individuelle. Ils se perdent dans une passe d'êtres semblables à eux-mêmes. En cela, ni notre Ruche ni les insectes n'apportent à l'univers une nouveauté. Ce que possèdent les insectes et ce que nous sommes en train de copier, c'est une société constituée de telle sorte que ses ouvriers besognent ensemble pour créer l'illusoire utopie : la société parfaite.

Il fallut près de six heures à la deuxième équipe des cameramen d'Hellstrom pour filmer la nouvelle séquence en laboratoire avec des souris et des guêpes. Et même après tant d'efforts, Hellstrom douta de la réussite de la pellicule. Il était devenu très sensible au mérite artistique de ces créations. Il aurait parié que les projections d'essai seraient très inférieures à ce qu'il avait espéré pour cette séquence. Son souci de l'excellence n'était pas seulement dicté par le fait que la qualité apportait plus de ressources à la Ruche. Il voulait la qualité par amour de la qualité, tout comme il la souhaitait pour chaque aspect de la Ruche.

Qualité des spécialistes, qualité de la vie, qualité des créations – tout cela était intimement lié.

Hellstrom se fit hisser par la grue au poste de commandement d'en haut dès que les prises de vues furent terminées, en essayant de dissimuler les préoccupations que lui causaient les derniers comptes rendus sur le ratissage nocturne. Parce qu'il avait figuré dans cette séquence, il était resté sur le plateau pendant la plus grande partie du ratissage. Le jour ne se lèverait pas avant plusieurs heures, et le problème n'avait pas été résolu : la femme qui avait accompagné leur prisonnier restait en liberté.

L'un des principaux soucis de la Ruche avait toujours été de produire des ouvriers capables d'être ses « agents clandestins » auprès de l'Extérieur : des ouvriers incorruptibles qui ne trahiraient jamais, même pas par hasard, ce qui se trouvait sous le Val Gardé et ses collines environnantes. Hellstrom se demanda si un défaut de reproduction n'était pas passé inaperçu dans le personnel chargé des ratissages. L'intrus avait été cueilli aisément au delà des arbres qui bordaient la prairie ouest. Aussitôt après, un ratissage avait été effectué autour de la camionnette de camping mais sans résultat Il semblait impossible que la femme eût pu s'enfuir, mais aucun ratisseur n'avait senti sa trace.

De nombreux spécialistes de la sécurité étaient au poste de commandement d'en haut quand Hellstrom entra. Ils remarquèrent son arrivée sans pour autant interrompre leurs travaux. Hellstrom promena ses regards à travers la salle peu éclairée avec son arc d'écrans de répéteurs et ses petits groupes d'ouvriers qui discutaient du problème. Saldo était là, brun comme sa mère reproductrice Fancy, mais avec le visage d'aigle de son père de l'Extérieur. (C'était une chose que Fancy réussissait très bien, se rappela Hellstrom. Elle se faisait féconder à l'Extérieur chaque fois qu'elle en avait l'occasion, et les nouveaux gènes qui résultaient de ses accouplements étaient fort appréciés par la Ruche.) Le vieux Harvey avait été remplacé à son pupitre par un jeune mâle de la lignée Fancy, Timothy Hannsen, qui avait été choisi comme agent clandestin auprès de l'Extérieur en raison de son physique avantageux auquel résistaient rarement les représentantes du sexe faible. Il avait aussi un esprit vif et pénétrant qui le rendait particulièrement précieux dans une situation critique. C'était vrai pour de nombreux descendants de Fancy, mais surtout pour Saldo. Hellstrom nourrissait les plus grands espoirs pour Saldo que le vieux Harvey avait été chargé d'éduquer tout spécialement.

Hellstrom s'arrêta derrière la porte afin d'évaluer la situation au poste de commandement d'en haut. S'il prenait la direction des opérations, tout le monde s'inclinerait. La décision de la mère fondatrice Trova n'avait jamais été réellement contestée. Les ouvriers principaux avaient toujours reconnu la force de son engagement envers la Ruche, ainsi que l'efficacité de ses décisions. Ils pouvaient parfois être en désaccord avec lui, et même prévaloir sur lui, mais s'il était battu au Conseil, il continuait à bénéficier du respect de tous. Et lorsqu'il arrivait – fréquemment –

que l'avenir lui donnât raison, son emprise sur eux se raffermissait encore.

Personne n'est parfait, se disait-il. Mais la Ruche doit exceller en tout.

Le vieux Harvey se tenait debout contre le mur à gauche d'Hellstrom, les bras croisés, les traits soulignés par la lumière des écrans, et il donnait l'impression d'avoir été sculpté dans de la pierre verte. Mais il y avait du mouvement dans ses yeux. Le vieux Harvey observait la salle d'un air peu amène. Hellstrom lui demanda :

– Toujours aucun signe d'elle?

– Non.

– Ne l'avons-nous pas tenue sous une constante surveillance?

– Radar et micro aussi, marmonna le vieux Harvey.

– Avait-elle des instruments pour nous repérer?

– Elle a essayé d'utiliser sa radio, mais nous l'avons brouillée.

– Cela l'a alertée, non?

– Probablement. (Le vieux Harvey avait l'air las et mécontent.)

– Mais pas d'autres instruments?

– La camionnette avait un petit avertisseur du type radar pour le contrôle de la vitesse. Je pense qu'elle a pu détecter notre surveillance par ce moyen-là aussi.

– Mais comment a-t-elle pu échapper à notre ratissage?

– On est en train de revoir les bandes magnétiques. Peut-être est-elle partie en quête de son compagnon, et l'avons-nous perdue dans la confusion générale que notre ratissage provoquait sur les instruments.

– Le ratissage l'aurait quand même cueillie, malgré cela.

Le vieux Harvey se retourna, le regarda bien en face.

– C'est ce que je leur ai dit.

– Et ils n'ont pas été de votre avis?

Le vieux Harvey répondit par un signe de tête affirmatif.

– Comment expliquent-ils alors ce qui s'est passé? demanda Hellstrom.

– Elle aurait pris un risque calculé et serait allée en plein milieu de nos investigateurs.

– Son odeur l'aurait trahie!

– C'est bien ce que je leur ai dit et là ils m'ont approuvé. Alors ils ont suggéré qu'elle est sortie de la camionnette pour se diriger vers le nord en l'utilisant comme bouclier. Ils pensent qu'elle a marché doucement pour dissimuler ses mouvements dans les parasites de l'arrière-plan. Il s'est écoulé un peu de temps entre l'obscurité et le moment où notre ratissage est arrivé à proximité de sa camionnette. Elle aurait donc pu le faire. Elle avait le choix entre deux solutions : ou bien s'enfuir, ou bien se glisser parmi nous en venant d'une autre direction. Ils croient qu'elle est là-bas et qu'elle nous épie.

– Et vous n'êtes pas d'accord avec cela? interrogea Hellstrom.

– Pas avec la dernière hypothèse, répondit le vieux Harvey.

– Pourquoi?

– Elle ne se serait pas glissée parmi nous.

– Mais pourquoi?

– Nous l'avons touchée dur avec la basse fréquence. Elle a été agitée, nerveuse tout l'après-midi. Beaucoup trop nerveuse pour nous approcher.

– Comment pouvez-vous savoir les ressources de courage qu'elle possède?

– Pas celle-là, Nils. Je l'ai bien observée.

– Elle n'a pas l'air d'être votre type, Harvey.

– Plaisantez, plaisantez, Nils. Mais j'ai passé une bonne partie de l'après-midi à la surveiller.

– En somme, il ne s'agit pas d'autre chose que de votre opinion basée sur une observation personnelle?

– En effet.

– Pourquoi n'insistez-vous pas sur votre opinion?

– Je l'ai fait.

– Etant donné votre choix, quelles mesures prendriez-vous?

– Vous tenez vraiment à le savoir?

– Bien sûr. Sinon je ne vous aurais pas posé la question.

– En premier lieu, je pense qu'elle nous a filé entre les doigts parce qu'elle s'est dirigée vers le nord-est, du côté de ces bestiaux qui pâturent par là. Je suppose qu'elle connaît le bétail. Il y avait quelque chose en elle... (Il humecta ses lèvres de sa langue.) Si elle connaît les bêtes, elle a pu aller au milieu d'elles sans problèmes. Elles auraient masqué son odeur, et lui auraient procuré tout le couvert dont elle avait besoin.

– Et personne ici ne s'est rangé à votre avis?

– Ils affirment que ce sont des bêtes d'élevage, que son odeur les aurait mis en débandade et que nous l'aurions remarqué.

– Votre réponse à cette observation?

– Pour ce qui est de la débandade, elle dépend souvent d'un simple détail : il suffit que les vaches sentent que vous avez peur. Cela, nous le savons. Nous sommes un peu comme les vaches, d'ailleurs. Mais si elle n'a pas peur des vaches et si elle s'est déplacée en douceur... Ma foi, c'est une possibilité que nous ne devons pas écarter.

– Seulement, ils ne tiennent pas à poursuivre leurs recherches au milieu du bétail?

– Ils s'inquiètent des complications que pourrait

entraîner un ratissage par là. Si nous envoyons des ouvriers, il y a gros à parier qu'ils perdront toute discipline et qu'ils tueront quelques vaches. Nous aurons alors à régler des problèmes locaux, comme chaque fois que cela s'est produit.

– Vous ne m'avez toujours pas dit ce que vous feriez.

– J'enverrais là-bas quelques-uns d'entre nous. Nous sommes exercés à traiter avec l'Extérieur. Certains y ont même vécu. Nous pourrons mieux contrôler la chasse pendant un ratissage.

Hellstrom exprima tout haut son opinion.

– Si elle est montée pour arriver non loin de vous, elle n'a aucune chance de nous échapper. Mais si elle est en bas avec ces vaches...

– Vous voyez ce que je veux dire, approuva le vieux Harvey.

– Je m'étonne que les autres ne le voient pas aussi, répliqua Hellstrom. Voudriez-vous prendre le commandement du groupe de recherche, Harvey?

– Bien sûr. Je remarque que vous dites recherche et non ratissage.

– Puisque vous ne ramènerez qu'une seule chose...

– Vivante?

– Si c'est possible, oui. Nous n'avons pas tiré grand-chose de l'autre.

– C'est ce que j'ai appris. J'étais en bas quand ils ont commencé l'interrogatoire, mais... je n'aime pas beaucoup ce genre de pratiques. J'ai trop longtemps vécu à l'Extérieur, je crois.

– J'éprouve la même réaction, murmua Hellstrom. Il vaut mieux laisser cela aux jeunes ouvriers qui ignorent jusqu'au concept de la pitié.

– Je regrette vraiment qu'il n'y ait pas d'autre moyen, soupira le vieux Harvey. Je vais partir pour... la recherche.

– Choisissez vos hommes et allez-y.

Hellstrom suivit des yeux le vieux Harvey tout en pensant à ce qui était souvent pure perversité chez les jeunes. Les anciens représentaient une valeur particulière pour la Ruche : ils possédaient un équilibre indéniable. Cet incident l'avait encore une fois démontré. Le vieux Harvey avait su quoi faire. Mais les jeunes ouvriers n'avaient pas eu envie de s'aventurer au-dehors en pleine nuit, ce que faisaient pourtant des ouvriers ordinaires et ils avaient décidé que ce serait inutile.

Plusieurs jeunes apprentis des deux sexes et des spécialistes plus âgés de la sécurité avaient entendu la conversation entre Hellstrom et le vieux Harvey. Aussi prirent-ils un air penaud en se portant volontaires pour la recherche.

Le vieux Harvey en sélectionna plusieurs et leur donna de brèves instructions. Il désigna Saldo pour lui servir de second et il le répéta avec insistance. C'était parfait. Saldo professait un profond respect pour le vieux Harvey, mais Hellstrom s'étonna qu'il ne se fût pas rangé à son avis. C'est en tout cas ce qui ressortit de cette petite conférence puisque Saldo déclara :

– Je savais qu'il avait raison mais vous ne m'auriez pas cru non plus.

Apparemment, Saldo *avait* approuvé son maître, et les autres les avaient fourrés dans le même sac. Toujours conscient de son rôle d'éducateur, le vieux Harvey gronda Saldo :

– Si tu pensais cela, tu aurais dû exposer tes propres arguments, par les miens.

Le détachement quitta la salle après cette réprimande.

Hellstrom sourit. Ils étaient de bonne race et apprenaient vite. Il suffisait de leur donner le bon exemple. « Dans l'âge est l'équilibre », c'était une parole de prédilection de sa mère fondatrice. Pour elle, la jeunesse représentait une circonstance atténuante dont elle avait toujours tenu compte.

Propos de Nils Hellstrom. Sur les milliards de créatures vivantes qui peuplent la terre, seul l'homme réfléchit à son existence. Ses questions aboutissent à le torturer; car il est incapable d'accepter, contrairement aux insectes, que l'unique but de la vie est la vie même.

Dès le début Tymiena Grinelli n'avait pas aimé cette mission. Ce n'était pas parce qu'elle opérerait avec Carlos (ils avaient conjugué leurs efforts de nombreuses fois dans le passé), mais plutôt parce qu'elle avait songé au temps qu'elle passerait avec lui en dehors de leurs heures de travail. Dans sa jeunesse, Carlos avait été beau comme un dieu, mais il ne s'était jamais accoutumé à l'idée que son pouvoir de séduction auprès des femmes s'était progressivement usé.

Elle avait tout de suite deviné que, hors service, leur association serait une continuelle succession de disputes. Grinelli ne se prenait pas pour une femme fatale, mais elle connaissait par expérience les vertus de son magnétisme personnel. Son visage en longueur aurait pu passer pour laid sans la personnalité qui s'abritait derrière ses traits et dont l'éclat transparaissait dans des yeux immenses et étonnamment verts. Elle avait un corps élancé, la peau claire, et beaucoup d'hommes étaient fascinés par tout ce que sa personne laissait entrevoir de sensuel. Carlos était du nombre. Elle avait des cheveux auburn foncé qu'elle aimait enfermer sous un petit chapeau ou un béret.

Tymiena était un nom de famille et sa signification d'origine slave avait été « un secret ». Le nom résumait admirablement son attitude : elle ne se départait jamais de sa réserve.

Merrivale avait alerté son sens du danger quand il les avait désignés tous les deux – et tous les deux seuls – pour l'affaire. Et puis, ce qu'elle avait lu dans les comptes rendus de Porter et dans les rapports accumulés sous l'étiquette « Dossier Hellstrom » ne lui avait pas plu du tout. Trop de ces rapports avaient été de deuxième ou de troisième main. Et trop d'entre eux étaient semi-officiels. Ils avaient un arrière-goût d'amateurisme. Or, les amateurs représentaient un risque mortel dans ce métier.

– Deux seulement? avait-elle objecté. Et la police locale? Nous pourrions lui adresser un rapport sur la disparition d'une personne et...

– Le Chef ne veut pas de cela, avait répliqué Merrivale.

– L'a-t-il bien précisé?

Le visage de Merrivale s'assombrit légèrement comme chaque fois que l'un de ses collaborateurs faisait allusion à sa propension à une interprétation personnalisée des ordres.

– Il a été formel! Cette affaire doit être réglée dans la plus grande discrétion.

– Une discrète investigation locale me paraît rentrer parfaitement dans le cadre de telles instructions. Porter se trouvait dans ce secteur. Il a disparu. Les rapports contenus dans le dossier indiquent qu'il a pu y avoir d'autres disparitions. Cette famille de pique-niqueurs avec les jumeaux, par exemple...

– Une explication logique a été fournie et acceptée pour chacun de ces cas, Tymiena, interrompit Merrivale. Malheureusement, la logique et la réalité ne coïncident pas toujours. La réalité est notre souci et pour cette quête de vérité, nous devons utiliser nos propres ressources qui ont fait leurs preuves.

– Je n'aime pas leurs explications logiques, déclara Tymiena.

– Je me fiche complètement des explications que les idiots du coin ont pu admettre.

– Nos propres ressources uniquement, répéta Merrivale.

– Autrement dit, nous allons risquer notre peau encore une fois, murmura-t-elle. Quelle est l'opinion de Carlos sur cette affaire?

– Pourquoi ne la lui demandez-vous pas? J'ai prévu une petite conférence ici à 11 heures. Janvert et Carr y participeront d'ailleurs.

– Sont-ils dans le coup?

– En réserve.

– Je n'aime pas cela non plus. Où est Carlos?

– Aux archives, je crois. Vous disposez d'une heure pour explorer le problème avec lui.

– Merde!

Elle sortit en trombe du bureau. Carlos ne lui fut pas d'un plus grand secours que Merrivale. La mission faisait partie du train-train quotidien et voilà tout. Les missions assignées à Carlos semblaient toujours déclencher en lui les mêmes réactions : il lisait tous les documents, il étudiait tous les plans. Tymiena ne s'étonna donc pas que Carlos fût aux archives : il avait vraiment une mentalité d'archiviste.

Le voyage vers l'Oregon, assez confortable dans la camionnette de camping, avait justifié une partie de ses pressentiments. Des mains toujours en maraude et l'obsession sexuelle en tête. Finalement, elle avait dit à Carlos qu'elle avait attrapé une grave maladie vénérienne au cours de sa mission précédente. Il refusa de la croire. Alors, très calmement, elle lui déclara que, s'il persistait, elle lui logerait une balle dans le crâne. Elle lui avait montré le petit automatique belge qu'elle portait toujours au poignet dans un étui. Dans le calme parfait de cette attitude, il décela une raison convaincante. Mais il n'avait accepté que de fort mauvaise grâce sa déconvenue.

Le travail étant une tout autre chose, elle lui avait souhaité bonne chance quand il était parti dans son ridicule accoutrement d'observateur de mœurs des oiseaux. Pendant le reste de la journée – bien longue – où elle avait tenu, en peignant, son rôle de couverture, elle était devenue de plus en plus nerveuse. Rien de particulier ne pouvait expliquer cette inquiétude. C'était tout le décor qui la tourmentait. Il n'annonçait que des ennuis. Carlos avait été imprécis – c'était normal – pour fixer l'heure de son retour. Tout dépendait de ce qu'il découvrirait dans son examen préliminaire de la ferme.

– Au plus tard, peu après la tombée de la nuit, lui avait-il dit. Tu seras une bonne épouse et tu peindras tes jolis tableaux pendant que je chercherai les oiseaux. Lorsque je reviendrai, je t'apprendrai tout sur les oiseaux et les abeilles.

– Carlos!

– Ah, ma bien-aimée, un jour je t'apprendrai à prononcer ce nom raffiné avec une vraie passion.

Et le salaud lui avait chatouillé le menton avant de prendre congé. Tymiena l'avait suivi du regard pendant qu'il se frayait un chemin dans l'herbe pour gravir la côte qui le conduirait aux arbres. Il faisait déjà chaud, le silence des insectes laissait prévoir que la chaleur empirerait pendant la journée. Avec un soupir, elle avait sorti tout son matériel d'aquarelliste. En réalité, elle était une excellente aquarelliste et, par instants, elle en oublia presque sa mission en peignant les champs drapés dans leur toilette d'automne. Il faut dire que les teintes de marron doré étaient particulièrement séduisantes pour un spécialiste de la palette.

Peu après midi, elle se désintéressa de ses œuvres

pour manger des œufs durs et du yoghourt que le réfrigérateur de la camionnette avait maintenus au frais. Pendant cette pause, et bien que l'intérieur du véhicule eût la température d'un four, elle voulut vérifier les instruments. Sa surprise fut grande quand elle constata que l'avertisseur de vitesse indiquait une activité de radar dans la direction de la ferme. Un signal très clair visait la camionnette. De la ferme, la surveillait-on par radar?

Elle interpréta ce fait comme un indice de danger, et elle eut envie d'aller chercher Carlos pour le faire revenir. Il y avait une autre solution : avertir par radio le quartier général. Son instinct très sûr lui disait que le quartier général ferait le nécessaire. Et Carlos lui avait ordonné de ne pas bouger de la camionnette. Finalement, elle préféra ne rien faire. Son indécision ajouta une note de frustration à l'énervement qui l'avait travaillée tout l'après-midi. Elle flaira des périls de plus en plus graves. Quelque chose l'avertissait qu'elle devait partir. Quitter la camionnette et fuir. La camionnette était une grosse cible, très voyante.

Au crépuscule, elle replia sa tablette de peintre, la déposa ainsi que ses aquarelles sur le siège de la cabine, et elle s'installa au volant. Il lui fallut un moment pour régler la radio et, en vérifiant l'écoute, elle découvrit une résonance d'exploration sur sa propre fréquence. Lorsqu'elle modula son émetteur, la résonance d'exploration brouilla son signal. Elle décrocha sèchement et regarda les versants de colline du côté de la ferme. De l'endroit où elle s'était garée, la ferme n'était pas visible, mais elle sentit une présence malveillante.

Et toujours aucun signe de Carlos.

Elle éteignit toutes les lumières de la camionnette de camping. Un radar venait de la ferme. Ils avaient brouillé sa radio. Cette affaire sentait très mauvais.

Elle se leva, se dirigea sans bruit vers la porte arrière, l'ouvrit et descendit par le côté opposé à la ferme. La camionnette la protégerait contre ce faisceau de recherche. Elle tomba à quatre pattes et s'engagea parmi les hautes herbes. Elle avait vu des vaches qui pâturaient paisiblement dans des prairies qu'elle pouvait atteindre. Elle se dirigea vers elles. Elle avait grandi dans un ranch du Wyoming où l'on pratiquait l'élevage du bétail et, bien qu'elle eût préféré s'en approcher à cheval, elle n'avait absolument pas peur des vaches. La menace se situait derrière elle, du côté de la ferme d'Hellstrom. Les vaches lui procureraient la confusion nécessaire pour masquer sa présence et la dissimuler au balayage du radar. Si Carlos revenait, il rallumerait les feux de la camionnette, et elle les verrait du pâturage où elle serait sans doute en sécurité. Mais elle ne croyait plus guère au retour de Carlos. Toute cette situation était absurde : elle l'avait été depuis le commencement. Pourtant Tymiena continuait à se fier à son propre instinct de conservation.

Propos de Nils Hellstrom. Cette vieille planète qui s'appelle la Terre est une arène de combats continuels dont les vainqueurs sont les plus débrouillards et les mieux animés de l'esprit d'entreprendre. Sur ce terrain d'essai où le puissant dinosaure a vacillé et est tombé, un seul témoin silencieux se cramponne. Ce témoin reste notre guide vers la survivance de l'homme. Ce témoin, l'insecte, a trois cents millions d'années d'avance sur l'espèce humaine, mais nous le rattraperons. Il domine aujourd'hui notre Terre, et il exploite fort bien sa colonie. Chaque génération nouvelle apporte de nouvelles expériences dans la forme et les fonctions, qui le transforment en spectres aussi illimités que l'imagination d'un dément. Pourtant, ce que peut faire ce témoin, nous de la Ruche pouvons le faire parce que nous sommes son témoin.

Le vieux Harvey fit sortir ses hommes par une issue cachée du périmètre à la limite nord de la Ruche. Des mottes de gazon reculèrent, une souche avec un tampon de terre scellé au mucilage se rabattit vers l'extérieur sur une charnière silencieuse, et le détachement s'enfonça dans la nuit. Les volontaires étaient légèrement vêtus de gris sombre et il ne faisait pas chaud, mais ils ne tinrent pas compte de la fraîcheur. Chacun portait une baguette à étourdir et un masque à vision de nuit muni d'un puissant émetteur à infra-rouges (fabrication de la Ruche) autour de son rebord. Ils avaient l'air d'un groupe d'adeptes de la chasse sous-marine, et leurs baguettes ressemblaient à d'étranges lances à deux dents.

La souche-tampon fut soigneusement remise en place dès qu'ils furent tous sortis et ils effacèrent les traces de leur passage.

Dans le champ, ils se déployèrent en éventail et ils se dirigèrent vers le nord.

Le vieux Harvey avait choisi vingt-trois ouvriers supérieurs, en majorité des mâles agressifs, et il avait veillé à ce que les femmes fussent dopées par les hormones avant de donner ses instructions.

Ils la voulaient vivante, cette femme de l'Extérieur. Nils avait besoin des informations qu'elle détenait. Elle se trouvait sans doute au milieu des vaches. Ils pourraient effrayer les bêtes avec une faible décharge des baguettes, mais ils n'avaient pas le droit d'en tuer une seule. Il ne s'agissait pas d'un ratissage, uniquement d'une recherche. Cette femme de l'Extérieur finirait à la cuve, mais seulement après avoir fourni à Nils les renseignements nécessaires.

Il y avait longtemps que le vieux Harvey avait participé à une chasse, et il se sentit soudain très surexcité. Allons, toute vie n'était pas encore éteinte chez le vieil ouvrier!

Il fit signe à Saldo de prendre le commandement de l'aile gauche, et il bifurqua vers la droite. Ses narines humèrent les nombreux effluves de l'air nocturne : le bétail, la poussière dans les hautes herbes, la terre non travaillée, les subtiles émanations des insectes, un soupçon de résine sur les arbres. Son odorat s'en donna à cœur joie, mais sans réussir à déceler un parfum qui aurait confirmé la présence de la femme de l'Extérieur dans les parages. Tant pis. Si elle était là, elle n'échapperait pas en tout cas à la vision de nuit des masques.

Saldo avait immédiatement rejoint le poste qui lui avait été assigné, et le vieux Harvey n'eut plus d'inquiétudes de ce côté-là. Saldo était un garçon encore jeune, et il avait un potentiel considérable. Les rapports réguliers que recevait Hellstrom sur son compte les réjouissaient autant l'un que l'autre. Saldo figurait au nombre des vingt successeurs éventuels d'Hellstrom. Il appartenait à la nouvelle petite race, économe de son énergie, brune et mince, remplie de ressources nerveuses et d'un empressement à faire plaisir, mais sa personnalité s'affirmait chaque jour un peu plus. Bientôt il serait une puissance dans la Ruche, à moins qu'il ne prît un essaim à son compte pour commencer une nouvelle ruche.

Les chasseurs largement déployés s'aventuraient maintenant dans le pâturage. Le vieux Harvey estima que c'était une bonne nuit pour une recherche. Des nuages envahissaient le ciel, masquaient une lune toute prête à disparaître. Grâce à la vision nocturne, le bétail se détachait très bien. Mais le vieux Harvey ne s'intéressait guère au bétail : il préférait reporter ses regards sur les bouquets d'arbres.

Ils croisèrent un petit troupeau sans provoquer de perturbations chez les animaux, bien que la chaude odeur des vaches excitât tous les participants à la battue. Saldo et deux autres chasseurs s'assurèrent que le troupeau ne protégeait aucun élément de l'Extérieur.

Mais l'excitation générale était indéniable. Elle se traduisit par une nervosité croissante chez les hommes du vieux Harvey et une dépense d'hormones extérieures qui déclencha une agitation dans le bétail. Des vaches, individuellement ou par groupes, se mirent à meugler et détalèrent en faisant beaucoup de bruit avec leurs sabots.

Le vieux Harvey commença à regretter de n'avoir pas inclus dans ses préparations un éliminateur sélectif d'hormones. Les subtils signaux chimiques qu'un animal pouvait adresser à un autre avaient parfois leur utilité, mais à présent ils compliquaient la situation. Cependant il concentra son attention sur les arbres, en abandonnant à Saldo le soin de scruter le bétail. La vision de nuit donnait à l'environnement un vague reflet argenté, comme si la lumière était émise de l'intérieur de chaque objet qu'il voyait.

Elle nous entendra arriver et elle essaiera de se cacher dans un arbre, se disait-il. C'est tout à fait son style.

Il n'aurait pu expliquer pourquoi ou comment il savait cela après un simple après-midi d'observation, mais il en était sûr. Elle se cacherait dans un arbre.

Le vieux Harvey entendit le cri d'un oiseau nocturne sur sa droite, et son cœur battit plus vite. Il n'était décidément pas trop vieux pour les ratissages. Peut-être serait-il bon que, de temps à autre, il participât aux ratissages.

Propos de Nils Hellstrom. Contrairement aux

autres créatures qui luttaient contre leur milieu, l'insecte a appris de bonne heure à chercher son étreinte protectrice. Il a créé toute une garde-robe de camouflage. Il est devenu un avec son environnement. Lorsque les prédateurs survenaient, ils ne pouvaient le découvrir nulle part. Ses méthodes de tromperie étaient si artistiques que les prédateurs pouvaient ramper sur son corps en poursuivant leur proie. Il n'a pas choisi un seul moyen d'évasion, mais quantité de moyens. Pour lui, non pas la vitesse ou les cimes d'arbres, mais les deux, et davantage.

Tymiena aperçut une aile du ratissage en même temps que les premiers chasseurs la découvrirent, confirmant ainsi la prédiction du vieux Harvey. Au début de sa fuite, elle avait trébuché dans un trou de lapin et elle s'était tordu la cheville gauche. La douleur l'avait obligée de grimper sur un petit chêne où elle s'était établie dans une fourche, et elle avait retiré le soulier de son pied meurtri. Assise bien en équilibre à une hauteur de six mètres, elle tenait solidement son petit automatique dans sa main droite. Une puissante lampe électrique, pas plus grosse qu'un crayon, armait sa main gauche dont le pouce était posé sur le bouton.

Sa cheville lui faisait très mal et l'empêchait de réfléchir. S'était-elle cassé un os?

Lorsque les vaches commencèrent à courir, elle comprit que ses ennuis allaient commencer. Elle les entendit renifler quand elles passèrent près d'elle. Et puis s'éleva un mystérieux sifflement qui s'enfla jusqu'à ce qu'il encerclât son arbre; là, il s'arrêta. Elle distingua confusément les ombres noires des chasseurs dans la nuit; elle se vit cernée.

Affolée, elle appuya sur le bouton de sa lampe électrique et son faisceau lumineux décrivit un arc qui lui révéla les masques et les baguettes. Elle sursauta et, par réflexe, ouvrit le feu.

Propos de Nils Hellstrom. Peut-être qu'un jour nous deviendrons aussi fonctionnels que ceux que nous imitons. Nous aurons des figures inexpressives; rien que des yeux et une bouche; juste assez pour maintenir en vie le reste de notre corps. Pas de muscles pour sourire ou pour froncer les sourcils, pour trahir d'une façon ou d'une autre ce qui se cache sous la surface.

Le petit automatique prit complètement au dépourvu les chasseurs de la Ruche. Cinq d'entre eux moururent avant qu'une concentration de baguettes à étourdir projetât Tymiena à bas de son arbre. Le vieux Harvey figurait au nombre des tués; son masque avait été fracassé et une balle avait traversé son cerveau. Saldo fut légèrement brûlé à la mâchoire, mais sa blessure ne l'empêcha pas de crier un commandement qui ramena de l'ordre chez les chasseurs effrayés. Ils avaient bu du « vin de chasse », comme disaient les anciens, et l'attaque de cette femme de l'Extérieur les avait littéralement grisés. Ils bondirent pour l'achever de leurs propres mains, mais le cri de Saldo les arrêta à temps. Ce fut la discipline de la Ruche qui la sauva.

Saldo se dirigea vers la femme évanouie et donna ses ordres. Il fallait que quelqu'un courût informer Nils. Les morts devraient être restitués à la cuve. C'était ce que méritaient les bons ouvriers. Ainsi, ils ne faisaient plus qu'un avec tous. « Ce qui va à la cuve est vieux, ce qui en sort est neuf. »

Lorsqu'il eut constaté que ses ordres étaient en cours d'exécution, il s'agenouilla pour examiner la femme évanouie. La lampe électrique étant toujours allumée après sa chute dans l'herbe, il repoussa son masque en arrière et s'en empara pour compléter son examen. Elle vivait encore. Un moment, il le regretta sous le coup d'une poussée de haine. Cette femme avait fait du mal à la Ruche. Mais Nils avait besoin d'elle, la Ruche avait besoin d'elle, et Saldo se domina. Elle ne semblait pas avoir de fractures. Une cheville meurtrie, oui : la cheville était enflée et décolorée. Cependant, des ouvriers avaient enduré de pires souffrances sans pour autant interrompre leurs tâches. Saldo ordonna que l'on recherchât son arme et qu'on la ramenât à la Ruche.

La mort du vieux Harvey ne l'attrista pas davantage qu'elle le réjouit. Elle faisait partie de l'ordre naturel des choses. Mieux aurait valu l'éviter, mais on ne pouvait pas esquiver la réalité, n'est-ce pas? Or, la réalité avait placé Saldo au commandement du groupe de chasse. Il devait donc donner les instructions nécessaires aux hommes. C'était l'une des choses que le vieux Harvey lui avait enseignées.

En premier lieu, il fallait vérifier l'état de la femme de l'Extérieur. Saldo estima qu'elle pourrait être ranimée afin de subir l'interrogatoire. Voilà qui ferait plaisir à Nils et, en attendant, qui faisait plaisir à Saldo. Son aversion cédait en effet devant un intérêt croissant. Elle avait une odeur fascinante. Ce qui dans son corps pouvait sentir le fauve était atténué par l'emploi de parfums et de savons inconnus qui provenaient de l'Extérieur. Il se pencha pour la humer. Elle était la première femme de l'Extérieur qu'il eût jamais rencontrée seule dans la nature. Sous l'âcreté prédominante due à la peur, Saldo respira des effluves pimentés qui l'excitèrent. Il glissa une main sous le chemisier, palpa un sein qu'il trouva ferme et gonflé sous un vêtement qui le comprimait. Saldo avait été élevé pour tenir l'emploi d'un ouvrier supérieur, et son instruction lui avait appris qu'il s'agissait d'un soutien-gorge, et que ce soutien-gorge était attaché dans le dos par des agrafes métalliques. Il avait affaire à une vraie femme qui, apparemment, ne différait en rien des femmes de la Ruche et qui devait être féconde. Drôles de mœurs, décidément, que celles de l'Extérieur! Il glissa ses doigts sous la ceinture, explora la toison pubienne et la fente vulvaire puis il retira sa main et la sentit. Féconde, sans aucun doute. Il était donc vrai que les femmes de l'Extérieur vagabondaient quand elles étaient fécondes. Se livraient-elles à une chasse à l'accouplement comme une mère fondatrice était censée le faire? Les livres, les films et les cours de son adolescence studieuse ne l'avaient pas préparé à la réalité, et pourtant il pouvait réciter par cœur toutes leurs leçons de choses. Elle l'excita tellement qu'il se demanda si Nils consentirait à la conserver pour la reproduction. Ce serait intéressant de s'accoupler avec elle.

Une femme de son groupe gronda contre lui en émettant le son sans paroles d'une menace sérieuse. Une autre l'interpella :

– Cette femme de l'Extérieur n'est pas une reproductrice! Que fabriques-tu avec elle?

– Je me renseigne, répondit Saldo. Elle est féconde.

Celle qui avait émis un grondement retrouva sa voix.

– Beaucoup de ces femmes sauvages sont fécondes.

– Elle a tué cinq des nôtres, s'écria l'autre. Elle n'est bonne que pour la cuve.

– Où elle a toute chance d'aller quand nous aurons fini de l'interroger, ajouta Saldo.

Il avait parlé sans essayer de dissimuler un brusque sentiment de tristesse. Cette femme de l'Extérieur serait détruite par l'interrogatoire; c'était certain. Les prisonniers n'échappaient pas à ce sort, et les choses ne pouvaient pas se passer différemment pour une femme. Quel gaspillage! Sa chair ne serait plus bonne que pour la cuve.

Il se releva, remit son masque en place sur son nez.

– Attachez-la et transportez-la à la Ruche. Veillez à ce qu'elle ne nous fausse pas compagnie. Vous deux, allez à sa voiture et ramenez-la pour la récupération. Effacez les traces. Il ne doit rester aucun signe que cette femme et son compagnon se trouvaient à proximité de la Ruche. Faites bien attention.

Les ordres tombaient de sa bouche comme Harvey le lui avait appris, mais Saldo éprouva une sorte de désespoir que de tels commandements fussent nécessaires. Les responsabilités de chef s'étaient trop brutalement abattues sur ses épaules. Dans son for intérieur, il se rendait compte que le choix par Harvey d'un tout jeune ouvrier pour être son second dans cette recherche avait été un geste d'exercice. Un jeune qui promettait avoir besoin de cette expérience. Mais il y avait aussi la compétence de Saldo. Il était un spécialiste de la sécurité de la Ruche. Il se fiait à ses propres réactions. Malgré son jeune âge, il se sentait parfaitement apte pour la tâche en cours, comme si toute la Ruche réagissait à travers sa personne. Harvey avait vécu plus que son temps, et avait payé une faute de sa vie. C'était une perte sérieuse pour la Ruche. Nils devait être déjà au courant, et il aurait des inquiétudes mais, pour l'heure, Saldo savait qu'il devait agir seul. Il avait la responsabilité du commandement.

– Ceux d'entre vous qui n'avez rien d'autre à faire, dit-il, veilleront à ce qu'il ne subsiste ici aucune trace de nos activités. Je ne connais pas tous vos talents comme le vieux Harvey, mais vous les connaissez, vous. Divisez-vous selon vos capacités. Personne ne rentrera à la Ruche avant que ce travail soit terminé. Je resterai le dernier pour passer l'inspection.

Il se baissa, ramassa la lampe électrique qu'il avait laissée à côté de la femme de l'Extérieur, l'éteignit, la mit dans sa poche. La femme avait déjà été ligotée et des ouvriers s'apprêtaient à l'emmener à la Ruche. Saldo fut tout attristé par l'idée qu'il ne la reverrait jamais. Il n'avait pas envie d'assister à l'interrogatoire. Une colère subite contre la stupidité des gens de l'Extérieur l'assaillit. Quels idiots! Quoi qu'il pût arriver à cette femme, elle n'aurait que ce qu'elle méritait.

Saldo promena son regard sur ses hommes. Ils exécutaient ses ordres avec zèle et, à première vue, paraissaient satisfaits; mais il flaira sous la surface une certaine incertitude. Ils savaient à quel point il était jeune et inexpérimenté. Ils obéissaient par habitude. En réalité, ils continuaient à obéir à Harvey. Mais Harvey avait commis une erreur fatale. Saldo se promit de ne jamais en commettre de semblables.

– Mettez-vous à quatre pattes, dit-il, et regardez bien. Deux masques de nuit ont été brisés. Il y a sûrement des éclats à retrouver. Récupérez-les tous.

Saldo se dirigea vers le lieu où il savait que deux de ses hommes préparaient la camionnette pour l'amener à la Ruche. Elle était donc venue par là, cette femme de l'Extérieur. Comme c'était étrange que, lorsqu'elles étaient fécondes, elles allassent à l'aventure, librement, comme si elles ne se souciaient absolument pas de choisir le meilleur mâle pour la reproduction. Vraiment elles ne ressemblaient guère à une mère fondatrice. Elles n'étaient que des femmes fécondes sauvages. Un jour peut-être, quand il y aurait beaucoup de ruches, ces femelles sauvages seraient capturées et soumises à des accouplements appropriés; sinon elles seraient stérilisées et vouées à des travaux utilitaires.

Une partie du bétail qui avait fui le théâtre des incidents était revenue, sans doute poussée par la curiosité. Les vaches se rassemblaient par groupes à découvert et faisaient face aux hommes de Saldo. L'odeur du sang et le bruit les maintenaient dans un léger énervement, mais elles ne semblaient pas menaçantes. Elles ne pouvaient d'ailleurs pas distinguer les ouvriers, mais ceux-ci pouvaient les voir. Saldo prépara sa baguette à étourdir et alla se placer entre les bêtes et ses hommes. Une bonne imagination pouvait parer à l'imprévu. Si les vaches chargeaient, elles seraient projetées à terre par un seul mouvement circulaire de sa baguette.

Saldo regarda dans la direction des lumières de la ville dont l'éclat se réfléchissait sur les nuages. Il était peu probable qu'à cette distance quelqu'un eût entendu les coups de feu mais, même si des citadins avaient eu l'oreille fine, ils feraient preuve de bon sens. Les habitants de Fosterville avaient en effet appris à se montrer discrets et prudents au sujet du Val Gardé. En outre, la Ruche y possédait un protecteur en la personne du shérif adjoint du district, Lincoln Kraft. Il était né dans la Ruche et passait pour l'un des agents clandestins les plus remarquables qu'elle eût produits. D'autres observateurs de la Ruche se déplaçaient en ville comme des gens ordinaies de l'Extérieur. Il existait aussi des agents clandestins encore plus importants dans le monde de l'Extérieur. Saldo en avait vu deux en visite à la Ruche : un sénateur et un juge. Ils occupaient des postes dangereux qui, un jour, deviendraient inutiles.

Saldo fut content d'entendre les bruits que faisaient ses hommes pour exécuter ses ordres. Il huma l'air nocturne, détecta une petite odeur de poudre. Mais pour la reconnaître, il fallait avoir été instruit à la Ruche : ce n'était qu'un léger effluve parmi bien d'autres.

Les vaches commençaient à se calmer et quelques-unes se détachèrent des troupeaux pour paître. Saldo fronça les sourcils. Groupées, les vaches n'offraient pas de tentations, mais il savait à quel point les événements de la soirée avaient troublé ses hommes. Il n'était pas du tout inconcevable que l'un d'eux se saisît d'une vache isolée. Il fallait empêcher cela. Un jour ces terrains appartiendraient à la Ruche qui pourrait même posséder son propre bétail. Mais à présent de telles protéines coûtaient trop cher en énergie végétale. Il fallait laisser ce genre de gaspillage aux dépravés de l'Extérieur, et surtout ne pas molester leurs bêtes. Rien ne devait être fait ici qui pût motiver une curiosité indésirable.

Saldo se promena parmi ses hommes et leur parla à voix basse. Il leur expliqua qu'ils ne devaient pas enlever de vaches, qu'il fallait laisser à la terre assez de temps pour cacher les traces qui n'avaient pas été effacées, et que l'arrivée de gens soupçonneux de l'Extérieur devait être évitée à tout prix.

Un jour, se dit Saldo, il y aurait d'autres ruches, dont beaucoup naîtraient de cette unique souche qu'il servait et qui devait dissimuler toute trace de son existence aux hommes de l'Extérieur. Car maintenant il leur fallait être prudents et sauvegarder leur avenir. Ils devaient cela aux générations d'innombrables ouvriers encore à naître.

Propos de Nils Hellstrom. Nos grandes lignées de reproduction doivent être strictement conformes aux nécessités de la Ruche. En cela, notre marge de manœuvre est beaucoup plus étroite que celle des insectes qui nous procurent notre modèle pour survivre. Leur vie commence comme la nôtre par la fécondation d'une cellule, mais à partir de là le miracle de la création diffère pour nous. Dans le laps de temps que met un seul embryon humain à se développer, un insecte peut produire plus de quatre cents milliards de créatures de sa propre espèce. Nous pouvons augmenter de plusieurs fois notre natalité de la Ruche, mais nous ne pourrons jamais espérer rivaliser avec cette prolifération.

Un ouvrier descendit le sentier herbeux qui venait de la Ruche et fit de grands signes pour attirer l'attention de Saldo. Rien n'annonçait l'approche de l'aube, sinon un certain rafraîchissement de l'air qui se produisait souvent avant le lever du jour. L'ouvrier s'arrêta devant Saldo et lui dit à voix basse :

– Quelqu'un de la Ruche arrive.

– Qui?

– Je crois que c'est Nils.

Saldo se retourna dans la direction indiquée, et il reconnut aussitôt Nils par sa démarche. Nils portait un masque de nuit, mais il n'avait pas de baguette. Saldo réprima un sentiment de soulagement auquel se mêlait un peu de mécontentement. Il avait pris de bonnes décisions mais Hellstrom avait tenu à venir personnellement. Saldo se réprimanda aussitôt. Comme dans un rêve, il entendit la voix du vieux Harvey : *N'est-ce pas ce que tu ferais?* Le chef de la Ruche ne pouvait moins faire. Cette pensée redonna à Saldo le sens de sa compétence tranquille. Il salua Hellstrom avec une certaine désinvolture.

Hellstrom s'arrêta à quelques pas de Saldo et, avant de parler, examina la scène. Il avait vu Saldo à l'instant même où le jeune ouvrier l'avait reconnu. La perte du vieux Harvey avait profondément affecté Hellstrom mais il remarqua avec satisfaction que Saldo faisait tout le nécessaire. Saldo avait les instincts d'un bon protecteur.

– Dites-moi ce qui est arrivé et ce que vous avez fait, dit Hellstrom.

– N'avez-vous pas eu de compte rendu par ceux que je vous ai envoyés?

– Si, mais je préférerais que le chef de cette recherche me donne ses commentaires personnels. Il arrive que les ouvriers oublient des choses importantes.

Saldo acquiesça d'un signe de tête. Oui, Hellstrom avait raison. Il lui raconta la découverte de la femme de l'Extérieur qui avait tiré presque aussitôt; il n'omit aucun détail; il signala même sa blessure à la mâchoire.

– Votre blessure ne devrait-elle pas être soignée? demanda Hellstrom en l'examinant attentivement. (Quelle malchance s'ils perdaient aussi Saldo!)

– C'est une blessure sans importance, répondit Saldo. Rien de plus qu'une légère brûlure.

– Occupez-vous-en dès votre retour.

Saldo perçut dans la voix d'Hellstrom de l'inquiétude à son sujet, et elle lui fit chaud au cœur.

– J'ai appris que le vieux Harvey vous avait choisi comme second, dit Hellstrom.

– Il m'a choisi, confirma Saldo avec une confiance calme.

– L'un ou l'autre de vos camarades a-t-il manifesté un mécontentement quelconque à propos de votre désignation?

– Rien de sérieux.

Cette réponse plut à Hellstrom. Elle disait que Saldo n'ignorait rien des défis naissants portés à son autorité, mais qu'il se sentait capable de les relever. Oh, il en viendrait à bout, assurément! Saldo se conduisait bien. Il possédait un sens certain de la rectitude. De lui émanait un air indéfinissable de domination – qu'il faudrait tempérer, malgré tout.

– Quand vous avez été choisi par le vieux Harvey, cela vous a-t-il fait plaisir? demanda Hellstrom en conservant une voix neutre.

Saldo avala sa salive. Avait-il fait quelque chose de mal? La question avait été posée avec une froideur qui ressemblait à de l'inquisition. Aurait-il mis la Ruche en péril? Mais il entrevit sous le masque un petit sourire qui déformait légèrement la bouche d'Hellstrom.

– Oui, cela m'a fait plaisir, avoua-t-il d'une voix qui avait perdu de son assurance.

Hellstrom nota ce changement d'intonation et il s'en réjouit. L'incertitude engendrait la prudence. On pouvait aimer l'autorité et se conduire comme un joueur, c'est-à-dire tout perdre par excès de confiance. Hellstrom lui expliqua tout cela en baissant la voix pour que nul autre ne pût entendre. Il lui commanda ensuite de lui énumérer tous les ordres qu'il avait donnés sur le terrain.

Saldo réfléchit quelques instants, puis il reprit son récit à l'endroit où il l'avait interrompu. Il parla avec une hésitation audible, parce qu'il cherchait dans sa tête des fautes qu'il aurait pu commettre, des corrections à leur apporter.

Hellstrom lui demanda :

– Qui a été le premier à voir la femme de l'Extérieur?

– Harvey, répondit Saldo qui se rappelait le geste de la main du vieil homme, ainsi que son doigt tendu en avant pour indiquer sa découverte.

Quelques gouttes de sueur coulèrent sur une joue de Saldo. Il les essuya avec un soupçon d'irritation, et son geste échauffa sa blessure.

– Quels ordres a-t-il donnés à ce moment-là? interrogea Hellstrom.

– Il nous avait dit auparavant que nous devions

l'encercler quand nous l'aurions trouvée. Nous avons obéi sans ordres supplémentaires.

– Qu'a fait Harvey ensuite?

– Il n'a eu aucune chance de faire quoi que ce soit. La femme a allumé sa lampe électrique et, aussitôt, elle a tiré.

Hellstrom considéra le sol qui le séparait de Saldo, puis il regarda autour de lui. Plusieurs ouvriers aux environs avaient abandonné leurs tâches et, curieux, s'étaient rapprochés pour écouter.

– Pourquoi ne faites-vous pas ce que votre chef vous a commandé? leur demanda Hellstrom. Votre chef vous a donné des instructions précises. Exécutez-les.

Il se retourna vers Saldo.

– Ils sont fatigués, murmura Saldo pour défendre son équipe. J'inspecterai personnellement les lieux avant de partir.

Voilà un garçon modèle! pensa Hellstrom. Il défend ses hommes, mais sans excès. Et il assume des responsabilités personnelles sans hésiter.

– Où étiez-vous exactement quand elle a commencé à tirer? s'enquit Hellstrom.

– J'étais à l'autre extrémité du mouvement d'encerclement, par rapport à Harvey. Lorsque nous avons fermé la boucle, je me suis trouvé à côté de lui.

– Qui l'a fait tomber de son arbre?

– Les ouvriers derrière elle, que sa lampe électrique n'avait pas éclairés. Les autres s'étaient jetés de côté.

– Et Harvey n'a pas donné d'autres ordres?

– Je crois qu'il a été le premier touché. J'ai entendu le premier coup de feu qu'elle a tiré et... (Il hésita, haussa les épaules.) pendant une seconde peut-être, je suis resté figé. Puis j'ai été atteint et nous avons tous bondi. J'ai vu s'écrouler le vieux

Harvey et je me suis dirigé vers lui. Il y a eu d'autres coups de pistolet et puis soudain plus rien. Elle est tombée de l'arbre.

– Votre confusion est compréhensible parce que vous étiez blessé, commenta Hellstrom. Je remarque cependant que vous avez conservé suffisamment de sang-froid pour empêcher que la prisonnière fût tuée. Vous avez répondu à toutes mes espérances. Mais n'oubliez jamais ce qui s'est passé ici. Vous avez eu une bonne leçon. Chasser quelqu'un de l'Extérieur n'est jamais la même chose que chasser un autre animal. Le saisissez-vous maintenant?

Saldo comprit qu'il avait été à la fois loué et blâmé. Il regarda l'arbre sur lequel la femme s'était cachée puis, un peu à contrecœur, Hellstrom. Mais Saldo reconnut la légère déformation de la bouche d'Hellstrom qui traduisait sa satisfaction. Et Hellstrom lui dit :

– Vous avez capturé la femme vivante et c'était l'important. (Il se mordit les lèvres.) Elle portait une arme et Harvey aurait dû le prévoir. Il aurait dû la faire tomber dès qu'il l'avait vue. Il était à portée. Savez-vous comment utiliser ce genre d'armes de l'Extérieur, Saldo?

– Oui. C'est Harvey lui-même qui me l'a montré.

– Apprenez à bien vous en servir. La Ruche pourrait avoir besoin de ce genre de capacités. Voyons : vous avez trente-deux ans, si je ne me trompe?

– Oui.

– Vous pourriez encore passer pour un jeune homme chez les gens de l'Extérieur. Peut-être vous enverrons-nous d'ici peu à l'une de leurs écoles. Nous avons les moyens de le faire. Vous le savez.

– Je n'ai pas passé beaucoup de temps à l'Extérieur, dit Saldo.

– Je suis au courant. Quelles ont été vos expériences?

– Seulement avec d'autres, jamais seul. Un mois en tout. J'ai passé une semaine à la ville, une fois.

– Pour travailler ou pour vous instruire?

– M'instruire pour moi-même et pour les autres.

– Aimeriez-vous aller seul à l'Extérieur?

– Je ne pense pas que je sois prêt pour cela.

Hellstrom opina. La candeur de cette réponse l'avait enchanté. Saldo ferait un merveilleux spécialiste de la sécurité. Déjà il était intuitivement le plus précis et le plus juste de la nouvelle génération. Qu'on lui donne un peu plus d'expérience, et il serait incomparable. Il possédait cette belle franchise de la Ruche. Il ne mentirait jamais, même pas sur son propre compte. Il était un chef qu'il fallait préserver et perfectionner. Les conventions de la Ruche l'exigeaient, et les circonstances actuelles commandaient qu'Hellstrom entreprît son éducation supérieure.

– Vous avez tout très bien fait, dit Hellstrom en parlant assez fort pour que les autres l'entendent aussi. Lorsque cette affaire sera terminée, nous prendrons des dispositions afin de vous envoyer à l'Extérieur pour compléter votre instruction. En attendant, vous viendrez me faire votre rapport quand vous en aurez fini ici.

Il le quitta et reprit à pas lents le chemin de la Ruche en s'arrêtant de temps à autre pour regarder autour de lui. Chacun de ses mouvements faisait clairement comprendre qu'il était content de se reposer sur Saldo.

Pendant quelques secondes, Saldo regarda s'éloigner Hellstrom. Le premier conseiller de la Ruche, le chef incontesté à chaque crise, le mâle par excellence, celui vers lequel se tournaient tous les autres quand ils avaient un doute – même ceux qui dirigeaient la reproduction, la production alimentaire et la fabrication des outils – le grand ouvrier parmi tous était venu se rendre compte des faits et avait approuvé ce qu'il avait constaté. Saldo reprit son rôle de superviseur du nettoyage avec un sentiment nouveau d'exaltation que tempéra pourtant une compréhension plus approfondie de ses propres limites. Cela avait été, il en était sûr, l'un des principaux objectifs de la visite d'Hellstrom.

Procès-verbal du Conseil de la Ruche. Entretien avec le philosophe-expert Harl (traduit des signes de la Ruche). Encore une fois, philosophe Harl, nous allons vous décevoir en vous disant que nous ne sommes pas venus pour vous envoyer à la sainte cuve. Votre grand âge, plus avancé que celui de n'importe quel ouvrier de la Ruche, les moyens artificiels dont nous devons user pour conserver en vous votre ardeur vitale, et toutes les autres choses qu'utilise votre sagesse quand vous réclamez que nous vous donnions la libération de la cuve, tout cela n'est pas facile à réfuter. Nous vous prions très respectueusement de mettre un terme à ces discussions et de vous rappeler le grand besoin qu'a la Ruche de votre sagesse. Nous revenons pour vous demander votre avis sur la façon dont la Ruche devrait se servir des résultats d'un Projet 40 réussi. Nous pouvons prévoir votre première question, et nous devons répondre que le Projet 40 n'est pas encore productif. Les spécialistes chargés du projet disent cependant qu'ils peuvent nous garantir le succès. Ce ne serait, d'après eux, qu'une affaire de temps.

Propos du philosophe-expert Harl : La possession d'une arme absolue, d'une menace finale à toute la vie qui se partage cette planète, n'apporte aucune garantie de suprématie. L'acte même de menacer d'utiliser une telle arme, dans certaines circonstances, place le contrôle de cette arme entre les mains de tous ceux qui contrôlent les circonstances. Vous affrontez le problème de quoi faire quand ces autres vous disent : « Utilisez donc votre arme! » De cette manière, beaucoup auront l'arme. Allons plus loin : quiconque peut menacer le possesseur d'une telle arme la possède lui aussi. Donc, une arme absolue est sans utilité à moins que ceux qui la contrôlent puissent en tempérer la violence. L'arme doit avoir des degrés d'application qui sont moins que finals. Considérez les mécanismes de défense partout visibles chez les insectes qui nous fournissent notre modèle pour survivre. Les piquants, les aiguillons, les dards, les produits chimiques irritants et les lances venimeuses qui pointent férocement, voilà des mécanismes de défense. Ils disent tous : « Ne me menacez pas! »

Tymiena mit du temps à se rendre compte qu'elle avait les mains liées derrière son dos et qu'elle était solidement attachée sur un siège banal. La surface de cette chaise était dure, et elle sentait la froideur lisse du dossier contre ses bras. La partie centrale de son esprit s'intéressait surtout à sa cheville qui lui donnait des élancements douloureux à l'endroit où elle se l'était foulée. Luttant contre une répugnance de tout son être, elle ouvrit les yeux, mais elle ne découvrit qu'une obscurité impénétrable, épaisse et de mauvais augure. Pendant un instant, elle se demanda si elle n'était pas devenue aveugle, mais une faible lueur se glissa dans son champ visuel. Cette lueur se trouvait à une distance indéterminée juste devant elle, et bougeait.

– Ahhh! Vous êtes réveillée, je vois.

C'était une voix masculine, grave, qui s'exprimait au-dessus de la lueur mouvante. Le vague écho de cette voix lui apprit qu'elle était dans une pièce, et même dans une assez vaste pièce.

Elle surmonta difficilement son épouvante, réussit

à doter sa voix d'une intonation de fausse nonchalance, et demanda :

– Comment pouvez-vous voir? Il fait un noir d'encre.

Assis dans un angle du laboratoire d'où il pouvait surveiller les instruments brillants qui lui traduiraient les réactions de la prisonnière, Hellstrom ne put qu'admirer son courage. Ils étaient souvent très braves, ces sauvages!

– Je peux voir, répondit-il.

– Ma cheville me fait un mal fou, dit-elle.

– J'en suis vraiment désolé. Nous vous donnerons bientot quelque chose pour votre cheville. Tâchez d'être patiente.

Elle détecta dans les intonations une sincérité qui la rassura bizarrement. Cette voix d'homme pouvait monter de la basse au ténor. Très raffinée.

– J'espère que ce ne sera pas trop long, dit-elle.

Il faut l'amener à un semblant de calme, pensa Hellstrom. Il était agacé par le masque de nuit qui comprimait son nez et son front, et il n'aimait pas non plus la façon dont il dessinait les contours de la femme en reflets argentés. Son mécontentement était un fruit de sa fatigue, il le savait. Parfois, la Ruche lui en demandait trop! Mais il était indispensable que cette femme de l'Extérieur fût interrogée, et il se sentait peu empressé à la remettre entre les mains des jeunes impitoyables qui attendaient fébrilement le moment de faire leurs preuves. Il se dit qu'il prendrait son temps avec elle parce qu'il ne se fiait pas à ce que les autres avaient arraché à Depeaux. Comment l'Extérieur avait-il pu entendre parler du Projet 40? L'un des inquisiteurs avait dû le mentionner. C'était cela, sûrement! Eh bien, il allait le vérifier avec cette femme.

– Je dois vous poser d'abord quelques questions, déclara-t-il.

– Dans cette obscurité? Pourquoi?
– Pour que vous ne puissiez pas me voir.

Une joie folle, soudaine, envahit Tymiena. S'ils ne voulaient pas qu'elle vît quelqu'un, cela signifiait qu'elle aurait la possibilité de décrire ses ravisseurs. Donc, qu'ils la libéreraient.

Hellstrom lut sa réaction sur ses instruments.

– Vous vous êtes beaucoup énervée là-bas. Pensiez-vous que nous allions vous nuire?

Elle se demanda ce qu'il entendait par là. Ils l'avaient ficelée comme une dinde de Noël, ce qui n'indiquait pas de très bonnes intentions.

– J'ai été épouvantée, dit-elle. Ai-je blessé... quelqu'un?

– Vous avez tué cinq des nôtres et blessé deux autres, dit Hellstrom.

Elle ne s'était pas attendue à une réponse aussi froidement directe, et elle en fut bouleversée. Cinq morts? Mais ils ne la relâcheraient jamais!

– Je... j'ai eu l'impression d'être tombée dans un piège, expliqua-t-elle. Mon... mon mari n'était pas revenu et j'étais... toute seule. J'étais terrifiée. Qu'avez-vous fait à Carlos?

– Il ne souffre pas, affirma Hellstrom.

Et c'était vrai, se dit-il. Il était difficile de mentir carrément, même à un sauvage de l'Extérieur. Or, sa réponse ne constituait pas un mensonge. Depeaux avait heureusement perdu connaissance quand son corps écartelé avait été jeté dans les hachoirs et de là, dans les fluides dissolvants des cuves. Là il n'avait pas souffert et la mort l'avait sûrement vaincu avant qu'il pût reprendre connaissance. Les hachoirs étaient très rapides.

– Pourquoi m'avez-vous attachée de cette façon-là? demanda-t-elle.

– Pour que vous ne bougiez pas pendant que je pose mes questions. Comment vous appelez-vous?

Ils doivent avoir mes faux papiers d'identité, pensa-t-elle.

– Je m'appelle Tymiena Depeaux.

– Parlez-moi de cette agence gouvernementale pour laquelle vous travaillez.

Il y eut un dérapage dans les battements de son cœur, mais elle parvint à émettre un semblant de protestation.

– Gouver... Je ne travaille pas pour une quelconque agence du gouvernement! Nous étions en vacances. Mon mari vend des pièces pyrotechniques.

Hellstrom sourit tristement en lisant ce que lui révélaient ses instruments. C'était donc vrai. Ils travaillaient tous les deux pour une agence du gouvernement, et cette agence était curieuse. Bien que Porter eût résisté à la plupart de leurs questions, il l'avait plus ou moins avoué. Seulement Porter n'avait pas soufflé mot du Projet 40. Cette femme communiquerait-elle des renseignements à ce sujet? Il sentit une accélération de son pouls. C'était le genre de danger que la Ruche avait toujours redouté, mais Hellstrom y trouvait, comme dans la chasse, matière à excitation.

– Votre agence est-elle la CIA? demanda Hellstrom.

– Je ne suis qu'une ménagère! protesta-t-elle. Où est Carlos? Qu'avez-vous fait de mon mari?

Hellstrom soupira. Ce n'était pas la CIA... à condition que l'on pût se fier à ses réactions, et aussi qu'elle connût les liaisons existant derrière son utilisation. Il était possible qu'elle ne les connût point. Ces agences avaient le don de multiplier les couvertures.

– Ne vous inquiétez pas pour votre mari, dit-il. Vous serez bientôt avec lui. Nous savons toutefois que vous n'êtes pas une simple ménagère. Les simples ménagères ne se promènent pas avec le genre d'armes que vous aviez en votre possession. Et elles ne les manient sûrement pas avec la compétence et l'efficacité dont vous avez fait la démonstration.

– Je ne crois pas que j'aie tué qui que ce soit.

– Vous n'en avez pas moins cinq morts sur la conscience.

– C'est Carlos qui a insisté pour que j'aie cette arme. Il m'a appris à m'en servir.

Encore un mensonge, observa Hellstrom. Il se sentait frustré. Pourquoi continuait-elle à dissimuler? Elle devait sûrement savoir maintenant qu'elle avait été démasquée par son complice. Les questions d'Hellstrom ne pouvaient cacher ce fait. Il s'était forcé à lire le compte rendu de l'interrogatoire de Depeaux sans rien omettre. Ce que faisaient les impitoyables jeunes, c'était au nom de toute la Ruche. Il se demanda s'il oserait lui faire subir une réduction chimique de la personnalité. Les jeunes étaient contre. La méthode était sans douleur, mais peu sûre. Elle avait réduit Porter à l'état d'idiot bavant. Au total, un tel effort tendait à effacer des souvenirs en les exposant. Il ne voulait pas que l'effort Porter fût répété, et il décida de ne pas écouter ses propres répulsions intérieures. Ce qu'il fallait faire, il fallait le faire. Il continuerait avec les méthodes actuelles, cependant, aussi longtemps qu'elle ne soupçonnerait pas que ses émotions étaient enregistrées, et tant que des informations seraient recueillies. Les bandes tournaient pour enregistrer tout ce qui se passait ici. Elles seraient pleinement analysées plus tard. L'ordinateur central de la Ruche pourrait même être utile dans l'analyse, quoique Hellstrom se méfiât des ordinateurs. Ils n'avaient pas d'émotions. N'ayant pas d'émotions, ils étaient en défaut devant des problèmes humains.

– Pourquoi mentez-vous? demanda-t-il.

– Mais je ne mens pas!

– L'agence qui vous emploie est-elle une branche du Département d'Etat des Etats-Unis?

– Puisque vous refusez de me croire, cela ne rimerait à rien que je vous réponde. Tout simplement, je ne comprends pas ce qui se passe ici. On me donne la chasse, on m'assomme, on me ligote, et tout cela pour...

– Vous avez tué cinq de mes amis, lui rappela-t-il. Pourquoi?

– Je ne vous crois pas. Vous feriez mieux de me laisser partir. Carlos est un homme très important dans sa société. Des gens se mettront à notre recherche si je ne les appelle pas.

– Si vous ne faites pas votre rapport?

Hellstrom étudia ses instruments. Pour une fois, elle avait dit la vérité.

– Ce n'est pas ça!

Ainsi elle était censée faire des rapports, sans doute à intervalles réguliers, réfléchit Hellstrom. Les jeunes impatients n'avaient pas arraché cela à Depeaux. Mais ils ne le lui avaient pas demandé.

– Pourquoi avez-vous été envoyée ici? questionna-t-il.

– Je n'ai pas été envoyée!

– Alors que faisiez-vous ici?

Elle sauta sur l'occasion de réciter son histoire de couverture : les longues heures de travail de Carlos, les rares vacances, l'intérêt qu'il portait aux oiseaux, le goût qu'elle avait, elle, de peindre des paysages. Il y avait dans ses paroles un certain esprit pratique qui n'était pas dénué de délicatesse, un sens de la vie conjugale dont elle regretta presque qu'il fût inventé pour la circonstance. Carlos n'avait pas été un si mauvais type, en dépit de... Elle interrompit son récit quand cette pensée s'insinua en elle, la dérouta. Une pensée pareille avait une signification interne. Pourquoi songeait-elle à Carlos au passé? Carlos était mort! Elle en eut la certitude. Qu'avait donc dit ce personnage dans le noir pour lui donner cette certitude? Parce qu'elle se fiait à ses instincts, elle sentit la peur la submerger comme une marée de bile.

Hellstrom vit l'émotion sur ses instruments; il essaya de la distraire.

– Avez-vous faim? lui demanda-t-il.

Elle eut du mal à répondre, puis, malgré sa bouche sèche, elle murmura :

– Non, mais ma cheville me fait terriblement mal.

– Nous allons nous en occuper très bientôt, dit-il pour la rassurer. Au fait, madame Depeaux, si vous aviez tellement peur, pourquoi n'êtes-vous pas descendue à Fosterville avec votre camionnette?

Voilà bien ce que j'aurais dû faire! se dit-elle. Mais elle réfléchit que ce personnage d'en face et ses amis avaient dû se préparer à une telle éventualité et que sa tentative aurait échoué.

– J'ai dû bousiller quelque chose. Elle n'a pas voulu démarrer.

– Tiens? Elle a démarré du premier coup avec nous.

Ainsi ils avaient aussi la camionnette de camping! Toute trace de Depeaux et de Grinelli avait disparu à présent. Carlos et Tymiena, morts tous les deux. Une larme coula le long de sa joue gauche.

– Etes-vous un agent communiste? demanda-t-elle d'une voix rauque.

Malgré lui, Hellstrom laissa échapper un petit rire.

– Quelle bizarre question, de la part d'une simple ménagère!

Sa gaieté l'emplit d'une colère qui la tonifia.

– C'est vous qui ne cessez de parler d'agents et du

Département d'Etat! s'écria-t-elle. Que se passe-t-il ici?

– Vous n'êtes pas ce que vous prétendez être, madame Depeaux, dit Hellstrom. Je commence même à douter que vous soyez réellement Mme Depeaux. (Ah, cela a touché un nerf! remarqua-t-il. Donc ils travaillaient ensemble sans être mariés.) J'ai l'impression que Carlos ne vous intéress... ne vous intéresse pas beaucoup.

Ne vous intéressait! pensa-t-elle. Voilà ce qu'il allait dire! Il s'est rattrapé, mais le mensonge est quand même sorti!

Elle se remémora alors les allusions à Carlos faites par cet homme invisible. Les morts ne souffraient pas. Toute mention de Carlos s'accompagnait d'un sous-entendu de définitif, de fini et de bien fini. Elle révisa son estimation de sa propre situation. L'obscurité ne servait peut-être pas qu'à cacher l'identité de son inquisiteur; elle pouvait être aussi un stratagème pour la troubler, pour lui faire abaisser sa garde. Elle commença à explorer ses liens, peina contre eux. Ils étaient diablement serrés!

– Vous ne m'avez pas répondu, reprit Hellstrom.

– Pourquoi vous répondrais-je? Je vous trouve abominable!

– Votre agence est-elle une branche de l'Exécutif américain?

– Non!

Il lut autre chose dans ses réponses, mais ce ne fut pas une lecture bien nette. L'explication était sans doute qu'elle croyait que oui, mais qu'elle n'en était pas absolument sûre. Il nota qu'elle se tortillait frénétiquement sur son siège pour essayer de se libérer de ses liens. S'imaginait-elle qu'il ne pouvait la voir?

– Pourquoi le gouvernement fait-il une enquête sur nous? interrogea-t-il.

Elle ne voulut pas répondre. Les liens étaient trompeurs. Ils avaient l'air d'être en cuir et semblaient céder quand elle luttait contre eux mais, dès qu'elle interrompait ses efforts, ils se resserraient toujours aussi étroitement.

– Vous travaillez pour une agence associée à l'Exécutif du gouvernement, dit-il. Il est vraiment curieux qu'une pareille agence fourre son nez dans nos affaires. Comment pourrions-nous intéresser le gouvernement?

– Vous allez me tuer, n'est-ce pas? demanda-t-elle.

Elle cessa de se débattre. Elle se sentait complètement épuisée. Elle était au seuil de la crise de nerfs. Ils allaient la tuer. Ils avaient tué Carlos et ils allaient la tuer. Les événements avaient très mal tourné. Depuis le début, elle avait deviné que cette mission tournerait mal. Cet imbécile de Merrivale, toujours incapable de prévoir et d'agir en conséquence! Et Carlos – le crétin des crétins! Carlos avait probablement marché tout droit vers le piège qui lui était tendu. Ils l'avaient capturé et il avait vidé son sac. C'était évident. Son inquisiteur savait déjà trop de choses. Carlos avait bavardé, ce qui ne les avait pas empêchés de le tuer.

Hellstrom lut sur ses instruments un état proche de la crise de nerfs. Alors il prit peur. Il savait que cette peur faisait partie de sa réceptivité personnelle à de subtiles excrétions corporelles de la prisonnière. Celle-ci diffusait de la frayeur à destination de quiconque avait été instruit à la Ruche. Aucun ouvrier ne serait épargné. Hellstrom n'avait même pas besoin de ses instruments. Il faudrait récurer cette salle à grande eau plus tard. Ils l'avaient déjà fait après l'interrogatoire de Depeaux. Tous les ouvriers qui rencontreraient de telles émanations seraient perturbés. Mais Hellstrom avait toujours son devoir envers la Ruche à remplir. Peut-être lui livrerait-elle dans son épouvante ce qu'il lui importait le plus de savoir.

– Vous travaillez pour le gouvernement, lui dit-il. Nous sommes au courant. Vous avez été envoyée ici pour nous espionner. Qu'espériez-vous découvrir?

– Mais c'est faux! cria-t-elle. Faux! Archifaux! Complètement faux! Carlos m'avait simplement dit que nous partions en vacances. Qu'avez-vous fait de Carlos?

– Vous mentez! lui dit-il. Je sais que vous mentez, et vous vous rendez sûrement compte maintenant que vos mensonges ne réussissent pas avec moi. Cela vaudra mieux pour vous si vous me dites la vérité.

– De toute façon, vous allez me tuer, murmura-t-elle.

Merde! pensa Hellstrom.

Sa mère fondatrice l'avait prévenu qu'une telle crise pourrait survenir au cours de sa vie. Ses ouvriers avaient torturé un homme sauvage. Torturé hors de tout concept de pitié. Un tel concept n'avait même pas effleuré leur conscience lorsqu'ils accomplissaient la tâche d'arracher des informations nécessaires à la survie de la Ruche. Mais ces actes laissaient leur marque sur la Ruche tout entière. Il n'y avait plus de naïfs nulle part dans la Ruche. Nous nous sommes rapprochés un peu des insectes que nous imitons, pensa-t-il. Et il se demanda pourquoi cette idée l'attristait. Il avait l'impression que toute forme de vie qui infligeait une souffrance non nécessaire était susceptible de s'apercevoir que sa conscience s'effritait. Or, s'il n'y avait pas de conscience pour réfléchir à la vie, celle-ci risquait de perdre le sens de sa destination.

Dans un subit accès de colère, il gronda :

– Parlez-moi du Projet 40!

Elle sursauta. Ils savaient tout! Qu'avaient-ils donc

fait à Carlos pour l'obliger à tout dire? Elle se sentit glacée d'effroi.

– Dites-le-moi! hurla-t-il.

– Je... Je ne sais pas de quoi vous parlez.

Les instruments lui apprirent ce qu'il voulait.

– Tout ira très mal pour vous si vous ne vous décidez pas à parler, expliqua-t-il. Je voudrais vous épargner cela. Parlez-moi du Projet 40.

– Mais je ne suis au courant de rien! gémit-elle.

Les instruments accordèrent à cette déclaration la valeur d'une quasi vérité.

– Vous êtes au courant de certaines choses, insista-t-il. Dites-les-moi.

– Pourquoi ne me tuez-vous pas tout de suite? demanda-t-elle.

Hellstrom opérait dans une brume de tristesse profonde, proche du désespoir. Des puissants sauvages de l'Extérieur connaissaient le Projet 40! Comment était-ce possible? Que savaient-ils? Cette femme n'était guère plus qu'un pion dans un jeu qui la dépassait; encore pouvait-elle fournir une indication valable.

– Il faut que vous me disiez ce que vous savez, dit-il. Si oui, je vous promets de vous traiter gentiment.

– Je n'ai aucune confiance en vous, répliqua-t-elle.

– Vous n'avez personne d'autre à qui vous fier.

– Ils viendront me chercher!

– Mais ils ne vous trouveront pas. Maintenant, dites-moi ce que vous savez du Projet 40.

– Ce n'est qu'une dénomination, dit-elle sans énergie. A quoi bon? Ils savaient tout le reste.

– Où avez-vous découvert cette dénomination?

– Sur des papiers. Ils ont été laissés sur une table à l'Institut de Technologie du Massachusetts, et l'un de nos agents les a recopiés.

Abasourdi, Hellstrom ferma les yeux.

– Qu'y avait-il dans ces papiers? demanda-t-il.

– Des chiffres, des formules et des phrases qui ne signifiaient pas grand-chose. Mais l'un de nos collaborateurs a suggéré qu'ils pourraient s'appliquer à un projet d'arme.

– A-t-il précisé le genre d'arme?

– Je crois qu'on a parlé d'une pompe à particules ou de quelque chose comme ça. On a dit qu'une telle arme pourrait provoquer de loin des résonances sur la matière, casser des vitres, je ne sais quoi.

Elle soupira, se demanda pourquoi elle parlait. De toute façon, ils la tueraient. Alors, quelle importance?

– Vos gens vont-ils... essayer de fabriquer ce genre d'arme d'après les papiers?

– Ils essaient, mais j'ai appris que les papiers qui ont été trouvés sont incomplets. Il y a des tas de choses dont ils ne sont pas sûrs, et on discute encore pour savoir s'il s'agit bel et bien d'une arme.

– Ils ne sont pas tombés d'accord sur l'hypothèse qu'il s'agirait d'une arme?

– Je ne le pense pas. (Elle émit un nouveau soupir.) Est-ce une arme?

– C'est une arme, répondit-il.

– Allez-vous me tuer à présent? demanda-t-elle.

L'intonation plaintive, suppliante de sa voix déclencha la fureur d'Hellstrom. Les imbéciles! Les fous! Il chercha sa baguette à étourdir qu'il avait déposée par terre à côté des instruments, la trouva, la releva, la régla à pleine charge. Il fallait arrêter ces idiots de sauvages de l'Extérieur. Il pointa sa baguette vers elle comme s'il voulait l'enfoncer dans sa chair, puis il lui infligea toute la charge. La force de cette charge se répercutant dans l'intérieur du laboratoire isolé l'étourdit un instant; quand il se fut repris, il constata que toutes les aiguilles de ses instruments étaient tombées à zéro. Il alluma le plafonnier, se leva lentement et se dirigea vers la silhouette féminine affaissée sur la chaise. Elle s'était effondrée sur le côté droit, encore retenue par ses liens. Son immobilité était complète. Il sut qu'elle était morte avant même qu'il se penchât pour en avoir la confirmation. Elle avait reçu une charge capable de tuer un bœuf. Il ne poserait plus jamais de questions à Tymiena, quel que fût son nom.

Pourquoi ai-je fait cela? se demanda-t-il. A cause du souvenir de la chair déchirée de Depeaux allant à la cuve? Au nom d'une exigence supérieure de sa vigilance pour la Ruche? Ou par caprice personnel? Il avait agi par réflexe, sans réfléchir. Et c'était fait; sans retour. Mais son comportement le troubla.

Encore sous le coup de la colère, il sortit du laboratoire à grandes enjambées. Lorsque les jeunes impatients qui se trouvaient dans la salle voisine l'entourèrent, il leur fit signe de s'écarter et leur annonça la mort de la prisonnière. Il répondit à leurs protestations par des gestes brusques, et il se borna à dire qu'il avait appris ce qu'il avait besoin de savoir. Quand l'un des jeunes lui demanda s'ils devaient emmener le cadavre à la cuve ou essayer d'obtenir une souche sexuelle, il s'arrêta pour réfléchir un court instant, puis il consentit à ce qu'ils tentassent d'obtenir une souche. Peut-être une partie de cette chair féminine pourrait-elle être ressuscitée et conservée. Si sa matrice pouvait être conservée, Tymiena pourrait encore rendre service à la Ruche. Ce serait intéressant de voir un enfant de cette chair.

Mais d'autres problèmes accaparaient ses pensées. Toujours mécontent de lui-même, il sortit du quartier du laboratoire. L'Extérieur était au courant du Projet 40! Un ouvrier de la Ruche avait fait preuve d'une négligence destructrice. Comment avait-on pu autoriser la sortie de documents pareils? Qui était le coupable? Comment les choses s'étaient-elles exactement passées? Des papiers à l'Institut de Technologie du Massachusetts? Qui s'était livré là à des recherches? La Ruche devait apprendre l'étendue de la catastrophe et prendre rapidement des mesures pour éviter la répétition d'une faute pareille.

Il espéra que le laboratoire de reproduction réussirait à faire une souche sexuelle de Tymiena. Elle avait servi la Ruche, et elle méritait que l'on conserve ses gènes.

Mémorandum général de Joseph Merrivale. Pour ces considérations présentes, peu importe que Porter, Depeaux et Grinelli soient bel et bien morts. Nous supposons qu'ils sont morts, mais cela ne changerait rien s'ils n'étaient que disparus. Nous avons appris qu'Hellstrom n'hésitera pas à agir contre nous. Etant donné ses fréquents voyages à l'étranger, ostensiblement en rapport avec ses films sur les insectes, un effort renouvelé pour déterminer quels sont ses contacts étrangers est tout indiqué. Ses actes impitoyables portent une certaine estampille qui nous est familière. Sur le front intérieur, le problème est plus complexe. Etant donné que nous ne pouvons pas avouer les objectifs qui ont motivé notre investigation, nous ne pouvons pas procéder maintenant par les voies ordinaires. Toute suggestion sur des procédures de remplacement sera la bienvenue. Détruire ce message aussitôt après l'avoir lu. Impératif! Le faire tout de suite.

Commentaire joint de Dzule Peruge avec cette indication : Pour les yeux du Chef seulement! *Pas question. Je vais déclencher plusieurs enquêtes directes. Il me faut des renseignements sur cette société cinématographique par tous les canaux accessibles. Mon premier travail en Oregon consistera à lancer une enquête sur une disparition de personnes par l'intermédiaire de toutes les agences que je pourrai atteindre. Le concours du F.B.I. sera sollicité. Votre appui de ce côté serait précieux – Dzule.*

Janvert n'aborda pas le sujet de leurs compagnons dans ce projet avant qu'ils fussent à bord de l'avion volant vers l'ouest. Il avait choisi pour Clarisse et lui-même des sièges très en avant des autres et sur la gauche. La fenêtre à côté de lui offrait le spectacle d'un coucher de soleil sensationnel au-dessus de l'aile gauche, mais il n'y fit pas attention.

Comme prévu, Clarisse et lui avaient reçu l'ordre de se déguiser en adolescents, et Nick Myerlie – qu'ils considéraient comme un âne et un bon à rien – avait été désigné pour jouer le rôle du père. Ce qui surprit tout le monde, en revanche, ce fut le choix de Janvert au poste de second.

Clarisse et lui avaient rapproché leurs têtes afin de bavarder à voix très basse.

– Je n'aime pas cela, disait Janvert. Peruge piquera une colère et choisira quelqu'un d'autre sur le terrain.

– A quoi cela l'avancerait-il?

– Je n'en sais rien, mais attends; tu verras. Demain au plus tard.

– C'est peut-être la reconnaissance de tes grandes qualités.

– Tu parles!

– N'as-tu pas envie d'être le numéro deux?

– Pas pour cette histoire-là. (Ses lèvres se crispèrent.) Elle sent mauvais.

– Tu crois qu'ils cherchent un bouc émissaire?

– Pas toi?

– C'est possible. Comment t'entends-tu avec Peruge?

– Pas mal, attendu que...

– Que quoi?

– Qu'il n'a pas confiance en moi.

– Eddie!

L'un de leurs coéquipiers choisit ce moment pour se lever et se diriger vers les toilettes de l'avant. C'était un ancien mitrailleur de la guerre du Vietnam (il disait « Nam »), Daniel Thomas Alden, que tout le monde appelait D.T. Janvert resta silencieux quand D.T. passa avec son jeune visage dur, sa mâchoire carrée, sa cicatrice blanche en forme de V retourné sur l'arête du nez, sa casquette d'aviateur dont la visière verte et transparente projetait une ombre vert foncé sur sa figure. Janvert soupçonnait D.T. d'être un espion des sphères supérieures de l'Agence. Le bruit ayant couru qu'il couchait avec Tymiena, Janvert se demanda soudain ce qu'il devait ressentir à présent.

Au passage, D.T. lança un coup d'œil dans leur direction, mais rien n'indiqua qu'il les avait reconnus ou même remarqués.

Lorsqu'il se fut éloigné, Janvert chuchota :

– Crois-tu que ce métier plaise à D.T.?

– Pourquoi?

– Il doit le trouver un peu moins amusant qu'une véritable guerre; il n'a pas autant de chances de tuer du monde.

– Tu es quelquefois trop acide.

– Et toi, chérie, tu ne devrais pas te trouver mêlée à cette affaire, dit Janvert. Pourquoi ne t'es-tu pas fait porter malade par exemple?

– J'ai pensé que tu pourrais avoir besoin de quelqu'un pour te défendre.

– De la même manière que la nuit dernière?

Elle fit comme si elle n'avait pas entendu.

– Tu étais au courant pour D.T. et Tymiena?

– Oui. J'ai presque du chagrin pour lui.

– Tu crois qu'elle est...

– Je ne tiens pas particulièrement à y penser, mais je le crois, oui.

– Pourquoi, enfin? Ne pourraient-ils pas, tout simplement...

– Ça se sent dans une affaire comme celle-ci. Ils étaient les éclaireurs. Il faut s'attendre à des pertes parmi les éclaireurs.

– Et nous, que sommes-nous?

– Avec Peruge dans la course, je n'en sais rien. Je te le dirai quand j'aurai découvert comment il nous déploiera.

– En première ligne ou à l'arrière?

– Voilà!

– Ne vont-ils pas servir le dîner sur ce vol? demanda-t-elle.

– Ces stewards sont trop occupés à saouler nos aînés.

– L'une des choses que je n'aime pas du tout quand je joue le rôle d'une gamine, murmura-t-elle, c'est que je ne peux pas commander un apéritif.

– J'ai horreur de ce maquillage, dit-il. Je parie qu'ils ne nous serviront rien à manger avant le Nebraska.

– Il y a une morue aux fèves spéciale, annonça-t-elle. Mais on nous donnera des boulettes de poisson et des haricots. As-tu toujours le cafard?

– Chérie, oublie certaines choses que j'ai dites la nuit dernière. Ça n'allait pas du tout.

– Pour ne rien te cacher, ça n'allait guère mieux chez moi. C'est probablement la phase de la lune.

– Je ne vois toujours pas une bonne raison pour que j'aie été promu numéro deux dans cette affaire. Et toi?

– Aucune dont je sois absolument sûre. (Et, presque comme une réflexion d'après coup :) Les autres sont plutôt vieux, non?

– Raison de plus... Pourquoi auraient-ils eu envie de donner du galon à un jeune?

– Il faut bien que la jeunesse ait son jour de

gloire, chuchota-t-elle en se penchant pour lui mordiller l'oreille. Tais-toi, mon chéri. Le vieux bouc qui est juste derrière moi écoute aux portes.

Janvert se garda bien de se retourner immédiatement, mais il ne tarda pas trop à se redresser pour promener un regard circulaire dans l'avion. Les lampes étaient allumées, maintenant, car il faisait nuit dehors, et chaque hublot était une plaque noire avec quelques étoiles. Le vieil homme à cheveux blancs qui se trouvait derrière Clarisse lisait le *Time* en buvant un whisky avec des glaçons. Il leva les yeux quand Janvert se retourna, mais il revint aussitôt à son journal et à son verre. Janvert ne se rappela pas avoir déjà vu ce vieillard, mais dans ce métier pouvait-on savoir? Peut-être avait-il été désigné pour les surveiller.

Irrité, Janvert se renfonça dans son fauteuil, se pencha vers Clarisse.

– Chérie, il faut que nous lâchions cette boîte. Il le faut, je t'assure. Il doit bien y avoir quelque part un pays où nous serions à l'abri. Un pays où l'Agence ne pourrait pas nous rattraper.

– L'autre camp?

– Tu sais bien ce que se serait : toujours pareil et dans une langue étrangère. Non. Nous avons besoin d'un joli petit pays étranger propret où nous pourrions nous mêler à la population sans nous faire remarquer. Il doit bien exister quelque part sur cette maudite planète.

– Tu pensais à D.T. et Tymiena?

– Je pense à toi et moi.

– Il écoute encore, murmura-t-elle.

Janvert se croisa les bras et sombra dans un silence morose. Ce serait un voyage sinistre jusqu'à Portland. Une seule chose à faire; s'y résigner.

Un peu plus tard, lorsque Nick Myerlie survint et se pencha vers eux pour leur demander :

– Alors, les gosses, ça va?, Janvert lui répondit par un grognement.

Mémorandum Inter-Ruche : Projet 40. Le problème de la chaleur reste préoccupant. Notre dernier modèle a fondu avant de devenir pleinement opérationnel. La résonance secondaire a été mesurable, toutefois, et elle a atteint les sommets espérés. Si les nouvelles techniques de refroidissement proposés réussissent, nous devrions procéder à notre premier essai pleinement opérationnel avant un mois. Il est certain que l'essai provoquera des manifestations qui ne passeront pas inaperçues à l'Extérieur. Au minimum, on peut s'attendre à l'apparition d'une nouvelle île dans l'océan Pacifique, quelque part au large du Japon.

Peruge quitta l'aéroport Dulles de Washington par un vol tardif et il fut obligé d'accepter une mauvaise place dans l'avion, ce qui ne diminua en rien le désagrément provoqué par une conférence avec Merrivale. Mais le Chef avait tenu à ce que cette convocation eût lieu, et Peruge n'avait pas trouvé le moyen de l'éviter. Il s'était donc fait conduire aux Opérations après avoir annoncé sa venue par un coup de téléphone. Ils s'étaient rencontrés dans le bureau de Merrivale et, dès le début, les fleurets avaient été démouchetés.

Quand Peruge était entré dans le bureau, Merrivale avait levé la tête sans changer d'expression. Il avait l'air à la fois pincé et effrayé.

Peruge s'assit en face de Merrivale sur l'un des fauteuils de cuir et désigna un dossier sur la table.

– Vous êtes en train de revoir les rapports, je vois. Pas de trous là-dedans?

Merrivale pensa évidemment que cette question était destinée à le placer en état d'infériorité car il essaya aussitôt de reprendre les choses en main.

– Mes rapports sont exactement adaptés aux circonstances pour lesquelles ils ont été faits.

Le pompeux imbécile!

Peruge se rendait très bien compte que sa présence contrariait Merrivale. C'était toujours comme ça. Peruge était si grand, si fort! Tout le monde disait qu'il deviendrait bouffi s'il prenait encore un peu de graisse. Mais il possédait une grâce doucement sinistre qui ne manquait jamais d'exaspérer Merrivale.

– Le Chef a voulu que je vous demande pourquoi vous avez promu second ce petit crevé de Janvert, dit Peruge.

– Parce qu'il aurait dû assumer des responsabilités depuis longtemps déjà.

– Il n'est pas loyal.

– C'est absurde!

– Pourquoi n'avez-vous pas attendu et ne m'avez vous pas laissé désigner mon propre second?

– Attendre quoi? Les instructions et les consignes devaient être données.

– Vous avez donc commis une nouvelle faute, dit Peruge de la voix calme d'un supérieur qui sait beaucoup de choses. (Son allusion au Chef avait produit son effet.)

Merrivale sentit que ses chances d'une promotion à l'Agence se réduisaient à zéro. Son visage s'assombrit.

– Pourquoi allez-vous personnellement dans l'Oregon?

– C'est tout indiqué, vu les circonstances, répondit Peruge.

– Quelles circonstances?

– La perte de trois de nos meilleurs agents.

Merrivale acquiesça.

– Vous avez parlé d'une chose importante dont vous souhaitiez discuter avec moi. Laquelle?

– Il y en a plusieurs. En premier lieu, ce mémorandum que vous avez fait circuler et qui indiquait que nous n'étions pas sûrs de notre prochaine initiative dans cette affaire. Le Chef a été quelque peu troublé par cela.

Merrivale pâlit.

– Nous... les circonstances...

Peruge l'interrompit comme s'il n'avait rien entendu.

– Deuxièmement, nous sommes préoccupés par les instructions que vous avez données à ces trois agents. Il nous paraît curieux que...

– J'ai suivi les ordres à la lettre! déclara Merrivale en abattant une main sur le dossier.

Toujours le même refrain, pensa Peruge.

– D'après certains bruits, dit-il, cette mission ne plaisait pas à Tymiena.

Merrivale renifla, s'efforça de ne pas avoir l'air impressionné.

– Ils élèvent toujours des objections, puis ils bavardent derrière mon dos. Des bruits? Ce ne sont que des bruits!

– J'ai obtenu suffisamment d'indications pour être persuadé qu'elle a pu émettre une objection valable quant à la façon dont les opérations étaient conduites. A-t-elle formulé des observations précises?

– Nous avons parlé, c'est exact. A son avis, nous aurions dû agir ouvertement après la disparition de Porter, et procéder à une vérification d'une manière plus officielle.

– Pourquoi?

– C'était simplement une impression qu'elle avait, rien de plus.

Merrivale avait prononcé *impression* comme s'il

évoquait une faiblesse particulière aux femmes.

– Rien qu'une impression? Rien de spécifique?

– Elle s'en est tenue là.

– Cette impression semble avoir été justifiée. Vous auriez dû l'écouter.

– Elle avait toujours des impressions bizarres, protesta Merrivale. Ainsi, il lui déplaisait de travailler avec Carlos.

– Elle avait donc des objections spécifiques. Pourquoi lui déplaisait-il de travailler avec Carlos?

– Je ne peux émettre que des hypothèses, mais je suppose qu'à une certaine époque, il lui a fait des avances qui n'étaient pas de son goût. En tout cas, la situation n'a rien eu d'équivoque. Ils connaissaient le travail qu'ils étaient chargés d'accomplir et ses conséquences éventuelles.

Peruge le regarda.

Le visage de Merrivale était un livre ouvert où n'importe qui aurait pu lire : ils me reprochent ces pertes, mais pourquoi me les reprocher maintenant alors que je me suis tout simplement conformé aux ordres?

Avant que Merrivale eût le temps de poser à haute voix sa question, Peruge lui dit :

– On s'agite aux échelons supérieurs, et nous allons devoir fournir quelques explications. Votre rôle en cette affaire nécessite un interrogatoire particulier.

Merrivale vit alors tout le tableau : la pression des supérieurs sur quelqu'un qui servirait de bouc émissaire et qui s'appelait Joseph Merrivale. Le fait qu'il s'était protégé de la même manière en plusieurs occasions n'apaisait nullement son chagrin de se découvrir la cible du jour.

– Ce n'est pas juste, dit Merrivale d'une voix altérée par l'émotion. Ce n'est vraiment pas juste.

– J'aimerais que vous me racontiez, autant que

vos souvenirs le permettent, votre dernière conversation avec Tymiena, dit Peruge. Toute votre conversation.

Il fallut un moment à Merrivale pour se redonner une contenance.

– Toute?

– Toute.

– Très bien.

Merrivale possédait une tête très bien organisée et il était capable de répéter de mémoire la plupart des conversations. Mais cette fois-ci il était gêné par la nécessité de dissimuler tout ce qui pouvait nuire à sa défense personnelle. Sans s'en rendre compte, il oublia son accent britannique, ce qui amusa Peruge.

Mais Peruge l'interrompit très vite.

– Donc elle est partie à la recherche de Carlos.

Merrivale tamponna son front couvert de sueur :

– Oui. Il se trouvait aux Archives, je crois.

– Quel dommage qu'elle ne soit pas ici pour que nous l'interrogions! soupira Peruge.

– Je vous ai tout dit! protesta Merrivale.

– Oh, je vous crois! dit Peruge.

Mais... il y avait tout de même autre chose. Elle avait lu les rapports et...

– Des agents meurent dans l'accomplissement de leur devoir, déclara Merrivale.

– Bien sûr, bien sûr! fit Peruge. C'est parfaitement banal.

Merrivale se renfrogna; les faits allaient être déformés pour le mettre dans son tort.

– Carlos n'a pas soulevé d'ojections semblables? s'enquit Peruge.

– Aucune.

Peruge réfléchit en faisant la moue. Fichue affaire! Donc, le petit employé avait en fin de compte accepté. Sa prudence légendaire avait été mise en défaut. A moins que cette prudence lui eût permis de passer au travers. Carlos pouvait être encore en vie. Mais Peruge n'accordait pas beaucoup de crédit à cette possibilité. Le premier pion avait été pris, ensuite le deuxième et le troisième. Le moment était venu d'utiliser une plus grosse pièce.

– Carlos et Tymiena se sont-ils disputés au sujet de ce travail?

– Possible.

– Que voulez-vous dire?

– Ils étaient toujours en train de se disputer. Plus personne n'y faisait attention.

– Et nous ne les avons pas ici pour les questionner, réfléchit Peruge.

– Je n'ai pas besoin de mémentos pour cela.

– Vous rappelez-vous ce que vous a dit Carlos la dernière fois que vous l'avez vu?

– Certainement. Il m'a dit qu'il rendrait compte quarante huit heures après son arrivée sur les lieux.

– Si longtemps après? Avaient-ils une radio?

– Il y en avait une dans la camionnette qu'ils ont trouvée à Portland.

– Et aucun rapport d'eux ensuite?

– Ils ont appelé pour vérifier leur matériel. L'appel venait de Klamath Falls, relayé par Portland.

– Quarante-huit heures, murmura Peruge. Pourquoi?

– Il voulait avoir le temps de s'établir sur les lieux, de reconnaître le secteur, de choisir son site d'observation.

– Oui, mais...

– Ce n'était pas un délai illogique.

– Mais Carlos était toujours tellement prudent.

– Ce délai confirme sa prudence, objecta Merrivale.

– Pourquoi ne lui avez-vous pas donné l'ordre de procéder à des appels périodiques plus fréquents?

– Cela ne semblait pas indiqué.

Peruge secoua la tête. C'était diabolique. Un groupe d'amateurs n'aurait pas commis autant de négligences et de bévues. Mais Merrivale ne voulait pas reconnaître ses erreurs. Et il pouvait retomber sur ses pieds grâce à ces ordres explicites dont il faisait état à tout bout de champ. Embarrassant. Il faudrait tout de même le mettre sur la touche. Le garer quelque part en attendant que le couperet s'abatte sur lui. Merrivale était un pauvre incapable. Il n'avait pas d'excuse à faire valoir. Il était tout simplement le bonhomme dont ils avaient besoin pour l'instant, quelqu'un à montrer du doigt quand des questions réellement gênantes seraient posées.

Avec brusquerie, Peruge se leva de son fauteuil et, debout, toisa Merrivale qui avait l'air d'un chien battu.

– Vous êtes un imbécile, Merrivale, déclara Peruge d'une voix froide et dure. Vous l'avez toujours été et vous le serez toujours. Nous avons un rapport très complet de D.T. sur les objections de Tymiena. Elle voulait une équipe de soutien. Elle voulait un contact radio plus fréquent. Vous lui avez répondu, très précisément, qu'elle n'avait pas à embêter le relais de Portland sauf pour des choses capitales. Vous lui avez dit de prendre ses ordres de Carlos et de ne pas les discuter. Vous lui avez commandé de ne pas déclencher la moindre enquête officielle au sujet de Porter. En aucun cas, elle ne devait renoncer à sa couverture. Voilà quelles ont été vos instructions... (Peruge désigna le dossier sur le bureau de Merrivale.)... Et vous aviez lu cela!

Bouleversé par cet éclat, Merrivale ne dit rien. Pendant un moment horrible, il parut sur le point de pleurer. Ses yeux brillèrent de larmes qu'il contint. Mais la possibilité qu'il pleurât devant Peruge le scandalisa et il se raidit; aussi fut-ce avec un accent britannique presque impeccable qu'il répondit :

– Dites donc! Vous ne vous encombrez pas de doutes, dans vos opinions!

– Je suppose que nous devrions lui être reconnaissants, déclara plus tard Peruge au téléphone de l'aéroport. La situation dans laquelle nous nous trouvons est maintenant parfaitement claire.

– Que voulez-vous dire par-là? demanda le Chef d'une voix enrouée et mécontente.

– Ce que je veux dire, c'est que nous avons foncé sans connaître l'état d'esprit d'Hellstrom. A présent nous le connaissons. Il est disposé à jouer gros.

– Comme si nous ne l'étions pas.

– En tout cas, j'ai réglé l'affaire Merrivale. Je lui ai donné l'ordre de se tenir prêt pour un nouveau poste.

– Il ne fera pas de sottises?

– N'en a-t-il pas déjà fait assez?

– Vous savez bien ce que je veux dire, bon Dieu!

– Je pense qu'il obéira aux ordres à la lettre, répondit Peruge.

– Mais vous l'avez salement secoué. (C'était une affirmation, non une question.)

– Sans aucun doute.

Le Chef usait là d'une tactique inhabituelle, et Peruge hésita, considérant pensivement le téléphone.

– Je l'ai eu en ligne, dit le Chef. Il s'est plaint amèrement de vous. Il m'a déclaré ensuite qu'il mettait *en lieu sûr* nos instructions écrites à son adresse. Il a également tenu à me dire qu'il avait donné à Janvert les numéro et code spéciaux du service des Transmissions militaires, conformément à nos instructions pour les agents exerçant un commandement. Il m'a même cité un paragraphe de je ne sais quelles directives que nous lui avons fait parvenir il y a quelques années.

Peruge murmura après un long silence :

– Nous pourrions être obligés d'envisager des mesures plus radicales à son endroit.

– Oui, il y a toujours cette solution, dit le Chef.

Propos de Nils Hellstrom. Contrairement à l'homme dont les limitations physiques sont fixées à partir de sa date de naissance, l'insecte naît avec la capacité d'améliorer son corps. Lorsque l'insecte atteint les limites de cette capacité, il se métamorphose miraculeusement en un être entièrement nouveau. C'est dans cette métamorphose que je trouve le meilleur modèle pour ma compréhension de la Ruche. La Ruche, pour moi, est le cocon d'où émergera le nouvel être humain.

Hellstrom s'assit dans sa cellule pour réfléchir. Son regard se promena distraitement sur les graphiques et les diagrammes collés aux murs, sur le rassurant clignotement de secours de son pupitre de répéteurs. Mais en réalité il ne les vit pas. C'est maintenant qu'ils vont envoyer la première équipe, pensait-il. Jusqu'ici ils n'ont pratiqué que des coups de sonde. Maintenant, nous allons avoir les véritables experts et, grâce à eux, nous pourrons en apprendre assez pour nous sauver.

La nuit avait été longue, le jour plus long encore. Il était parvenu à dormir deux heures, mais la Ruche était tendue et vibrante sous l'effet de la crise qu'elle percevait. La chimie du corps informait les ouvriers de ce qui se passait si rien d'autre ne le leur disait.

Quand il avait réintégré sa cellule deux heures plus tôt, Hellstrom s'était senti si fatigué qu'il avait jeté sur une chaise sa veste de l'Extérieur et qu'il s'était effondré sur le lit sans avoir retiré ses autres vêtements. Quelque chose de lourd dans une poche de sa veste avait entraîné celle-ci sur le plancher à côté de la chaise. Il vit la bosse de l'objet lourd dans la poche et se demanda ce qu'il avait bien pu y mettre. Tout à coup il se souvint du pistolet de l'homme de l'Extérieur qu'il avait ramassé avant de quitter sa cellule... il y avait combien de temps? Il lui sembla que des siècles s'étaient écoulés depuis, et qu'il se trouvait dans un autre univers. Tout avait changé. De puissantes forces de l'Extérieur s'étaient soudain intéressées à une chose qui les conduirait sûrement à la Ruche.

Le Projet 40.

L'origine de la fuite paraissait si innocente à première vue que Hellstrom en avait des frissons chaque fois qu'il y pensait. L'un des cameramen, Jerry, avait été chargé des séquences de l'Institut de Technologie du Massachusetts et, au cours de cette mission, de préparer à la bibliothèque un projet de recherches spéciales. Il se rappelait avoir laissé les papiers sur une table « pas plus d'une demi-heure ». Il les avait retrouvés à la même place quand il était revenu, il les avait récupérés, et il n'y avait plus pensé. Très innocent, n'est-ce pas? Mais à présent les gens de l'Extérieur possédaient tout ce qu'il leur fallait. A croire qu'ils disposaient d'un génie malveillant qui se tenait aux aguets pour profiter de la moindre bavure – comme celle-ci.

Jerry avait la mort dans l'âme. Il estimait qu'il avait trahi sa Ruche bien-aimée. Et c'était vrai. Mais une chose pareille devait fatalement se produire un jour. C'était un miracle qu'ils eussent duré aussi longtemps. Comment pourraient-ils espérer passer toujours inaperçus? La tranquillité de l'anonymat, apparemment, avait son propre cycle de vie. La tranquillité à tout prix ne donnait jamais tout à fait les résultats escomptés; il y avait toujours un supplément à payer.

Se sentant nerveux et irritable – émotions dont il savait que son corps les diffuserait comme une traînée invisible derrière lui, mais ne s'en souciant guère – Hellstrom se leva brusquement et sortit pour aller vérifier où en était le Projet 40. Il fallait qu'ils accélérassent les choses. Il le fallait absolument!

Mémorandum chiffré de Peruge. Pour le moment, je ne changerai rien aux attributions de Janvert. Nous devons réfléchir au délicat problème du remplacement de Merrivale. A cet égard, certains aspects de l'engagement de Janvert à l'Agence m'intéressent. Notre emprise sur lui pourrait se raffermir encore. Il semble que nous ayons eu raison de penser qu'un solide attachement s'était développé entre Janvert et Clarisse Carr. Nous pourrions en tirer avantage. Pour être sûr de ne pas me tromper, j'ai chargé D.T. Alden de les surveiller spécialement tous les deux. Une copie de son rapport vous sera communiquée.

Peruge jeta sa valise sur le lit de la chambre du motel qui était situé à la lisière de Fosterville. Il n'avait emporté que cette petite valise et un étui de caméra avec son matériel de transmissions. Il plaça l'étui de la caméra sur le bras d'un fauteuil. Voilà comment il aimait voyager : les valises sous le siège de l'avion, pas d'histoires à l'aéroport, circuler en attirant le moins possible l'attention. Bien qu'il mesurât un mètre quatre-vingt-douze, il savait que les regards ne s'attardaient guère sur lui. Depuis longtemps, il avait appris à adopter, quand il le fallait, l'attitude discrète et modeste d'un homme manquant d'assurance. Lorsqu'il se déplaçait, c'était le déguisement qu'il préférait.

Toute sa matinée avait été occupée à disposer les équipes de soutien dans les montagnes, au nord de la ville, où elles seraient en liaison visuelle directe à la fois avec sa chambre de motel et avec la ferme. Il avait faim, mais il avait des choses à faire avant de déjeuner. Il examina sa chambre. Elle était meublée en style western de Grand Rapids – du bois sombre avec des imitations de brûlures au tison, et un tissu usagé comme tapisserie. Les notes de frais, ici, seraient réduites au minimum. Il soupira, se laissa tomber dans un fauteuil qui gémit sous ses cent dix kilos. Sa grosse main trouva le téléphone sur la table de chevet et il appela la réception du motel.

Oui, ils connaissaient le numéro du bureau du shérif adjoint. Y avait-il une histoire?

Peruge expliqua qu'il avait été prié par sa firme de procéder à une enquête sur des disparitions. Simple affaire de routine. Il dut écouter une longue explication au sujet du bureau local qui n'avait qu'un adjoint, un homme du pays, mais qui était un très bon représentant de la loi. Le shérif en titre avait ses services au siège du comté. Finalement, après avoir répondu à toutes sortes de questions curieuses par des grognements monosyllabiques, Peruge obtint le numéro demandé, et le motel se chargea de la liaison. Deux minutes plus tard, il discutait de son problème avec le shérif adjoint Lincoln Kraft qui avait une voix terne, presque monocorde.

– Nous sommes à peu près sûrs qu'ils ont disparu, insistait Peruge. Carlos devait reprendre son travail lundi, et nous sommes aujourd'hui vendredi. Cela ne lui ressemble pas. Il est très ponctuel, notre Carlos.

– Sa femme aussi, eh? (Question qui ressemblait à une accusation.)

– Les maris emmènent souvent leurs femmes en vacances, répliqua Peruge.

Il se demanda ensuite si son ton n'avait pas été trop cavalier pour la justice locale. Apparemment, Kraft n'en tint pas compte.

– Oui, je suppose que cela leur arrive. Je trouve tout de même un peu bizarre que votre société vous envoie à la recherche de ces gens-là.

– Carlos a l'un de nos plus importants secteurs de vente, expliqua Peruge. Nous ne pouvons pas enregistrer sa disparition sans rien faire. La concurrence est prompte à prendre votre place, vous savez.

– C'est assez juste. Dans quelle sorte d'affaires m'avez-vous dit que vous étiez?

– Je suis vice-président de la Blue Devil Fireworks Corporation de Baltimore. C'est l'une des plus importantes firmes de pièces pyrotechniques des U.S.A. Et Carlos était l'un de nos meilleurs représentants.

– Etait? répéta Kraft. Y a-t-il des raisons que vous ne m'ayez pas indiquées et qui vous feraient croire qu'il a eu de gros ennuis?

– Rien de précis, dit Peruge. Mais il n'est pas du tout le genre d'homme à ne pas reprendre son travail à la date prévue.

– Je comprends. Il y a probablement derrière ceci une explication fort banale, mais je verrai ce que je peux faire. Qu'est-ce qui vous fait penser que c'est dans ce pays qu'il a disparu?

– J'ai reçu une lettre de lui. Elle mentionnait une vallée proche de Fosterville où il allait chercher des cailles arlequin.

– Des quoi?

– Des cailles arlequin. C'est un oiseau qui vit dans les prairies de montagne.

– Il est chasseur? Il a pu être victime d'un accident de chasse et ne pas être capable de...

– Oh non! Il ne chassait pas, il ne tuait pas les oiseaux. Il aimait les observer, les étudier. Une sorte d'ornithologue amateur, si vous voulez.

– Ah, l'un de ces types-là? (Kraft donna l'impression qu'il n'appréciait guère ce genre d'individus et qu'il se méfiait de leurs habitudes sexuelles.) Comment s'appelle cette vallée?

– Le Val Gardé. Savez-vous où elle est située?

Un si long silence s'ensuivit que Peruge s'impatienta.

– Vous êtes toujours en ligne, monsieur Kraft? demanda-t-il.

– Oui. Toujours là.

– Connaissez-vous cette vallée?

– Oui. C'est le coin d'Hellstrom.

– Le coin de qui?

Peruge fut assez content du ton incompréhensif sur lequel il avait posé sa question.

– Le coin du Dr Hellstrom. Il est le propriétaire de cette vallée. Elle appartient à sa famille depuis des années.

– Je vois. Eh bien, ce médecin ne verra peut-être pas d'inconvénients à ce que nous nous livrions à des recherches dans ces parages.

– Il n'est pas médecin, dit Kraft. Il est docteur en entomologie. Il étudie les insectes. Il fait des films sur les insectes.

– Cela ne doit pas compliquer les choses, répliqua Peruge. Voudrez-vous procéder à l'enquête, monsieur Kraft?

– Il faut que vous veniez signer une demande officielle, répondit Kraft. Un rapport de disparition de personnes. J'ai quelque part ici une formule à remplir. Nous n'avons pas eu une seule disparition depuis que la fille Angelus s'est égarée dans la Steens Mountain. Mais bien sûr ce n'était pas la même chose que votre problème. Il n'y avait pas besoin d'un rapport de disparition de personnes pour cela.

Peruge réfléchit à cette réponse et commença à éprouver des doutes au sujet de ce shérif adjoint. Les dossiers de l'Agence signalaient de nombreuses disparitions dans ce secteur depuis une cinquantaine d'années. Chacune avait son explication logique, évidemment, mais tout de même... Il trouva que Kraft semblait nerveux malgré sa voix terne.

– J'espère, dit Peruge, que ce coin du docteur n'est pas dangereux. Y a-t-il des insectes venimeux par là?

– Peut-être quelques scorpions, dit Kraft. Ils sont parfois diablement méchants. Avez-vous des photos des disparus?

– J'ai la photographie de Carlos et celle de sa femme qu'il gardait sur son bureau, répondit Peruge.

– Très bien. Vous me les apporterez. Vous m'avez dit qu'ils voyageaient en camionnette de camping?

– Oui. Ils possédaient une grosse Dodge. Carlos en était très fier.

– Un véhicule comme celui-là ne disparaît pas facilement, déclara Kraft.

Peruge l'approuva et lui demanda comment il pourrait trouver le chemin du bureau du shérif adjoint.

– Avez-vous une voiture? interrogea Kraft.

– J'en ai loué une à Klamath Falls.

– Faut-il que ce Carlos soit important dans votre firme!

– Je vous ai déjà dit qu'il l'est, répondit Peruge en se permettant un soupçon d'agacement dans sa voix.

– Ils vous ont payé l'avion depuis Baltimore rien que pour enquêter à son sujet?

Peruge éloigna l'écouteur de son oreille et le regarda. Ce flic de campagne était-il bouché, ou quoi? Peruge reporta l'écouteur à son oreille et répondit :

– Carlos couvrait toute la côte ouest pour nous. Il est important que nous retrouvions ses traces le plus tôt possible. S'il lui est arrivé quelque chose, il faut que nous le remplacions immédiatement. La saison des achats va commencer. J'ai déjà parlé à la police de l'Etat à Salem. Elle m'a dit de contacter les autorités d'ici.

– Je croyais avoir compris que vous aviez loué une voiture à Klamath Falls, dit Kraft.

– Je suis allé jusque-là par avion-taxi, répliqua Peruge qui attendit avec un intérêt croissant la réaction de Kraft.

– Un avion-taxi? Rien que ça! Vous auriez pu vous faire transporter jusqu'ici sur notre petite piste de terre battue si vous l'aviez voulu. Pourquoi ne l'avez-vous pas fait?

C'est à qui tirera les vers du nez de l'autre, pensa Peruge. Bien. Il se demanda quelle aurait été la réaction de Kraft s'il avait mentionné qu'il avait raté ses correspondances à Portland et qu'il avait été obligé de fixer à Klamath Falls le rendez-vous avec ses agents.

– Je n'aime pas beaucoup ces petits terrains d'atterrissage de campagne, dit Peruge.

– Ce n'est pas moi qui vous le reprocherai, mais nous avons ici un assez bon terrain. Vous avez déposé une plainte à la police de l'Etat à Salem? (Le ton de Kraft était devenu alerte, inquisiteur.)

Bonne technique d'interrogatoire, se dit Peruge. Ce flic de campagne n'est pas bête du tout.

– Oui. Carlos avait fait transporter sa camionnette à Portland pour ses vacances, et c'est là qu'il l'a reprise. La police de l'Etat va enquêter le long de la route qu'il a suivie. Elle a les doubles des photos.

– Je vois. Votre firme doit être une grosse affaire, remarqua Kraft. Vous dépensez beaucoup d'argent pour affréter des avions et tout le reste...

Peruge estima que cette réflexion méritait bien une petite flèche.

– Nous nous occupons de nos gens sans regarder à la dépense, monsieur Kraft. J'espère que vous commencerez vos recherches le plus tôt possible. Maintenant, comment puis-je aller à votre bureau?

– Vous êtes au motel, n'est-ce pas?

– Oui.

Kraft lui conseilla de sortir sa voiture du parking, de tourner à droite « comme si vous alliez à Lakeview » jusqu'à la route 14 du comté.

– Là, vous virerez à gauche en direction du nouveau centre commercial. On le voit de l'autoroute. J'ai un petit bureau au premier étage. Tout le monde le connaît.

– J'arrive, dit Peruge.

– Une minute, monsieur Peruge, dit Kraft. Vous ne transportez pas de fusées volantes, ou de pétards, ou de choses de ce genre?

– Bien sûr que non!

Peruge s'arrangea pour trouver une intonation scandalisée, non sans remarquer que Kraft avait prononcé son nom correctement et était évidemment passé à l'offensive officielle. S'imaginait-il que Peruge ignorait les lois sur les feux d'artifice?

– Nos transports ne s'effectuent que par des voies légales, shérif adjoint Kraft. Nos collaborateurs n'emmènent que des photographies et des bons de commandes. Si nous violions les lois, nous mettrions rapidement la clé sous la porte. Ce qui ne m'empêche pas de trouver intéressante votre question.

– Je voulais simplement m'assurer que vous connaissiez nos lois, expliqua Kraft. Nous ne sommes pas très contents quand surviennent des gens qui nous disent que l'un de nos concitoyens a peut-être causé du tort à un touriste. Il faut être rudement...

– Je n'ai même pas proposé cela, interrompit Peruge. Mais il me paraît très intéressant que vous le suggériez, shérif adjoint Kraft. Je serai à votre bureau dans quelques minutes.

Silence, puis :

– Okay. N'oubliez pas cette photo.

– Oh, n'ayez crainte!

Après avoir raccroché, Peruge observa le téléphone pendant quelques instants. Puis il appela Salem et informa la police qu'il avait eu une conversation téléphonique avec le shérif adjoint Kraft; il demanda ensuite s'il y avait du neuf, mais on lui répondit par la négative. Alors il appela le standard de Baltimore pour le prier de contacter le F.B.I. C'était un signal de code convenu pour dire qu'il se méfiait des autorités locales et que l'Agence appuyât sa requête en vue d'une assistance du F.B.I.

Il abaissa la tige de l'émetteur de sa montre-bracelet, et il sentit contre sa peau la faible vibration lui annonçant que les équipes qui campaient sur la Steens Mountain étaient au travail et avaient enregistré son signal. Tout était donc en ordre. Le moment ou jamais de commencer à défier Hellstrom dans son repaire.

Propos de Nils Hellstrom. Le prototype vivant de l'ordinateur a été conçu par la nature bien avant l'apparition de l'homme sur la terre. Il n'est rien de plus ni de moins que la termitière, l'une des premières tentatives d'ordre social. Elle nous rappelle que tout peut n'être pas tel que l'homme le souhaiterait chez les formes de vie qui partagent avec lui cette planète. Nous savons tous, bien entendu, que par comparaison avec l'homme l'insecte ne montre pas ce que nous pourrions définir comme l'intelligence. Mais pourquoi devrions-nous en tirer vanité? Là où il n'y a pas intelligence, il ne saurait y avoir stupidité. Et la termitière se dresse comme une accusation vivante, un doigt pointé vers notre orgueil. Un ordinateur est un mécanisme programmé par mille petits éléments d'information. Il opère en jonglant avec les informations pour en tirer une forme de logique. Réfléchissons à cela. Une société qui fonctionne magnifiquement n'est-elle pas une forme de logique? Je dis que les insectes d'une telle termitière, chacun étant une partie de l'ensemble, se déplacent sur leurs circuits cachés, un millier de minuscules éléments d'information s'organisant en une indiscutable forme de logique. Leur source d'énergie est une mère fondatrice, une reine. Elle représente une grande masse vibrante d'énergie en motivant tout ce qui l'entoure avec des besoins insatiables. Voilà pourquoi notre Ruche repose solidement sur ses chambres de reproduction. A l'intérieur du corps vibrant de la reine se trouve l'avenir de la termitière. A l'intérieur de nos chambres de reproduction se trouve notre avenir et, en vérité, l'avenir de l'espèce humaine.

Kraft appela la ferme dès que Peruge eut raccroché. Il eut Hellstrom au bout du fil en moins d'une minute.

– Nils, il y a au motel un type nommé Peruge. Il dit qu'il appartient à la Blue Devil Fireworks Corporation, et qu'il recherche un représentant disparu et la femme de ce représentant. Disparu dans votre secteur. Il dit avoir reçu une lettre du représentant qui mentionne le Val Gardé. Devrions-nous être au courant?

– Je vous avais dit de vous attendre à cela, répondit Hellstrom.

– Je sais, mais ce type-là me paraît *très* malin. Il a déjà parlé à la police de l'Etat et je ne serais pas du tout surpris s'il faisait intervenir le F.B.I.

– Vous ne pensez pas pouvoir le manipuler?

– J'ai peut-être éveillé ses soupçons.

– Comment cela?

– J'ai constamment essayé de lui faire dire qu'il

ne s'agissait pas d'une affaire banale de disparition. Il est en route pour venir ici. Il m'a précisé qu'il avait une photo du couple manquant. La police a un double de la photo, et je suis sûr que le F.B.I. en aura un autre. Quelqu'un forcément a dû voir ce couple, et ils vont diriger par ici leurs recherches.

– Ils ne trouveront rien à la ferme, dit Hellstrom.

Il semblait triste, fatigué, et Kraft sentit les prémices d'une inquiétude profonde.

– J'espère bien. Que dois-je faire?

– Faire? Coopérer avec lui de toutes les manières. Prendre la photographie. Monter ici pour enquêter.

– Nils, je n'aime pas cela. J'espère que vous...

– Je vais essayer de limiter autant que possible l'aspect visible de notre conflit, Linc. C'est mon souci le plus urgent.

– Oui, mais que se passera-t-il s'il s'attarde?

– J'espère qu'il s'attardera.

– Mais...

– Amenez-le!

– Nils... Si je l'amène avec moi, j'espère qu'il repartira avec moi.

– C'est notre affaire, Linc.

– Nils... Je m'inquiète sérieusement. S'il...

– Je réglerai l'affaire moi-même, Linc. Tout sera très normal et même banal quand vous viendrez.

– Je l'espère.

– Comment est-il arrivé à Fosterville, Linc?

– En louant une voiture.

– Est-il seul?

– Je ne pense pas. Il y a plusieurs campeurs inconnus sur la montagne.

– Nous avons noté cette activité. Une voiture louée, hein?

– Écoutez, Nils, il vaudrait mieux que ce type n'ait pas d'accident de voiture. Il me fait une drôle d'impression. Il est synonyme de gros ennuis.

– Sans aucun doute, acquiesça Hellstrom. Ils nous ont envoyé la première équipe.

Extrait des archives sur la reproduction à la Ruche. Ce nouveau groupe devra être surveillé avec une attention extrême. Il comprend la totalité du lot de reproduction désigné sous l'étiquette FANCY (Fractionated Actinomycin Nucleotide Complex Y). Bien qu'il nous offre un grand potentiel dans plusieurs spécialisations dont la Ruche a terriblement besoin, il peut cacher une déformation d'instabilité. Cette instabilité peut être mise en évidence par une impulsion accrue de reproduction, auquel cas elle pourrait tourner à l'avantage de la Ruche. Toutefois d'autres symptômes peuvent se présenter et devront être communiqués aussitôt au Central de Reproduction.

Hellstrom réfléchissait après la réunion d'urgence de son Conseil. Il sentait que la Ruche tout entière était devenue plus ou moins semblable à un sous-marin pourchassé, c'est-à-dire s'équipant pour une course silencieuse. Toutes les machines, y compris les appareils de ventilation, fonçtionnaient au minimum; l'échange de l'eau avec la profonde rivière souterraine qui alimentait les turbines et était leur principale source d'eau avait été mis sous observation spéciale afin d'éviter l'entrée de quoi que ce fût qui pourrait éveiller les soupçons de l'Extérieur quand cette eau atteindrait le réseau de la Snake River.

Hellstrom se demandait jusqu'à quel point Peruge et ses hommes connaissaient le Projet 40. La séance du Conseil avait laissé cette question sans réponse. Les gens de l'Extérieur ne pouvaient pas tout savoir du Projet 40, et il était vraisemblable qu'ils ignoraient encore l'existence de la Ruche. Hellstrom, sur ces deux points, avait confiance. Au moindre soupçon qu'une chose comme la Ruche pût exister, ils seraient arrivés ici avec une armée. Il fallait trouver un terrain d'entente avec ces gens de l'Extérieur avant qu'ils n'en apprennent trop. Les morts étaient regrettables, mais elles avaient été une conséquence inéluctable de la mort de Porter. Une erreur.

Nous avons trop longtemps vécu dans la sécurité de notre camouflage, se dit-il. Nous sommes devenus trop audacieux. A cause de nos films et des arrangements nécessaires que nous avons conclus avec les hommes de l'Extérieur au sujet de ces films. Nous avons sous-estimé l'Extérieur.

Hellstrom retint un soupir de lassitude. Le vieux Harvey lui manquait. L'actuelle équipe de sécurité était bonne, mais le vieux Harvey avait eu une qualité particulière : une sagacité pondératrice. La Ruche avait maintenant besoin de lui plus que jamais, et l'héritage du vieux Harvey se réduisait à son protégé, Saldo. Etait-ce Saldo, le neuf qui sortait de la cuve? Depuis la nuit de la chasse, Saldo avait beaucoup mûri. Hellstrom assimilait cette transformation à une métamorphose comme si, au cours de cette nuit fatale, Saldo avait bel et bien hérité de la vaste expérience et de la grande sagesse du vieux Harvey. Hellstrom savait qu'il s'appuyait sur Saldo pour obtenir le même genre de soutien que celui qu'il avait été habitué à recevoir du vieux Harvey. Restait à voir si Saldo serait capable de le lui donner. Jusqu'ici il s'était montré brillant et plein d'imagination, mais tout de même... Hellstrom hocha la tête. Dans une crise comme celle-là, il était difficile de s'appuyer sur un membre jeune et inexpérimenté de la nouvelle génération. Mais de qui d'autre disposait-il?

La réunion du Conseil avait commencé à midi

dans une salle qui occupait tout un angle de la grange-studio et dont l'aspect extérieur était très conventionnel : une table ovale entourée de fauteuils massifs en plastique (fabrication Ruche) qui imitait le teck. Un écran baissé garnissait une extrémité de la pièce entre deux haut-parleurs fixés aux angles du plafond; une petite fenêtre à l'autre extrémité donnait sur la salle de projection. Les murs étaient recouverts d'un tissu épais à amples drapés qui amortissaient les sons.

Sur la demande d'Hellstrom, Saldo était resté après le départ des autres. La cicatrice de la balle sur sa mâchoire n'avait pas entièrement disparu. Elle ressortait en blanc sur sa peau foncée. Le visage d'aigle était détendu à présent, mais une vigilance constante se lisait dans ses yeux bruns. Hellstrom se rappela que Saldo appartenait aussi à la série S_2-I du côté féminin. Il était donc l'un des cousins d'Hellstrom. Le jeune homme avait été choisi dans une bonne race et soumis à tous les renforts chimiques appropriés. A présent Saldo représentait une excellente convergence des traits fonctionnels sur lesquels la Ruche comptait beaucoup.

– Nous devons être prêts à tous les niveaux à réagir promptement et sérieusement si quelque chose tourne mal, dit Hellstrom en levant la tête et en commençant la conversation comme si Saldo avait partagé sa rêverie. J'ai envoyé des messages à tous nos agents clandestins de l'Extérieur afin qu'ils se préparent à poursuivre leur route tout seuls si nous perdons. Nous sommes en mesure de faire disparaître tous les dossiers qui les concernent.

– Mais avons-nous prévu toutes les situations critiques? s'enquit Saldo.

– C'est la question que je me suis posée.

– Je sais.

Et Saldo pensa : Notre chef est trop fatigué. Il a

besoin de repos, et nous ne pouvons pas le lui accorder. Saldo éprouva alors un désir très vif de protéger Hellstrom.

– Vous aviez raison de suggérer que Peruge apporterait probablement du matériel électronique spécial, dit Hellstrom. Au minimum, il diffusera sa position et sa condition à des appareils de contrôle de l'Extérieur. J'en suis sûr.

– A ces campeurs sur la montagne.

– Oui. Il faut que nous connaissions le plus tôt possible la nature de son matériel.

– J'ai tout préparé pour cela, répondit Saldo. Nils, ne devriez-vous pas prendre un peu de repos?

– Je n'ai pas le temps. Peruge est en route, et il n'est que la partie visible de l'iceberg.

– De quoi?

Hellstrom lui expliqua la comparaison.

– A votre avis, de combien de gens dispose-t-il sur la montagne?

– Au moins dix personnes campent là-haut. Elles pourraient fort bien être toutes des agents.

– Tant que ça?

Saldo opina. Il partageait l'inquiétude d'Hellstrom. L'idée que dix personnes au minimum espionnaient la Ruche affectait gravement sa prudence innée.

– Linc n'a-t-il personne qu'il puisse envoyer là-haut pour jouer au campeur avec les autres? interrogea Saldo.

– Il s'en occupe.

– Linc va conduire ce Peruge en personne, n'est-ce pas?

– Oui. Mais nous ne devons pas partir du principe que Peruge a confiance en Linc.

– Linc n'est pas de taille à se mesurer avec Peruge, c'est évident, dit Saldo. J'ai entendu son compte rendu.

– Une leçon à tirer de cela, murmura Hellstrom. Il est bon que nous ayons à l'Extérieur nos agents clandestins, dont un shérif adjoint, mais chacun crée ses propres problèmes. Plus nous nous découvrons, même dans un secret apparent, plus nous sommes en danger.

Saldo enregistra cette leçon dans sa mémoire. On n'utilisait pas des agents avec une impunité totale. L'existence même d'un agent portait son propre message lorsque l'agent était découvert. Si Peruge soupçonnait Lincoln Kraft, cela en disait long sur la Ruche. Saldo se promit de s'en souvenir quand la crise actuelle serait passée. Il ne doutait absolument pas que la Ruche triomphât de ses difficultés présentes. Il avait toute confiance en son chef, Hellstrom.

– Peruge peut posséder un appareil qui révélerait que nous explorons son matériel, dit Hellstrom.

– J'ai donné des instructions à cet égard, répondit Saldo.

Hellstrom approuva d'un signe de tête. Il était content. Jusqu'à présent, Saldo avait prévu toutes les situations critiques qu'avait imaginées Hellstrom – et plusieurs autres qui ne lui étaient pas venues à l'esprit. La bonne race manifeste toujours sa valeur en période de crise. Saldo était doté d'une intelligence pénétrante. Ce jeune mâle serait infiniment précieux à la Ruche lorsqu'il aurait parfait son instruction.

– Quelle excuse avez-vous préparée s'il détecte nos investigations? demanda Hellstrom.

– Je voulais en discuter avec vous. Supposez que, pour le film en cours, nous soyons en train de faire une piste sonore avec des mixages compliqués. Il s'agirait d'une activité électronique parfaitement explicable. Il ne saurait être question que la visite de ce Peruge l'interrompît. Nous avons un horaire à respecter. Tout effet parasitaire avec le matériel de

Peruge pourrait s'expliquer du fait de notre travail.

– Excellent, approuva Hellstrom. Et quand il arrivera, je lui demanderai s'il a un émetteur-récepteur, parce que...

– Une radio serait nuisible à notre travail technique, compléta Saldo.

– Veillez bien aux préparatifs de couverture, dit Hellstrom.

Saldo se leva, pianota sur la table avec les extrémités de ses doigts, hésita.

– Oui? interrogea Hellstrom.

– Nils, sommes-nous certains que les autres n'étaient pas munis de ce genre de matériel? J'ai revu les dossiers, les enregistrements, et...

Il haussa les épaules; visiblement il répugnaït à émettre des critiques.

– Nous les avons fouillés. Il n'y avait rien.

– Ne trouvez-vous pas étrange qu'ils n'en aient pas été équipés?

– C'étaient des subalternes, répondit Hellstrom. Ils ont été envoyés ici pour savoir s'ils seraient tués.

– Ah! (Le visage de Saldo refléta autant de compréhension que de réprobation.)

– Nous aurions dû le comprendre, poursuivit Hellstrom. Les gens de l'Extérieur, les sauvages, ne sont pas très humains. Ils gaspillent d'habitude la vie de leurs agents de cette manière-là. Ceux qui se sont introduits ici étaient des sacrifiés. Maintenant je sais que nous aurions beaucoup mieux fait de les embrouiller et de les renvoyer avec une histoire crédible.

– Ce fut une erreur de les tuer?

– Une erreur d'avoir rendu leur mort indispensable.

Saldo comprit la subtile distinction.

– Nous avons donc commis une erreur, dit-il.

– J'ai commis une erreur, rectifia Hellstrom. Les

succès avaient endormi ma vigilance. Nous devons toujours garder présente à l'esprit cette possibilité : n'importe lequel d'entre nous peut se tromper.

Paroles de la mère fondatrice Trova Hellstrom. Je voudrais dire un mot sur la vertu que nous appelons la prudence. L'endroit d'où nous disons venir et l'endroit où nous disons que va la Ruche – quelque part dans cet avenir mystérieux – sont forcément quelque peu éloignés de ce que nous nous représentons comme des faits. Notre interprétation personnelle intervient toujours. Ce que nous disons que nous faisons est inévitablement modifié par notre propre compréhension et par les limites de notre compréhension. D'abord, nous sommes des partisans. Nous voyons tout en fonction de la survie de la Ruche. Ensuite, l'univers a une certaine manière d'apparaître alors qu'il est en réalité tout différent. Sous cet éclairage, la *prudence* devient une confiance en nos plus profondes énergies collectives. Nous devons faire crédit à la Ruche même pour qu'elle possède la sagesse et pour qu'elle manifeste cette sagesse à travers nous, ses cellules.

Lorsqu'ils arrivèrent à l'endroit où, sur la petite route, Peruge put apercevoir pour la première fois la ferme d'Hellstrom, il pria Kraft de s'arrêter. Le shérif adjoint freina, immobilisa sa voiture vert et blanc après un dérapage qui souleva beaucoup de poussière, et interrogea son passager.

– Ça ne va pas, monsieur Peruge?

Peruge serra les lèvres. Kraft l'intéressait. Le shérif adjoint convenait parfaitement au rôle qu'il jouait. A croire que quelqu'un l'avait regardé et avait dit : « Eh bien, celui-là, nous allons en faire le shérif adjoint. » Kraft avait le physique d'un homme de l'Ouest hâlé par le soleil, avec un gros nez, des sourcils menaçants et des cheveux blond clair sous un chapeau à large bord. Sa figure massive allait de pair avec un corps non moins massif qui se mouvait avec la démarche raide d'un cavalier. Peruge avait remarqué dans la rue principale de Fosterville que plusieurs hommes ressemblaient vaguement à Lincoln Kraft.

Kraft subit sans émotion l'examen de Peruge. Il savait pertinemment qu'il était un hybride de la Ruche dont le physique ne pouvait absolument pas suggérer une ascendance étrangère. Le père de Kraft avait été un éleveur local qu'avait séduit une reproductrice en quête de gènes. De nombreux habitants de Fosterville avaient remarqué à quel point Kraft ressemblait à son père.

Kraft s'éclaircit la gorge.

– Monsieur Peruge, je vous ai dit...

– Je sais ce que vous avez dit.

Peruge consulta sa montre-bracelet : 3 heures moins le quart. Tous les atermoiements, délais et retards imaginables s'étaient succédé avant leur départ pour cette randonnée : des coups de téléphone, un examen minutieux du procès-verbal des disparitions, une interminable étude de la photographie, une question en appelant une autre, le laborieux assemblage des réponses sur le papier, le tout écrit à la main avec lenteur et méticulosité. Mais enfin ils se trouvaient en vue de la ferme d'Hellstrom. Peruge sentit que son pouls battait plus vite. Il régnait dans l'air un silence desséchant et fade. Les insectes eux-mêmes se taisaient. Peruge se demanda ce que ce silence avait d'anormal. L'absence de tout bruit d'insectes, parbleu! Il voulut en savoir la raison.

Kraft repoussa son chapeau en arrière, passa une manche sur son front, puis répondit :

– Je pense que quelqu'un a utilisé un insecticide.

– Réellement? Hellstrom pratiquerait des pulvérisations? Je croyais que tous les défenseurs de l'environnement étaient des adversaires des insecticides.

– Comment saviez-vous que le docteur s'occupait d'écologie?

Il est décidément très malin, pensa Peruge qui répondit tout haut :

– Je ne le savais pas. J'ai tout simplement supposé que la défense de l'environnement était l'un des premiers soucis d'un entomologiste.

– Oui? Eh bien, ce n'est peut-être pas le docteur qui s'est servi d'insecticide. Ce sont des pâturages par ici.

– Quelqu'un d'autre, alors?

– Possible. A moins que le docteur ne s'y prenne autrement. M'avez-vous fait arrêter uniquement pour que vous puissiez écouter?

– Non. Je voudrais descendre et opérer une petite reconnaissance pour voir si je ne découvre pas trace de la camionnette de Carlos.

– Cela ne rimerait à rien. (Kraft avait employé un ton un peu brusque.)

– Oh? Pourquoi?

– Si nous décidons qu'il est bel et bien allé dans les parages, nous procéderons à des recherches minutieuses.

– Je croyais vous l'avoir dit, répliqua Peruge. J'ai déjà décidé qu'il était allé par ici. Je voudrais donc descendre et jeter un coup d'œil aux environs.

– Le docteur n'aime pas que des gens se promènent près de chez lui!

– Mais vous m'avez dit que c'étaient des pâturages. Font-ils partie de sa propriété?

– Pas exactement, mais...

Peruge posa une main sur la portière :

– Alors, allons voir.

– Une minute, s'il vous plaît! commanda Kraft.

Peruge acquiesça d'un signe de tête. Il avait trouvé ce qu'il voulait savoir : Kraft était ici pour entraver les enquêtes conduites par des étrangers.

– Très bien, dit Peruge. Hellstrom est-il au courant de notre visite?

Kraft avait embrayé afin de reprendre la route de la ferme, mais il hésita. Quand Peruge l'avait prié de s'arrêter, il s'était inquiété. Il avait d'abord pensé que l'homme de l'Extérieur avait aperçu quelque chose de suspect qu'auraient négligé les équipes de nettoyage de la Ruche. Et ses craintes ne s'étaient pas dissipées lorsque Peruge avait émis le désir de descendre pour « jeter un coup d'œil ». Mais à présent une autre idée venait de traverser la tête de Kraft : Peruge ou ses gens n'auraient-ils pas mis le téléphone de la ferme sur une table d'écoute? Il se rassura en réfléchissant que les responsables de la sécurité de la Ruche se méfiaient toujours de cette possibilité et qu'ils veillaient au grain; une pareille intrusion ne leur aurait certainement pas échappé.

– Il est au courant, en effet, répondit Kraft. J'ai téléphoné pour avoir la certitude que le docteur était ici. Quelquefois il bourlingue vers des pays lointains. Et je voulais le prévenir que nous allions arriver. Vous savez comme sont ces savants.

– Non. Comment sont-ils?

– Il leur arrive de faire des expériences. Des étrangers surviennent à l'improviste et dérangent tout.

– C'est pour cela que vous ne teniez pas à ce que je descende ici?

– Naturellement. (Kraft était visiblement soulagé.) De plus, le docteur fait des films tout le temps. Si quelqu'un gâche sa pellicule, il s'énerve un peu. Nous nous efforçons d'être bons voisins.

– Il ne poste pas de gardes autour de son domaine?

– Non. Les gens du pays savent tous qu'il travaille. Nous nous tenons à l'écart de son domaine, voilà tout.

– Jusqu'à quel point s'énerve-t-il si quelqu'un le contrarie dans ses expériences ou ses films? demanda Peruge. Est-ce qu'il... lui tirerait dessus?

– Jamais de la vie! protesta Kraft. Le docteur ne ferait de mal à personne. Seulement il peut être sacrément bourru quand il en a envie. Et il compte aussi des amis importants. Ça rapporte d'être bien avec lui.

Nous y voilà, pensa Peruge. Et ainsi s'expliquerait peut-être l'étrange comportement des représentants locaux de la loi. Le poste de Kraft doit être une sinécure. Il ne tient sûrement pas à le perdre.

– Okay, dit Peruge. Allons voir si nous pourrons nous mettre bien avec le Dr Hellstrom.

– Oui, monsieur!

Kraft démarra en s'efforçant de paraître désinvolte et indifférent. Les ordres d'Hellstrom avaient été clairs : il s'agissait d'une enquête de routine sur quelques disparitions, et toute coopération serait accordée.

Peruge admira les bâtiments de ferme quand ils approchèrent de la clôture nord. La ferme avait été construite à une époque où l'on gaspillait les matériaux sans s'inquiéter de l'approvisionnement. Il n'y avait pas un nœud dans le bois de charpente visible de ce côté-ci de la ferme ou de la grange; et pourtant il avait cette couleur gris foncé d'un bois soumis à de longues intempéries; une couche de peinture ne lui aurait pas fait de mal. Peruge se demanda distraitement pourquoi la ferme n'était pas peinte.

Kraft s'arrêta parallèlement à la clôture, tout à côté de la porte.

– Nous irons à pied maintenant. Le docteur ne

tient pas à ce que nous arrivions en voiture jusqu'aux bâtiments.

– Tiens! Pourquoi?

– Une raison en rapport avec son travail, je suppose.

– Il n'a pas voulu faire repeindre la ferme? questionna Peruge en descendant de voiture.

Kraft sortit à son tour, ferma la portière et lui répondit par-dessus le toit de son auto.

– J'ai entendu dire que le docteur utilisait une sorte de protection pour le bois sur ses bâtiments. Ils n'ont que l'air d'être patinés. C'est assez joli, comme ça.

– Oh! (Peruge se dirigea vers la porte et attendit Kraft.) Qu'est-ce que c'est que ce bâtiment en béton?

Il désigna la structure basse qui se trouvait de l'autre côté de la clôture à gauche de la porte.

– Le bâtiment des pompes, sans doute. D'après ses dimensions, j'en jurerais. A moins que ce ne soit une construction pour les travaux du docteur. Je ne lui ai jamais demandé.

Kraft observa Peruge du coin de l'œil. L'édifice en béton abritait un système de ventilation de secours qui pouvait être ouvert par des explosifs et qui était relié au pompage de réserve. Il y avait plusieurs autres installations semblables éparpillées dans tout le secteur, mais elles étaient camouflées.

– Hellstrom est-il marié? interrogea Peruge.

Kraft ouvrit la porte avant de répondre.

– Je ne le sais pas au juste. (Il se tint de côté pour permettre à Peruge d'entrer, puis referma la porte.) Le docteur héberge parfois quantité de jolies filles. Pour ses films, je suppose. Peut-être pense-t-il que ce serait absurde d'acheter une vache quand le lait est gratuit. (Kraft salua cette repartie de mauvais goût par un petit rire avant d'ajouter :) Allons à la ferme.

Peruge eut la chair de poule quand il se mit au pas

du shérif adjoint. L'humour avait été plutôt épais. Ce shérif adjoint n'était pas un pur produit de l'Ouest des Etats-Unis, ni un pur campagnard, ni un pur n'importe quoi. Kraft essayait trop visiblement de jouer les demi-rustres d'origine terrienne. Peruge avait déjà décidé de surveiller attentivement le shérif adjoint, mais à présent il nuança sa résolution d'une touche supplémentaire de prudence.

– L'endroit me paraît plutôt minable, dit Peruge en hâtant le pas pour rester à la hauteur du shérif adjoint qui marchait à grandes enjambées. En dépit de sa raideur, Kraft s'avança sans s'attarder; Peruge en déduisit qu'il ne fallait pas regarder de trop près les alentours.

– Je trouvais le site assez joli, dit Kraft. Le secteur de la ferme est très bien entretenu.

– Cultive-t-on beaucoup de produits?

– Plus beaucoup. Ses parents étaient de vrais agriculteurs. Quelques jeunes qui sont ici avec le docteur plantent du maïs et d'autres petites choses au printemps, mais j'ai l'impression qu'ils jouent simplement aux fermiers. Ce sont des gens de la ville, pour la plupart. Ils viennent de Hollywood ou de New York, et ils regardent les habitants du pays avec de grands yeux ahuris; c'est peut-être nous qui leur donnons envie de s'amuser à faire de la culture.

– Hellstrom a beaucoup de visiteurs?

Peruge donna un coup de pied à une motte d'herbe poussiéreuse. L'air sec et chaud le mettait mal à l'aise. Il y avait aussi un bourdonnement agaçant à l'arrière-plan, ainsi qu'un fond d'odeur animale qui lui rappelait celle d'un zoo. Il n'avait pas senti cette odeur de l'autre côté de la clôture mais elle se renforçait à mesure qu'ils s'enfonçaient dans la petite vallée. Le ruisseau qu'il entrevoyait sur sa droite était une succession de mares et de flaques reliées par des rigoles étroites qu'agitaient de faibles courants. Il semblait toutefois qu'il y eût une petite cascade à l'autre extrémité de la vallée.

– Des visiteurs? répéta Kraft un moment après. Certains jours, ils grouillent tellement qu'on ne peut pas cracher par terre sans atteindre quelqu'un. D'autres jours, il n'y a probablement pas plus de dix ou douze personnes ici.

– Qu'est-ce que c'est que cette odeur? demanda Peruge.

– Quelle odeur? questionna Kraft avant de comprendre que Peruge voulait parler de l'odeur de la Ruche, dont la plus grande partie était absorbée par l'air des évents mais qui était toujours discernable dans la vallée. (Elle plaisait à Kraft parce qu'elle lui rappelait son enfance.)

– Quelle odeur animale! dit Peruge.

– Oh, ça? Sans doute quelque chose qui est en rapport avec les travaux du docteur. Il a des cages pleines de souris et de je ne sais quelles bêtes. Je les ai vues une fois. Une véritable ménagerie.

– Oh! C'est une cascade qui a de l'eau toute l'année?

– Oui. Elle est jolie, n'est-ce pas?

– A condition d'aimer ce genre de choses. Que devient toute son eau? Le ruisseau me paraît bien maigre en bas.

Peruge s'arrêta quand Kraft le regarda bien en face, ce qui obligea le shérif adjoint à s'arrêter lui aussi.

– J'imagine que le sol l'absorbe, dit Kraft. (Il aurait préféré repartir, mais il ne trouva pas un bon argument.) Le docteur peut en prendre une partie pour l'irrigation, ou un refroidissement, je n'en sais rien. Nous continuons?

– Rien qu'une minute, répondit Peruge. Je croyais que vous m'aviez dit qu'Hellstrom ne faisait pas beaucoup de cultures.

– Oh non! Mais il faut quand même de l'eau pour le peu qu'il fait. Pourquoi êtes-vous si curieux au sujet de ce ruisseau?

– Je suis curieux au sujet de tout ici, répliqua Peruge. Il y a des choses anormales. Pas d'insectes. Et je n'ai même pas vu d'oiseaux.

Kraft avala difficilement sa salive dans sa gorge sèche. De toute évidence, il y avait eu récemment un ratissage nocturne très efficace. On pouvait se fier à ce Peruge pour remarquer l'absence de la faune locale.

– Les oiseaux se cachent souvent là où il fait frais aux heures chaudes du jour, hasarda-t-il.

– Est-ce vrai?

– Votre ami qui est un passionné de l'observation des mœurs des oiseaux ne vous l'a jamais dit?

– Non. (Peruge regarda autour de lui, scruta attentivement tout ce qui était visible. Ce fut un rapide mouvement de la tête et des yeux qui inquiéta Kraft.) Il y a une chose qu'il m'a dite une fois, continua Peruge. C'est qu'il existe toujours un animal ou un oiseau à chaque heure du jour et de la nuit. Je ne crois pas que les oiseaux se cachent : on n'en entend aucun. Ici il n'y a ni oiseaux ni insectes.

– Dans ce cas, que faisait ici votre ami? s'enquit Kraft. S'il n'y avait pas d'oiseaux, qu'observait-il donc?

Ah, pas trop vite, l'ami! se dit Peruge. Nous n'en sommes pas encore à la vraie bagarre. Il était maintenant convaincu que Kraft était complice d'Hellstrom.

– Carlos a dû remarquer l'absence d'oiseaux, et il a pu se mettre en quête d'une explication. S'il a trouvé une explication qui risquait de causer des ennuis à quelqu'un, sa disparition serait, à son tour, explicable.

– Vous avez vraiment un esprit bien soupçonneux, dit Kraft.

– Et vous? riposta Peruge. (Il se dirigea vers l'ombre des saules qui bordaient le ruisseau, obligeant ainsi Kraft à le suivre.) A quoi ressemble réellement cet Hellstrom, shérif adjoint?

Kraft n'aimait pas beaucoup s'entendre appeler shérif adjoint sur ce ton-là, mais il ne se départit pas de son attitude nonchalante.

– Oh, c'est un type de savant quelconque, ordinaire, banal.

Peruge remarqua le ton monocorde, modéré de Kraft, mais le raidissement du corps démentait la voix. Peruge fit un signe de tête comme s'il comprenait cette description et l'invita à continuer.

– Ils sont tous un peu cinglés, bien sûr, déclara Kraft, mais pas dangereux.

– Je n'ai jamais été d'accord avec cette image du savant inoffensif et un peu cinglé, dit Peruge. Je ne pense pas qu'ils soient tous naïfs et inoffensifs. A mes yeux, aucun physicien atomiste n'est totalement digne de confiance.

– Oh, voyons, monsieur Peruge! protesta Kraft en s'efforçant courageusement de paraître jovial et cordial. Le docteur fait des films sur les insectes. Des films éducatifs. Je crois que la pire chose qu'il ait jamais faite est d'avoir amené ici quelques jolies filles pour boire un verre au clair de lune.

– Et les stupéfiants? insista Peruge.

– Vous croyez tout ce que l'on raconte sur les gens de Hollywood? demanda Kraft.

– Une partie.

– Je parierais mon dernier dollar que le docteur n'a rien à se reprocher, affirma Kraft.

– Vraiment? Combien d'affaires de disparitions avez-vous eues dans ce secteur depuis... mettons vingt-cinq ans?

Avec un serrement de cœur, Kraft pensa : Il a lu tous les vieux dossiers! Nils avait raison à propos de ce bonhomme qu'il n'avait même pas encore vu. L'Extérieur avait envoyé cette fois-ci un type à l'esprit vif et pénétrant. Peruge était au courant de toutes les anciennes erreurs que la Ruche avait commises. Mauvais, mauvais, très mauvais. Pour dissimuler sa réaction, Kraft se détourna et s'éloigna en direction des bâtiments de ferme, à moins de cinquante mètres.

– Cela dépend de ce que vous appelez disparition, dit-il. (Et, Peruge n'ayant pas quitté l'ombre des saules, il l'appela.) Venez! Nous ne pouvons pas faire attendre le docteur.

Peruge le rejoignit en réprimant un sourire. Le shérif adjoint était si transparent! Kraft avait été secoué par la fléchette des disparitions. Ce n'était pas un shérif adjoint quelconque, ordinaire, banal. Les choses commençaient à prendre de la consistance dans le cerveau de Peruge. La disparition de trois agents avait engendré des soupçons. La découverte d'un shérif adjoint qui n'avait rien d'un shérif adjoint donnait à ces soupçons une nouvelle dimension. Après tout, il avait appris du neuf. Et Peruge se dit : Hellstrom a su que nous étions disposés à payer pour avoir accès à son Projet 40. C'est à nous maintenant de découvrir ce qu'il est disposé à payer.

– J'ai toujours pensé qu'une personne disparue était une personne disparue, déclara Peruge en s'adressant au dos massif de Kraft.

Kraft lui répondit sans se retourner :

– Tout dépend. Il y a des gens qui veulent être portés disparus. Un type plaque sa femme, ou son travail. Bon. Il est techniquement disparu. Mais ce n'est pas ce que vous m'avez dit au sujet de votre employé. Lorsque je parle d'une personne disparue, j'entends par là une personne qui a de gros ennuis.

– Et vous ne croyez pas que de gros ennuis pourraient survenir ici?

– Ce n'est plus l'Ouest d'autrefois, répliqua Kraft. Cette région est plus domestiquée que beaucoup de vos villes. Les habitants ne ferment même pas leurs portes dans la plupart des bourgs des environs. Il faudrait se donner trop de mal pour trouver la clé. (Il adressa à Peruge par-dessus son épaule un grand sourire qui se voulait désarmant.) D'autre part, nous portons des pantalons terriblement étroits, ce qui ne laisse pas beaucoup de place dans nos poches.

Ils longèrent la ferme. La grange se dressait devant eux, de l'autre côté d'un espace en terre battue qui pouvait avoir vingt mètres de large. Une vieille clôture divisait ce secteur dégagé, mais il ne restait que les poteaux. Le grillage avait été retiré. Il y avait des rideaux jaunes sur la baie vitrée de l'aile de la ferme qui s'avançait vers le ruisseau, mais l'impression d'ensemble était que tout était inhabité. Peruge se posa des questions sur la ferme. Vide? Pourquoi? Les maisons étaient censées être occupées. Hellstrom et son équipe vivaient-ils là? Y prenaient-ils leurs repas? Pourquoi n'y avait-il personne à l'intérieur pour récurer les casseroles, les poêles, et le reste? Il se rappela l'allusion de Porter à des « signes négatifs ». Observation très pertinente. L'intéressant était moins ce que l'on pouvait voir autour de la ferme d'Hellstrom que ce que l'on ne pouvait pas voir.

Il y eut bientôt un signe positif : une odeur acide. Il pensa d'abord à des produits chimiques pour la photographie, mais il écarta cette idée. L'odeur était beaucoup plus pénétrante et même âcre. Encore quelque chose en rapport avec les insectes d'Hellstrom, peut-être?

Une porte battante, aménagée dans l'ancienne porte coulissante de la grange, s'ouvrit quand Kraft et Peruge approchèrent. Hellstrom en personne s'avança. Peruge le reconnut d'après les photos qui figuraient dans les dossiers de l'Agence. Hellstrom portait une chemise blanche à col roulé et un pantalon gris. Il était chaussé de sandales découvertes. Ses cheveux blonds clairsemés donnaient l'impression d'avoir été ébouriffés par le vent et remis en place par des doigts pressés.

– Salut, Linc, dit Hellstrom.

– Salut, docteur.

Kraft alla serrer la main d'Hellstrom. Peruge, qui le suivait de près, se demanda s'il ne s'agissait pas d'un geste soigneusement mis au point. Ils se serraient la main avec un tel formalisme...

Peruge se déplaça dans l'espoir de regarder par la porte de la grange qu'Hellstrom avait laissée partiellement ouverte. Rien n'était visible, en dehors de l'obscurité dans l'entrebâillement.

Son mouvement sembla amuser Hellstrom qui sourit quand Kraft lui présenta Peruge. Peruge trouva que la main d'Hellstrom était fraîche mais sèche. L'homme exagérait peut-être la relaxation qu'il avait l'air de s'imposer mais la paume de sa main ne révélait aucune transpiration anormale. Il savait donc exercer sur lui-même un contrôle efficace.

– Vous intéressez-vous à notre studio? demanda Hellstrom en indiquant d'un signe de tête la porte que les yeux de Peruge ne quittaient pas.

Peruge pensa : Tu n'es pas dépourvu de sang-froid, toi, au moins! Il répondit à Hellstrom :

– Je n'ai jamais vu un studio de cinéma.

– Linc m'a dit au téléphone que vous recherchiez l'un de vos employés qui aurait disparu dans notre secteur, interrogea Hellstrom.

– Ah oui!

Peruge se demandait pourquoi il ne pouvait rien

voir au-delà de cette porte entrouverte. Il avait visité des studios à Hollywood et il avait conservé le souvenir d'un désordre organisé : des grandes lumières, des chariots pour prises de vues, des caméras, des gens qui s'agitaient beaucoup, puis ce silence subit pendant les moments où l'on tournait.

– Avez-vous vu quelqu'un fureter dans les parages, docteur? s'enquit Kraft.

– Personne en dehors de nous, répondit Hellstrom. Pas un étranger, du moins ces derniers temps. Quand ces gens-là auraient-ils disparu?

– Il y a une semaine à peu près, déclara Peruge en reportant son attention sur Hellstrom.

– Si récemment que cela? s'écria Hellstrom. Sapristi! Etes-vous certain qu'ils n'ont pas prolongé leurs vacances sans vous prévenir?

– Aussi certain qu'on peut l'être, dit Peruge.

– C'est avec plaisir que je vous autorise à effectuer des recherches dans les environs, affirma Hellstrom. Nous avons été passablement occupés au studio ces derniers temps, mais nous n'avons pas remarqué d'étrangers. Or, nous veillons soigneusement à ce que personne ne vienne nous déranger dans notre travail par une intrusion intempestive. Je serais bien étonné si vous découvriez des traces de vos amis dans notre secteur.

Visiblement détendu, Kraft se disait : Si Nils estime que tout a été bien nettoyé, alors c'est vrai.

– Oh?

Peruge se mordit les lèvres. Il venait de se rendre compte que c'était une conversation à plusieurs niveaux. Hellstrom et lui le savaient. Et probablement aussi le shérif adjoint. Les diverses parties du message entremêlé étaient distinctes. Peruge serait le bienvenu s'il se livrait à des recherches aux alentours, mais il ne découvrirait rien de louche. Des étrangers ne pouvaient pas venir dans la ferme d'Hellstrom sans avoir été repérés. Hellstrom restait confiant que ses *puissantes relations* garderaient immergé le bas de l'iceberg, c'est-à-dire l'enjeu véritable. Pour sa part, Peruge avait révélé à Hellstrom qu'il était au courant de la disparition de certaines personnes dans le voisinage immédiat de la ferme. Dans un sens, Hellstrom ne l'avait pas nié mais il s'était borné à souligner qu'il serait bien inutile de rechercher les disparus. A combien fallait-il faire monter les enchères pour être introduit dans la partie?

– Le shérif adjoint Kraft, dit Hellstrom, m'a informé que vous travaillez pour une certaine firme de pyrotechnie.

Ah! pensa Peruge avec joie.

– Nous avons des intérêts diversifiés dans ma société, monsieur Hellstrom. Nous nous intéressons aussi à la métallurgie, en particulier à de nouveaux procédés de fabrication. Nous sommes toujours en quête d'inventions potentiellement valables.

– Cela vous plairait-il d'entrer et de voir le studio? (Hellstrom le dévisagea un instant.) Nous sommes très affairés en ce moment, en retard sur notre programme de prévisions. (Il ébaucha un demi-tour puis hésita comme s'il venait d'avoir une idée.) Oh, j'espère que vous ne portez pas de radio ou de choses de ce genre. Nous utilisons une radio de courte portée pour nos circuits de mixage dans les pistes sonores. Un autre matériel pourrait gêner notre travail.

Le salaud! se dit Peruge. Il croisa négligemment les mains devant lui, le poignet gauche dans la paume droite, mit hors circuit l'émetteur de sa montre-bracelet. Et il pensa : Si tu crois que tu vas me laisser à la porte de ton petit parc à jouer, bébé, tu te trompes. Je vais entrer là-dedans et je ferai peut-être plus de découvertes que tu n'imagines.

Hellstrom remarqua le geste des mains de Peruge

et il en devina la raison, mais il s'interrogeait surtout sur les curieux propos de son visiteur au sujet d'intérêts diversifiés, de métallurgie, et de nouvelles inventions. Qu'est-ce que cela pouvait avoir à faire avec le Projet 40?

Paroles de Trova Hellstrom. Quoi que nous fassions en reproduction pour les spécialistes dont nous avons besoin, nous devons toujours inclure l'être humain dans nos processus, et préférer cela à l'intrusion d'instruments de chirurgie. La souche sexuelle n'est excusable qu'aussi longtemps que nous incluons dans la pratique les matières génétiques originales du corps. Tout ce qui suggère une chirurgie génétique ou une mécanisation doit être considéré avec une grande méfiance. Nous sommes avant tout des êtres humains, et il ne faut jamais que nous nous déliions de notre ascendance animale. Quoi que nous soyons, nous ne sommes pas des dieux. Et quoi que puisse être cet univers, il repose sur l'accidentel dont il dépend beaucoup.

– Il n'émet plus, dit Janvert en déplaçant les cadrans de contrôle de ses instruments.

Il était assis à l'intérieur de leur camionnette, le récepteur étant monté en face de lui sur une étagère initialement prévue pour la cuisine du campeur. Le corps bouffi et suant de Nick Myerlie était penché au-dessus de lui. L'inquiétude creusait ses traits épais.

– Que lui est-il arrivé, à votre avis? demanda Myerlie.

– Je pense qu'il a débranché volontairement son émetteur.

– Mon Dieu! Pourquoi!

– La dernière chose que j'ai reçue, dit Janvert en tapotant le magnétophone, c'était Hellstrom déclarant qu'il ne fallait pas introduire du matériel radio dans le studio.

– C'est rudement risqué de couper son émetteur, commenta Myerlie.

– J'aurais agi de même, répondit Janvert. Il est bien obligé de pénétrer à l'intérieur de ce studio.

– Mais tout de même...

– Oh, la barbe! Clarisse est-elle encore dehors avec sa longue-vue?

– Oui.

Myerlie avait l'air vexé. Il savait bien que Janvert commandait en second dans cette affaire, mais il n'aimait guère être traité aussi cavalièrement par un avorton.

– Demandez-lui si elle a vu quelque chose.

– Cette longue-vue est seulement de puissance 20, et il y a encore pas mal de brume là-bas.

– Allez voir quand même. Et prévenez-la de ce qui est arrivé.

– Entendu.

La camionnette grinça et remua quand Myerlie passa son gros corps par la porte.

Janvert, qui avait retiré l'écouteur de son oreille droite pour parler à Myerlie, le replaça et considéra le récepteur. Qu'avait donc voulu dire Peruge dans la dernière bribe de conversation? Métallurgie? Nouvelles inventions?

Paroles de Trova Hellstrom. Notre avenir réside dans une forme finale de domestication de l'homme. Tous les modèles extérieurs de l'espèce humaine doivent être vus, par conséquent, comme des formes sauvages. Au cours de notre processus de domestication, nous introduirons obligatoirement une multiplicité de types humains divers dans notre schéma social. Quelle que soit la diversité qui en résultera, l'interdépendance mutuelle et le sens du respect dû à notre unité fondamentale ne doivent jamais se perdre. La mère fondatrice et le mâle supérieur ne diffèrent de l'ouvrier le plus inférieur que par des détails superficiels. Si les plus hauts d'entre nous ont une prière à dire, elle ne saurait être autre chose qu'une action de grâces pour le fait qu'il y a des ouvriers. Il est salutaire de penser, quand on voit un ouvrier ordinaire : Mis à part les aliments et l'instruction réservés aux dirigeants, me voici.

En pénétrant dans le studio par un système de doubles portes qui expliquait pourquoi il n'avait rien vu de l'intérieur du bâtiment quand il était dehors, Peruge flaira quelque chose de bizarre dans les sons et les mouvements. L'odeur animale – fétide! – était ici aussi très forte. Il en attribua l'origine à une structure en verre sur sa gauche, où il distingua des animaux dans des cages. Il reconnut des souris, des cobayes et des singes.

Dans toutes les sociétés cinématographiques que Peruge avait visitées auparavant, il avait été frappé par un pouvoir spécial de silence pendant que les caméras opéraient. Mais ici, c'était différent. Personne ne marchait sur la pointe des pieds. Ceux qui se déplaçaient le faisaient sans bruit et avec une insouciance qui signifiait qu'ils trouvaient cela normal. Les contre-portes avaient éliminé le bourdonnement ininterrompu qui était si agaçant à l'extérieur, mais une sorte de susurrement le remplaçait.

Une seule équipe de cameramem semblait être au travail. Ils s'étaient installés dans un angle sur sa droite et ils opéraient tout près d'un récipient en verre d'un mètre de côté. Le verre réfléchissait de chauds éclats lumineux.

Hellstrom avait recommandé à Peruge de ne pas parler sans en avoir reçu l'autorisation, mais Peruge désigna la caméra au travail et leva les sourcils pour formuler sa question sans bruit.

Hellstrom se pencha vers lui et murmura :

– Nous sommes en train de filmer d'une manière nouvelle l'articulation des éléments du corps d'un insecte. Des images grossies. L'objectif est en réalité à l'intérieur de cette boîte en verre qui maintient un climat particulier pour l'insecte.

Peruge se demanda pourquoi le silence était indispensable pendant ce tournage. Allaient-ils faire du sonore pour une séquence pareille? C'était peu vraisemblable, mais les connaissances de Peruge en cinéma étaient rudimentaires, hâtivement complétées pour cette mission, et il n'aurait pas osé poser sa question à haute voix : Hellstrom aurait sauté sur l'occasion pour le flanquer à la porte; sa nervosité n'avait cessé de croître depuis qu'ils étaient entrés dans le studio.

Hellstrom (en tête), Kraft (à l'arrière), et Peruge (entre les deux) traversèrent en diagonale le studio jusqu'à son centre. Comme chaque fois qu'un représentant de l'Extérieur parvenait si près des installations supérieures de la Ruche, Hellstrom se sentait incapable de se débarrasser totalement de ses inquiétudes. Le conditionnement territorial de la ruche était trop profond. Et Peruge exhalait toutes les odeurs de l'Extérieur. Il n'appartenait pas à la Ruche. Kraft, derrière lui, était encore plus malheureux qu'Hellstrom. Il n'avait jamais accompagné quelqu'un de l'Extérieur dans le studio. Les équipes au travail se comportaient cependant d'une façon apparemment normale. Elles *sentaient* cette présence de l'Extérieur comme une irritation active de leur conscience, mais leur entraînement d'agents clandestins faisait taire leurs réactions. Tout se passait sans accrocs.

Peruge observa les mouvements des gens qui se

trouvaient dans le studio, à côté d'eux ou plus loin dans les angles. Chacun semblait vaquer à ses occupations habituelles et n'accorda pas plus qu'un coup d'œil indifférent au trio qui traversait la salle, mais Peruge eut cependant l'impression qu'il était étroitement surveillé. Il leva la tête. Les fortes lampes utilisées dans les régions inférieures du studio laissaient les supérieures dans une ombre épaisse que ses yeux ne pouvaient percer. Etait-ce délibéré? Cachaient-ils quelque chose là-haut?

Le nez en l'air, son attention fut captée par la descente oscillante d'une cabine au bout d'une grue et il trébucha sur un rouleau de câbles. Il serait tombé si Kraft n'avait pas bondi pour le rattraper par le bras. Le shérif adjoint le remit d'aplomb et posa un doigt sur ses lèvres pour recommander le silence. Kraft ne relâcha le bras de Peruge qu'à regret. Il s'était senti beaucoup plus en sécurité pendant les quelques secondes où il avait solidement tenu le bras de l'intrus. Décidément, Nils jouait avec le feu! Il y avait des ouvriers muets là-bas à l'étage du studio. Evidemment, ils avaient été conditionnés pour les tâches qu'ils avaient à accomplir, mais leur présence soulevait un problème explosif : que se passerait-il si l'un d'eux réagissait à la chimie de l'Extérieur? L'odeur de Peruge était nauséabonde!

Ne voyant plus d'obstacles sur son chemin, Peruge se retourna vers la cabine qui descendait. Elle provenait sans nul doute des hauteurs mystérieuses du studio et se dirigeait sans bruit vers la caméra d'angle. Une femme en blouse blanche occupait la cabine. Elle avait une peau étonnamment claire que soulignait une chevelure d'ébène rattachée sur la nuque par un simple chignon. Le volettement de sa blouse sous le déplacement d'air provoqué par la grue suggérait qu'elle ne portait rien dessous.

Kraft donna un coup de coude au bras de Peruge

pour l'inciter à marcher plus vite. A contrecœur, Peruge se mit à son pas. Un magnétisme certain émanait de cette femme à peau claire, et il fut incapable de chasser son image de son esprit. Elle avait le visage ovale d'une madone sous un casque de cheveux noirs. Les bras qui sortaient des manches de la blouse étaient peut-être un peu trop bien en chair, mais cette chair-là évoquait plus de douceur sensuelle que de graisse superflue.

Hellstrom se tenait maintenant devant la porte d'une structure à toit horizontal qui était un bâtiment à part dans le studio. Derrière le toit, un mur montait vers les hauteurs mystérieuses. Peruge calcula que ce mur séparait la grange en deux dans le sens de la longueur, et il se demanda ce qui pouvait bien se trouver derrière. Il suivit Hellstrom dans une pièce peu éclairée où des cloisons de verre épais étaient disposées à partir d'une hauteur d'un mètre jusqu'au plafond. L'une de ces cloisons permettait de voir un studio plus petit où des insectes voletaient librement dans une lumière bleue – des phalènes blancs à grandes ailes d'après leur aspect. Derrière l'autre cloison, il y avait une salle sombre où des hommes et des femmes travaillaient à un long banc incurvé d'instruments électroniques devant des petits écrans qui, placés en face de chaque opérateur, montraient des mouvements lilliputiens. Elle rappela à Peruge une cabine de contrôle de télévision.

Kraft referma la porte derrière lui, fit trois pas dans la pièce, puis se croisa les bras en restant debout comme s'il gardait l'entrée. Peruge aperçut une autre porte dans l'angle de droite, mais elle ouvrait sur la salle obscure des instruments électroniques. Une nouvelle fois, Peruge eut le sentiment que tout cet agencement ne correspondait pas exactement à l'idée qu'il s'était faite d'un studio de cinéma.

Quatre chaises entouraient une petite table oblongue. Hellstrom en prit une et parla d'une voix calme.

– Les hommes que vous voyez là, monsieur Peruge, sont en train de faire le mixage de plusieurs sources sonores pour une piste combinée. Il s'agit d'un travail assez délicat.

Peruge regarda attentivement les gens qui travaillaient dans la salle sombre; il ne parvint pas tout de suite à définir ce qu'il leur trouvait de bizarre; et puis, tout à coup, il comprit. Sur les six hommes assis devant l'arc des instruments et les trois femmes debout de l'autre côté de l'arc, tous sauf un se ressemblaient tellement qu'ils auraient pu appartenir à la même famille. Non seulement parce qu'ils portaient l'uniforme des blouses blanches, mais aussi parce qu'ils avaient des cheveux blonds coupés court et des visages amaigris où ressortaient leurs grands yeux. Les femmes n'étaient reconnaissables que par les formes arrondies de leurs seins et des traits légèrement adoucis. Le seul homme dont le physique différait des autres était blond lui aussi, et il rappela quelqu'un à Peruge... Hellstrom, parbleu! Cette exception était un portrait à peine retouché d'Hellstrom.

Pendant que Peruge se livrait à toutes ces observations, la porte extérieure s'ouvrit derrière Kraft, et la jeune femme qu'il avait remarquée dans la cabine fit son entrée. Du moins, se dit-il, elle a l'air d'être la même, mais après avoir vu ces ressemblances surprenantes dans la salle d'à côté, je ne suis plus sûr de rien.

– Fancy, dit Hellstrom tout de suite alarmé.

Pourquoi est-elle venue ici? se demanda-t-il. Il ne l'avait pas mandée, et il n'aimait guère l'expression de félin à l'affût qu'il découvrit sur sa physionomie.

De mauvaise grâce, Kraft s'écarta pour la laisser passer.

Peruge la détailla; il admira l'ovale du visage – un joli visage de poupée – et le corps extrêmement sensuel qu'elle mouvait en se rendant parfaitement compte que ses formes se dessinaient avec netteté sous sa blouse mince. Elle ne quitta pas Hellstrom des yeux pendant qu'elle lui parlait, mais il était évident qu'elle faisait du charme à Peruge.

– Ed m'a envoyée, dit-elle. Il voulait vous informer que nous serons obligés de tourner une deuxième fois cette séquence avec les moustiques. Vous y figurez, vous le savez. Je vous avais dit que le tournage n'était pas bon, que les moustiques étaient agités, mais vous n'avez pas voulu m'écouter.

Soudain elle parut remarquer Peruge, s'avança jusqu'à un pas de lui :

– Qui est-ce?

– Je vous présente M. Peruge, dit Hellstrom en mettant dans sa voix une intonation qui ressemblait à un avertissement. (Que faisait donc Fancy?)

– Hello, monsieur Peruge, dit-elle d'une voix musicale en se rapprochant davantage de lui. Je m'appelle Fancy.

Hellstrom la regarda attentivement. Mais que faisait-elle donc? Il aspira une grande bouffée d'air par les narines, autant par dépit que par curiosité, et il découvrit que Fancy s'était injectée de la drogue fécondante. Elle essayait de provoquer Peruge! Pourquoi? Et elle en ressentait les effets, elle aussi! Peruge était invinciblement attiré par Fancy et incapable d'expliquer ce magnétisme subit. Aucun sauvage de l'Extérieur n'aurait pu comprendre la chimie pourtant bien simple de la situation, d'ailleurs. Un moment, Kraft fut également conquis par la puissante sensualité de Fancy, mais Hellstrom lui adressa de la main un signal qui l'alerta; il lui fallut néanmoins quelques secondes pour se ressaisir, car il était depuis longtemps éloigné des contacts quotidiens de la Ruche et de ses « fortifiants ». Quant à Peruge, il ne parvenait visiblement pas à se reprendre.

Hellstrom hésita : devait-il intervenir? Fancy jouait un jeu dangereux et agissait sans instructions. Evidemment, il serait souhaitable d'avoir des gènes de Peruge dans les stocks de la Ruche, mais...

Peruge était dans un état de demi-choc. Il ne se rappelait pas avoir jamais cédé aussi vite et complètement à une excitation sexuelle. Excitation que cette femme partageait : elle restait là, tout près de lui, éperdue de désir... Ces gens lui auraient-ils fait quelque chose? Mais non. C'était un effet de cette chimie fortuite dont on parlait dans les journaux. Il entendit Fancy lui demander s'il resterait pour la nuit.

Au prix d'un violent effort, Peruge lui répondit qu'il logeait en ville. Elle lança un coup d'œil à Hellstrom.

– Nils, pourquoi n'invitez-vous pas M. Peruge à rester ici?

– M. Peruge est venu pour affaires, répondit Hellstrom. J'imagine qu'il préfère rentrer chez lui.

Peruge n'aurait pas demandé mieux que de passer la nuit avec cette femme irrésistible, mais il commença à percevoir un signal d'alarme intérieur.

– Vous n'êtes pas de très bonne humeur, voilà tout, répliqua Fancy à Hellstrom. (Elle braqua de nouveau ses yeux sur ceux de Peruge.) Etes-vous dans le cinéma, monsieur Peruge?

Il essaya de se libérer de cette atmosphère enveloppante de sexualité, il essaya de penser.

– Non. Je... je recherche des amis, un employé et sa femme, qui ont disparu quelque part par ici.

– Oh, j'espère qu'il ne leur est rien arrivé! dit-elle.

Hellstrom se leva, se planta à côté de Peruge.

– Fancy, nous avons un horaire à respecter.

Peruge aurait voulu s'humecter les lèvres avec sa langue, mais il avait la bouche sèche; son corps tremblait. La délicieuse petite sorcière! Agissait-elle sur ordre?

Hellstrom regarda Kraft en se demandant s'ils n'allaient pas être obligés d'employer la force pour faire sortir Fancy. Elle s'était piquée, la folle! Il lui parla d'une voix amène, mais cependant impérieuse.

– Fancy, vous feriez mieux de retourner à votre travail. Dites à Saldo que je lui demande d'accorder une attention toute particulière aux problèmes les plus urgents, et prévenez Ed que je serai prêt à recommencer ce soir la séquence des moustiques.

Détendue, Fancy fit un pas en arrière. Elle tenait solidement ce Peruge, elle en était sûre. Il faillit la suivre quand elle s'écarta de lui. Il ne lui échapperait pas.

– Vous ne pensez jamais qu'au travail, répondit-elle à Hellstrom. N'importe qui vous prendrait pour un vieil ouvrier ordinaire.

Elle se moque de moi, se dit Hellstrom.

Fancy obéit cependant; l'éducation qu'elle avait reçue à la Ruche reprit le dessus. Elle fit lentement demi-tour, se dirigea vers la porte, décocha un coup d'œil à Kraft, ouvrit la porte et s'arrêta sur le seuil pour se retourner vers Peruge. Elle dédia à l'homme de l'Extérieur un sourire malicieux et encourageant, arqua les sourcils en direction d'Hellstrom pour lui signifier un nouveau sarcasme muet, puis sortit en refermant doucement la porte derrière elle. Peruge se gratta la gorge.

Hellstrom étudia Peruge. L'intrus avait visiblement beaucoup de mal à reprendre son sang-froid, ce qui n'était pas étonnant, étant donné la façon dont Fancy s'était armée pour cette attaque. Car ç'avait été une attaque, réfléchit Hellstrom. Une véritable attaque. Elle voulait avoir Peruge, s'accoupler avec lui.

– C'est une femme... très séduisante, dit Peruge d'une voix encore altérée.

– Voudriez-vous venir à la maison pour prendre une tasse de café? proposa Hellstrom qui se découvrit soudain de la compassion pour Peruge. (Ce pauvre sauvage ne se doutait absolument pas de ce qui lui était arrivé.)

– C'est très aimable de votre part, répondit Peruge, mais je croyais que nous allions regarder votre studio.

– Ne le voyez-vous pas là-bas?

– Vous n'avez rien d'autre?

– Oh, nous avons les habituelles installations de fonctionnement, déclara Hellstrom. Certaines sont trop techniques pour un visiteur de passage, mais nous avons un département des costumes, et l'un des meilleurs laboratoires d'édition de la profession. Notre collection d'insectes rares est sans rivale dans le monde. Nous pourrions également vous projeter quelques-uns de nos films si cela vous intéresse, rien que pour vous montrer ce que nous faisons ici, mais pas aujourd'hui malheureusement. Notre horaire est très serré. J'espère que vous comprendrez.

– Nous retardons-vous, docteur? (Kraft saisissait la perche.) Je connais l'importance de vos travaux. Nous étions simplement venus ici pour savoir si l'un de vos collaborateurs avait vu les amis de M. Peruge.

– Bien entendu, je me renseignerai là-dessus, répondit Hellstrom. Pourquoi ne reviendriez-vous pas demain pour déjeuner avec nous, monsieur Peruge? J'aurai peut-être du nouveau à vous communiquer.

– Je ne demande pas mieux, dit Peruge. A quelle heure?

– 11 heures vous convient-il?

– Très bien. Certains de vos collaborateurs apprécieraient peut-être que je parle aussi de ma firme. Nous sommes extrêmement intéressés par la métallurgie et les nouvelles inventions.

Il reprend son refrain, pensa Hellstrom.

– Si vous arrivez ici à 11 heures, dit-il, cela vous donnera une heure avant le déjeuner. Quelqu'un vous fera visiter le laboratoire, le vestiaire, les insectes. (Il sourit aimablement.)

Mon guide sera-t-il Fancy? se demanda Peruge dont le cœur battit plus vite.

– J'en serai enchanté. Mais j'espère que vous ne verrez pas d'inconvénients à ce que, entre-temps, je fasse appel à quelques concours et que je jette moi-même un coup d'œil sur le secteur?

Hellstrom vit les muscles de Kraft se contracter, et il intervint rapidement.

– Pas dans la ferme, s'il vous plaît, monsieur Peruge. Nous nous préparons à filmer quelques extérieurs pendant que le temps se maintient. Je n'aimerais pas que les gens se promènent par ici et nous retardent. Ai-je besoin de vous rappeler que les retards coûtent cher?

– Oh, je comprends très bien, dit Peruge. Je pensais seulement à quelques-uns de ces pâturages qui entourent votre ferme. Dans sa lettre, Carlos m'avait clairement indiqué qu'il se trouvait dans ce secteur. Je m'étais dit que nous pourrions découvrir, peut-être, quelque chose.

Conscient de l'inquiétude croissante d'Hellstrom, Kraft se tourna vers Peruge.

– Nous ne voudrions pas que vous vous immisciez dans l'enquête officielle, monsieur Peruge. Des amateurs peuvent détruire complètement des indices sans...

– Oh, je ne ferai appel qu'aux meilleurs professionnels qui existent, riposta Peruge. Vous pouvez y compter. Ils ne s'immisceront nullement dans l'enquête officielle. Et je m'assurerai qu'ils ne gêneront pas M. Hellstrom dans son tournage de films. Vous ne pourrez qu'admirer la qualité des professionnels que je vais faire venir, monsieur Kraft.

– Je vois que vous ne vous souciez guère des sommes que vous dépenserez, bougonna Kraft.

– L'argent n'a aucune importance en effet, dit Peruge qui se sentit brusquement tout content. (Ils étaient bien embarrassés, et ils le savaient.) Nous allons découvrir ce qui est arrivé à nos amis.

Le défi est assez clair, pensa Hellstrom.

– Bien entendu, nous partageons vos préoccupations. Nos propres problèmes immédiats monopolisent souvent notre attention. Nous sommes capables de nous montrer un peu égoïstes quand notre programme est menacé.

Peruge commençait à sortir du nuage voluptueux où Fancy l'avait entraîné, et la colère remplaça brusquement tout autre sentiment. Ils avaient essayé de l'annihiler avec une petite putain!

– Je comprends très bien la situation, Hellstrom. Je vais dire à mon siège social d'embaucher tous les professionnels dont nous aurons besoin.

A la recherche d'une nouvelle perche à saisir, Kraft regarda désespérément Hellstrom.

Mais Hellstrom ne semblait pas ému le moins du monde.

– Nous nous comprenons l'un l'autre, je pense, monsieur Peruge. (Il s'adressa à Kraft.) Vous vous bornerez simplement à empêcher des intrus de s'introduire chez nous, hein, Linc?

Kraft opina. Que voulait dire Nils? Comment pourrait-il arrêter toute une armée d'enquêteurs? Ce Peruge allait faire appel au F.B.I. Ce salaud avait tout dit, sauf le nom du F.B.I.!

– Linc saura vous raccompagner, dit Hellstrom.

Vous m'excuserez, je l'espère, si je ne vous reconduis pas. Mon travail me réclame.

– Donc, à demain, dit Peruge. J'ai déjà remarqué que le shérif adjoint Kraft connaissait admirablement le chemin de votre ferme.

Les yeux d'Hellstrom étincelèrent quand il adressa à Kraft un signal de modération.

– Les autorités locales ont toujours eu accès à notre domaine, répliqua Hellstrom. Nous nous reverrons demain, monsieur Peruge.

– Je serai exact au rendez-vous.

Peruge se dirigea vers la sortie, Kraft le suivit. Peruge ouvrit la porte et se heurta à Fancy qui, selon toutes apparences, revenait au studio. Il passa un bras autour de sa taille pour l'empêcher de tomber. Indubitablement, elle était nue sous sa blouse. Elle joua des hanches contre lui quand, sous le coup de l'émotion, il retira vivement son bras.

Kraft la ramena en arrière.

– Ça va, Fancy?

– Oh, *moi*, je suis en pleine forme, répondit-elle en souriant de toutes ses dents à Peruge.

– J'ai été très maladroit, dit Peruge. Je vous demande pardon.

– Oh, ne vous reprochez rien! murmura-t-elle.

Derrière eux, Hellstrom parla.

– Nous avons eu assez d'agitation ici, Linc. Voudriez-vous raccompagner M. Peruge?

Ils partirent précipitamment. Peruge était aux cent coups. Il avait eu l'impression très nette que Fancy avait préparé cette collision pour le faire tomber et le violer séance tenante!

Hellstrom attendit que la porte extérieure se fût refermée derrière Kraft et Peruge, puis il dirigea un regard inquisiteur vers Fancy.

– C'est dans la poche, dit-elle.

– Fancy, que voulez-vous faire?

– Remplir ma fonction génitale.

Hellstrom remarqua subitement l'épaississement des joues de Fancy; il constata aussi que ses avant-bras tiraient sur le tissu de la blouse.

– Fancy, vous voyez-vous en mère fondatrice? interrogea-t-il.

– Nous n'en avons pas eu depuis Trova, répondit-elle.

– Vous savez bien pourquoi!

– Toutes ces balivernes au sujet d'une mère fondatrice qui stimulerait l'impulsion d'essaimage!

– Ce ne sont pas des balivernes, et vous le savez!

– Nous sommes quelques-unes à prendre cela pour des balivernes. A penser que la Ruche peut produire un essaim sans mère fondatrice, et que cela pourrait être catastrophique.

– Fancy, ne croyez-vous pas que nous connaissons notre affaire? La Ruche devra produire au moins dix mille ouvriers de plus avant que n'apparaissent les pressions de l'essaimage.

– Elles sont déjà apparentes maintenant, dit-elle. (Elle se frotta les bras.) Certaines d'entre nous les ressentent.

Commentaire sur le film en cours. La séquence du film représente une cellule d'insecte, le développement de l'œuf et, enfin, la larve qui émerge. Comme cette métaphore est frappante! Nous émergeons du corps apparenté, de ces créatures sauvages qui s'appellent l'espèce humaine. Le message de cette métaphore va cependant beaucoup plus loin. Il dit que nous devons nous préparer pour notre émersion. Nous ne sommes pas mûrs à ce stade-ci; nos besoins sont dominés par notre préparation à l'âge adulte. Lorsque nous émergerons, ce sera pour exercer l'autorité sur la surface de la terre. Lorsque nous serons devenus des adultes, nous mangerons pour vivre plutôt que pour grandir.

Peruge entendit le téléphone sonner longtemps avant que le Chef répondît. Il s'était assis sur le bord de son lit du motel après être rentré de son déjeuner avec Hellstrom. Un déjeuner fort décevant : aucun signe de Fancy, tout ayant été cérémonieux et creux dans la salle à manger de la vieille ferme, et pas la moindre réaction à son appât d'inventions nouvelles. Ce rapport ne plairait sûrement pas au Chef.

La voix du Chef résonna bientôt dans l'appareil, alerte et autoritaire malgré le temps qu'il avait mis à répondre. Le vieil homme ne dormait pas mais il était en train de faire quelque chose qu'il n'avait pas voulu interrompre, même pour décrocher ce qu'il appelait « cet instrument de l'enfer ».

– Je vous avais dit que je vous appellerais dès mon retour, commença Peruge.

– D'où me téléphonez-vous? s'enquit le Chef.

– Du motel. Pourquoi?

– Etes-vous sûr que la ligne n'est pas écoutée?

– Sûr. J'ai vérifié.

– Branchez le brouilleur quand même.

Peruge soupira, prit son matériel. Il entendit peu après la voix du Chef avec ce manque de relief qu'imposait le brouilleur.

– Maintenant, dites-moi ce que vous avez découvert, ordonna le Chef.

– Ils refusent de répondre à toute ouverture concernant la métallurgie ou de nouvelles inventions.

– Avez-vous chiffré une offre?

– J'ai dit que je connaissais quelqu'un qui consentirait à payer un million toute nouvelle invention prometteuse dans ce domaine.

– Ça ne les a pas intéressés?

– Nullement.

– Le conseil commence à s'impatienter, dit le Chef. Il faut que nous passions bientôt à l'action, d'une façon ou d'une autre.

– Hellstrom doit avoir son propre prix! déclara Peruge.

– Vous pensez que si nous augmentons l'enchère, il mordra à l'hameçon?

– Je n'en suis pas certain. Ce que je voudrais faire, c'est envoyer Janvert et sans doute Myerlie vers le sud de la vallée d'Hellstrom pour tenter de découvrir des traces de Carlos et de Tymiena. J'ai l'impression qu'ils ont pu faire leur approche en partant du sud. Il y a beaucoup d'arbres de ce côté-là, et vous connaissez la prudence de Carlos.

– Vous n'enverrez personne.

– Chef, si nous...

– Non.

– Mais si nous pouvions soumettre Hellstrom à cette sorte de pression, nous pourrions l'avoir pour beaucoup moins. Nous pourrions avoir toute l'affaire cousue et empaquetée avant que le conseil... Vous savez bien comment ils sont quand ils deviennent soupçonneux.

– Vous voudriez apprendre à votre grand-père à gober des œufs. J'ai dit non!

Peruge flaira des complications.

– Alors, que voulez-vous que je fasse?

– Dites-moi ce que vous avez vu chez Hellstrom.

– Pas beaucoup plus qu'hier.

– Soyez précis.

– En un sens, tout est ordinaire; très ordinaire. Presque trop ordinaire. Pas d'éclats de rire, pas de sourires, pas de relâchement. Tout est très sérieux et, ma foi, on se croirait dans une église, ou dans tout autre lieu que vous voulez où l'on célèbre un culte. Cela évidemment n'est pas ordinaire, mais ils se consacrent tellement tous à leurs tâches! Ils m'ont fait penser à une ferme collective des Philippines où les paysans peinent sans arrêt pour réaliser leur part de récoltes.

– Je ne crois pas que nous découvrirons une pièce d'or dans ce tas de bois, dit le Chef, mais c'est une chose à ne pas oublier si nous avons besoin de nous couvrir de gloire. Cependant, l'affaire est beaucoup plus sérieuse que vous ne l'imaginez.

– Oh?

Peruge se tint aussitôt sur le qui-vive et concentra toute son attention à la voix que lui transmettait le téléphone.

– J'ai reçu un coup de téléphone d'en haut aujourd'hui, reprit le Chef. D'un assistant spécial de l'Homme. Il voulait savoir si nous étions ceux qui fourraient leur nez dans les affaires d'Hellstrom.

– Et qu'avez-vous répondu? demanda Peruge.

– J'ai menti, déclara le Chef d'une voix douce. J'ai dit que ce devait être quelqu'un d'autre puisque je n'avais entendu parler de rien. Mais j'ai promis de procéder à une vérification parce que mon personnel commettait parfois des excès de zèle.

Voilà qui expliquait pourquoi Hellstrom avait l'air si confiant. Comment ce petit entomologiste s'était-il débrouillé pour avoir de pareils protecteurs? Peruge considéra le mur sans rien dire pendant quelques secondes. Qui allait être accusé, le cas échéant, d'avoir commis des excès de zèle dans cette affaire? Il dit enfin :

– Si nous avons besoin d'un bouc émissaire, Merrivale me semble tout indiqué.

– C'est l'une des choses que j'ai envisagées.

L'une des choses! pensa Peruge.

Le Chef interrompit les progrès de cette inquiétude en demandant :

– Dites-moi maintenant ce qu'ils font à cette ferme.
– Des films sur les insectes.
– Vous me l'avez déjà dit hier. Est-ce tout?
– Je ne sais pas exactement ce qu'ils font d'autre, mais j'ai des idées sur l'endroit où ils peuvent le faire. Il y a un sous-sol dans cette grange-studio : un vestiaire et diverses foutaises, le tout apparemment normal. Mais un souterrain relie la grange à la maison. On me l'a fait suivre pour aller déjeuner à la maison. Il y avait aussi des dames très étranges pour nous servir. De belles poupées. Quatre en tout. Mais elles ne parlent pas. Même pas lorsque vous leur adressez directement la parole.
– Quoi?
– Elles ne parlent pas. Elles font le service à table et s'en vont. Selon Hellstrom, ce serait parce qu'elles sont en train de perfectionner des accents spéciaux et que leur instructeur de voix leur a ordonné de ne rien dire sans qu'il soit là pour les écouter et les corriger.
– Cela me semble assez raisonnable.
– Vous trouvez? Moi, je pensais que c'était bizarre.
– Emettiez-vous pour Janvert et les autres?
– Non. La même chose qu'hier. Ils ont été très gentils sur ce point, avec toujours de bonnes raisons. L'interférence dans leurs pistes sonores, etc. Serais-je assez aimable pour ne pas leur compliquer le travail?
– Je continue à croire que vous ne devriez pas aller là-bas sans radio. Si quelque chose se produisait... Vous feriez peut-être mieux de remplacer Janvert par Myerlie ou D.T. au poste de second.
– Ne vous en faites pas pour moi. Ils m'ont pratiquement dit que tout se passerait bien si je ne faisais pas de bêtises.

– Comment s'y sont-ils pris?

– Hellstrom m'a expliqué en détail qu'il pouvait piquer des colères terribles quand des gens provoquaient des retards dans son programme. Il m'a dit de coller à mon guide et de ne pas me promener tout seul.

– Qui était votre guide?

– Un petit bonhomme nommé Saldo, pas plus grand que Shorty Janvert. Très bouche cousue. Aucun signe de la dame qu'ils m'ont lancée hier à la tête.

– Dzule, êtes-vous sûr que votre imagination...

– J'en suis sûr. Ecoutez-moi. Nous sommes contrés. J'ai besoin d'aide. Il me faut la police des autoroutes, le F.B.I., et tous ceux que nous pourrons rameuter pour prendre position sur ces collines autour de la ferme d'Hellstrom.

– Dzule! Ne m'avez-vous pas entendu quand je vous ai parlé de ce coup de téléphone d'en haut?

Peruge essaya d'avaler sa salive dans une bouche subitement sèche. Le Chef pouvait être très brusque et prendre des décisions sans appel quand il s'exprimait sur ce ton calme avec une très grande correction.

– Vous ne pouvez pas demander de l'aide pour un projet qui n'existe pas, dit le Chef.

– Saviez-vous que j'avais émis une requête, par l'intermédiaire du service des Transmissions militaires, pour une aide du F.B.I.?

– Je l'ai interceptée et supprimée. Cette requête n'existe plus.

– Existe-t-il un moyen pour que nous puissions obtenir un survol de cette ferme?

– Pourquoi?

– C'est ce que j'avais commencé à vous expliquer. Il y a ce souterrain de la grange à la maison. Je voudrais bien savoir s'il y en a d'autres dans le secteur. La prospection géologique a des techniques pour détecter ce genre de choses.

– Je ne pense pas que je pourrais le demander sans nous compromettre. Je réfléchirai, cependant. Peut-être trouverai-je un autre moyen. Vous insinuez qu'il pourrait y avoir des laboratoires et je ne sais quoi sous la grange dans des souterrains?

– Oui.

– C'est une idée. J'ai dans l'industrie pétrolière deux amis à qui nous avons rendu service...

– Le conseil...

– Dzule!

La voix lançait un avertissement très clair : Ne me prenez pas pour un imbécile.

– Pardon, Chef, dit Peruge. C'est tout simplement parce que... ma foi, cette affaire me met mal à l'aise. Tout l'après-midi, j'aurais donné n'importe quoi pour m'en aller, sortir de là. Il règne une odeur animale infecte, et en y pensant j'ai la chair de poule. Tout est louche. Le malheur, c'est que je ne puis citer un seul fait qui me donne ce malaise, sinon les disparitions de Porter et compagnie.

La voix du Chef prit des intonations paternelles.

– Dzule, mon petit, ne vous mettez pas martel en tête. Si nous ne parvenons pas à mettre la main sur l'invention d'Hellstrom pour avoir le contrôle du procédé métallurgique, l'affaire deviendra très simple. Je pourrai découvrir que certains de mes *agents au zèle excessif* ont mis au jour un véritable nid de subversion. Mais pour cela il nous faut beaucoup plus que ce que nous possédons pour l'instant.

– Porter et...

– Ils n'existent pas. Vous oubliez que ma signature figurait sur les ordres.

– Ah!... Oui, bien sûr.

– Je peux aller en haut et dire que nous avons ce bout de dossier, à peine plus qu'un mémorandum en réalité, que l'un des nôtres a trouvé à la bibliothèque de l'Institut de Technologie du Massachusetts. Cela, je peux le faire, à condition toutefois que j'aie de quoi défendre l'argument qu'il s'agit de l'exploitation privée d'une arme très importante.

– Si nous n'avons pas d'informations supplémentaires, ils feront les mêmes hypothèses que nous.

– Précisément ! dit le Chef.

– Je vois. Vous désirez donc que j'entame carrément une négociation avec Hellstrom en me fondant là-dessus?

– Bien sûr, je le désire! Voyez-vous une raison pour laquelle vous ne pourriez pas le faire?

– Je peux essayer. J'ai rendez-vous demain avec eux là-bas. Je les ai amenés à croire que je disposerais d'une armée de professionnels pour fouiller le secteur d'ici vingt-quatre ou quarante-huit heures, et ils...

– Quels sont vos préparatifs?

– Janvert et ses équipes se serviront de leurs yeux pour suivre mes mouvements tant que je serai hors des bâtiments. Lorsque j'entrerai, je n'aurai vraisemblablement plus de contact avec l'extérieur. Naturellement, nous essaierons de trouver un point faible, par exemple une fenêtre ou autre chose qui pourrait faire fonction de micro pour notre récepteur au laser. Cependant, je ne crois pas que je devrais attendre ce genre de contact avant d'ouvrir...

– Comment vous proposez-vous d'ouvrir les négociations?

– D'abord, j'insisterai lourdement sur les renforts auxquels je peux faire appel. J'admettrai que je représente une puissante agence gouvernementale, mais je ne dirai pas laquelle, naturellement. Ensuite...

– Non.

– Mais...

– Nous avons trois agents qui sont probablement morts, et ils...

– Ils n'existent pas. Vous l'avez dit vous-même!

– Sauf pour nous, Dzule. Non. Vous leur direz simplement que vous représentez des gens qui s'intéressent au Projet 40. Laissez-les se faire de la bile au sujet des renforts dont vous pourrez disposer. Ils ont sans doute tué trois personnes; à moins qu'ils les retiennent prisonnières et...

– Dois-je m'enquérir de cette possibilité?

– Bien sûr que non, voyons! Mais il y a de fortes chances pour qu'ils soient plus effrayés par ce qu'ils soupçonnent que par ce qu'ils connaissent. Autant qu'ils le sachent, vous pourriez avoir le concours de l'armée de Terre, de la marine, et du corps des Marines avec le F.B.I. en réserve. Si vous avez besoin d'une pesée plus forte, mentionnez nos amis disparus, mais ne paraissez pas pressé de les récupérer. Refusez de négocier sur ce chapitre. Ce qu'il nous faut, c'est le Projet 40, rien d'autre. Nous n'avons pas besoin d'assassins, ni de ravisseurs, ni de personnes disparues. Est-ce clair?

– Très clair.

Et, avec une impression de vide qui grandissait en lui, Peruge pensa : Et si, moi, je disparaissais à mon tour? Il crut deviner la réponse à cette question; elle ne lui plut pas.

– Je m'arrangerai pour que mes amis du pétrole fassent ce qui est en leur pouvoir, déclara le Chef, mais uniquement si nous ne risquons pas de nous compromettre. A ce stade de notre enquête, la découverte des lieux où travaillent les gens d'Hellstrom ne me paraît pas tellement utile.

– Et s'il refuse de négocier? demanda Peruge.

– Ne déclenchez pas une crise dans ce cas-là. Nous avons encore le conseil et ses forces en réserve.

– Mais ils...

– Ils prendraient toute l'affaire et nous jetteraient un os, oui. Mais un os vaut mieux que rien.

– Le projet 40 pourrait être complètement inoffensif.

– Vous ne le croyez pas, dit le Chef. Et votre travail consiste à prouver ce que nous savons tous deux sur cette affaire. (Le Chef se gratta la gorge, ce qui produisit sur le brouilleur un crépitement sec et bruyant.) Tant que nous n'avons aucune preuve, nous n'avons rien. Ils pourraient détenir là-bas le secret de la fin du monde, ainsi que nous l'avons fait croire au conseil, mais si nous ne le démontrons pas nous ne pouvons rien faire. Combien de fois faudra-t-il que je le répète?

Peruge se frictionna le genou gauche à l'endroit où il s'était fait une bosse contre un pied de lampe dans le studio d'Hellstrom. Il n'entrait pas dans les habitudes du Chef d'insister sur un point avec autant d'énergie. Que se passait-il donc au bureau? Le Chef essayait-il d'envoyer un message subtil qu'il ne pouvait pas énoncer ouvertement?

– Voudriez-vous que je trouve une bonne excuse pour que nous nous retirions de l'affaire? questionna Peruge.

Un soulagement évident nuança la voix du Chef.

– Seulement si cette solution semble être la meilleure, mon petit.

Il y a quelqu'un avec lui, se dit Peruge. Quelqu'un d'important, qui devait mériter un certain degré de confiance, mais quelqu'un à qui tout ne pouvait pas être dit. Peruge ne put trouver personne de sa connaissance qui correspondît à cette définition. Il devait être parfaitement évident pour le Chef que son agent sur le terrain n'avait nullement l'intention de se retirer. *Mais il quêtait de moi cette suggestion.* Ce qui signifiait que quelqu'un, dans le bureau du Chef, avait un écouteur. La nature occulte du message caché dans cette conversation attestait une prudence extrême au quartier général. Un coup de téléphone d'en haut. Qu'il était donc puissant, cet Hellstrom!

– Ne pouvez-vous rien me dire sur le genre d'orteils que nous pourrions écraser? demanda Peruge.

– Rien.

– N'est-il même pas possible de découvrir si l'influence d'Hellstrom a un fondement purement politique – de grosses cotisations au parti ou des choses de ce genre – ou si, par exemple, nous fourrons notre nez dans les affaires d'une autre agence?

– Vous commencez à comprendre le problème tel que je le vois maintenant, dit le Chef.

Ainsi, c'est quelqu'un d'une autre agence qui se trouve en ce moment avec lui, réfléchit Peruge. Cela pourrait vouloir dire seulement qu'il s'agit de l'un des agents que le Chef a infiltrés dans l'autre agence. Cela pourrait vouloir dire aussi que deux agences s'intéressaient à Hellstrom, ou cela pourrait vouloir dire enfin que le Projet 40 d'Hellstrom était le produit d'une autre agence. Des enquêteurs pourraient buter les uns contre les autres si l'affaire prenait de l'ampleur.

– Je saisis le message, dit Peruge.

– Lorsque vous verrez Hellstrom, reprit le Chef, ne présentez pas vous-même cette autre possibilité. Laissez-lui l'initiative de le faire.

– Je comprends.

– Je l'espère bien – dans votre propre intérêt comme dans le mien.

– Vous rappellerai-je plus tard dans la journée?

– Non, sauf si vous aviez du neuf à m'annoncer. Mais appelez-moi aussitôt après votre entretien avec Hellstrom. Je vous attendrai.

Peruge entendit raccrocher à l'autre bout de la ligne. Il retira le brouilleur, replaça le combiné sur son support. Pour la première fois de sa vie, Peruge commençait à éprouver ce que ressentaient ses agents sur le terrain. Il n'a pas à s'en faire, lui qui reste tranquillement sur son fauteuil, bien à l'abri, mais moi, il faut que je sorte, que je risque ma peau, et il ne lèvera pas le petit doigt si je me fais écorcher vif!

Paroles de Trova Hellstrom. A tout prix, nous devons éviter de tomber dans ce que nous en sommes venus à définir comme le « piège des termites ». Il ne faut pas que nous ressemblions trop aux termites. Ces insectes, qui nous donnent notre modèle pour survivre, ont leurs mœurs et nous avons les nôtres. Nous apprenons d'eux mais sans les imiter servilement. Les termites, toujours incapables de quitter les murs protecteurs de leurs nids, vivent dans un monde qui est complètement indépendant. Et il doit en être de même chez nous. Toute la société termite est gardée par des soldats. Et il doit en être de même chez nous. Lorsque le nid est victime d'une attaque, les soldats savent qu'ils peuvent être abandonnés à l'extérieur de la termitière et qu'on les laissera mourir pour que les autres aient le temps de rendre leur nid inexpugnable. Et il doit en être de même chez nous. Mais la termitière meurt si la reine meurt. Nous ne pouvons pas être pareillement vulnérables. Si la termitière meurt, c'est la fin de tous. Nous ne pouvons pas être pareillement vulnérables. Les petites graines de notre continuation ont été plantées à l'Extérieur. Elles doivent être préparées à poursuivre leur vie si notre « nid » meurt.

Lorsqu'il rentra à la Ruche en descendant la longue rampe de la première galerie, Hellstrom écouta pour capter un son ou un message qui lui aurait donné l'assurance que tout allait bien ici. Il n'entendit rien de tel. La Ruche restait une entité; elle fonctionnait toujours, mais le sentiment d'une profonde perturbation s'était communiqué à tous. C'était bien dans la nature de la Ruche : touchez à une partie de la Ruche, et toutes ses cellules réagissent. Impossible de nier leur interdépendance chimique. Les ouvriers supérieurs, sous la pression de l'état critique de la situation, émettaient des phéromones subtils, des hormones externes qui se répandaient dans l'air général. Les filtres de la Ruche avaient été réduits au minimum afin d'économiser l'énergie. Les signaux phéromoniques devaient être respirés par tous, et tous participaient évidemment à la perturbation commune. Déjà, certains signes annonçaient que cette situation ne pourrait pas se prolonger sans entraîner un effet profond et peut-être permament sur la totalité.

Sa mère fondatrice l'avait averti une fois. « Nils, la Ruche peut apprendre, tout comme tu apprends. La totalité peut apprendre. Si tu n'arrives pas à comprendre ce que la Ruche apprend, cela pourrait provoquer la destruction de nous tous. »

Qu'apprenait donc la Ruche maintenant?

Le comportement de Fancy révélait quelque chose que la Ruche réclamait dans ses besoins les plus profonds. Elle avait parlé de l'essaimage. Etait-ce cela? Depuis plus de quarante ans, ils avaient œuvré pour retarder l'essaimage. Avaient-ils eu tort? Préoccupé par Fancy, il avait vainement essayé de la rencontrer. Elle était censée faire partie de l'équipe de prises de vues, mais elle ne se trouvait pas à son poste, et Ed n'avait pas réussi à découvrir l'endroit où elle se cachait. Saldo lui avait certifié que Fancy était à présent sous surveillance, mais Hellstrom n'en avait pas été pour le moins rassuré. La Ruche pouvait-elle créer une mère fondatrice *naturelle?* Pour tenir ce rôle, Fancy pouvait logiquement être choisie. Que ferait le Conseil dans une telle éventualité? Devraient-ils envoyer Fancy à la cuve plutôt que risquer un essaimage prématuré? La perspective de perdre Fancy – cette splendide lignée qui avait engendré tant de spécialistes utiles – lui faisait horreur. Si seulement ils pouvaient se reproduire hors de l'instabilité!

A condition que ce fût l'instabilité.

Hellstrom arriva à la voûte en béton qui débouchait sur le poste d'alimentation, et il vit que Saldo l'attendait conformément à l'ordre qu'il lui avait donné. Vraiment, il pouvait compter sur Saldo. Cette idée le rassura. Il se rendit compte qu'il en était venu à dépendre largement de Saldo. Sans parler, Hellstrom rejoignit le jeune homme, et ils entrèrent ensemble dans le poste d'alimentation; ils se nourrirent sur le tapis roulant et ils burent abondamment du bouillon commun qui provenait de la cuve. Hellstrom était toujours content quand il mangeait ce que mangeaient les ouvriers ordinaires. C'était une satisfaction que ne lui procuraient jamais les aliments supplémentaires prévus pour les dirigeants. Ces suppléments pouvaient doubler le temps de vie à la Ruche, mais ils manquaient de cet ingrédient que Hellstrom appelait « une force d'unification ».

Nous avons besoin du plus bas dénominateur commun, pensa-t-il. Et surtout en période de crise.

Saldo fit un geste pour indiquer qu'il était impatient de rendre compte, mais Hellstrom lui répondit par le signe de patience, reconnaissant ainsi qu'il n'était pas pressé d'entendre ce rapport. Pendant leur repas, Hellstrom s'était senti accablé par la fragilité de la Ruche. Le monde domestiqué que la Ruche recherchait pour l'espèce humaine ne semblait plus être qu'une mince coquille d'œuf sur le point d'être écrasée. Tout était clair et solide dans le Manuel de la Ruche, mais si ondoyant, si faible dans l'exécution! Bien que son intelligence fût en quête d'une voie, il n'apercevait aucune issue de secours dans le Manuel...

La Ruche se meut vers une base non verbale pour l'existence humaine. C'est un objectif majeur pour la Ruche de trouver cette base, et de fonder un nouveau langage adapté à nos besoins. Au début, à la lumière de ce message évident qui provient du monde des insectes, nous nous sommes dépouillés des erreurs du passé.

Ils ne s'étaient pas dépouillés des erreurs du passé. Ils pourraient ne jamais s'en dépouiller. Le chemin était si long, si pénible par ses exigences! Personne n'avait en fait imaginé combien de temps il faudrait pour le parcourir, combien de traquenards ils devraient surmonter. Il y avait trois cents ans ou plus, à l'époque de la tradition orale, ils avaient envisagé « une centaine d'années à peu près ». Avec quelle rapidité cette erreur du passé s'était fait connaître! La nouvelle *vérité* avait surgi, alors : la Ruche pourrait être obligée d'attendre un millier d'années ou davantage, à moins qu'une dramatique convulsion mortelle ne triomphât des hommes de l'Extérieur. Mille ans avant que la terre fût domestiquée sous leur autorité...

Hellstrom se rappela avoir pensé que les murs familiers de la Ruche pourraient s'effondrer et être réparés des centaines de fois avant que la Ruche entrât en possession de son bien et commandât à la surface de la planète.

Quelle chimère! Ces murs pourraient ne pas durer plus de quelques heures à présent et ne jamais être rebâtis.

La nécessité d'insuffler la confiance dans la Ruche n'avait jamais semblé si difficile. A contrecœur, Hellstrom fit signe à Saldo de parler; il était clair que le jeune homme pensait que quelques mots avec le guide de la Ruche suffiraient à résoudre tous les problèmes.

– Fancy s'est procuré les seringues de fécondation en les volant aux réserves de la Ruche, déclara Saldo. On ne trouve nulle trace d'une autorisation officielle...

– Mais pourquoi les a-t-elle prises? interrogea Hellstrom.

– Pour vous défier, vous, le Conseil, la Ruche, répondit Saldo qui, de toute évidence, trouvait la question dénuée de sens.

– Nous ne devons pas être trop prompts à juger, dit Hellstrom.

– Mais elle est dangereuse! Elle devrait...

– Il faut lui permettre de continuer sans intervention d'aucune sorte, dit Hellstrom. C'est peut-être la Ruche entière qui s'exprime par son intermédiaire.

– Pour essayer de s'accoupler avec ce Peruge?

– Pourquoi pas? Nous avons employé cette méthode bien des fois pour obtenir du sang de l'Extérieur. Peruge a été présélectionné pour nous par les sauvages. Il est une preuve vivante de réussite.

– Réussite à quel prix?

– De quelque façon que nous prenions les forts, vous savez qu'il nous les faut. Il se peut que Fancy connaisse mieux que n'importe lequel d'entre nous le moyen de parer à cette menace.

– Je n'en crois rien! Je pense qu'elle se sert de cette histoire d'essaim comme d'une excuse pour quitter la Ruche. Vous savez combien elle aime les aliments et les conforts de l'Extérieur.

– Il y a en effet cette possibilité, dit Hellstrom. Mais pourquoi voudrait-elle partir? Je trouve votre explication trop spécieuse.

Saldo eut l'air plus interloqué par le reproche implicite que par la sorte de justification de Fancy qu'il venait d'entendre. Il se tut un instant, puis déclara :

– Nils, je ne comprends pas ce que vous dites.

– Moi-même je ne comprends pas très bien, mais le comportement de Fancy peut n'être pas aussi simple que vous le supposez.

Saldo interrogea du regard le visage d'Hellstrom pour tenter de découvrir une lueur ou un pli de peau qui auraient pu l'éclairer. Que savait le guide de la Ruche, que les autres ne connaissaient pas? Hellstrom était un descendant des anciens, des premiers colons de la première véritable Ruche. Avait-il reçu, de cette mystérieuse source de sagesse, des instructions spéciales pour ce qu'il convenait de faire dans cette sorte de crise? L'attention de Saldo fut captée par l'activité qui se déployait à sa gauche; les bols de bouillon se déplaçaient sur le tapis roulant quand quelqu'un s'emparait d'un bol du bout. Des ouvriers autour d'eux se nourrissaient sans remarquer particulièrement les deux spécialistes supérieurs. C'était normal qu'ils ne s'intéressent pas à eux. La chimie commune disait aux ouvriers qui appartenait à la Ruche et qui ne lui appartenait pas. Mais si quelqu'un de l'Extérieur s'introduisait, et si les ouvriers ne voyaient pas qu'il était surveillé de près par leurs congénères, ou si sa chimie n'avait pas été suffisamment masquée, l'intrus était immédiatement porté à la cuve par des ouvriers muets qui ne se souciaient que d'une chose : faire disparaître une dangereuse masse de protéines. Les réactions des ouvriers semblaient pour l'heure tout à fait normales, mais Saldo commençait à partager le sentiment d'Hellstrom : la Ruche avait été profondément blessée. Il y avait de la raideur saccadée dans certains mouvements, une frappe belliqueuse dans la démarche.

– Se passe-t-il quelque chose de mauvais dont je ne me rende pas compte ? interrogea Saldo.

Ah, la sagesse de ce jeune homme! pensa Hellstrom avec une fierté soudaine.

– Cela se pourrait, murmura Hellstrom qui se retourna, fit signe à Saldo de le suivre, et repartit par la galerie.

Ils prirent la première rampe et le couloir latéral suivant en se dirigeant vers la cellule d'Hellstrom. A l'intérieur, Hellstrom indiqua une chaise à Saldo et s'allongea sur son lit. Il était si fatigué!

Saldo obéit, s'assit, regarda autour de lui. Ce n'était pas la première fois qu'il venait dans cette cellule, mais les circonstances présentes donnaient à la pièce une ambiance un peu étrange. Il percevait une différence qui le troublait d'autant plus qu'il ne savait l'analyser. Et puis il l'identifia : c'était la diminution du bruit provenant du tunnel de service derrière le mur du fond. Impossible, dans cette cellule, de ne pas remarquer que la Ruche fonctionnait à un rythme discret. Peut-être était-ce la raison pour laquelle Hellstrom refusait d'en partir pour occuper un meilleur logement. On pouvait également sentir dans l'air de subtiles odeurs de perturbation. Tous les messages d'une crise se centralisaient ici.

– Oui, il se passe de mauvaises choses dont nul d'entre nous ne sait rien, reprit Hellstrom au poste d'alimentation. Voilà notre problème, Saldo. Il se produira des choses qui nous alarmeront, et il faudra que nous soyons prêts à les traiter telles qu'elles se présenteront. Comprenez-vous ?

– Non. (Saldo secoua la tête.) De quelles choses parlez-vous ?

– Si je pouvais les préciser, nous les connaîtrions, répondit Hellstrom d'une voix chagrine.

Les mains nouées derrière la tête, il tourna son regard vers Saldo, et ce jeune homme lui apparut soudain aussi fragile que la Ruche. Que pouvait faire réellement la fertilité d'imagination de Saldo pour éloigner la catastrophe qui les cernait ? Saldo n'avait que trente-quatre ans. L'éducation de la Ruche lui avait donné une sophistication précieuse, une fausse conception du monde de l'Extérieur. La naïveté de Saldo était la naïveté de la Ruche. Il ignorait les types de liberté dont il pourrait bénéficier à l'Extérieur. Il ignorait ce que c'était que d'être véritablement sauvage. En dehors de ce qu'il avait appris par les livres et les autres modes éducatifs de la Ruche, Saldo connaissait mal la sauvagerie désordonnée qui régnait hors des frontières de la Ruche. S'il en avait le temps, Saldo pourrait acquérir l'expérience que possédait Hellstrom. Le jeune homme était exactement le genre de militant que la Ruche devait envoyer dans le chaudron qui donnait la trempe aux sauvages de l'Extérieur. Mais une grande partie de ce que lui enseigneraient ses aventures à l'Extérieur lui apporterait des cauchemars. Et, à l'instar de tous les agents clandestins qui, de l'Extérieur, servaient la Ruche, il enkysterait ces cauchemars dans une partie spéciale, inconsciente, des profondeurs de son être.

Tout comme j'ai emmuré mes expériences personnelles, pensa Hellstrom.

Mais il ne pouvait exister aucun refus permanent de tels souvenirs, sauf dans la cuve. Ils ressortaient furtivement par des failles imprévues dans les défenses.

Prenant le long silence d'Hellstrom pour une réprimande, Saldo baissa les yeux.

– Nous ne connaissons pas toutes les sortes de choses qui peuvent survenir, mais nous devons être prêts malgré tout. Je le comprends maintenant.

Hellstrom eut envie de s'écrier : Je ne suis pas parfait ! Je ne suis pas invincible !

A la place, il demanda à Saldo :

– Où en est le Projet 40 ?

– Comment saviez-vous que je venais de me renseigner? dit Saldo dont la voix traduisait une sorte de crainte respectueuse. Je ne vous en avais pas parlé.

– Toux ceux d'entre nous qui portent le fardeau supplémentaire de la vigilance s'informent régulièrement du Projet 40, répliqua Hellstrom. Qu'avez-vous trouvé?

– Rien de nouveau, en réalité. Oh, ils vont construire rapidement le nouveau modèle expérimental, et il...

– Ont-ils modifié leur opinion sur ses perspectives?

– Ils discutent toujours au sujet de la génération d'une chaleur extrêmement élevée.

– Rien de plus?

Saldo releva la tête pour mieux voir Hellstrom. En dépit de la lassitude évidente du guide, il allait être obligé d'aborder un autre problème.

– Un groupe de récoltants hydroponiques a été découvert il y a une heure en train de rôder dans les niveaux supérieurs, dit Saldo. Autant que nous ayons pu le déterminer, ils exprimaient un besoin de faire surface.

Hellstrom se redressa sur son lit; la surprise lui fit oublier sa fatigue.

– Pourquoi n'ai-je pas été averti immédiatement?

– Nous avons réglé l'affaire, expliqua Saldo. Elle a été mise au compte de la perturbation générale. Les récoltants ont tous été chimiquement ajustés et se sont remis au travail. J'ai envoyé des patrouilles dans toutes les galeries afin de prévenir un nouvel incident de cette nature. Ai-je eu tort?

– Non.

Hellstrom retomba lourdement sur le lit.

Des patrouilles! Bien sûr, que pouvait-il faire d'autre? Mais l'incident manifestait le trouble profond qui agitait toute la Ruche à présent. Fancy avait raison : les prédictions au sujet de l'impulsion d'essaimer n'avaient pas tenu compte d'une crise comme celle-ci.

– Y avait-il des reproducteurs parmi eux? s'enquit Hellstrom.

– Quelques reproducteurs potentiels, mais ils...

– Ils essaimaient, dit Hellstrom.

– Nils! Tout juste quelques ouvriers des...

– N'importe. Ils essaimaient. C'est dans les calculs de nos plus anciens documents écrits. Vous le savez. Nous avons guetté cela, et nous avons essayé de le prévoir dès le début. Et puisque notre direction n'a pas été capable de fixer le moment exact, nous sommes arrivés à une situation critique.

– Nils, les...

– Vous allez me parler du nombre. Il ne s'agit pas d'une simple conséquence du nombre. La population maximale dans un espace donné figure dans nos calculs, mais il s'agit d'autre chose. Des jeunes ouvriers et des reproducteurs potentiels, tout au moins, se trouvent incités à quitter la Ruche. Ils volaient de leurs propres ailes. C'est de l'essaimage.

– Comment pourrons-nous prévenir un...

– Peut-être ne le pourrons-nous pas.

– Mais nous ne pouvons pas l'autoriser maintenant!

– Non. Il faut que nous fassions de notre mieux pour retarder l'essaimage. Nous serions détruits si nous les laissions partir maintenant. Faites rabattre les filtres au maximum pendant quelques heures, puis ajustez-les dans des conditions optimales.

– Nils, un sauvage soupçonneux de l'Extérieur parmi nous pourrait...

– Nous ne pouvons pas agir autrement. Aux grands maux les grands remèdes. Une décimation sans bruit dans la population peut être indiquée si ceci...

– Les cuves ?

– Oui, si les pressions deviennent trop fortes.

– Les ouvriers hydroponiciens qui...

– Surveillez-les avec soin, dit Hellstrom. Et aussi les reproducteurs... même Fancy et ses sœurs. Un essaim aura besoin de reproducteurs.

Instructions privées de Peruge pour Daniel Thomas (D.T.) Alden.

Janvert a en sa possession les numéro et code spéciaux du service des Transmissions militaires qui sont obligatoires pour téléphoner au président. Si vous remarquez que Janvert tente de faire un appel de ce genre, ou essaie secrètement d'utiliser un téléphone, empêchez-le en employant tous les moyens que vous estimerez nécessaires.

Peruge brancha la radio de sa chambre du motel sur un concert symphonique en espérant que cette musique pourrait le distraire. Mais il ne tarda pas à s'apercevoir qu'il était littéralement obsédé par cette femme troublante de la ferme d'Hellstrom.

Fancy.

Quel drôle de nom !

Ce motel avait été choisi parce qu'il lui avait procuré une chambre dont les fenêtres du fond permettaient une liaison visuelle directe avec les camps de la Steens Mountain où ses équipes de soutien avaient pris position, déguisées en promeneurs. Peruge savait qu'il n'avait qu'à envoyer un signal par une fenêtre du fond pour être en liaison immédiate avec l'une des trois équipes. L'émetteur-récepteur à laser capterait leurs voix aussi nettement que si ses hommes se trouvaient dans la chambre avec lui.

Peruge était contrarié d'avoir permis à Shorty Janvert de rester au commandement des équipes sur la montagne. Ah, ce Merrivale à l'esprit tordu !

La situation n'avait rien de rassurant et, lorsque la nuit descendit sur la campagne brune autour du motel, Peruge réfléchit à ses instructions et à ses préparatifs.

Avait-il eu raison de limiter l'action de Janvert par cet ordre formel : « Vous devrez tout rapporter au quartier général avant d'entreprendre des mouvements non prévus pendant les périodes où je serai privé de contact dans cette ferme. »

Les mouvements prévus étaient fort peu nombreux et limités géographiquement : des voyages à Fosterville pour acheter de l'épicerie et pour surveiller Lincoln Kraft ; des déplacements de leurs camps afin de protéger leur couverture touristique ; des visites entre les camps pour modifier les tours de garde et maintenir une vigilance de tous les instants...

Jusqu'ici, Janvert n'avait rien fait qui fût de nature à mettre en doute sa loyauté. Ses communications étaient impeccables.

– Le Chef sait-il que vous allez là-bas sans avoir de contact ?

– Oui.

– Je n'aime pas cela.

– C'est moi, non pas vous, qui suis le premier intéressé dans l'affaire, avait riposté Peruge. (Pour qui Janvert le prenait-il ?)

– Je voudrais bien voir moi-même l'intérieur de cette ferme, dit Janvert.

– Vous êtes instamment prié de rester tranquille sans avis spécifique du quartier général, et seulement si je n'ai rien communiqué après un délai fixé d'avance.

– Je ne mets pas en doute votre talent, répondit Janvert d'un ton très conciliant. Simplement je m'inquiète au sujet de toutes les choses que nous ne connaissons pas dans cette affaire. Hellstrom manque décidément d'estime pour nos personnes.

Peruge pensa que Janvert essayait de simuler l'inquiétude alors qu'il n'en éprouvait aucune, et il s'impatienta.

– La ferme me regarde, dit-il. Votre problème consiste à observer et à faire votre rapport.

– La belle chance que nous avons, d'observer pendant que vous êtes là-dedans sans émetteur!

– Vous n'avez pas encore décelé un défaut dans leur cuirasse?

– Vous pensez bien que je vous l'aurais dit!

– Ne vous tourmentez pas à ce sujet. Je sais que vous essayez.

– Il n'y a pas un son derrière ces murs. Ils doivent avoir un système d'insonorisation quelconque. Nous entendons quantité de bruits bizarres dans la vallée, mais rien que nous puissions réellement identifier. Des machines, sans doute, et même de grosses machines. Je suppose qu'ils sont suffisamment équipés pour avoir détecté nos appareils. Sampson et Rio vont se déplacer cette nuit vers la position G-6 de la grille. Ce sont eux qui ont pratiqué la plupart des sondages.

– Vous ne bougez pas?

– Non.

Janvert prend toutes les bonnes précautions, pensa Peruge. Pourquoi me méfierais-je de lui? Ce nabot vivrait-il toujours sous le nuage engendré par son engagement à contrecœur? Peruge se sentit irrité contre lui-même. C'était déloyal de concevoir les pensées qui trottaient dans sa tête. Le Chef. Que ferait-il en fin de compte?

Cette femme de la ferme qui possédait un tel magnétisme, l'avait-elle simplement aguiché? Certaines femmes le trouvaient beau, et son grand corps exsudait une sorte de puissance animale qui pouvait expliquer presque tout ce qui s'était passé là-bas.

Absurde! Elle avait agi sur les ordres d'Hellstrom!

Le Chef ne considérait-il pas Duzle Peruge comme l'un de ses soldats sacrifiés d'avance?

– Etes-vous toujours là? s'enquit Janvert.

– Oui! (La voix était sèche et mécontente.)

– Qu'est-ce qui vous a donné l'idée qu'il pourrait y avoir plus de monde dans la ferme que nous ne pouvons en voir? Le souterrain?

– Le souterrain, oui. Mais enregistrez bien ceci, Shorty. Je veux que quelqu'un surveille le ravitaillement ordinaire qui entre dans cette ferme. La quantité de produits alimentaires, par exemple. Soyez discret, mais surveillez bien.

– Je m'en occuperai. Voulez-vous que je charge D.T. de cette tâche?

– Non. Nick, plutôt. Je voudrais savoir combien de gens peuvent subsister avec les approvisionnements que vous observerez.

– D'accord. Le Chef vous a-t-il parlé des diamants pour les forages de puits?

– Oui. Ils auraient été livrés à peu près à l'heure où Carlos et Tymiena étaient censés être là.

– Curieux, non?

– Cela correspond à un dessein évident, dit Peruge. Mais nous n'avons pas encore découvert la nature exacte de ce dessein.

Il réfléchit, en se demandant pourquoi une société de cinéma aurait besoin de morceaux de diamants. Rien ne pouvait l'expliquer, et il était inutile d'en chercher la cause dans l'état actuel de leur enquête.

– En effet, dit Janvert. Pas d'autre chose pour ce rapport?

– Non.

Peruge se tut, replaça le matériel dans son étui et le rangea dans sa trousse à raser.

Janvert avait été plus bavard que d'habitude, et ses tentatives superficielles d'amabilité ne pouvaient qu'être de la comédie, de la part d'un tel petit salaud.

Peruge médita sur cette conclusion en se couchant dans le lit de sa chambre du motel plongée dans l'obscurité. Il savait qu'il était seul, éloigné même de la protection du Chef, et il se demanda pourquoi il persévérait.

Parce que je veux être riche, se dit-il. Plus riche que la garce du conseil. Et je le serai si je peux mettre la main sur le Projet 40 d'Hellstrom.

Consultation du scénario, Nils Hellstrom parlant. Sur l'écran, le public verra un papillon émerger de son cocon. Nous verrons bien davantage et, dans un sens plus profond, nous voulons que le public voie ce que nous voyons, inconsciemment. Le papillon personnifie notre propre longue lutte. C'est la longue obscurité de l'espèce humaine où les sauvages s'imaginaient qu'ils parlaient les uns aux autres. C'est la métamorphose, la transformation de notre Ruche en salut de l'espèce humaine. Il annonce le jour où nous émergerons et montrerons notre beauté à l'univers admiratif.

– L'émetteur est dans sa montre-bracelet, dit Saldo. Nous l'avons surpris juste avant qu'il ne le débranche.

– Bon travail, commenta Hellstrom.

Ils se tenaient dans l'obscurité électronique du poste de commandement en haut de la grange; les ouvriers accomplissaient sans bruit leurs diverses tâches avec une détermination visible dans chaque mouvement. Rien ne franchirait cette garde.

– Les sondes que nous avons repérées venaient de la Steens Mountain, poursuivit Saldo. Nous avons localisé leur position sur la carte.

– Parfait. Leur manque de réussite les incite-t-il à de nouveaux efforts ou se tiennent-ils tranquilles maintenant?

– Tranquilles. J'ai pris mes dispositions pour envoyer un groupe pique-niquer demain dans le secteur. Ils joueront et s'amuseront, puis feront leur rapport demain soir. Le groupe sera composé uniquement d'agents clandestins pleins d'expérience.

– Ne comptez pas qu'ils vous rapporteront beaucoup de renseignements.

Saldo hocha la tête.

D'angoisse et de fatigue, Hellstrom ferma les yeux. Il ne pouvait pas se reposer suffisamment, et le peu de sommeil qu'il glanait ne parvenait pas à le délasser. Ce qu'il leur fallait et ce qu'ils ne trouveraient jamais, c'était un moyen pour que Peruge fît ses valises, un moyen de répondre à toutes ses questions sans y répondre. Ces mystérieuses questions – autant de coups de sonde – sur la métallurgie et les nouvelles inventions agaçaient Hellstrom. Qu'est-ce que cela pouvait avoir de commun avec le Projet 40? Une invention nouvelle... oui, peut-être. Mais la métallurgie? Il décida de transmettre cette question au laboratoire à la première occasion.

Aphorisme des spécialistes de la Ruche. Comme les béhavioristes de l'Extérieur sauvage sont primitifs et en retard sur nous!

Peruge prit le grattement à sa porte pour un épisode de son rêve. C'était un chien de son enfance qui l'appelait pour qu'il se levât à l'heure du petit déjeuner. Brave vieux Danny! Peruge revoyait dans son rêve le museau large et laid, les mâchoires baveuses. Il sentait réellement qu'il se trouvait au lit, vêtu seulement d'un pantalon de pyjama comme il en avait toujours eu l'habitude. Brusquement des circuits se refermèrent dans sa mémoire. Ce chien était mort depuis des années! Alors il se réveilla instantanément, sans bruit, tous ses sens en éveil pour identifier le danger. Le grattement continuait.

Il sortit de sous son oreiller son lourd automatique, se leva, se dirigea vers la porte. Le plancher était froid sous ses pieds nus. Se tenant de côté avec son pistolet armé, il entrouvrit brusquement la porte sans décrocher la chaîne.

Dans le couloir, une veilleuse projetait une lueur jaunâtre sur Fancy qui, immobile, était enveloppée dans quelque chose de poilu, foncé et épais. De sa main gauche, elle soutenait une bicyclette.

Peruge referma la porte, défit la chaîne, ouvrit la porte toute grande. Il savait bien qu'il devait avoir un drôle d'air dans son pantalon de pyjama avec un gros automatique dans la main, mais il voulait surtout la mettre à l'abri des regards indiscrets.

Il éprouva une sensation de triomphe. Ah, ils avaient dépêché cette petite putain pour le compromettre! Au moins il tenait enfin quelqu'un de leur maudite ferme!

Fancy entra sans dire un mot en poussant sa bicyclette qu'elle appuya contre le mur pendant que Peruge fermait la porte et remettait la chaîne. Lorsqu'il se retourna, elle lui faisait face et se débarrassait de son vêtement du dessus qui était un long manteau de fourrure. Elle lança le manteau sur le guidon de la bicyclette, puis s'immobilisa dans la mince blouse blanche qu'elle portait la dernière fois qu'il l'avait vue. Ses yeux embrumés, un peu moqueurs, le fixaient intensément.

Le plaisir d'abord? se demanda Peruge. Ou les affaires d'abord? Sur la crosse de son automatique, sa main transpirait abondamment. Une garce peut-être, mais diablement excitante!

Il alla à la fenêtre à côté de la porte, écarta les doubles rideaux, scruta les alentours. Il ne vit pas de guetteurs. Il traversa la chambre en direction de la fenêtre du fond, regarda au delà du parking vers la montagne. Là non plus, personne n'était à l'affût. Quelle heure était-il, bon Dieu? Et pourquoi cette garce ne parlait-elle pas? Il marcha vers sa table de chevet, consulta sa montre-bracelet. 1 h 28.

Fancy observa toute cette activité avec un petit sourire aux lèvres. Les hommes de l'Extérieur étaient des créatures bien étranges. Mais celui-ci avait l'air encore plus étrange que les autres. Leurs corps leur disaient ce qu'ils devraient faire et, constamment, ils désobéissaient. Aussi s'était-elle préparée pour sa visite.

Toujours près du lit, Peruge lui lança un bref coup d'œil. Elle serrait les poings, mais elle ne semblait pas porter une arme. Il rangea son pistolet dans un tiroir de sa table de chevet. Se taisait-elle parce qu'un micro secret avait été installé dans sa chambre? Impossible! Il s'était assuré qu'il n'y en avait aucun. Il s'avança avec précaution sans la quitter des yeux. Pourquoi était-elle venue à bicyclette? Et dans un manteau de fourrure, par-dessus le marché! Il hésita. Allait-il alerter la garde de nuit sur la montagne? Non, pas encore. Le plaisir d'abord.

Comme si elle avait lu dans ses pensées, Fancy leva la main gauche, déboutonna le devant de sa blouse, dénuda ses épaules et, d'un coup de reins, fit glisser son vêtement qui tomba sur le plancher. Au spectacle de ce corps digne d'une Vénus, le pouls de Peruge s'emballa. Elle se débarrassa de ses sandales découvertes d'un mouvement des pieds qui secoua la poussière de la route.

Les yeux luisants, Peruge passa sa langue sur ses lèvres.

– Vous êtes quelqu'un, vous savez! dit-il d'une voix altérée.

Toujours sans parler, Fancy s'approcha, se haussa sur la pointe des pieds, et ses mains se refermèrent sur les bras nus de Peruge. Il éprouva un picotement à son bras gauche quand elle le toucha, et il sentit une subite et puissante odeur de fauve. Surpris, inquiet, il porta aussitôt son regard sur la région du picotement, et il aperçut une minuscule ampoule couleur chair sous l'index de Fancy, écrasée contre sa peau, et une goutte de son propre sang. Il s'affola. Evidemment il devait la repousser, la tenir à distance, et appeler sa garde de nuit. Mais ses muscles se refusèrent à un effort pareil pendant que le picotement se répandait dans tout son corps. Alors ses yeux se détournèrent de l'ampoule pour se fixer sur deux seins admirables dont les pointes foncées se gonflaient d'appétit.

Comme si un brouillard insinuant remontait de ses reins, Peruge eut l'impression que sa volonté tombait en déliquescence; la seule réalité était cette femme qui maintenant l'enlaçait, l'étreignait avec une force dont il ne l'aurait pas crue capable, et le faisait reculer jusqu'à son lit.

Maintenant, Fancy parla :

– Vous avez envie de me féconder? J'aime.

Extrait du Manuel de la Ruche. Un objectif essentiel du processus de la reproduction devrait être la création de la plus large tolérance possible des diversités parmi les éléments de la société.

– Fancy a disparu! annonça Saldo.

Il avait couru à la cellule d'Hellstrom en suivant les couloirs et les galeries toujours pleins d'activité, sans tenir compte de la perturbation que suscitait sa précipitation chez les ouvriers.

Hellstrom s'assit sur son lit en se frottant les yeux pour chasser le sommeil. Il avait dormi profondément, pour la première fois depuis des jours, dans l'espoir qu'il jouirait d'un bon repos avant son entrevue prévue pour demain avec Peruge et toutes les pressions supplémentaires sur la Ruche qui résulteraient de leur conversation.

Fancy disparue! Il interrogea du regard le visage effrayé de Saldo.

– Seule?

– Oui.

Hellstrom émit un soupir de soulagement.

– Comment est-elle sortie de la Ruche? Où est-elle?

– Elle a utilisé ce ventilateur défectueux dans le rocher au périmètre nord. Elle avait une bicyclette.

– N'y avait-il pas de gardes?

– Elle les a étourdis avec un soporifique.

– Mais les observateurs de la sécurité!

– Ils ne l'ont pas vue, avoua Saldo. Sans aucun doute Fancy n'en était pas à son coup d'essai. Elle est rentrée parmi les arbres et a évité successivement tous nos détecteurs.

Bien sûr, pensa Hellstrom. Une bicyclette. Pourquoi une bicyclette? Où était-elle allée?

– Comment s'est-elle procuré une bicyclette? s'enquit-il.

– C'était la bicyclette que nous avions prise à Depeaux, de l'Extérieur.

– Pourquoi cette bicyclette n'avait-elle pas été démontée pour la récupération?

– Quelques ingénieurs s'amusaient avec elle. Ils envisageaient de fabriquer notre propre modèle pour que les livraisons fussent plus rapides dans les galeries inférieures.

– Quelle direction a-t-elle prise?

Hellstrom se souleva sur le lit. Quelle heure était-il? La pendule de cristal sur le mur indiquait 3 h 51 du matin.

– Apparemment elle a traversé le pont Palmer. Il y a des traces.

– Donc vers la ville. Pourquoi?

– Les gardes qu'elle a étourdis disent qu'elle portait des vêtements de l'Extérieur, répondit Saldo. Le vestiaire a signalé l'absence d'un manteau de fourrure. Et elle s'est également rendue aux réserves de la Ruche. Nous ne savons pas encore ce qu'elle y a pris.

– Depuis combien de temps est-elle partie? demanda Hellstrom.

Il glissa ses pieds dans les sandales de fabrication Ruche, chercha une robe de chambre. Il eut froid, mais il savait qu'il ne s'agissait que d'une baisse de son propre métabolisme.

– Depuis près de quatre heures, dit Saldo. Les gardes sont restés étourdis assez longtemps. (Il frotta la cicatrice de sa mâchoire.) Je suis sûr qu'elle est allée dans la ville. Deux traqueurs chimiques ont suivi sa piste le plus loin possible. Elle se dirigeait toujours vers la ville quand ils n'ont plus osé poursuivre.

– Peruge, dit Hellstrom.

– Quoi?

– Elle est partie pour s'accoupler avec Peruge.

– Mais bien sûr! Dois-je téléphoner à Linc et le prier de...

– Non.

Hellstrom secoua négativement la tête.

Saldo frémissait d'impatience.

– Mais cette bicyclette appartenait à un agent de Peruge!

– Qui identifie les bicyclettes? Il y a peu de chances pour qu'ils fassent le rapprochement. Fancy ne lui dira pas d'où provenait ce vélo.

– En êtes-vous certain?

– Certain. Fancy a un esprit à sens unique quand elle veut se faire féconder. J'aurais dû y penser quand je l'ai vue prendre Peruge pour cible.

– Cet homme est malin! Elle pourrait lui dire des choses sans même s'en rendre compte.

– Une possibilité qu'il ne faut pas écarter. Mais pour l'instant, alertez Linc. Dites-lui où elle se trouve, et qu'il prenne ses dispositions pour qu'ils ne l'emmènent pas afin de l'interroger. Peruge a des amis qui montent la garde. Nous ne tenons pas à ce qu'il y ait autour de ce motel une agitation anormale.

Saldo fut choqué. Il avait prévu qu'Hellstrom ferait appel à toutes les ressources défensives de la Ruche. Ce n'était pas la réaction escomptée.

– Pas d'autres indications sur la pression de l'essaimage? demanda Hellstrom.

– Non. La... la ventilation semble avoir fait du bien.

– Fancy est féconde, dit Hellstrom. Si elle est enceinte des œuvres d'un homme de l'Extérieur, cela aussi fera du bien. Elle devient extrêmement docile quand elle attend un enfant.

– Ah! (La sagacité d'Hellstrom abasourdit Saldo.)

– Je sais ce qu'elle a pris dans nos magasins, poursuivit Hellstrom. Elle aura mis un extrait d'hormones sexuelles masculines dans une ampoule pour doper Peruge. Elle avait envie de se faire féconder par lui, sans aucun doute. Qu'elle le fasse. Les sauvages ont des réactions extrêmement bizarres à l'égard de cette forme naturelle du comportement humain.

– Il paraît, murmura Saldo. J'ai étudié les précautions du comportement à prendre en vue du travail à l'Extérieur.

– Tout dépend, dit Hellstrom en souriant. J'ai vu cela se produire de nombreuses fois. Demain, Peruge arrivera ici plein de contrition. Il sera avec Fancy et doux comme un agneau. Il se sentira coupable. Ce qui nous le rendra vulnérable. Oui... Je crois que je sais maintenant comment prendre en main la situation. Grâce à Fancy. Qu'elle soit bénie!

– Que dites-vous?

– Les sauvages de l'Extérieur ne sont pas différents de nous, chimiquement. C'est Fancy qui me l'a rappelé. Les techniques que nous employons pour rendre nos ouvriers dociles, soumis et accommodants pour les besoins de la Ruche, opéreront sur les gens de l'Extérieur.

– Dans leurs aliments?

– Ou leur eau, ou même l'air qu'ils respirent.

– Etes-vous sûr que Fancy reviendra? (Saldo fut incapable de ne pas exprimer le doute qui le tenaillait.)

– J'en suis sûr.

– Mais la bicyclette...

– Croyez-vous vraiment qu'ils la reconnaîtront?

– Nous ne pouvons pas courir ce risque!

– Si cela peut vous rassurer, parlez à Linc de cette possibilité. Je pense, quant à moi, que les sens de Peruge seront si émoussés après une nuit d'accouplement drogué avec Fancy qu'il ne reconnaîtrait même pas une bicyclette en la voyant.

Saldo fronça les sourcils. Il trouvait dans la voix et l'attitude d'Hellstrom quelque chose qui frisait l'extravagance.

– Je n'aime pas cela, Nils.

– Vous verrez, dit Hellstrom avec une conviction étonnante. Fiez-vous à moi. Prévenez Linc que vous allez envoyer une équipe spéciale de sécurité. Je veux que leurs instructions soient claires et qu'il n'y ait pas de malentendus. Vous les donnerez vous-même avec le plus grand soin. Qu'ils n'interviennent pas cette nuit. Leur tâche principale consistera à veiller à ce que Fancy ne soit pas enlevée de ce motel. Il faut qu'elle passe une nuit ininterrompue avec Peruge. Demain matin, ils la cueilleront à la première occasion et me la ramèneront. Je désire la remercier personnellement. La Ruche apprend. Elle réagit au danger comme un seul organe. C'est exactement ce que j'avais toujours pensé.

– Je suis d'accord pour que nous la rapatriions ici, dit Saldo. Mais de là à la remercier?

– Elle le mérite.

– Pour quelle raison?

– Parce qu'elle nous a rappelé que les sauvages de l'Extérieur partageaient notre chimie.

Sagesse de la Ruche. Le spécialiste supérieur, éduqué pour faire face aux exigences de nos besoins les plus essentiels, gagnera finalement pour nous.

Peruge se réveilla dans la lumière grise du petit matin pour se hisser au niveau de la conscience à partir de profondeurs vidées de toute énergie. Il tourna la tête, entrevit le désordre de son lit, mit du temps à se rendre compte qu'il était seul dans le lit et que ce devait être une information importante. Une bicyclette avec un manteau jeté en travers du guidon s'appuyait contre le mur à côté de la porte. Entre le lit et la porte, il y avait un vêtement blanc chiffonné. Il considéra longuement la bicyclette en se demandant pourquoi il accordait tant d'importance à une bicyclette.

Une bicyclette?

Il entendit des clapotis d'eau dans la salle de bains. Quelqu'un chantonnait.

Fancy!

Il se força à s'asseoir. La confusion dans ses idées reflétait celle du lit. Fancy! Oh, Seigneur! Qu'avait-elle employé sur lui? Il avait le souvenir vaseux de ce qu'il croyait être dix-huit orgasmes. Un aphrodisiaque? Si oui, cette drogue avait été plus puissante que tout ce à quoi il avait rêvé dans ses imaginations les plus délirantes.

De grands bruits d'eau venaient toujours de la salle de bains. Elle prenait une douche. Mon Dieu! Comment pouvait-elle remuer?

Il essaya de récapituler la nuit; il ne trouva dans sa mémoire que des images répétées de chairs en folie. Il pensa : *C'était moi! Dieu me pardonne! C'était moi!* Qu'était donc ce truc que lui avait donné Fancy? Le Projet 40, peut-être? Il aurait voulu éclater de rire, mais il n'en eut pas la force. Les bruits d'eau cessèrent brusquement. Il reporta son regard vers la porte de la salle de bains. Oui, on s'agitait, on chantonnait. Où avait-elle puisé ces ressources d'énergie?

La porte s'ouvrit; Fancy apparut, une serviette nouée autour de ses reins, une seconde serviette qu'elle utilisait pour sécher ses cheveux.

– Bonjour, mon amoureux, dit-elle.

Et elle pensa : Il a l'air complètement vidé.

Il la regarda sans parler, en fouillant dans ses souvenirs.

– Vous n'avez pas aimé me féconder? demanda-t-elle.

Voilà! Voilà ce qu'il avait essayé de se rappeler en vain jusqu'à ce qu'elle eût parlé. La féconder? Se pouvait-il qu'elle fût l'une de ces filles tordues de la nouvelle génération pour lesquelles le sexe ne servait qu'à la procréation?

– Qu'est-ce que vous m'avez fait? interrogea-t-il. (Sa voix ressembla à un croassement rauque qui lui fut pénible.)

– Ce que je vous ai fait? Mais...

Il leva son bras gauche pour lui montrer la région où elle lui avait injecté cette mystérieuse substance à odeur de fauve. Une faible décoloration révélait une meurtrissure sous-cutanée.

– Oh, ça? dit-elle. Vous n'avez pas été content d'avoir été piqué?

Il se souleva pour s'appuyer contre la tête du lit, cala un oreiller derrière lui. Oh, qu'il était fatigué!

– Piqué? répéta-t-il. Vous m'avez donc drogué?

– Je vous ai seulement donné un petit apport supplémentaire de ce que possède chaque mâle quand il est mûr pour la fécondation, répondit-elle, non sans savoir que sa voix trahissait son propre étonnement. (Les sauvages de l'Extérieur étaient tellement bizarres dans le domaine de la reproduction!)

Peruge avait mal à la tête et il eut l'impression que les paroles de Fancy augmentaient sa migraine. Il se tourna lentement et la regarda en face. Mon Dieu, quel corps voluptueux! Il parla avec peine, mais d'une voix redevenue nette.

– Qu'est-ce que c'est que cette idiotie de fécondation?

– Je sais que vous utilisez d'autres mots pour ce que nous avons fait, expliqua-t-elle en s'efforçant d'avoir l'air raisonnable, mais celui que nous préférons est celui que je vous ai dit : fécondation.

– Nous?

– Mes... amis et moi.

– Vous vous faites féconder par eux?

– Quelquefois.

Une communauté de drogués! Etait-ce donc ce que cachait Hellstrom? Des orgies sexuelles avec des aphrodisiaques? Peruge se sentit démangé par une jalousie soudaine. Et si c'était cela que faisaient ces mabouls. Et s'ils organisaient régulièrement des soirées comme celle qu'il avait passée avec Fancy? C'était mal, bien entendu. Mais quelle emprise ce genre d'expériences pouvait exercer sur un homme! Et sur une femme aussi, indubitablement!

C'était criminel de faire des choses pareilles, mais...

Fancy envoya promener ses serviettes et commença à enfiler sa blouse : sa nudité ne la gênait pas davantage que la veille au soir.

En dépit de sa migraine et de son extrême lassitude, Peruge fut émerveillé par la grâce de sa sensualité. Elle n'était que féminité!

Pendant qu'elle se rhabillait, Fancy s'avoua qu'elle avait faim, et elle se demanda si Peruge avait de l'argent pour qu'elle pût s'offrir un petit déjeuner. L'idée de goûter à la nourriture exotique de l'Extérieur l'émoustillait toujours, mais elle n'avait pas pris d'argent dans les magasins de la Ruche avant de s'enfuir. Un manteau chaud, le dopage pour le mâle, la bicyclette, mais pas d'argent.

J'étais trop pressée, pensa-t-elle sans pouvoir réprimer un petit rire joyeux. Les mâles de l'Extérieur étaient si amusants quand ils étaient dopés, comme si leurs énergies contenues pour la reproduction avaient été emmagasinées pour une telle occasion.

Pendant qu'il regardait Fancy se rhabiller, Peruge se sentit de nouveau assailli par l'inquiétude. Qu'est-ce qui l'avait conduite à son lit? La fécondation? Absurde! Pourtant elle s'était munie d'un aphrodisiaque. Il ne pouvait le nier. Son propre comportement au cours de la nuit en témoignait amplement.

Dix-huit fois!

Il y avait décidément quelque chose qui sentait mauvais dans cette ferme.

Fécondation!

– Avez-vous eu des bébés? lui demanda-t-il.

– Oh, plusieurs, répondit-elle.

Fancy comprit après coup qu'elle avait eu tort de l'avouer. L'enseignement qu'elle avait reçu sur les inhibitions sexuelles des hommes de l'Extérieur avait été explicite sur ce point et ses expériences personnelles avaient confirmé l'enseignement. Elle venait de se livrer à un aveu qui pouvait être dangereux. Peruge n'avait aucun moyen de savoir son âge. Or, Fancy était assez vieille pour être mère. Cette différence de la Ruche entre l'aspect physique et l'âge réel était l'une des choses qui ne pourraient jamais être partagées avec l'Extérieur. Elle sentit renaître brusquement en elle la prudence de la Ruche.

Mais sa réponse avait étonné Peruge.

– Plusieurs? Où sont-ils?

– Oh, chez... des amis. (Elle essayait de se donner un air désinvolte et indifférent, mais elle était maintenant en état d'alerte. Il fallait distraire Peruge.) Vous avez encore envie de me féconder un peu? interrogea-t-elle.

Peruge n'était malheureusement pas disposé à se laisser divertir. Il avait fait une découverte passionnante : il voulait l'exploiter.

– Vous n'êtes pas mariée?

– Oh non!

– Qui est le père de vos *plusieurs* enfants? demanda-t-il avant de réfléchir qu'il aurait probablement dû parler de pères, au pluriel.

Ses questions accrurent la nervosité de Fancy.

– Je ne tiens pas à parler de cela.

Elle avait commis une erreur en avouant qu'elle avait mis des enfants au monde. Mais sa conscience de la Ruche ranima certains souvenirs de sa nuit avec Peruge. Pendant que le sauvage de l'Extérieur se pâmait dans les extases de la fécondation, il avait formulé des aveux intéressants et, à un moment donné, il avait perdu assez de vigilance pour lui livrer le fond de ses pensées. Simulant toujours la désinvolture, elle se dirigea vers la bicyclette, prit son long manteau de fourrure et le plia sur son bras.

– Où allez-vous? s'enquit-il.

Il obligea ses jambes à sortir du lit, puis il les laissa retomber mollement, et ses pieds touchèrent le plancher froid, ce qui lui redonna un peu d'énergie. Sa tête n'était plus qu'un tourbillon de fatigue, et il ressentait aussi une douleur dans la poitrine. Que diable avait-elle mis dans sa seringue? En tout cas, elle l'avait complètement vidé!

– J'ai faim, expliqua-t-elle. Puis-je laisser ma bicyclette ici pendant que je vais manger un morceau? Quand je reviendrai, vous pourrez peut-être me féconder encore.

– Manger? (Son estomac se révolta à cette idée.)

– Il y a un café un peu plus bas dans la rue, dit-elle. Moi, j'ai très faim... après notre nuit, ajouta-t-elle avec un petit rire.

Il pensa qu'elle reviendrait sûrement reprendre sa maudite bicyclette, mais il se rendit compte qu'il ne serait pas de taille à se mesurer avec elle dans son état actuel d'épuisement. Il la ferait donc recevoir par un comité d'accueil et ainsi serait débrouillé l'écheveau du mystère Nils Hellstrom, le premier fil étant Fancy.

– Au café un peu plus bas, dit-il comme s'il se l'expliquait à lui-même. (Il se rappelait avoir vu l'enseigne au néon.)

– J'aime les petits déjeuners de...

Elle s'interrompit brusquement et un frisson la parcourut. Sa nervosité avait failli l'entraîner à dire « les petits déjeuners de l'Extérieur ». Or, *l'Extérieur* n'était pas un mot à prononcer devant les gens de l'Extérieur. Elle camoufla son étourderie sous une question :

– Avez-vous de l'argent ? Je me suis échappée si précipitamment hier soir que j'ai oublié d'en prendre sur moi.

Peruge ne remarqua ni l'inachèvement de la phrase ni le frisson. Il indiqua d'un geste son pantalon plié sur une chaise à l'autre bout de la chambre.

– Poche revolver. Portefeuille.

Il mit sa tête dans ses mains. Le simple fait de s'asseoir sur le lit lui avait coûté presque la totalité de ses réserves d'énergie, et il était troublé par sa migraine et sa douleur à la poitrine. Il comprit qu'il lui faudrait un terrible effort de volonté pour se mettre debout. Une douche froide lui ferait peut-être du bien. Il entendit Fancy fouiller dans sa poche, mais il fut incapable de relever la tête. Qu'elle me vole tout, cette foutue garce!

– Je prends cinq dollars, dit-elle. Vous êtes d'accord?

Je paie souvent plus cher, pensa-t-il. Mais elle n'était sûrement pas une putain professionnelle. Elle aurait pris davantage.

– Naturellement. Tout ce dont vous avez besoin.

– Voulez-vous que je vous rapporte du café ou autre chose? demanda-t-elle.

Il avait vraiment l'air malade. Elle constata avec surprise qu'elle se faisait du souci à son sujet.

Peruge ravala une envie de vomir, esquissa un geste de dénégation.

– Non... Je... euh... prendrai quelque chose plus tard.

– Vous êtes sûr?

– Certain.

– Alors, très bien.

Vraiment il l'inquiétait. Elle n'en saisit pas moins la poignée de la porte pour sortir. Après tout, il lui fallait peut-être encore un peu de repos. Quand elle ouvrit la porte, elle lui cria joyeusement :

– Je reviens tout de suite.

– Attendez.

Il laissa tomber les mains qui entouraient son visage, leva les yeux au prix d'un effort visible.

– Avez-vous changé d'avis et voulez-vous que je vous rapporte du café? demanda-t-elle.

– Non. Je me posais... une question. Donc je vous

ai *fécondée.* Comptez-vous avoir un bébé de moi?

– Je l'espère bien. Je suis au sommet de ma fécondité. (Avec un sourire désarmant, elle ajouta :) Maintenant, je vais manger. Et je reviendrai avant même que vous vous soyez aperçu de mon départ. Tout le monde sait que, pour manger, je suis une rapide.

Elle referma la porte derrière elle.

Une rapide aussi pour faire l'amour, pensa-t-il. La réponse de Fancy ne fit qu'ajouter à sa confusion. Dans quel guêpier s'était-il fourré? Un bébé? Etait-ce cela que Carlos avait découvert? Il eut la vision soudaine du sémillant Carlos Depeaux retenu captif dans un souterrain par Fancy et ses amis pour des orgies de drogue et de sexe avec ce mystérieux aphrodisiaque, tant que duraient ses effets. Ou tant que Carlos lui-même durait. Une orgie ininterrompue de *fécondation,* sans doute, avec des bébés à la chaîne. Tout de même, il ne parvenait pas à imaginer Carlos dans ce rôle. Et moins encore Tymiena ou même Porter. Tymiena ne lui avait jamais donné l'impression d'une femme maternelle. Quant à Porter, il avait toujours fui les rendez-vous intimes avec les femmes.

Cependant, Hellstrom était mêlé à des affaires de sexe, qui étaient vraisemblablement aussi sales que l'enfer.

Peruge se frotta le front. Le motel avait prévu une réserve de café instantané. Il se leva péniblement, trouva les petits sachets dans un placard à côté de la salle de bains. Il tourna le robinet d'eau chaude et se confectionna deux tasses. Il les but bouillantes. Il se brûla la bouche, mais il eut au moins la satisfaction de se sentir d'aplomb; sa migraine s'estompa; sa tête se clarifia un peu. Il remit la chaîne à sa porte et sortit de sa cachette son émetteur-récepteur à laser.

Le deuxième signal le mit en contact avec Janvert.

Les mains de Peruge tremblaient, mais il approcha une chaise de la fenêtre, posa son matériel sur le rebord, et se prépara à la rude tâche de faire son compte rendu. Après avoir échangé des signaux codés de reconnaissance, Peruge se lança dans le récit de sa nuit avec Fancy sans omettre aucun détail.

– Dix-huit fois? (Janvert parut sceptique.)

– Autant que je me souvienne.

– Il a dû vous falloir du temps. (Le poste dissimula mal la gaieté cynique de Janvert.)

– Ne vous foutez pas de moi, grommela Peruge. Elle m'a fait une piqûre de je ne sais quoi. Un aphrodisiaque sans doute, et je n'ai plus été qu'un gros tas de chairs avides. Tâchez de vous cantonner sur le plan professionnel, s'il vous plaît. Il faut que nous trouvions de quoi était fait ce qu'elle m'a donné.

Il abaissa son regard sur le bleu parfaitement visible de son bras.

– Comment vous proposez-vous de le découvrir?

– Je dois aller là-bas aujourd'hui. Je vais peut-être attaquer Hellstrom et le coincer sur ce sujet.

– Ce ne serait peut-être pas très sage. Vous êtes-vous mis en rapport avec le quartier général?

– Le Chef désire... Oui, je me suis mis en rapport avec lui!

Seigneur! Il était trop difficile d'expliquer que le Chef avait ordonné des négociations directes. Cet épisode n'y changeait rien. Il s'ajoutait simplement aux arguments à présenter dans les négociations.

– Gardez votre sang-froid, dit Janvert. Souvenez-vous : nous avons déjà trois disparus.

Janvert le prenait pour un idiot?

Peruge se massa la tempe droite. Bon Dieu, il se sentait la tête vide, aussi vide que son corps! Elle l'avait bel et bien vidé.

– Comment cette dame est-elle descendue de la ferme? interrogea Janvert. La garde de nuit n'a remarqué aucun phare de voiture venant de la ferme.

– A bicyclette, voyons! Ne vous l'avais-je pas dit?

– Non, vous ne me l'aviez pas dit. Etes-vous sûr que vous êtes en bonne santé?

– Je suis seulement un peu fatigué.

– Ça, je m'en doute! (Encore son maudit humour!) Donc elle est venue à bicyclette. C'est intéressant, vous savez.

– Pourquoi, intéressant?

– Carlos était un fanatique du vélo. Le bureau de Portland a précisé qu'il avait emmené une bicyclette dans sa camionnette. Vous vous en souvenez?

Peruge reporta son regard sur la bicyclette appuyée contre le mur. Il se rappela effectivement que Shorty lui en avait parlé. Une bicyclette. Serait-ce possible? Par un coup de chance, cette machine à deux roues pourrait-elle lui permettre de remonter à Depeaux?

– Avons-nous un numéro matricule ou une plaque quelconque pour identifier la bicyclette de Depeaux? demanda-t-il.

– Peut-être. Il pourrait même y avoir des empreintes digitales. Où est cette bicyclette à présent?

– Dans ma chambre. Je garde le vélo pendant qu'elle prend son petit déjeuner. (Il se rappela alors sa décision de tout à l'heure. Dieu tout-puissant! Il perdait la tête!) Shorty, cria-t-il d'un ton sec en retrouvant momentanément quelques forces, envoyez-moi ici une équipe le plus tôt possible. Pour cueillir ce vélo, oui, mais aussi pour arrêter Fancy et la soumettre à un interrogatoire aussi long qu'approfondi.

– C'est comme si c'était fait, répondit Janvert.

D.T. est ici, il a tout entendu, et il ne demande qu'à foncer.

– Non! (D.T. devait rester là-bas pour surveiller Janvert. Le Chef l'avait expressément précisé.) Envoyez l'équipe Sampson.

– D.T. va s'en occuper. Dans une minute, ils seront en route.

– Dites-leur de se dépêcher, voulez-vous? Je ne connais qu'un moyen de retarder cette dame mais après cette nuit, je ne me sens pas à la hauteur.

Propos de Nils Hellstrom. Je me rappelle mon enfance à la Ruche comme la période la plus heureuse de ma vie, l'expérience la plus heureuse dont pourrait jamais bénéficier un être humain. Rien de ce dont j'avais réellement besoin ne m'a été refusé. Je savais que j'étais entouré de gens qui me protégeaient en sacrifiant leur vie s'il le fallait. Je n'ai compris que peu à peu que je leur devais la même abnégation si elle m'était demandée. Les insectes nous ont enseigné quelque chose de bien profond! Quelle différence avec les opinions sur les insectes des sauvages de l'Extérieur! Hollywood, par exemple, a longtemps soutenu que la seule menace d'un insecte rampant sur la figure d'un homme suffisait pour que celui-ci, même adulte, implorât la pitié et révélât tous les secrets qu'il connaissait. Le philosophe Harl, le plus avisé de nos spécialistes, m'a dit que l'insecte, depuis les cauchemars de l'enfance jusqu'à la psychose de l'âge adulte, est une fixation de l'horreur dans l'esprit d'un être de l'Extérieur. Il est vraiment singulier que les sauvages de l'Extérieur soient incapables de voir au delà de la grande force et de l'efficacité de l'insecte afin d'y découvrir la leçon incarnée là pour nous tous. La leçon numéro un étant, bien sûr, que l'insecte n'a jamais peur de mourir pour ses frères.

– Comment a-t-on pu laisser ces... ces hommes de l'Extérieur s'enfuir avec la bicyclette? tempêta Hellstrom.

Il se tenait au milieu de la Sécurité centrale de la Ruche, une salle située dans les profondeurs de la Ruche qui pouvait capter et répéter les informations recueillies par l'un de ses détecteurs intérieurs et extérieurs. Si cette pièce avait eu le soutien positif d'une vision directe comme au P.C. de la grange, elle aurait été le poste de sécurité le plus important de la Ruche. Hellstrom la préférait souvent au poste d'en haut. La présence d'ouvriers affairés dont les activités s'étendaient tout autour lui donnait un sentiment de protection qui, croyait-il, facilitait ses processus mentaux.

Saldo, qui venait de le prévenir, frémit sous le poids combiné de la colère d'Hellstrom et de sa réflexion personnelle que l'incident engendrait de graves dangers et que le guide de la Ruche avait commis une erreur de jugement. Saldo, au plus intime de son être, était terriblement secoué. Si seulement Hellstrom avait écouté les avertissements! Si seulement... Mais ce n'était vraiment pas le moment de rappeler ces choses-là à Hellstrom.

– Nos ouvriers de surveillance n'ont su ce qui se passait que lorsqu'il a été trop tard, expliqua Saldo. Fancy était sortie du motel un peu plus tôt, et ils se sont laissé gagner par un sentiment de complaisance. Un camion fermé est arrivé; quatre hommes sont allés dans la chambre de Peruge, et deux sont revenus avec la bicyclette. Le camion a démarré avant que nos hommes aient pu traverser la rue et tenter de l'arrêter. Nous l'avons poursuivi, mais ils s'étaient préparés pour cette poursuite, et pas nous. Un autre camion s'est mis en travers de notre route, ce qui a permis au premier d'arriver à l'aéroport, et la bicyclette avait disparu quand nous l'avons rattrapé.

Hellstrom ferma les yeux. De sombres pressentiments l'assaillirent. Il rouvrit les yeux pour dire :

– Et pendant tout ce temps-là, Fancy était au restaurant pour manger des aliments de l'Extérieur.

– Nous avons toujours su qu'elle en était friande, murmura Saldo. C'est un défaut.

Il fit le signe de la cuve en levant les sourcils d'un air interrogateur.

– Non. (Hellstrom secoua la tête.) Ne soyez pas trop prompt à rabaisser sa valeur pour la Ruche. Où est-elle à présent?

– Toujours au restaurant.

– Je croyais avoir donné l'ordre qu'on la ramenât ici.

Saldo haussa les épaules.

Evidemment, pensa Hellstrom. Les ouvriers aimaient beaucoup Fancy et ils étaient nombreux à connaître son défaut. Quel mal y avait-il à la laisser terminer un repas exotique de l'Extérieur? L'affection pouvait être un défaut, aussi.

– Il faut qu'elle soit recueillie et ramenée immédiatement! commanda-t-il.

– J'aurais dû régler l'affaire moi-même tout de suite, avoua Saldo. Inexcusable. J'étais à mon poste en train de contrôler nos communications avec la ville quand... Je suis inexcusable. Je n'ai pensé qu'à venir vous avertir.

– Je comprends, dit Hellstrom qui désigna un pupitre de communications devant lui.

Saldo se hâta de transmettre l'ordre d'Hellstrom. Ce fait que des mesures positives étaient prises le détendit, mais n'apaisa pas son trouble plus profond. Que voulait dire Hellstrom avec ses mystérieuses allusions à la valeur de Fancy? Comment pouvait-elle contribuer au salut de la Ruche en se comportant de cette manière? Mais les anciens connaissaient souvent des choses ignorées des jeunes. Les ouvriers de la Ruche le savaient presque tous. Il ne semblait pas possible que Fancy eût aidé la Ruche, mais cette éventualité ne pouvait pas être écartée après l'affirmation catégorique d'Hellstrom.

Propos de Nils Hellstrom. D'un autre point de vue, nous devons éviter de trop ressembler aux insectes sur lesquels nous modelons notre conception pour la survie humaine. On a dit de l'insecte qu'il était un tube digestif ambulant. Ce n'est pas sans raison. Pour entretenir sa propre existence, un insecte consommera quotidiennement jusqu'à cent fois son propre poids – ce qui équivaudrait pour chacun d'entre nous à une vache par jour, donc à un troupeau de trente vaches par mois. Et lorsque la population des insectes augmente, chaque individu a naturellement besoin de davantage. Pour ceux qui ont observé cet étalage d'appétit de l'insecte, l'issue ne fait pas de doute. Si l'on permet à l'insecte de continuer à se reproduire à ce rythme démentiel, il fera de la Terre un désert. Des leçons que nous recevons de l'insecte, il ressort un avertissement très net. Si la course à la nourriture enclenche le conflit décisif, que personne ne vienne dire qu'il a éclaté sans que nous ayons été prévenus. Depuis le commencement des temps, les sauvages humains ont regardé, impuissants, le sol qu'ils nourrissaient donner naissance à un concurrent capable de les faire mourir de faim. De même que nous ne devons pas permettre à notre maître l'insecte de consommer ce dont nous avons besoin pour survivre, de même nous ne devons pas non plus nous lancer dans une dissipation analogue. Le rythme du cycle de croissance de notre planète est un fait indéniable. Il est possible que les insectes ou les hommes détruisent en une seule semaine ce qui aurait pu en nourrir des millions pendant une année entière.

– Nous avons relevé toutes les empreintes que nous pouvions déceler, et tout est parti pour Portland à bord d'un avion que nous avons affrété, déclara Janvert sur l'émetteur-récepteur à laser. Le rapport préliminaire affirme que certaines empreintes correspondent à celles de la dame que nous avons relevées dans votre chambre. Nos hommes l'ont-ils appréhendée?

– Elle a fichu le camp, grommela Peruge.

Vêtu seulement d'une robe de chambre légère, il était assis devant la fenêtre; à la fois, il regardait la lumière du jour éclairer la montagne et il essayait de concentrer ses idées sur le rapport. C'était de plus en plus difficile. Sa douleur à la poitrine persistait, et chacun de ses mouvements lui coûtait tant d'énergie qu'il se demandait s'il lui en resterait assez pour le prochain.

– Que s'est-il passé? s'enquit Janvert. Notre équipe a-t-elle commis une gaffe?

– Non. J'aurais dû les envoyer au café. Nous l'avons vue sortir et revenir vers le motel, mais trois hommes sont arrivés en voiture et l'ont interceptée.

– Ils l'ont empoignée de force?

– Il n'y a pas eu de lutte. Fancy a tout simplement sauté dans la voiture qui s'est éloignée aussitôt. Nos hommes n'étaient pas en place, voilà tout. Le camion de retardement qui nous avait aidés à transférer la bicyclette n'était pas encore revenu. Sampson est sorti au pas de course dès que nous avons vu ce qui se passait, mais tout s'est déroulé trop vite.

– La voilà revenue à la ferme, hein?

– J'en suis sûr, dit Peruge.

– Avez-vous pu lire la plaque minéralogique?

– Elle était trop loin, mais cela ne change pas grand-chose.

– Donc, elle les a suivis sans objections?

– C'est l'impression que nous avons eue d'ici.

Sampson a trouvé qu'elle avait l'air malheureuse, mais elle n'a pas discuté.

– Malheureuse sans doute de ne pouvoir revenir au motel pour se faire plaisir un peu plus avec vous, dit Janvert.

– Allons donc! protesta Peruge.

Il porta une main à sa tête. Il avait l'impression que son cerveau était bloqué et ne fonctionnait pas normalement. Il y avait tant de détails, mais ils lui échappaient comme du sable qui aurait coulé entre ses doigts. Il avait vraiment besoin d'une douche froide, de sortir de ce brouillard, et de se préparer à retourner à la ferme.

– J'ai consulté les dossiers, disait Janvert. Cette Fancy correspond tout à fait à la description de la Fancy Kalotermi qui est administrateur à la société Hellstrom.

– Je sais, je sais, soupira Peruge.

– Vous sentez-vous bien? demanda Janvert. Je vous trouve... comment dirais-je? un peu dégoûté. Peut-être que cette piqûre...

– Je vais très bien!

– Vous n'en avez pas l'air. Nous ne savons pas ce qu'il y avait dans cette drogue qu'elle vous a administrée hier soir. Vous feriez peut-être bien d'aller vous faire examiner par un médecin, et nous enverrons l'équipe numéro deux.

– Cela vous arrangerait, maugréa Peruge.

– Pourquoi faudrait-il que vous ayez tous les plaisirs? demanda Janvert.

– Je vous ai dit de me foutre la paix! Je me porte très bien. Je vais prendre une douche et me préparer pour partir très bientôt. Il faut que nous découvrions comment elle a opéré.

– Je voudrais bien être le premier à le savoir, ironisa Janvert.

L'imbécile! Peruge exaspéré se frotta la tête. Bon

Dieu, qu'il avait mal à la tête... et à la poitrine! Il avait une mission très délicate à remplir, et personne d'autre que ce crétin pour le seconder! C'était trop tard pour tout changer, maintenant. Peruge sentit sa main trembler sur son front.

– Vous êtes toujours là? demanda Janvert.

Le son de cette voix arracha une grimace à Peruge.

– Oui.

– Ne serait-ce pas une bonne blague si ce Projet 40 était en réalité un aphrodisiaque?

Impossible, ce Shorty! Il représentait l'antithèse parfaite de tout ce dont Peruge avait besoin en ce moment. La malicieuse méchanceté des réactions de Janvert, son instabilité étaient évidentes. Mais quoi faire pour redresser la situation? Les équipes étaient dispersées sur tout le secteur. Et il fallait qu'il fût à la ferme dans deux heures. Il ne savait pas comment il ferait, mais il devait le faire. Pendant un tout petit moment, il se demanda – vaguement – si le persiflage cynique de Janvert ne contenait pas une parcelle de bon sens. Que contenait la petite ampoule? Seigneur! S'il pouvait avoir le monopole de cette drogue, cela lui rapporterait plus de dix procédés métallurgiques! Une fortune sous le comptoir.

– Vous mettez un temps terriblement long pour répondre, dit Janvert. Je vais vous envoyer Clarisse pour qu'elle vous examine. Elle a été infirmière et...

– Elle restera avec vous! C'est un ordre.

– Cette dame a pu faire beaucoup plus que vous droguer pour le lit, affirma Janvert.

– Elle n'a rien fait d'autre, bon Dieu!

Mais les mots de Shorty semèrent dans son esprit une graine de panique. Cette nuit avec Fancy avait modifié ses notions sur des tas de choses, y compris l'idée qu'il se faisait de la *femme.* Ah, celle-là, aucune pudeur ne l'avait retenue!

– Vous me faites une impression qui ne me plaît pas du tout, dit Janvert. Sampson est-il encore dans les parages?

– Je vous l'ai renvoyé.

– La camionnette de soutien n'est pas arrivée. Que penseriez-vous si nous...

– Vous les contacterez comme je vous l'ai dit, et vous les ferez aller là-bas! Vous m'entendez, Shorty?

– Mais vous resteriez seul en ville. Ils pourraient envoyer une équipe, et nous n'aurions personne.

– Ils n'oseront pas m'attaquer!

– A mon avis, vous vous trompez. Je pense qu'ils ont déjà pu vous attaquer. Cette ville est peut-être entièrement entre leurs mains. Le shérif adjoint est à leurs ordres, c'est évident!

– Je vous donne l'ordre de rester là avec toutes vos équipes, commanda Peruge.

– Nous pourrions vous transporter dans une clinique de Portland en deux heures de temps, insista Janvert. Je vais téléphoner...

– Je vous donne l'ordre de ne pas téléphoner au quartier général, dit Peruge.

– Je crois que vous avez perdu tout bon sens. A l'hôpital, on pourrait vous examiner et nous dire ce qu'il y avait dans cette ampoule.

– J'en doute. Elle m'a dit que c'était une injection... d'hormones ou de quelque chose comme cela.

– Vous croyez que c'est vrai?

– Probablement vrai. En voilà assez. Faites ce que je vous ai dit.

Il laissa tomber une main sur l'appareil pour couper la communication, entendit le blip quand l'émetteur-récepteur mourut.

Seigneur! Le moindre geste exigeait une telle dépense d'énergie!

Il tendit toute sa volonté pour ranger l'appareil et

se diriger vers la salle de bains. Une douche froide. Voilà ce qu'il lui fallait. S'il voulait se réveiller complètement. La salle de bains avait gardé les traces mouillées des ablutions de Fancy. Il entra dans la baignoire en se cramponnant à la pomme de la douche, et il tourna à fond le robinet d'eau froide. Sous le choc du ruissellement presque glacé, il sentit une barre de douleur comprimer son front et sa poitrine. Il sortit de la baignoire en titubant, essaya de respirer à pleins poumons, laissa couler l'eau et, tout trempé, regagna sa chambre d'un pas si mal assuré qu'il renversa le reste de son café au passage. Le lit! Il lui fallait le lit. Il s'effondra sur le lit, roula sur le dos. Il avait du feu dans la poitrine, mais il grelottait. Qu'il faisait froid! Il se souleva, essaya de s'envelopper dans des couvertures, mais il les lâcha et, soudain, sa main retomba par-dessus le bord du lit. Lorsque ses doigts inertes effleurèrent le plancher, il était déjà mort.

Propos de Nils Hellstrom. Selon le sentiment répandu à l'Extérieur, il est impossible de résister victorieusement à un aspect quelconque de la nature. Ce qu'il convient de comprendre, c'est que nous nous ajustons à des modèles existants, et que nous nous adaptons quand notre influence sur ces processus engendre des changements inévitables. La façon dont les sauvages de l'Extérieur se battent contre les insectes est particulièrement riche d'enseignements. En s'opposant à un aspect puissant des processus existants, les sauvages renforcent sans le vouloir les défenses de leurs adversaires. Les poisons de l'Extérieur frappent de mort instantanée beaucoup d'insectes. Mais les rares qui survivent développeront une immunité – une tolérance pour ingérer le poison sans conséquence nuisible. En retournant à la matrice de la Terre, ces survivants transmettront leur immunité à de nouvelles générations de milliards d'individus.

La Ruche était toujours si propre, si efficace, si rassurante après l'Extérieur, se dit Fancy. Elle admira la manière dont ses camarades ouvriers exécutaient leurs tâches sans faire d'embarras, avec l'air calme, déterminé de ceux qui savent ce qu'ils font. Même l'escorte qui la conduisait dans les galeries familières, par des ascenseurs qui se succédaient, participait à cette ambiance. Elle n'assimilait pas son escorte à des ravisseurs. Ils étaient des ouvriers comme elle. Il était bon de sortir de la Ruche de temps à autre, mais c'était tellement meilleur d'y revenir! D'autant qu'elle avait la certitude quasi absolue d'avoir ajouté des gènes à la provision de la Ruche par ses ébats de la nuit dernière. La Ruche la réconfortait physiquement et moralement du seul fait de sa présence autour d'elle.

Les sauvages de l'Extérieur pouvaient être fort amusants aussi, spécialement les mâles lubriques. Au cours de ses cinquante-huit ans, Fancy avait fait don à la Ruche de neuf bébés engendrés par des hommes de l'Extérieur, chacun de ces bébés étant recelé dans la mystérieuse fécondité de son corps. C'était une grande contribution au fonds commun des gènes. Elle comprenait les fonds communs des gènes comme elle comprenait les insectes. Elle était une spécialiste. Ses préférences allaient aux mâles de l'Extérieur et aux fourmis.

Quand il lui arrivait de surveiller une colonie de fourmis au laboratoire, Fancy pensait qu'elle pourrait trouver un moyen de pénétrer dans la colonie avec ses fonctions, peut-être même de devenir leur mère fondatrice. Il suffirait peut-être d'une période d'acclimatation chimique de ses fonctions pour qu'elle fût acceptée comme telle. Son imagination l'entraîna à se représenter l'escorte qui l'emmenait dans les profondeurs de la Ruche comme sa garde de reine. Et l'étrange était que les fourmis avaient tendance à l'accepter. Les fourmis, les moustiques, plusieurs autres espèces d'insectes n'étaient jamais troublés par les intrusions de Fancy. Une fois qu'elle eut reconnu ce fait et qu'elle se fut livrée à son imagination, rien ne lui fut plus simple que de considérer la Ruche comme sa propre colonie.

L'imagination avait si solidement pris le pas sur la conscience de Fancy que, lorsque son escorte la mit en présence d'Hellstrom, elle le regarda d'abord avec la condescendance d'une reine et ne remarqua pas l'état où il se trouvait.

Hellstrom constata qu'elle portait encore le manteau de fourrure qu'elle avait pris au vestiaire et qu'elle avait l'air extrêmement contente d'elle-même. Il fit signe aux gardes de les laisser seuls. Ils reculèrent pour se ranger dans le fond de la salle, mais ils ne renoncèrent pas pour autant à observer de loin. Les ordres de Saldo avaient été formels à ce sujet. De nombreux ouvriers de la sécurité commençaient à admettre que Saldo possédait des qualités qui méritaient l'obéissance. Dans cette pièce consacrée à la sécurité intérieure de la Ruche, la moitié au moins des ouvriers lui était acquise.

– Alors, Fancy? questionna Hellstrom d'une voix lasse mais diplomatiquement neutre.

Elle se percha sur une table à côté d'Hellstrom et lui sourit.

Hellstrom prit la chaise qui se trouvait derrière la table et s'y assit avec un sentiment de gratitude. Il leva la tête vers Fancy.

– Voudriez-vous essayer de m'expliquer, Fancy, ce que vous avez pensé que vous faisiez pendant votre escapade nocturne?

– J'ai tout simplement passé la nuit à me faire

féconder par votre dangereux M. Peruge, répondit-elle. Il était à peu près aussi dangereux que n'importe quel autre mâle de l'Extérieur que j'eusse jamais connu.

– Vous avez pris certaines choses aux magasins de la Ruche, dit Hellstrom. Lesquelles?

– Rien que ce manteau et une ampoule de nos hormones mâles, expliqua-t-elle. Je l'ai dopé.

– A-t-il réagi?

– Comme toujours.

– Vous l'aviez déjà fait?

– Quantité de fois, répondit-elle. (Hellstrom se conduisait bien étrangement.)

Hellstrom essaya de lire un autre message dans les réponses de Fancy, quelque chose qui aurait confirmé son soupçon que son acte était inspiré par sa connaissance des besoins les plus essentiels de la Ruche. Des adjonctions au fonds commun des gènes étaient bénéfiques, oui; et les gènes de Peruge seraient les bienvenus. Mais elle avait colporté à l'Extérieur un secret précieux de la Ruche, en créant ainsi le risque que l'Extérieur découvrît que la Ruche possédait un savoir profond sur l'exploitation des hormones humaines. De son propre aveu, elle avait fait cela plus d'une fois. Si les sauvages de l'Extérieur apprenaient une partie des choses que la Ruche pouvait réussir dans la manipulation de la chimie humaine...

– En avez-vous jamais discuté avec quelqu'un? demanda Hellstrom.

Il fallait bien qu'une circonstance quelconque expliquât un pareil comportement!

– J'en ai parlé avec beaucoup de reproductrices, déclara-t-elle.

Mais qu'est-ce qui tracassait si fort le vieux Nils? Elle s'aperçut qu'il luttait contre de fortes tensions.

– Avec des reproductrices, répéta-t-il.

– Mais bien sûr. Nous sommes nombreuses à utiliser les hormones quand nous nous rendons à l'Extérieur.

Bouleversé, Hellstrom hocha silencieusement la tête. *Mère fondatrice bénie!* Et aucun des spécialistes gouvernant la Ruche ne s'en était jamais douté! Combien d'autres choses ignorées y avait-il à la Ruche?

– Les amis de Peruge ont la bicyclette, dit Hellstrom.

Elle le regarda sans comprendre.

– La bicyclette que vous avez prise pour aller en ville, précisa Hellstrom.

– Oh! Les ouvriers qui sont venus me chercher étaient si pressés que j'ai complètement oublié la bicyclette.

– En prenant cette bicyclette, vous avez créé une situation critique, dit Hellstrom.

– Mais ce n'est pas possible! Comment cela?

– Ne vous souvenez-vous pas de la provenance de cette bicyclette?

Elle posa une main sur sa bouche parce qu'elle avait subitement compris. Quand elle avait emprunté la bicyclette, elle avait simplement pensé qu'elle arriverait plus vite à la ville. Et puis, une sorte de fierté l'avait également inspirée, car elle était l'une des rares ouvrières sachant se servir d'une bicyclette. Elle avait fait la semaine précédente une démonstration de ses talents devant des ingénieurs et elle avait même appris à l'un d'eux à se débrouiller dessus. Son sens de la protection de la Ruche, solidement enraciné, était à présent parfaitement éveillé. Si on remontait de cette bicyclette au couple qu'ils avaient jeté dans la cuve...

– Que puis-je faire pour la récupérer? demanda-t-elle.

Voilà la Fancy avec laquelle je peux travailler et

que j'admire, pensa Hellstrom en la voyant si soudainement revenue à la vigilance.

– Je ne le sais pas encore, répondit-il.

– Peruge va venir vous voir aujourd'hui, reprit-elle. Puis-je lui demander qu'il me la rende?

– Trop tard. Ils l'ont expédiée à bord d'un avion. Autrement dit, ils ont des soupçons.

Elle acquiesça d'un signe de tête. Empreintes digitales, plaques d'immatriculation... Elle était au courant de ce genre de choses.

– Peut-être vaudrait-il mieux nier que cette bicyclette ait été en notre possession, dit-elle.

– Impossible de savoir qui a pu vous voir dessus, objecta Hellstrom.

Et il pensa avec tristesse : Peut-être vaudrait-il mieux nier que Fancy existe. Nous en avons d'autres qui lui ressemblent de visage et de corps. Ses empreintes digitales se trouveraient-elles encore sur les documents qu'elle a signés en tant que Fancy Kalotermi? C'est peu vraisemblable, depuis le temps...

– J'ai mal agi, n'est-ce pas? questionna Fancy qui commençait à mesurer l'ampleur du problème qu'elle avait créé.

– Vous avez eu tort, vous et d'autres femmes, d'emporter à l'Extérieur des produits de la Ruche. Vous avez eu tort de prendre cette bicyclette.

– La bicyclette... oui, je vois maintenant, admit-elle. Mais les ampoules d'hormones n'ont fait qu'assurer la fécondation.

Tout en parlant, la franchise de la Ruche obligea Fancy à reconnaître que cela ne suffisait pas à expliquer totalement pourquoi elle et les autres utilisaient de cette manière les stocks de la Ruche. Au début, ç'avait été une expérience, puis la délicieuse découverte de l'extrême sensibilité des mâles de l'Extérieur à cette drogue. Elle avait fait participer quelques-unes de ses sœurs à la découverte. Elles avaient fabriqué leurs propres histoires à l'intention des sauvages qui devenaient trop curieux. Il s'agissait d'une nouvelle drogue qui coûtait très cher et qu'elles avaient volée. Peut-être ne pourraient-elles plus s'en procurer. Il valait donc mieux l'utiliser pendant qu'elles en avaient.

– Il faut que vous me nommiez toutes les femmes qui ont imité votre petit manège, déclara Hellstrom.

– Oh, Nils!

– Il le faut, et vous le savez. Toutes, vous nous ferez des comptes rendus détaillés sur les réactions des hommes de l'Extérieur, sur la curiosité que certains ont pu manifester, qui ils étaient, combien de fois vous avez dilapidé les produits de la Ruche de cette manière... tout, enfin.

Elle avait l'air d'un chien battu. Elle opina. Oui, il faudrait en passer par là. Le plaisir était fini.

– En nous fiant à ces comptes rendus, nous pourrons conduire quelques expériences à l'Extérieur, dûment contrôlées et observées, dit Hellstrom. Pour cette raison, il nous les faut très explicitement détaillés. Tout ce que vous pourrez vous rappeler pourrait nous être précieux.

– Oui, Nils.

Elle se sentit repentante, mais secrètement pleine de joie. Peut-être que le plaisir n'était pas fini. Des expériences contrôlées, avait dit Hellstrom? Voilà qui impliquait d'autres emplois des méthodes de la Ruche sur des sauvages de l'Extérieur. Et qui avait plus de titres pour un projet pareil que celles qui avaient déjà expérimenté la tactique à suivre?

– Fancy, Fancy, dit Hellstrom en hochant la tête, la Ruche n'a jamais couru de plus grands dangers, et vous continuez à jouer votre petit jeu!

Elle se croisa les bras.

– Pourquoi? demanda-t-il. Pourquoi?

Elle ne répondit rien.

– Nous pourrions être forcés de vous envoyer à la cuve, dit Hellstrom.

Elle ouvrit de grands yeux. Elle eut peur. Elle se laissa glisser à bas de la table, se planta en face d'Hellstrom. La cuve! Mais elle était encore jeune. Elle avait devant elle de nombreuses années au service de la reproduction. On avait besoin de ses talents avec les insectes, aussi. Personne ne lui arrivait à la cheville pour les insectes! Elle entreprit d'exposer ses arguments, mais Hellstrom l'interrompit.

– Fancy! La Ruche passe avant tout!

Ces mots provoquèrent en elle un déclic et, aussitôt, elle se rappela une chose qu'elle aurait dite plus tôt à Hellstrom s'il ne l'avait pas bousculée ainsi. Bien sûr que la Ruche passait avant tout! La prenait-il pour une femme sans moralité?

– J'ai à vous faire part d'une autre information, dit-elle. Une information qui pourrait être importante.

– Oh?

– La drogue a produit un effet terrible sur Peruge. A un moment donné, il a cru que je lui posais des questions. Je n'y songeais même pas mais, lorsque je me suis rendu compte de ce qu'il faisait, je lui ai posé en effet un certain nombre de questions. Il n'était pas totalement conscient; il réagissait, voilà tout, je pense qu'il m'a dit la vérité.

– Que vous a-t-il dit? Allons, expliquez-vous!

– Il m'a dit qu'il était venu pour vous proposer un marché. Que l'examen des papiers qu'ils avaient trouvés... sur le Projet 40, vous comprenez?... les incitait à croire que vous mettiez au point un nouveau procédé pour façonner les métaux. L'acier surtout. Il m'a dit qu'une percée dans la métallurgie valait des milliards. Ses paroles n'étaient pas toujours très compréhensibles, mais je vous en ai donné la substance.

Hellstrom en l'écoutant ressentit une telle exaltation qu'il eut envie de se lever pour l'embrasser. La Ruche n'avait pas cessé de fonctionner par son entremise!

Alors que ces sentiments assaillaient Hellstrom, Saldo entra dans la salle, et Hellstrom faillit l'appeler pour tout lui expliquer. La découverte de Fancy leur donnait une issue. Il s'agissait d'une invasion commerciale. Et ce fait confirma ses instincts sur l'érudition de la Ruche. Il fallait prévenir immédiatement le laboratoire. Ce détail aiderait peut-être les savants dans leurs propres recherches. Les sauvages de l'Extérieur avaient parfois de la lucidité.

– Ai-je été utile? interrogea Fancy.

– Oh oui, très utile!

Saldo, qui s'était arrêté pour dire deux mots à l'un des observateurs du banc des instruments, lança un coup d'œil à Hellstrom et fit non de la tête. Donc, Peruge ne s'était pas encore mis en route. Saldo avait reçu la consigne d'avertir Hellstrom dès que Peruge serait annoncé, mais il secoua négativement la tête. Or, Hellstrom tenait beaucoup, maintenant, à l'arrivée de Peruge.

La métallurgie! Des inventions! Toutes ces allusions mystérieuses prenaient un sens, un sens tout à fait remarquable.

Fancy se tenait toujours devant la table et ne quittait pas Hellstrom des yeux.

– Peruge vous a-t-il dit autre chose? interrogea Hellstrom.

– Non. (Elle secoua la tête.)

– Rien sur l'agence qui l'a envoyé, l'agence du gouvernement?

– Il m'a dit une chose sur quelqu'un qu'il appelait

le Chef. Il hait le Chef. Il l'a qualifié de tous les noms.

– Vous nous avez merveilleusement aidés, dit Hellstrom, mais maintenant vous devez aller vous cacher.

– Me cacher?

– Oui. Vous nous avez rendu de grands services. Peu m'importe que vous ayez dérobé des produits de la Ruche. Vous nous avez rappelé que nous partagions avec les gens de l'Extérieur la même chimie du corps. Nous avons plus ou moins changé depuis trois cents ans, certes, parce que nous nous sommes reproduits pour cela, mais... (Il lui dédia un joli sourire.) Fancy, il ne faut plus que vous fassiez autre chose sans nous consulter.

– C'est promis. Je vous le jure vraiment!

– Très bien. Mimeca était-elle l'une des reproductrices qui ont participé à ce petit manège?

– Oui.

– Parfait. Je voudrais... (Il hésita en voyant sur le visage pâli une expression d'attente.) Y a-t-il une chance pour que votre escapade de la nuit dernière ait réussi et que vous soyez fécondée?

– Oh, une très bonne chance! (Son visage devint radieux.) Je suis en ce moment à ma fertilité maximale. Je suis devenue très bon juge en ce domaine.

– Voyez si le laboratoire de gestation peut le confirmer, dit Hellstrom. Si l'examen est positif, votre période de retraite devrait être assez agréable. Si vous avez été fécondée, allez vous installer au Perfectionnement de la gestation des ouvrières. Vous direz que ce sont mes instructions. Ne vous mettez pas en estivation, cependant, avant que nous vous ayons envoyé quelqu'un qui vous interrogera sur votre utilisation des hormones avec les sauvages de l'Extérieur.

– C'est entendu, Nils. Je descends tout de suite au laboratoire.

Elle pivota, traversa rapidement la pièce. Plusieurs ouvriers levèrent la tête quand elle passa près d'eux. Sans doute traînait-elle encore une odeur de drogue. Hellstrom avait été trop préoccupé pour s'en apercevoir. C'était réellement une femelle ridicule, se dit-il. Qu'avaient-ils reproduit dans cette lignée FANCY?

Saldo s'approcha d'Hellstrom non sans regarder derrière lui jusqu'à ce que Fancy eût quitté la salle.

Hellstrom se frotta le menton. Pendant la plupart de ses journées à la Ruche il se servait de dépilatoires, mais sa barbe persistait à pousser. Il avait besoin de se raser, et il devrait le faire avant l'arrivée de Peruge. Les gens de l'Extérieur étaient très attentifs à la présentation.

Il s'agissait donc de métallurgie et d'inventions?

Lorsque Saldo fut tout près de lui, Hellstrom lui demanda distraitement :

– Que voulez-vous?

– J'ai écouté pendant que vous parliez à Fancy, répondit Saldo.

– Vous avez entendu ce qu'elle a dit au sujet de Peruge?

– Oui.

– Pensez-vous encore que vous avez été coupable en la laissant sortir de la Ruche?

– Je... (Il haussa les épaules.)

– C'était la Ruche qui manigançait cela malgré nous, déclara Hellstrom. Toute la Ruche peut réagir comme un organisme unique, ou elle peut réagir délicatement par l'intermédiaire de n'importe lequel d'entre nous. Ne l'oubliez pas.

– Puisque vous le dites, murmura Saldo d'un air sceptique.

– Je le dis. Oh, et lorsque vous interrogerez

Fancy, je veux que vous soyez très gentil avec elle.

– Gentil? Elle a mis en danger...

– Mais non! Elle nous a procuré notre sortie de secours. Vous serez gentil avec elle. Et aussi avec les autres femmes, celles qu'elle vous nommera.

– Oui, Nils.

Saldo trouvait que ces ordres étaient dénués de tout bon sens mais il aurait été incapable de désobéir carrément au guide.

Hellstrom se leva, fit le tour de la table, et se dirigea vers la porte.

– Serez-vous dans votre cellule si j'ai besoin de vous? demanda Saldo.

– Oui. Faites-moi prévenir dès que Peruge sera en vue.

La sagesse de Harl. Par l'attitude que vous prenez *contre* l'univers, il est possible que vous vous détruisiez.

Au lieu de se rendre directement dans sa cellule, Hellstrom tourna à gauche dans la grande galerie en sortant du poste de sécurité, une deuxième fois à gauche afin de suivre une rampe latérale et, au bout de la rampe, quand une cabine apparut, il sauta dans l'ouverture d'un ascenseur express. Il en descendit au niveau cinquante et un pour s'engager dans une autre large galerie, mais celle-ci montrait moins d'activités que les salles supérieures, et elle donnait même une impression de calme capitonné. Les ouvriers qui se déplaçaient pour des tâches d'entretien marchaient sans faire plus de bruit que des chats et arboraient un air d'importance silencieuse.

Ce fut seulement quand Hellstrom franchit la grande porte voûtée du laboratoire du Projet 40 qu'il récapitula ce qu'il dirait aux spécialistes.

Les gens de l'Extérieur pensent qu'il s'agit d'une

invention concernant la fabrication et le formage de métaux tels que l'acier. Ils ont tiré cette impression de l'étude des pages 17 à 41 du Rapport TRZ-88$_a$. Evidemment ils sont au courant du problème de la chaleur en ne connaissant que cette infime partie de votre travail.

Cela devrait aller. Assez bref pour ne pas provoquer l'impatience caractéristique des chercheurs physiciens qui tolèrent toujours mal d'être interrompus dans leurs travaux, mais contenant néanmoins l'information essentielle ainsi que sa propre observation principale.

Hellstrom s'arrêta sur le seuil du laboratoire souterrain au plafond en coupole afin d'attendre une pause dans les activités qui lui permettrait d'intervenir. On ne s'introduisait ici que pour des affaires très urgentes. Tout le monde savait que ces spécialistes n'avaient pas bon caractère.

Bien qu'il eût suffisamment l'habitude de travailler avec les chercheurs de la Ruche pour ne pas être impressionné par leur étrangeté, Hellstrom pensait souvent à l'émoi que causerait cette race si elle était lâchée chez les sauvages de l'Extérieur.

Ils étaient vingt à travailler sur un objet tubulaire massif au centre du laboratoire qu'éclairaient puissamment des projecteurs, et chaque chercheur était assisté d'un symbiote musclé. Ces chercheurs physiciens, précieux pour la Ruche, étaient aussi difficiles à mettre au monde qu'à maintenir en vie. Leurs têtes de géants (trente-huit centimètres entre la ligne blanche des cheveux et le bas d'un menton glabre, vingt-huit centimètres de largeur de front au-dessus d'yeux bleus protubérants qui ressortaient sur la peau noire avec un éclat surprenant) imposaient une césarienne à la naissance de chacun. Aucune femme n'en avait mis au monde plus de trois, et la reproduction se trouvait encore compliquée par de nombreuses fausses couches naturelles au début de la grossesse. La mort de la mère à la naissance de ces précieux spécialistes était un accident fréquent, mais la Ruche payait de bonne grâce ce prix-là. Ils avaient prouvé leur valeur à d'innombrables reprises, et c'était surtout à cause d'eux que les premiers colons avaient mis un terme à des siècles de migrations secrètes. Il fallait à tout prix cacher ces chercheurs aux yeux de l'Extérieur, et cacher aussi leurs travaux. La baguette à étourdir, dont le Projet 40 était une résultante, faisait partie de toute une panoplie de créations. Ils avaient donné aux instruments électroniques de la Ruche des avantages marqués en sûreté, subtilité et puissance. Ils avaient mis au point les plus récents raffinements dans les compléments alimentaires destinés à établir l'ouvrier stérilisé dans une situation plus protégée.

Les chercheurs physiciens étaient immédiatement reconnaissables. En sus de leur très remarquable boîte crânienne, la lignée des gènes qui les produisaient avait des caractéristiques qui ne pouvaient être séparées de la spécialisation recherchée et qui les différenciaient encore davantage de la forme sauvage originelle. Ils avaient pour jambes des moignons rabougris, si bien que chaque spécialiste avait besoin de l'assistance constante d'un ouvrier pâle, musclé, chimiquement neutre, reproduit spécialement pour ses biceps et son caractère complaisant. En raison de leurs jambes inutilisables, ils circulaient en petites voitures à roues ou dans les bras de leurs serviteurs. Bien que les bras des chercheurs ne fussent pas mal venus, ils étaient frêles et faibles, et leurs mains avaient de longs doigts délicats. Ces spécialistes étaient génétiquement stériles, chacun étant une création unique qui se terminait dans sa propre chair. Comme leur besoin contraignant d'une intelligence complète signifiait qu'ils ne pouvaient pas tempérer chimiquement leurs émotions, ils avaient tendance à manifester une susceptibilité irascible dans leurs rapports avec tous les autres ouvriers. Même leurs serviteurs symbiotes étaient exposés à ce genre d'attaques. En revanche, ils étaient doux et pratiquaient à un degré supérieur la considération mutuelle avec leurs camarades spécialistes; la Ruche avait réussi à la cultiver en eux après qu'une succession de conflits eut réduit l'utilité du premier de la race.

L'un des spécialistes au travail s'arrêta enfin et aperçut Hellstrom à l'autre bout du laboratoire. L'ouvrier fit un signal de la Ruche, ses doigts façonnant le symbole « Dépêchez-vous » contre la construction tubulaire, d'une manière qui voulait dire : « Ne retardez pas cela. » Dans le même mouvement de la main et des doigts, le spécialiste appuya le symbole contre un front foncé, ce qui voulait dire non moins éloquemment : « Votre présence interrompt mon travail cérébral. »

Hellstrom se hâta de traverser la pièce. Il reconnut le spécialiste : c'était une femme, l'une des plus âgées de cette race, et sa peau portait de nombreuses cicatrices graisseuses qui étaient les conséquences d'expériences ayant mal tourné. Elle était assistée par un homme pâle, stérilisé, voûté, qui avait des muscles saillants dans les bras et le torse, et qui observa Hellstrom avec une certaine méfiance quand il communiqua son information en signes abrégés de la Ruche.

– Que nous importe ce que croient les sauvages de l'Extérieur? demanda-t-elle.

– Ils ont été capables de déceler le problème de la chaleur d'après quelques pages seulement, répondit Hellstrom, toujours par signes.

Elle s'exprima alors à voix haute, pour mieux traduire son irritation.

– Vous pensez que les sauvages peuvent nous donner des leçons?

– Nous avons souvent appris par leurs erreurs, déclara Hellstrom sans réagir à sa colère.

– Taisez-vous un moment, commanda-t-elle avant de fermer les yeux.

Hellstrom sut que ces pages mentionnées apparaîtraient à son esprit, les données étant mises en corrélation avec leurs travaux actuels et la conviction erronée de Peruge.

Elle rouvrit les yeux et dit :

– Allez-vous-en.

– Cela vous est-il utile? demanda Hellstrom.

– Oui. (Extrayant cette concession d'un grognement rancunier, elle ajouta :) Apparemment, votre type peut apprendre de temps à autre une chose valable... quand vous êtes servi par la chance!

Riant sous cape, Hellstrom retraversa le laboratoire pour sortir. Les bruits du travail semblaient être toujours les mêmes mais, lorsqu'il se retourna avant de franchir la porte, il vit plusieurs spécialistes rassemblés en un groupe très affairé; ils communiquaient entre eux à toute vitesse par les signes de la Ruche. Hellstrom reconnut à plusieurs reprises le symbole de « chaleur », mais la plupart des autres lui échappèrent. Les chercheurs avaient inventé leur propre langage dont ils se servaient entre eux. En très peu de temps, ils auraient trié ces nouvelles données pour les introduire dans leur projet.

Mémorandum distribué au conseil de l'Agence. A DETRUIRE IMMEDIATEMENT APRES LECTURE. Le dossier Hellstrom contient plus de choses intéressantes que ce que l'on nous a montré. On nous les cache. Notre *autre* source dit que les papiers de l'Institut de Technologie du Massachusetts comprenaient au moins trois pages supplémentaires. Elles indiquent que le Projet 40 comporte un procédé nouveau et *beaucoup moins cher* pour fabriquer et former de l'acier et qu'il n'est pas du tout une arme. Ainsi que je vous l'ai dit et répété, je savais que cette paire essaierait toute seule un jour quelque chose de ce genre. Voilà qui est fait!

Rapport de Mimeca Tichenum sur l'emploi à l'Extérieur des produits de la Ruche. En l'espace de quelques secondes après l'injection de notre formule de reproducteur, la peau du mâle de l'Extérieur devient chaude au toucher et un peu empourprée. Cette réaction est analogue à celle des mâles de la Ruche, à cela près qu'elle est plus prononcée et aussi plus rapide. Elle ne demande que de cinq à dix secondes. Ensuite les dissemblances s'accentuent. L'homme de l'Extérieur montre parfois au début une rigidité musculaire qui est presque semblable à un traumatisme et qui le maintient pratiquement immobile jusqu'à ce que se produisent les grandes transformations du géniteur. Cela n'est pas vrai de tous les hommes de l'Extérieur. Presque aussitôt après la réaction entamée, parfois même simultanément, apparaît une érection extrêmement raide qu'un seul orgasme n'amollit jamais. Une réaction de six orgasmes n'a rien d'exceptionnel. Une fois, j'en ai compté trente et un. En même temps, l'homme émet une sudation à odeur acide qui est une caractéristique de tous les cas et que je trouve, personnellement, très excitante. Elle semble accélérer et augmenter les réactions génitales de la femme dans leur totalité. Cette odeur acide peut représenter une hormone de la même catégorie que notre formule XB5 qui, vous vous le rappellerez, arrache à la femme une réaction semblable, bien que moins extrême que celle que je viens de décrire. L'odeur se remarque particulièrement autour des mamelons du mâle qui, dans chaque cas que j'ai observé, sont devenus gonflés, très tendus, et fermes. Parfois, j'ai constaté des tremblements sérieux dans les cuisses, le cou, et les épaules du mâle. Ils semblent autonomes, et coïncident fréquemment avec les grimaces du visage qui s'intercalent entre des mouvements fortuits de la tête, des râles, des gémissements. D'une manière générale, je dirais que ces éléments des habituelles réactions de reproduction de la Ruche, initialement conscients chez nos mâles, ont tendance chez les hommes de l'Extérieur à être involontaires quand les sujets sont piqués avec nos hormones mâles de fécondation. Ma réaction personnelle (que partagent mes sœurs) est que je trouve ces réactions des hommes de l'Extérieur infiniment plus stimulantes que celles des mâles de la Ruche.

Il était midi moins 20, et depuis une demi-heure Hellstrom faisait les cent pas dans la salle à manger de la ferme en se demandant si ses préparatifs étaient suffisants. Depuis longtemps la pièce avait été décorée pour servir de trompe-l'œil lors des conctacts occasionnels avec les gens de l'Extérieur pour affaires. Une arcade de bois foncé reliait la salle à manger à la salle de séjour. Une copie ancienne d'une table Stuart occupait le milieu de la salle à manger, avec une dizaine de chaises assorties. Elle était surmontée d'un lustre dont le verre récemment adouci étincelait. Une vitrine à contour brisé, remplie de faïences bleues, garnissait tout le panneau en face de la voûte qui débouchait sur la salle de séjour. Une haute baie panoramique à rideaux de dentelle passée, tirés sur le côté, avait vue sur les saules du cours d'eau et les herbages bruns que le soleil rendait poussiéreux. Une porte battante s'ouvrait dans l'angle du mur opposé; un médaillon de verre tout en haut permettait d'entrevoir la cuisine où des ouvriers spécialement exercés s'affairaient pour la visite d'un sauvage de l'Extérieur. Quatre couverts avaient été disposés au bout de la table, côté cuisine – avec la faïence bleue et des couverts à manche en os.

Préparatifs suffisants! ricana Hellstrom. Ni superbes ni prétentieux, mais suffisants.

Plus avait approché l'heure prévue pour l'arrivée de Peruge, plus la satisfaction antérieure d'Hellstrom s'était effilochée et, maintenant, voilà que Peruge était en retard!

Mimeca aidait à la cuisine. Hellstrom l'apercevait de temps en temps par le médaillon de verre de la porte. Elle ressemblait à Fancy, si bien qu'on aurait pu la prendre pour une sœur de gènes, mais Mimeca n'appartenait pas à la lignée FANCY : elle descendait d'une souche parallèle. De ses cheveux noirs et de sa peau claire, un peu rosée, émanait quelque chose qui s'était lié génétiquement à d'autres caractéristiques recherchées par la Ruche : une fécondité supérieure, une indépendance d'imagination, la volonté de réussir, la fidélité à la Ruche, l'intelligence.

Hellstrom lança un coup d'œil à la pendule désuète qui était accrochée à côté de la porte de la cuisine. Midi moins le quart, et toujours aucune nouvelle de Peruge. Que signifiait ce retard? Il avait toujours été exact, jusqu'ici. Aurait-il décidé de ne pas venir et d'agir autrement? Quelque chose pouvant servir de pièce à conviction aurait-il été découvert sur cette maudite bicyclette? Peruge était parfaitement capable de se présenter avec le FBI. Mais puisque Mimeca tiendrait le rôle de Fancy, les chasseurs pourraient être confondus : les empreintes digitales ne correspondraient pas; en outre, elle n'avait pas été fécondée récemment et un examen médical le prouverait; il réclamerait un examen médical de l'Extérieur; ainsi se débarrasserait-il des intrus s'ils survenaient ici.

Il entendit ouvrir la porte extérieure du vestibule. Etait-ce enfin Peruge?

Hellstrom se détourna, traversa le passage voûté pour pénétrer dans la salle de séjour meublée dans le style du début du XXe siècle et sentant le renfermé – précaution toujours observée. Il eut beau se dépêcher, il n'était pas arrivé au milieu du living-room quand il vit entrer un inconnu qui précédait Saldo de deux pas. Cet inconnu était petit, de la même taille que Saldo à un ou deux centimètres près, et il avait des cheveux bruns ébouriffés par le vent ainsi que, dans le fond des yeux, un air de réserve prudente. Ses yeux, d'ailleurs, étaient très cernés, et des rides profondes creusaient son front. Sans les rides, on lui aurait donné moins de vingt-cinq ans, mais Hellstrom avait eu parfois des difficultés à déterminer l'âge de certains petits sauvages de l'Extérieur. L'étranger portait un pantalon brun de travail, une chemise à col roulé d'un tissu léger qui permettait à quelques poils roux de la poitrine de passer à travers, de grosses chaussures. Une veste marron aux revers renforcés et aux poches crevées complétait l'accoutrement. La poche droite était gonflée comme si elle dissimulait une arme. Des graines d'herbe jaune pâle collaient encore à ses bas de pantalon.

Il s'arrêta net quand il vit Hellstrom, et il demanda d'un ton sec :

– C'est vous, Hellstrom?

Derrière lui, Saldo lança le signal d'avertissement de la Ruche.

En entendant la voix impérieuse et officielle de l'inconnu, Hellstrom sentit son cœur battre plus vite. Mais avant qu'il pût répondre, Saldo intervint :

– Docteur Hellstrom, je vous présente M. Janvert, un collaborateur de M. Peruge. M. Janvert a garé sa voiture près de la vieille scierie, et il est venu à pied en passant par la prairie.

Janvert conserva son air rébarbatif et inquisiteur. La situation avait évolué très vite depuis la découverte du cadavre de Peruge. Il avait dû appeler le quartier général, et le Chef en personne était venu en ligne dès qu'il avait communiqué la nouvelle. *Le Chef en personne!* Janvert n'avait pu s'empêcher de se rengorger au cours de la conversation. « Monsieur Janvert, nous comptons tous sur vous. » Il ne manquait plus que cela! « *Monsieur Janvert* », non Shorty. Les instructions du Chef avaient été brèves, explicites, impératives.

Venu à pied? réfléchit Hellstrom. Toute allusion au passage à travers la prairie le tourmentait. C'était le chemin que Depeaux avait suivi.

Saldo avança encore pour se placer à droite de Janvert; après avoir renouvelé son signal d'avertissement, il déclara :

– M. Janvert apporte une nouvelle atterrante. Il vient de me dire que M. Peruge est mort.

Hellstrom fut momentanément ahuri. Il s'efforça d'évaluer l'importance de l'information. Fancy? Non, elle n'avait rien dit sur... Il sentit qu'il lui fallait répondre quelque chose; il laissa sa surprise s'exprimer le plus naturellement du monde.

– Mort? Mais... je... (Hellstrom ébaucha un geste en direction de la salle à manger.) Je l'attendais... Nous avions pris rendez-vous pour... Mais que s'est-il passé? Comment est-il mort?

– Nous tentons encore de l'apprendre, dit Janvert. Votre shérif adjoint a essayé de nous empêcher de prendre le corps mais nous avons obtenu un arrêt auprès d'un juge fédéral de Salem. Le cadavre de Peruge est en route vers la Faculté de médecine de l'Oregon à Portland.

Janvert chercha à jauger la réaction d'Hellstrom.

Elle avait été celle d'une surprise authentique – à moins qu'il ne fût un acteur consommé. Après tout, il faisait du cinéma.

– Nous aurons sous peu un rapport d'autopsie, reprit Janvert comme si Hellstrom n'avait pas établi la liaison logique.

Hellstrom se mordit les lèvres. La façon dont Janvert avait dit « *votre* shérif adjoint » ne lui avait pas plu. Qu'avait fait Linc? Allait-il être obligé de réparer d'autres erreurs?

– Si le shérif adjoint est intervenu, c'est regrettable, dit Hellstrom, mais cela ne me regarde nullement. Il n'est pas *notre* shérif adjoint.

– Assez de balivernes, déclara Janvert. L'une de vos dames a passé la nuit dernière avec Peruge et elle l'a piqué à plein avec une sorte de drogue. Sur son bras, il y avait une meurtrissure aussi grosse qu'un dollar. Nous allons savoir ce qu'était cette drogue. Nous allons faire venir le FBI, la police des stupéfiants – ils s'occupent des crimes de la drogue, vous le savez – et nous allons ouvrir votre ferme comme une boîte de conserve pourrie!

– Une minute, s'il vous plaît! dit Hellstrom en essayant de ne pas s'affoler. (Ouvrir la ferme!) Qu'est-ce que c'est que cette histoire de quelqu'un qui aurait passé la nuit avec M. Peruge? De drogue? Que me racontez-vous là?

– Je vous parle d'une petite diablesse de votre équipe qui s'appelle Fancy, dit Janvert. Fancy Kalotermi, pour être plus précis. Elle a passé la nuit dernière avec Peruge et elle lui a injecté une pleine seringue de...

– Absurde! interrompit Hellstrom. Vous voudriez me faire croire que l'une de... que Fancy avait une sorte de liaison sexuelle avec M. Peruge?

– Et comment! Peruge m'a raconté toute l'histoire. Elle l'a drogué, et nous avons tout lieu de penser que c'est cette drogue qui l'a tué. Nous allons interroger votre dame Kalotermi et tous les autres. Nous irons jusqu'au bout et ne laisserons rien dans l'ombre.

Saldo se gratta la gorge pour essayer de détourner l'attention de Janvert et de donner à Hellstrom le temps de réfléchir. Les paroles de Janvert indiquaient une orientation extrêmement dangereuse. Saldo sentit que toutes ses réactions de défense de la Ruche se mettaient en alerte totale. Il dut se retenir pour ne pas sauter sur Janvert.

Janvert ne lui adressa qu'un rapide coup d'œil :

– Vous aviez quelque chose à ajouter?

Avant que Saldo pût répondre, Hellstrom passa à la contre-attaque :

– Qui est ce *nous* que vous ne cessez de mentionner, monsieur Janvert? J'avoue que je ne comprends rien. Je m'étais pris de sympathie pour M. Peruge et il...

– En tout cas, je me passerai fort bien de votre *sympathie*, déclara Janvert. Je n'aime pas beaucoup la façon dont vous la témoignez aux gens. Quant à votre question, ma réponse sera simple. Le F.B.I. va arriver ici, ainsi que la police des stupéfiants. Si nous pensons à d'autres qui pourraient participer à cette enquête, nous les inviterons aussi.

– Mais *vous* n'avez pas une position officielle, monsieur Janvert, n'est-ce pas? demanda Hellstrom.

Janvert prit un moment pour procéder à une réévaluation d'Hellstrom. Il y avait eu dans cette question une sorte de mordant qui ne lui plut guère. Inconsciemment, il s'éloigna d'un pas de Saldo.

– Est-ce exact? insista Hellstrom.

Janvert serra la mâchoire d'un air belliqueux.

– Vous feriez bien de vous méfier de *ma* position officielle, Hellstrom. Votre dame Kalotermi s'est rendue à bicyclette au motel de Peruge. Or, cette bicyclette appartenait à un nommé Carlos Depeaux, un autre de nos amis pour lequel vous vous êtes sans doute pris de *sympathie,* j'en jurerais.

Cherchant à gagner du temps pour réfléchir, Hellstrom hocha la tête.

– Vous allez trop vite pour moi. Qui est-ce... ah oui, l'employé que recherchait M. Peruge! Je ne comprends rien au sujet d'une bicyclette, mais... Allez-vous tenter de me faire croire que vous aussi travaillez pour cette firme de pyrotechnie, monsieur Janvert?

– Vous allez voir ici bientôt beaucoup mieux que des feux d'artifice, répliqua Janvert. Où est Fancy Kalotermi?

La cervelle d'Hellstrom passa à la vitesse supérieure pour trouver la bonne réponse. Sa première réaction fut de se féliciter d'avoir éloigné Fancy pour lui substituer Mimeca. Le pire était survenu : ils avaient découvert l'origine de cette maudite bicyclette! Toujours pour gagner du temps, il soupira :

– Je crains de ne pas savoir exactement où Fancy...

Mimeca choisit ce moment pour franchir la voûte en venant de la salle à manger. La porte de la cuisine se referma derrière elle avec un bruit sec. Mimeca n'avait pas vu Peruge auparavant, et elle supposa que Janvert était l'invité.

– Ah, vous êtes là, dit-elle. Le déjeuner va refroidir.

– Eh bien, la voici, poursuivit Hellstrom en faisant signe à Mimeca de se taire. Fancy, je vous présente M. Janvert. Il nous a appris une triste nouvelle. M. Peruge est décédé dans des circonstances qui semblent assez mystérieuses.

– C'est affreux! commenta-t-elle en réponse à un autre signe d'Hellstrom lui commandant de parler.

Hellstrom regarda Janvert en se demandant si la

substitution avait réussi. Mimeca correspondait très bien à la description de Fancy. Jusqu'à leurs voix qui se ressemblaient!

Janvert lança à Mimeca un regard menaçant :

– Où avez-vous trouvé cette bicyclette? Quelle sorte de drogue avez-vous employée pour tuer Peruge?

Décontenancée, Mimeca porta une main à sa bouche. Le mélange de colère et de crainte qu'elle sentait réellement chez Janvert, la voix coupante, les questions imprévues la troublaient.

– Une minute! (Hellstrom adressa le signe de la Ruche qui signifiait « Silence et laissez-vous conduire par moi. » Il lui fit face carrément en prenant un air sévère, et parla comme un père impatient de savoir.) Fancy, je veux que vous me disiez la vérité. Avez-vous passé la nuit dernière avec M. Peruge à son motel?

– Avec...

Elle secoua la tête de gauche à droite. L'inquiétude d'Hellstrom était presque palpable, et elle vit que Saldo tremblait. Nils lui avait ordonné de dire la vérité, et il confirma son ordre par un signe impérieux de la Ruche.

Le silence de la pièce s'approfondit et se chargea d'électricité pendant qu'elle préparait sa réponse.

– Moi?... J'aurais?... Bien sûr que non! protesta-t-elle. Vous le savez bien tous les deux. J'étais ici dans la...

Elle se mordit la langue, car elle avait failli dire *Ruche*. Les tensions extrêmes dans cette salle de séjour créaient un courant terriblement troublant. Il fallait absolument qu'elle se ressaisît.

– Elle était ici dans la maison la nuit dernière, affirma Saldo. Je l'ai vue de mes propres yeux.

– Voilà donc votre système de défense, ricana Janvert.

Il regarda attentivement Mimeca, identifia un émoi profond sous le masque de la confusion, ce qui confirmait tout ce que lui avait dit Peruge avant de mourir. Elle était descendue au motel. Elle l'avait tué, et probablement sur l'ordre d'Hellstrom. Seulement l'accusation serait difficile à prouver. Ils ne disposaient que du récit de Peruge et de la description de la jeune femme. La situation était délicate.

– Dans deux heures, il y aura ici plus de représentants de la loi que vous n'en avez jamais vu, grommela Janvert. Ils l'emmèneront pour l'interroger. (Il désigna Mimeca.) Ne vous avisez pas de la cacher ou de la faire filer. Ses empreintes figuraient partout sur la bicyclette et dans la chambre de Peruge. Elle sera obligée de répondre à quelques questions puissamment intéressantes.

– C'est possible, dit Hellstrom dont la voix se raffermissait depuis qu'il constatait que la ruse produisait tous les effets désirés. (Les empreintes digitales de Mimeca ne figuraient sur *rien.*) Mais vous, je suppose, monsieur Janvert, vous n'êtes pas un représentant de la loi. Tant que la loi...

– Je vous ai déjà dit de réserver vos balivernes pour une autre occasion, répliqua Janvert.

– Je comprends à la rigueur que vous soyez bouleversé, dit Hellstrom, mais je n'aime pas du tout votre ton, ni votre attitude, ni le langage que vous avez décidé de tenir devant cette jeune femme. Je vais devoir vous prier...

– Que me racontez-vous là? demanda Janvert. Le langage que je tiens devant cette jeune femme! Elle couchait avec Peruge la nuit dernière, et elle connaissait des tas de recettes amoureuses qu'il ne soupçonnait même pas. Il lui faudrait un langage choisi, peut-être?

– En voilà assez! s'écria Hellstrom.

Il fit signe à Mimeca de partir comme si elle

s'était sentie insultée, mais elle n'en tint pas compte, tant elle concentrait toute son attention sur Janvert. Et puis Hellstrom lui avait dit de se battre avec sa propre vérité personnelle.

– Coucher? répéta-t-elle. Je ne connais même pas votre M. Peruge.

– Ça ne prend pas, ma petite, dit Janvert. Je vous le jure, ça ne prend pas.

– Vous n'avez plus à répondre à ses questions, Fancy, protesta Hellstrom.

Elle regarda Hellstrom. Peruge mort! Qu'avait donc fait Fancy?

– Très bien, dit Janvert. Faites-la taire jusqu'à ce que vous vous mettiez d'accord sur vos histoires. Mais, je vous le garantis, ça ne prendra pas. Le témoignage des médecins...

– Vraiment! soupira Hellstrom. Le témoignage des médecins. (Il hocha la tête avec une tristesse bien simulée, puis il se tourna vers Mimeca.) Fancy, ma chère, vous n'avez plus rien à dire avant l'arrivée des officiels, en admettant qu'ils décident de venir ici pour un scandaleux...

– Oh, ils viendront! interrompit Janvert. Et quand ils seront là, j'espère avoir des réponses *très* intéressantes à la suite de l'examen médical.

S'efforçant toujours de surmonter son conditionnement de protection de la Ruche, Saldo gesticula pour capter le regard d'Hellstrom.

– Nils! Dois-je le flanquer à la porte?

– Ce ne sera pas nécessaire, répondit Hellstrom en lui faisant signe de reprendre son sang-froid.

De toute évidence, Saldo n'était pas en état de supporter un contact physique avec Janvert. Il y aurait un autre meurtre.

– Vous avez rudement raison de dire que ce ne sera pas nécessaire! bougonna Janvert. (Il enfouit sa main droite dans la poche gonflée de sa veste et s'éloigna de deux pas de plus de Saldo.) Et n'essayez surtout pas, mon vieux, ou je vous liquide pour l'éternité.

– Allons, allons! s'exclama Hellstrom. En voilà assez, vraiment! (Il regarda Saldo bien en face.) Ce que vous pouvez faire, Saldo, c'est téléphoner au shérif adjoint Kraft. Si ce que dit M. Janvert est exact, je ne comprends pas pourquoi Kraft n'est pas déjà ici. Voyez si vous pouvez le joindre et demandez-lui...

– Kraft est très occupé par un coup de téléphone de son bureau de Lakeview, dit Janvert. Votre shérif adjoint apprivoisé est occupé, comprenez-vous? Personne ne viendra ici pour vous sauver ou pour intervenir de quelque façon que ce soit avant l'arrivée du FBI.

Voyant un petit sourire s'ébaucher sur le visage de Janvert, Hellstrom comprit tout à coup que cet agent de l'Extérieur jouait une sorte de jeu calculé. Il fronça les sourcils, se demanda si Janvert possédait réellement des pouvoirs de police. Tentait-il de provoquer un incident qui lui permettrait de prendre les affaires en main avant l'arrivée des autres? Peut-être, mais il y avait bien des choses à faire pour protéger la Ruche d'ici là. Janvert empêcherait-il n'importe qui de sortir de la salle de séjour?

– Saldo, dit Hellstrom, toute lamentable qu'est cette situation, nous avons des dates limites à respecter et du travail à faire. Les retards coûtent cher. (Il fit signe à Saldo de partir, de veiller à ce que la Ruche fût bien fermée dans le cas d'une perquisition générale.) Je vous prie de vous occuper de ce travail, continua-t-il. Nous attendrons ici avec...

– Que personne ne sorte! aboya Janvert. (Il mit un pas supplémentaire de distance entre Saldo et lui, en maintenant sa main menaçante dans la poche de sa veste. A quoi ces péquenots s'imaginaient-ils qu'ils jouaient?) Il s'agit d'une enquête criminelle! Si vous pensez que vous pourrez couvrir...

– Je pense que si l'enquête ne révèle rien du tout, vous ne pourrez plus parler de crime, déclara Hellstrom en adressant par un signe à Saldo le message urgent qu'il sortît. Je tiens pour établi que Fancy n'a pas quitté la ferme cette nuit. D'autre part, M. Saldo est d'un intérêt capital pour le film que nous sommes en train de tourner. Ce film représente un investissement de plusieurs centaines de milliers de dollars, et il sera présenté à Hollywood dans un peu plus d'un mois. Bien entendu, il a pris sur son temps de travail pour vous accueillir et vous accompagner jusqu'à...

– Je faisais une petite promenade de digestion à l'heure de la pause, s'empressa de dire Saldo avant de consulter sa montre-bracelet. Mon Dieu, je suis en retard! Ed doit être dans tous ses états!

Il se dirigea à grandes enjambées vers le vestibule et la porte extérieure.

– Attendez, vous! cria Janvert.

Saldo ne tint compte que du commandement d'Hellstrom, qui avait été formel et ne souffrait aucune désobéissance. Certes, Janvert était armé, mais la situation paraissait désespérée. Tirerait-il? Saldo sentit des fourmillements dans les muscles de son dos, mais il ne ralentit pas sa marche vers la porte. La Ruche exigeait cela de lui.

– Je vous dis de vous arrêter, sinon!... hurla Janvert.

Il suivit Saldo dans le vestibule en essayant de ne perdre de vue ni le dos de Saldo ni Hellstrom et Mimeca dans la salle de séjour. Saldo ouvrit la porte. La main de Janvert sur le pistolet dans sa poche était trempée de sueur. Oserait-il tirer? Saldo sortit.

La porte se referma.

– Monsieur Janvert, appela Hellstrom.

Janvert fit demi-tour, braqua sur Hellstrom des yeux féroces. Les salauds!

– Monsieur Janvert, répéta Hellstrom sur un ton posé, je ne voudrais pas compliquer encore une situation infiniment regrettable. Nous comptions sur M. Peruge pour déjeuner, et ce serait une honte de gaspiller le repas. Je suis sûr que notre humeur s'améliorerait si nous...

– Vous supposez que je mangerais quelque chose ici? demanda Janvert. (Hellstrom était-il naïf à ce point?)

Hellstrom haussa les épaules.

– Il semble que nous devions attendre l'arrivée des représentants de la loi, et que vous ne souhaitez pas que Fancy ou moi nous éloignions. Je propose donc une solution raisonnable pour cette période d'attente. Je suis certain que les problèmes qui vous troublent seront résolus de la façon la plus simple et j'essaie tout bonnement de...

– Ah, vous êtes certain! ricana Janvert. Et vous éprouvez de la *sympathie* pour moi!

– Non, monsieur Janvert. Je n'éprouve pas à votre endroit une sympathie particulière. Et je suis sûr que Fancy partage mon aversion. Mes préoccupations concernent uniquement...

– Cela ne vous ferait rien de ne plus jouer les naïfs?

Janvert bouillait de rage et de frustration. Il n'aurait pas dû laisser l'autre sortir de la pièce. Il aurait dû lui tirer dans les jambes, le faire tomber.

– Si vous avez des inquiétudes au sujet de notre nourriture, monsieur Janvert, dit Mimeca, je ne serai que trop heureuse de goûter les plats avant que vous y touchiez.

Elle lança un regard gêné à Hellstrom. Nils lui

avait dit qu'il espérait bien que leur invité mangerait leurs aliments. Mais Janvert n'était pas l'invité prévu : Hellstrom avait-il modifié son plan?

– Goûter les...

Janvert secoua la tête. Incroyables, ces gens-là! Comment pouvaient-ils continuer à contrefaire les innocents alors qu'il se *savaient* coincés?

Mimeca chercha du côté d'Hellstrom un signe lui indiquant la marche à suivre.

– Elle s'ingénie seulement à vous mettre à l'aise, expliqua Hellstrom.

Dans le langage par signes de la Ruche, il dit à Mimeca : « Il faut qu'il mange avec nous! » Il observa attentivement Janvert. Il s'en était fallu de peu que Saldo... Janvert avait failli utiliser l'arme qu'il avait dans sa poche, les gens de cette agence étaient-ils donc tellement prêts à tout?

– Nous avons déjà eu un échantillon du savoir-faire de Fancy pour mettre à l'aise les hommes, rétorqua Janvert. Merci bien, mais merci non.

– Eh bien, moi, je vais déjeuner, dit Hellstrom. Selon vos préférences, vous pouvez ou non vous joindre à nous. (Il alla au-devant de Mimeca et lui prit le bras.) Venez, ma chère. Nous avons fait de notre mieux.

Janvert fut bien obligé de les suivre dans la salle à manger. Il remarqua les quatre couverts, et il se demanda qui devait être le quatrième convive, Kraft? Saldo?

Hellstrom fit asseoir Mimeca le dos tourné à la vitrine de porcelaines, prit la chaise au haut bout de la table, et proposa à Janvert la chaise placée en face de Mimeca.

– A tout le moins, vous pouvez vous asseoir avec nous.

Janvert ignora l'invitation, fit délibérément le tour de la table, et s'assit à côté de Mimeca.

– Où il vous plaira, dit Hellstrom.

Janvert lança un coup d'œil à sa voisine. Elle avait les mains jointes sur ses genoux et les yeux baissés vers son assiette dans une attitude de prière. Donne-toi tous les airs d'innocence que tu voudras, chérie! se dit Janvert. Cela ne t'empêchera pas d'être coiffée tout à l'heure. Et si tu tentes de t'éclipser comme ton copain, je tirerai pour de bon. Nous nous soucierons des conséquences plus tard. Je pourrais même ne pas viser tes jambes.

– Nous avons au menu des côtes de porc rôties, annonça Hellstrom. Vraiment, je n'en commande pas une pour vous?

– Je tiens trop à la vie! répliqua Janvert.

Il leva brusquement la tête et la tension reparut dans le bras armé quand la porte de la cuisine s'ouvrit en grinçant. Une femme âgée aux cheveux grisonnants, à la peau olivâtre et aux yeux d'un bleu étonnamment clair se tint sur le seuil; son visage ridé s'éclaira d'un sourire quand elle adressa un regard interrogateur à Hellstrom. Janvert reporta son attention sur Hellstrom et surprit un geste des doigts aussi rapide qu'étrange. En même temps, Hellstrom et Mimeca échangeaient un clin d'œil porteur d'un message.

– Qu'est-ce que vous fabriquez là? s'enquit Janvert.

Hellstrom, qui avait remarqué l'intérêt de Janvert pour les signes de la Ruche, leva les yeux au plafond avec une expression de lassitude. Janvert serait difficile à manipuler s'ils ne parvenaient pas à le faire manger. Or, il y avait tellement de choses à faire! Et Saldo était trop jeune pour qu'Hellstrom pût se fier complètement à lui. Saldo certes disposait d'autres conseillers, mais un entêtement se développait dans son caractère, et Hellstrom savait qu'il devrait s'employer à l'assouplir. Saldo pourrait fort bien ne pas consulter les autres cerveaux de la Ruche.

– Je vous ai posé une question, insista Janvert en se penchant vers Hellstrom.

– J'essayais de décider mes collaboratrices à m'aider à vous faire retrouver votre calme et partager notre repas, répondit Hellstrom. (Janvert accepterait-il cette explication?)

– Aucune chance! dit Janvert.

Il regarda la vieille femme. Elle était restée dans l'expectative derrière Hellstrom, avec une main qui gardait ouverte la porte de la cuisine. Pourquoi ne parlait-elle pas? Attendait-elle que quelqu'un lui dît quoi faire?

Un long silence s'établit sans que personne ne bougeât.

L'ai-je bien analysé? se demanda Hellstrom. Dois-je commander que l'on serve comme prévu?

Mais qu'attendaient-ils donc? se demandait Janvert de son côté. Il se rappela que Peruge avait parlé de « femmes silencieuses », et que l'excuse alléguée avait été qu'elles étudiaient un accent difficile. La vieille bonne femme n'avait pourtant pas l'air d'une actrice. Ses yeux avaient conservé de l'éclat et de la vivacité, mais le port de ses épaules et la façon dont elle maintenait ouverte la porte battante indiquaient la longue patience d'une domestique.

Nous devons courir le risque, conclut Hellstrom. Il rompit alors le silence.

– Madame Niles, voudriez-vous nous apporter deux parts, s'il vous plaît, uniquement pour Fancy et pour moi. M. Janvert ne mangera pas. (En même temps, se grattant la tête pour masquer son geste, Hellstrom lui fit signe de servir. Les mots représentaient des sons incompréhensibles pour Mme Niles qui était une ouvrière neutre et exercée spécialement pour ce travail. Elle lut néanmoins les signes de main, répondit par un mouvement de tête affirmatif, et se retira dans la cuisine.

Janvert perçut des odeurs appétissantes qui provenaient de la cuisine, et il commença à se demander s'il ne s'était pas comporté stupidement. Ces gens-là oseraient-ils l'empoisonner ici? Ils étaient cinglés, à coup sûr, mais... Oui, ils pourraient essayer de l'empoisonner. La mise en scène minutieuse le troublait, cependant. Hellstrom avait certainement été mis au courant de la mort de Peruge. Qui d'autre aurait pu l'ordonner? Mais quel convive avaient-ils attendu pour ce repas? S'ils avaient appris la mort de Peruge, ce repas pouvait être un simulacre. Peut-être n'avaient-ils rien préparé d'autre que des aliments sains et honnêtes. Mon Dieu, que cela sentait bon dans la cuisine! Il adorait les côtes de porc.

Hellstrom regardait tranquillement par la fenêtre qui se trouvait à l'autre bout de la table. Il avait l'air insouciant.

– Vous savez, Fancy, je suis toujours content de manger ici. Nous devrions le faire plus souvent, au lieu d'avaler en toute hâte un morceau sur le plateau.

– Ou de ne pas déjeuner du tout, dit-elle. Oh, j'ai remarqué que cela vous arrivait quelquefois.

Il caressa son estomac.

– Cela ne fait pas de mal de sauter un repas de temps en temps. J'ai tendance à engraisser d'ailleurs.

– Je vais vous dire quelque chose, répliqua-t-elle. C'est que vous démolirez votre estomac si vous ne changez pas vos façons de vous nourrir.

– Nous avons été très occupés, déclara Hellstrom.

Vraiment cinglés! se dit Janvert. Bavarder, échanger de menus propos en un moment pareil!

Mme Niles franchit à reculons la porte battante, fit demi-tour avec une assiette dans chaque main. Elle hésita un instant à côté d'Hellstrom, puis servit en premier la jeune femme. Lorsque les deux assiettes furent sur la table, Hellstrom lui fit signe de servir à boire. Il avait commandé de la bière de la cuve. Ils en fabriquaient une quantité limitée qui servait de récompense pour un travail exceptionnel et de camouflage pour véhiculer certains produits chimiques d'ajustement destinés à des spécialistes réformés.

Janvert loucha vers l'assiette de sa voisine. De la vapeur s'en élevait. Le porc avait été recouvert d'une sauce où l'on apercevait de gros champignons. A côté de la viande, des épinards et des pommes de terre sautées baignaient dans de la crème aigre. La jeune femme ne bougea pas; elle avait toujours les mains jointes et les yeux baissés. Priait-elle pour de bon?

Hellstrom étonna son invité en plaçant ses deux mains jointes au-dessus de sa propre assiette et en psalmodiant :

– Seigneur, pour cette nourriture que nous allons manger, nous t'adressons nos remerciements sincères du fond du cœur. Puisse ta grâce divine nous visiter dans cette participation à la substance de la vie. Amen.

La jeune femme se joignit à lui pour l'*amen*.

La plénitude sentimentale de la voix d'Hellstrom confondit Janvert. Et cette femme, la façon dont elle s'était jointe à lui à la fin! Ils devaient dire régulièrement cette prière. Le rite ébranla Janvert plus qu'il ne consentit à l'admettre, même en son for intérieur, et il réagit rageusement. Encore une de leurs comédies!

Le fumet qui s'échappait de l'assiette à côté de Janvert ajouta à sa frustration exaspérée. La jeune femme avança la main pour prendre sa fourchette. Ils allaient donc manger ce maudit plat!

– Etes-vous sûr que nous ne pouvons pas vous servir quelque chose? s'enquit Hellstrom.

Dans un subit accès de joie mauvaise, Janvert se pencha, passa un bras devant la jeune femme, s'empara de l'assiette d'Hellstrom et répondit :

– Sûr que si. Heureux que vous me l'ayez demandé.

Il posa triomphalement l'assiette devant lui en prenant un plaisir particulier au cliquetis de cette assiette contre le couvert de service. Et il pensa : Il ne peut rien y avoir de nocif dans la nourriture qu'Hellstrom allait absorber!

Hellstrom rejeta la tête en arrière et éclata de rire. Comment aurait-il pu se contenir? Il sentait que la Ruche avait soudain repris une vitalité toute neuve, qui s'exprimait dans sa propre personne et qui l'aidait à se battre. Janvert s'était comporté exactement comme il l'avait espéré.

En souriant, Mimeca regarda Hellstrom à travers ses longs cils. Les réactions de Janvert étaient prévisibles, comme celles de la plupart des hommes de l'Extérieur. Il s'était conduit comme Hellstrom le lui avait prédit. Elle dut convenir qu'elle avait été sceptique quand Hellstrom lui avait confié son plan avec les signes de la Ruche. Janvert avait à présent l'assiette *droguée* devant lui, et il saisissait un couteau et une fourchette pour la manger. Bientôt il serait docile.

Hellstrom essuya les larmes de son hilarité avec un coin de sa serviette et appela :

– Madame Niles! Apportez une autre part.

La porte s'entrouvrit et la vieille femme passa la tête dans l'entrebâillement.

Hellstrom désigna la place vide devant lui et réclama par signes une autre part. Elle rentra alors dans la cuisine d'où elle ressortit presque immédiatement avec une autre assiette copieusement garnie. Vraisemblablement la sienne, pensa Hellstrom. Il espéra qu'il en restait encore. Les ouvriers neutres étaient si contents d'échapper une fois par hasard à la ration ordinaire du brouet de la cuve! Il se demanda distraitement d'où provenaient ces côtes : sans doute du jeune ouvrier qui avait été tué la nuit dernière dans la salle de la génératrice. Elles avaient l'air tendre. En prenant sa fourchette et son couteau, il se dit : Béni celui-ci qui a rejoint le courant éternel de la vie pour devenir une partie de nous tous.

La viande était non seulement tendre, mais juteuse, et Janvert ne cacha pas son plaisir.

– Mangez de bon cœur, dit Hellstrom avec un large geste de sa fourchette. Nous ne servons ici que d'excellentes nourritures, et Mme Niles est une merveilleuse cuisinière.

Tout en portant à ses lèvres une autre bouchée savoureuse, Hellstrom espéra encore une fois qu'elle avait mis de côté une portion pour elle-même. Elle méritait bien une récompense.

Paroles de Trova Hellstrom. Le modèle de l'insertion de la Ruche dans les formes de l'autre vie qui nous entourent est celui de la tesseract, l'analogue d'un cube en quatre dimensions. Notre tesseract se compose d'une mosaïque d'éléments qui ne peuvent être détachés et dont les limites se fondent les unes dans les autres avec une fluidité indissoluble. Ainsi, le modèle nous donne un habitat et une durée remarquablement autonomes, mais qui se fondent dans le plus vaste système de la planète et de l'univers. Il faut toujours se rappeler que notre tesseract fusionne avec d'autres systèmes, et cela par des moyens si divers et complexes que nous ne pourrons pas demeurer cachés indéfiniment. Nous considérons que les dimensions physiques de notre Ruche ne sont un habitat que pour une période particulière de notre développement. Nous dépasserons cette période. Par conséquent, les spécialistes qui dirigent la Ruche doivent toujours veiller à ce que nous ne limitions pas nos lignées génétiques dans leurs facultés d'adaptation. Nous sommes voués à d'autres temps ainsi qu'à d'autres habitats.

– Cela ressemblait à une conversation intéressante, d'après ce que j'ai pu entendre de ce côté-ci, dit Clarisse Carr.

Lincoln Kraft la regarda par-dessus sa grande table. Par la fenêtre derrière la tête de la jeune femme, il pouvait voir un coin de la Steens Mountain. Les bruits habituels des acheteurs de l'après-midi commençaient à s'amplifier dans le grand centre commercial du dessous. Une affiche sur le mur à sa gauche donnait des recommandations détaillées sur la manière d'empêcher les vols de bétail. Il était près de 3 heures de l'après-midi. Il avait reçu trois coups de téléphone des services de Lakeview et, chaque fois, il avait été invité à « ne pas bouger ».

Clarisse Carr tortilla son petit corps nerveux pour s'installer plus confortablement sur le dur siège en bois de sa chaise. Quand elle se détendait, son visage trompeusement jeune avait tendance à faire apparaître des rides dures qui la vieillissaient. Elle n'avait pas quitté Kraft depuis 11 heures du matin; elle s'était trouvée avec lui au motel où la mort de Peruge avait été annoncée par un nabot à l'air peu accommodant qui s'était présenté à Kraft comme étant « Janvert », sans plus. Presque aussitôt, Kraft avait compris que Janvert et cette Clarisse Carr étaient associés et, à partir de là, les pièces avaient commencé à se mettre en place. Le couple appartenait à l'équipe de Peruge. Kraft s'était alors montré extrêmement prudent car les soupçons d'Hellstrom à l'égard des nouveaux intrus étaient bien connus de tous les responsables de la sécurité de la Ruche. Kraft ne tarda pas à se rendre compte que ce couple se méfiait de lui. La femme collait à lui comme un crampon à une semelle.

Le troisième coup de téléphone qui émanait du shérif Lapham au palais de justice de Lakeview avait rendu Kraft plus nerveux qu'il ne l'avait jamais été depuis l'été où la Ruche avait enlevé un marmot égaré et où toute une famille s'était déployée en éventail sur les pâturages qui entouraient la ferme afin de rechercher l'enfant perdu. L'affaire avait tourné court grâce à une histoire promptement inventée pour les besoins de la cause : un enfant correspondant exactement au signalement du marmot avait été kidnappé par un couple dans une vieille voiture qui se trouvait à une centaine de mètres de l'endroit où il avait été vu pour la dernière fois; des témoins avaient assisté, impuissants, à l'enlèvement.

Au cours de ce troisième appel, les ordres de Lapham avaient été formels. « Vous attendez dans votre bureau l'arrivée du FBI, vous m'entendez, Linc? Il s'agit d'une affaire qui réclame des professionnels très qualifiés. Vous pouvez m'en croire! »

Fort embarrassé, Kraft s'était demandé comment réagir devant une pareille situation. Il pouvait faire semblant d'être insulté dans son honneur professionnel (et laisser une cicatrice politique que le shérif n'oublierait jamais); il pouvait obéir comme un docile fonctionnaire civil; il pouvait jouer pour cette dame le rôle d'un paysan abruti de l'Ouest; il pouvait aussi paraître intelligent et subtil. Il ne savait pas laquelle de ces réactions lui procurerait le meilleur moyen d'aider la Ruche.

Kraft était depuis si longtemps conditionné à protéger la Ruche à tout prix qu'il éprouvait autant d'irritation que de frustration, et que la menace du danger éveillait toutes ses craintes; mais la nécessité de maintenir sa couverture était toujours sa motivation la plus forte. Finalement, il décida d'obéir au shérif Lapham et de rester là comme une bûche en attendant le FBI.

Cette femme Carr l'ennuyait. Tant qu'elle serait dans son bureau à observer et à écouter tout, il ne pourrait pas téléphoner à Hellstrom. Elle savait aussi qu'il était nerveux, et cela semblait lui faire plaisir. Comme s'il était incapable de voir qu'elle lui avait menti! Une vacancière? Celle-là?

Elle arborait des coups de soleil sur sa peau; ses yeux gris et froids projetaient un regard dur, direct; elle avait un menton volontaire et une bouche mince qui ne souriait pas. Il était à peu près sûr qu'elle cachait un pistolet dans le grand sac de toile noire posé sur ses genoux. Elle lui rappelait vaguement les mannequins de la publicité télévisée par ses gestes à la fois contrôlés et déterminés, ainsi que par des manières distantes que ne pouvait pas cacher tout à fait une volubilité superficielle. Elle faisait partie de ces petites bonnes femmes qui, jusqu'au jour de leur mort, n'auraient pas un gramme de graisse et déborderaient d'énergie. Elle s'était équipée pour ces vacances dans l'Ouest : un pantalon de coton, un haut assorti, une veste à boutons de cuivre. L'ensemble avait le brillant du neuf comme si une costumière l'avait choisi sur la liste d'un metteur en scène. Mais il ne convenait pas à son style. Le foulard bleu sur ses longs cheveux noirs était une autre fausse note. Sa main gauche tenait le sac de toile avec la négligence affectée d'une femme policier prête à se défendre. Chaque fois que Kraft regardait ce sac, il sentait se renforcer la certitude qu'elle y avait enfoui une arme. Bien qu'elle eût évité de montrer à Kraft ses papiers d'identité, le shérif Lapham l'avait appelée par son nom au premier coup de téléphone et il l'avait traitée avec la déférence due à un policier officiel de haut rang.

– C'était encore le shérif, n'est-ce pas? demanda-t-elle en indiquant d'un mouvement de tête le téléphone sur le bureau de Kraft.

Sa voix traduisait un dédain non dissimulé; Clarisse le savait mais elle s'en inquiétait fort peu. Elle n'aimait pas ce shérif adjoint au gros nez et au cerveau épais, et cette aversion était encore plus profonde que ses soupçons sur le rôle qu'il aurait joué dans la mort de ses camarades. Il était de l'Ouest et il affichait un goût évident pour la vie au grand air. Ces deux détails, à eux seuls, auraient suffi. Elle préférait les boîtes de nuit, tout comme Eddie Janvert, et elle maudissait cette mission dans la nature. Son irritation était d'autant plus explosive que les coups de soleil avaient tendu la peau de ses joues et de son nez qui lui faisaient mal.

– C'était le shérif, répondit Kraft.

A quoi bon le nier? Ses réponses au téléphone avaient révélé la nature des questions qui lui avaient été posées, et ces questions ne pouvaient émaner que du shérif : « Non, monsieur, le FBI n'a pas encore fait son apparition... Oui, monsieur, je ne suis pas sorti de mon bureau. »

Clarisse Carr renifla.

– Qu'ont-ils découvert au sujet de l'assassinat de Peruge? Toujours rien sur l'autopsie?

Kraft l'examina un instant. Il y avait eu dans les propos du shérif un élément qui méritait réflexion. Le shérif voulait que, lorsque l'équipe du FBI arriverait, Kraft transmît un message à son chef. Un message assez simple, en somme. Kraft devrait lui dire que le procureur n'était pas encore disposé à émettre une opinion catégorique « sur la base juridique pour une intervention ». Kraft devrait ajouter cependant que les agents du FBI pourraient instrumenter sur la

« présomption » que les activités d'Hellstrom dans le commerce entre Etats américains fourniraient ce genre de base. Selon le shérif, l'équipe du FBI devait arriver à Fosterville d'une minute à l'autre, et le shérif tenait à être prévenu immédiatement. Des voitures de location avaient été envoyées à l'aéroport, et « les gens de Janvert » étaient là pour les mettre au courant des événements.

Lorsque le shérif lui eut communiqué ce message, Kraft écrivit « présomption » sur le bloc-notes à côté du téléphone. Il hésita : les soupçons s'apaiseraient-ils s'il faisait connaître le message à cette Carr? Il savait qu'il devrait le rapporter tel quel au FBI, mais c'était une autre histoire. Pour l'instant, tirerait-il un avantage quelconque d'une indiscrétion en faveur de Clarisse?

– Ils n'ont pas encore fait de rapport sur l'autopsie, dit Kraft.

– Vous avez écrit le mot « présomption » sur votre bloc, insista-t-elle. S'agit-il de l'opinion du procureur?

Kraft préféra prendre une décision négative avec Carr.

– Je laisse au FBI le soin d'en discuter avec vous. A propos, vous ne m'avez pas dit quel intérêt vous portiez à l'affaire.

– Non, je ne crois pas, dit-elle. Vous êtes un homme très attentif, monsieur Kraft, n'est-ce pas?

– Oui.

Que signifiait ce mot « attentif » dans sa bouche?

Un sourire malicieux retroussa les commissures des lèvres de Clarisse.

– Et il vous déplaît de rester ici sur le banc des accusés.

– Ça me déplaît souverainement.

Il s'étonna de son animosité sans nuances à l'égard

de lui-même. Etait-ce de la provocation calculée, ou le reflet d'une chose encore plus catastrophique – la décision prise en haut lieu de ne plus faire confiance au shérif adjoint de Fosterville? Il opta pour la seconde hypothèse et se demanda comment y faire face. Hellstrom et le conseil de la sécurité de la Ruche avaient débattu avec lui de plans destinés à parer à des événements imprévus, mais aucun n'avait envisagé une situation aussi complexe que celle-ci.

Clarisse se retourna pour regarder par la fenêtre sise derrière sa chaise. Il faisait terriblement chaud dans le bureau, et le siège en bois sur lequel elle était assise n'améliorait pas son humeur. Elle avait envie d'un alcool glacé, d'un bar frais et sombre avec des fauteuils mous, de la compagnie admirative de Janvert. Il y avait maintenant une semaine qu'elle jouait le rôle de la sœur de Janvert dans ces stupides vacances en Oregon. Son déguisement avait duré jusqu'à la découverte du cadavre de Peruge. Il avait entre-temps posé quelques problèmes délicats. Janvert n'avait rien fait pour arranger les choses avec Nick Myerlie qui passait pour leur père. Et puis il y avait eu DT qui les surveillait chaque fois qu'ils étaient ensemble. Il espionnait pour les hautes sphères, sûrement, mais il s'y prenait si maladroitement que c'était ridicule. Logés à l'étroit dans ce maudit camion pour une enquête dont le style ne plaisait à personne, ils avaient les nerfs à vif. A certains moments ils avaient décidé de ne pas parler pour éviter une bagarre. Toutes ces exaspérations contenues ressortaient à présent, et se concentraient sur Kraft. C'était peut-être injuste, mais elle n'en avait cure.

Les voitures des ménagères faisant leurs achats de l'après-midi remplissaient peu à peu le parking sous la fenêtre. Clarisse les épia un moment en espérant voir l'équipe du FBI descendre de l'une d'elles. Rien. Elle reporta son attention sur Kraft.

Je pourrais dire à cet imbécile de shérif adjoint que nous sommes prêts à l'envoyer six pieds sous terre, sans bavures et très proprement, pensa-t-elle. C'était un jeu imaginaire auquel elle aimait bien se livrer avec les personnes qui lui déplaisaient. Kraft serait naturellement scandalisé et inquiet. Il commençait déjà à avoir des tics. Personne évidemment ne liquiderait ce pauvre type. Selon toute vraisemblance, du moins. Mais Kraft avait des ennuis. Le Chef avait tiré à Washington des ficelles qui s'étaient étendues jusqu'au shérif de Lakeview. Un vrai jeu de marionnettes! Le vent du pouvoir fédéral soufflait en direction de Kraft, et il le sentait. Il aurait voulu voir les papiers d'identité de Clarisse, mais depuis plus d'une heure il ne les lui avait plus demandés. Une chance! Elle n'avait que ses papiers de couverture au nom de Clarisse Myerlie, et elle s'était présentée sous le nom de Clarisse Carr.

– Cette façon de s'occuper d'une affaire de disparitions a été très inhabituelle, dit-elle en pivotant sur sa chaise pour regarder l'affiche sur le mur latéral. (Comment empêcher les vols de bétail!)

– Une façon encore plus inhabituelle de s'occuper d'un décès inexpliqué dans un motel, répliqua Kraft.

– D'une affaire de meurtre, rectifia-t-elle.

– Je n'ai pas encore vu qu'il s'agissait d'un meurtre.

– Oh! vous le verrez!

Il ne cilla pas en maintenant son regard sur le visage hâlé. Ils savaient tous les deux que rien, dans cette affaire, n'était normal. Les mots du shérif résonnaient encore dans la tête de Kraft. « Linc, nous ne sommes que des péquenots dans cette histoire. Le gouverneur lui-même s'en mêle. Il ne s'agit pas d'une affaire de routine, compris? Nous nous arrangerons entre nous plus tard mais, pour le moment, je veux que vous vous teniez coi et que vous laissiez le FBI conduire toute l'opération. Le FBI se disputera peut-être avec les gars des stupéfiants pour savoir qui est compétent, mais notre compétence personnelle s'arrête au bord de la table du gouverneur, compris? Ne me dites pas que nous avons des droits et des responsabilités. Je les connais autant que vous. Ni l'un ni l'autre, nous ne les invoquerons. Est-ce bien clair? »

Extrêmement clair.

– Où avez-vous attrapé ces coups de soleil? demanda Kraft qui regardait toujours le visage de Carr.

En restant dehors sous votre foutu soleil de l'Ouest avec une paire de jumelles, espèce de salaud! pensa-t-elle. Vous savez bien où je les ai attrapés. Mais elle haussa les épaules avec toute la nonchalance dont elle fut capable.

– Oh, en faisant quelques excursions dans votre beau pays.

Des excursions autour de la Ruche, se dit Kraft non sans inquiétude.

– Rien de tel ne se serait produit, déclara-t-il, si votre M. Peruge était passé par les voies normales. Il aurait dû commencer par se rendre chez le shérif à Lakeview au lieu de venir me trouver. Le shérif Lapham est un bon...

– Un bon politicien, interrompit-elle. Nous avons jugé préférable de nous mettre en rapport avec quelqu'un qui entretenait des relations étroites avec le Dr Hellstrom.

Kraft sentit sa bouche se sécher. Il se tenait prêt à faire face à des révélations supplémentaires sur la nature de leurs soupçons. Mais il n'aima pas du tout la manière dont Carr inclina la tête de côté pour le regarder à son tour.

– Je ne comprends pas, dit-il. Qu'ai-je à voir...
– Vous comprenez très bien!
– Je vous jure que non!
– Je vous jure que si! dit-elle.

Kraft fut impressionné par la force déchaînée qu'il pressentait derrière cette hostilité. Elle essayait délibérément de le provoquer. Elle se fichait complètement de la manière dont elle le traitait. Alors il se fâcha.

– Oh, je sais qui vous êtes! Vous appartenez à l'une des agences du gouvernement. A la CIA, je parie. Et vous vous imaginez avoir...

– Merci pour la promotion, riposta-t-elle.

Mais elle décida de se tenir désormais sur ses gardes. L'entretien avait pris une tournure fâcheuse. Eddie lui avait pourtant bien expliqué que le Chef voulait faire pression sur le shérif adjoint, mais non l'épouvanter.

Kraft s'agita. Un silence embarrassé s'établit dans son bureau. Il regarda autour de lui pour découvrir un prétexte lui permettant de courir à un téléphone. Il pouvait toujours dire qu'il voulait aller aux toilettes, mais cette sacrée bonne femme n'hésiterait pas à le suivre pour s'assurer que c'était vrai; or, il n'y avait pas d'appareil téléphonique aux toilettes. Et puis, il avait moins envie d'appeler Hellstrom. Ne serait-ce pas dangereux? Les lignes de la ferme devaient être maintenant placées sur tables d'écoute. Tout de même, qu'est-ce qui les avait amenés à faire une liaison entre lui et Hellstrom? En certaines occasions, certes, la cuisine de l'Extérieur l'avait rendu malade et il était allé se faire soigner à la Ruche, en prétextant qu'il avait été un bon ami de la vieille Trova (ce qui était vrai), mais elle était morte et envoyée à la cuve depuis longtemps. Il n'y avait là-dedans rien qui fût de nature à le rendre suspect aux yeux de ces agents du gouvernement.

Pendant un moment, son esprit suivit cette piste, puis rechercha dans son passé des motifs d'inquiétude. Ceci?... Cela?... Cette occupation ne fit que lui donner de la sueur aux mains.

La sonnerie du téléphone le tira de sa rêverie quelque peu angoissée. Il empoigna le combiné, faillit le faire tomber, le récupéra de justesse. Au bout du fil, il entendit une voix impatiente et bien timbrée.

– Allô? Allô?

– Ici le shérif adjoint Kraft.

– Clarisse Carr est-elle là? On m'a dit qu'elle devait être dans votre bureau.

– Elle est ici. Qui parle?

– Passez-la-moi!

– C'est un téléphone officiel et je...

– Bon Dieu, c'est un appel officiel! Passez-la-moi!

– Oui, mais...

– Tout de suite!

Pas moyen de se tromper sur la longue histoire d'obéissance requise que résumait cet ordre impérieux. Kraft reconnut le pouvoir dans la voix de l'inconnu.

Il tendit le combiné à Carr.

– C'est pour vous.

Avec un froncement de sourcils et un air surpris, elle prit l'appareil.

– Oui?

– Clarisse?

Le Chef! Le Chef qui lui téléphonait personnellement!

– Oui, ici Clarisse, répondit-elle la gorge sèche.

– Savez-vous qui vous parle?

– Oui.

– Je vous ai identifiée d'après un enregistrement que je viens d'entendre. Je veux que vous m'écoutiez avec la plus grande attention et que vous fassiez exactement tout ce que je vous dirai.

– Oui, monsieur. De quoi s'agit-il?

Une certaine intonation dans la voix du Chef lui apprit qu'il avait sûrement de graves problèmes à résoudre.

– Ce shérif adjoint peut-il m'entendre? demanda le Chef

– J'en doute.

– Il faut que nous courions ce risque. Ecoutez-moi bien. L'avion qui transportait les hommes du FBI et l'équipe des stupéfiants s'est écrasé quelque part dans les Sisters. Une montagne au nord de Fosterville. Aucun survivant. C'est peut-être un accident, mais nous allons manœuvrer en supposant que ce n'en est pas un. Je sors de chez le directeur. Il adoptera la même attitude, surtout après ce que j'ai pu lui dire sur la situation. Une nouvelle équipe est partie de Seattle, mais elle n'arrivera pas à Fosterville avant un certain délai.

Elle essaya d'avaler sa salive, lança un coup d'œil inquiet à Kraft. Le shérif adjoint était penché en arrière, il avait les mains derrière la tête, et il contemplait le plafond.

– Que voulez-vous que je fasse? questionna-t-elle.

– J'ai été en contact radio avec les autres membres de votre équipe. Tous, sauf Janvert. Est-il encore à la ferme?

– Pour autant que je le sache, monsieur.

– Bon. Il n'y a rien à faire à ce sujet. Sa présence à l'intérieur pourrait même constituer un avantage. Les autres descendent de la montagne pour venir vous chercher. Vous emmènerez le shérif adjoint. Usez de la force le cas échéant. Mais vous l'emmenez avec vous, compris?

– Compris.

Ses doigts tâtèrent le revolver dans son sac. Elle glissa une main à l'intérieur et la referma sur l'arme. Involontairement, son regard se porta sur le gros pistolet dont l'étui était suspendu à la ceinture de Kraft.

– J'ai donné mes instructions à DT sur le déroulement des opérations, continua le Chef. Vous allez vous diriger vers cette ferme, vous vous en emparerez, et vous maîtriserez toute opposition qui pourrait se déclarer. Nous avons reçu la promesse d'une coopération du FBI tout à fait exceptionnelle. Vous comprenez?

– Je comprends.

– Je l'espère. Nous n'allons pas prendre des risques supplémentaires. Vous tuerez ce shérif adjoint s'il s'interpose. Et quiconque essaiera de faire obstruction. Nous élaborerons plus tard une justification suffisante. Je veux que cette ferme soit entre nos mains avant une heure.

– Oui, monsieur. Est-ce DT qui commandera?

– Non. Jusqu'à votre arrivée à la ferme, vous commanderez.

– Moi?

– Vous. Quand vous aurez repris contact avec Janvert, vous lui transmettrez le commandement.

Elle avait la bouche sèche comme de la poussière. Elle aurait bien voulu un verre d'alcool et des paroles réconfortantes, mais elle devinait pourquoi le Chef lui confiait le commandement jusqu'à ce qu'ils eussent retrouvé Eddie. Le Chef avait l'esprit tortueux. Il s'était dit : *C'est elle qui a la meilleure motivation. Elle voudra sauver son petit ami. Donnons-lui un bâton de maréchal.*

Elle sentit qu'il pouvait y avoir d'autres idées dans la tête du Chef, mais elle ne savait pas comment le lui demander. Quelque chose en rapport avec Kraft? Elle appuya l'écouteur contre son oreille et repoussa sa chaise vers la fenêtre.

– Est-ce tout? interrogea-t-elle.

– Non. Mieux vaut que vous connaissiez le pire.

En parlant au shérif, nous avons découvert que votre shérif adjoint, chaque fois qu'il tombe malade, passe sa convalescence à la ferme d'Hellstrom. Dans notre recherche des liaisons d'Hellstrom avec Washington, nous avons trouvé un député dont nous pouvons dire la même chose, et nous soupçonnons au moins un sénateur. Compris?

Elle fit un signe de tête affirmatif.

– Je vois.

– Tant mieux. Cette affaire prend une nouvelle dimension chaque fois qu'on l'examine d'un angle différent. Ne courez aucun risque avec votre shérif adjoint.

– Aucun, affirma-t-elle. Est-ce que cela a été très moche, aux Sisters?

– L'avion a pris feu. C'était un bimoteur Beech, affrété par le FBI et récemment vérifié par l'Agence fédérale de l'aviation civile. Il n'avait aucune raison de s'écraser au sol. Nous n'avons pas encore pu étudier l'épave, mais c'est l'incendie qui a révélé l'accident. L'avion a mis le feu au versant oriental, paraît-il. Les gars du service forestier sont arrivés, et aussi la police locale et les représentants de l'Agence fédérale. Nous aurons un rapport dans les plus brefs délais.

– Quel gâchis! dit-elle en remarquant que Kraft à présent ne la quittait pas des yeux et essayait d'écouter. Est-il possible malgré tout qu'il s'agisse d'un simple accident?

– Possible, oui, mais peu vraisemblable. Le pilote était un ancien pilote militaire au Vietnam. Six mille heures de vol. Tirez vous-même la conclusion. Oh, dites à Shorty qu'il a l'autorisation Catégorie-G. Savez-vous ce que cela veut dire?

– Oui... oui, monsieur. (Mon Dieu! Tuez et brûlez tout si c'est nécessaireù)

– Je vous contacterai de nouveau par radio quand

vous aurez pris cette ferme, dit le Chef. D'ici une heure. Au revoir, et ne laissez rien au hasard.

Elle entendit le déclic du récepteur, rapprocha sa chaise du bureau, replaça le combiné sur l'appareil. Se servant du bord de la table pour camoufler ses gestes, elle sortit du sac son revolver.

Kraft, qui l'observait, essayait de reconstituer une version de la conversation qu'il n'avait que fragmentairement entendue. Il se rendit compte que la situation s'aggravait lorsqu'il vit le silencieux du pistolet de Clarisse Carr se lever comme un serpent d'acier au-dessus de son bureau.

La « personnalité professionnelle » de Clarisse avait reçu un tel coup de fouet qu'elle ne songea plus aux bras de Janvert ni à d'autres détails désirables.

– Tenez vos mains de façon à ce que je puisse les voir, ordonna-t-elle. Je vous abattrai à la moindre provocation. Et ne faites pas de mouvements brusques sous aucun prétexte. Levez-vous en gardant vos mains sur la table. Soyez extrêmement prudent, monsieur Kraft. Je ne désire pas vous tuer dans ce bureau. Ce serait malpropre et difficile à expliquer, mais je le ferai si vous m'y obligez.

Extrait du rapport préliminaire et verbal sur l'autopsie de Duzle Peruge. La région meurtrie du bras indique une injection inappropriée avec une seringue hypodermique. Nous ne pouvons dire encore ce qui a été injecté, mais les biopsies ne sont pas achevées. D'autres traces sur le cadavre donnent à penser qu'il s'agit de ce que nous appelons entre nous une « mort de motel ». Le syndrome est assez courant chez des hommes ayant dépassé l'âge de trente-cinq ans et dont le décès survient dans les circonstances décrites ici. La cause immédiate de la mort a été ce que l'on qualifierait de défaillance massive du cœur. Nous vous ferons parvenir les détails techniques plus tard. Ce sont les biopsies qui nous diront si cette défaillance a été la cause directe. D'après d'autres indications, nous pouvons dire que le sujet a eu des rapports sexuels très peu de temps avant l'heure du décès, c'est-à-dire pas plus de quatre heures avant. Oui, voilà notre conclusion. Il s'agit d'une histoire banale : un homme d'âge relativement mûr, une jeune femme (supposée telle d'après votre compte rendu), et beaucoup trop d'actes sexuels. Tout ce que nous avons constaté s'accorde avec ce diagnostic. Pour dire les choses carrément, il a fait l'amour jusqu'à en crever.

– Monsieur Janvert, nous avons à discuter de certaines choses, dit Hellstrom en se penchant par-dessus la table vers Janvert.

Ayant fini de manger, Janvert était resté assis, le coude droit sur la table, le menton reposant sur sa main. Il ne savait plus quoi penser; la situation lui troublait les idées. Ses commensaux actuels, l'Agence, le coup de téléphone du Chef, cette mission, ses craintes antérieures... Il sentait confusément qu'il devait demeurer vigilant et, *peut-être*, s'inquiéter d'Hellstrom et de la jeune femme, mais cela ne semblait pas valoir l'effort qu'il devrait s'imposer.

– Il est temps que nous débattions de nos problèmes, reprit Hellstrom.

Janvert acquiesça d'un signe de tête, émit un petit rire quand son menton glissa de la main qui le soutenait. Débattre de leurs problèmes? Certainement.

L'ambiance dans cette ferme, l'excellence du déjeuner, le comportement de ses hôtes, voilà qui pouvait expliquer la transformation de son humeur. Car il se sentait d'une autre humeur. Il avait assez longtemps lutté contre la sympathie que lui inspirait Hellstrom. Peut-être serait-il bien avisé de ne pas se fier entièrement à Hellstrom, mais Hellstrom était vraiment sympathique. Entre la confiance et la sympathie, il y avait une marge. Hellstrom ne pouvait pas être rendu responsable de l'existence piégée d'un pauvre type qui s'appelait Eddie Janvert.

Hellstrom, qui observait la transformation de son convive, se dit : il l'accepte très bien. Les dosages avaient été relativement importants. Le corps de Janvert subissait à présent l'action de nombreux produits chimiques d'identification. Dans très peu de temps, n'importe quel ouvrier de la Ruche le prendrait pour un membre de la Ruche. C'était une arme à deux tranchants, car Janvert aussi tolérerait les ouvriers de la Ruche, tous. Son impulsion génitale avait été éliminée, de même qu'une grande partie de ses facultés critiques. Si la métamorphose chimique fonctionnait, il deviendrait bientôt extrêmement docile.

Hellstrom fit signe à Mimeca de noter les changements.

Elle sourit. Les odeurs de Janvert devenaient acceptables.

C'est cette ferme, pensa Janvert. Il tourna les yeux – seulement les yeux – pour regarder par la fenêtre située après le bas de la table. L'après-midi doré lui parut tiède et plein de grâce.

Bien des fois, Clarisse et lui avaient parlé d'un lieu pareil. *Un chez nous, de préférence une vieille ferme. Nous cultiverons quelques petites choses, nous élèverons quelques animaux. Nos gosses pourront s'en arranger quand ils seront assez grands.* C'était un rêve qu'ils partageaient avant de faire l'amour. Le piment de l'inaccessible rendait l'heure présente encore plus douce.

– Etes-vous prêt pour une petite discussion? demanda Hellstrom.

Discussion, oui.

– Bien sûr! répondit Janvert.

Il avait l'air d'être toujours plus ou moins sur ses gardes, mais Hellstrom décela un changement dans sa voix.

La chimie subtile de la communauté produisait son effet. C'était dangereux parce que Janvert pourrait se promener maintenant dans toute la Ruche. Aucun ouvrier ne le menacerait et ne le jetterait à la cuve la plus proche. Mais cela signifiait également que Janvert répondrait sans détours à Hellstrom ou à tout autre inquisiteur de la sécurité de la Ruche.

A condition que cette technique réussît sur un homme de l'Extérieur. Et c'était encore à vérifier.

– Vos représentants de la loi tardent quelque peu à arriver, dit Hellstrom. Ne devriez-vous pas téléphoner et chercher à savoir pourquoi?

Tardent? Janvert regarda la pendule derrière Hellstrom. Il était presque 2 heures de l'après-midi. Où était passé le temps? Il crut se rappeler qu'il avait bavardé avec Hellstrom et la jeune femme – qui s'appelait Fancy. Une fille délicieuse. Mais quelqu'un était en retard.

– Etes-vous sûr que vous ne vous êtes pas trompé au sujet du FBI et des autres? demanda Hellstrom. Vont-ils venir?

– Je ne pense pas que je me sois trompé, répondit Janvert.

Il parut triste. La tristesse déclencha une petite poussée d'irritation et d'adrénaline. Personne ne se trompait dans ce métier! Seigneur, quel sale métier! Tout cela parce qu'il est tombé par hasard sur ce maudit dossier de l'Agence. Non... cela n'avait été qu'un premier pas. Le piège était beaucoup plus compliqué. Eddie Janvert avait été conditionné pour accepter tout ce que représentait l'Agence. Ce conditionnement avait eu lieu beaucoup plus tôt. Mais s'il ne l'avait pas subi, il n'aurait sans doute jamais connu Clarisse. Adorable Clarisse. Beaucoup plus jolie que cette petite Fancy, sa voisine de table. Il estima qu'il devait y avoir d'autres comparaisons à établir entre Clarisse et Fancy, mais elles lui échappèrent. L'Agence – l'Agence – l'Agence – l'Agence. Saloperie de métier. Il flairait la présence narquoise d'oligarques cachés dont l'influence s'exerçait sur toute l'Agence. Ah oui, l'Agence était une affaire malpropre.

– J'étais en train de penser, reprit Hellstrom, que dans d'autres circonstances nous aurions pu être de très bons amis.

Des amis. Janvert acquiesça d'un mouvement de tête mal assuré. Ils *étaient* des amis. Cet Hellstrom était en vérité un type charmant. Il l'avait invité à un excellent repas. Et comme il avait bien dit la prière avant de manger!

L'idée d'une amitié avec Hellstrom attisa cependant un petit reste d'inquiétude chez Janvert. Il commença à s'interroger sur ses réactions. C'était... Peruge! Voilà : c'était Peruge. Ce vieux Peruge avait dit une chose importante... Oh, que c'était loin! Il avait dit que Hellstrom et ses amis avaient une sorte de... une sorte de piqûre! Oui, une piqûre. Qui pouvait transformer un homme en un maniaque sexuel. Peruge l'avait dit. Dix-huit fois en une nuit. Janvert, dans son for intérieur, sourit. Tout bien réfléchi, voilà qui était amical. Beaucoup plus amical que cette maudite Agence où tout le monde était aux aguets pour découvrir à qui vous vous intéressiez – de la manière dont Clarisse et lui s'intéressaient l'un à l'autre – afin de s'en servir contre vous. C'était comme ça, à l'Agence. Rien d'étonnant, par conséquent, s'il se sentait l'ami d'Hellstrom. Toute l'Agence était finalement devenue trop absorbante pour Eddie Janvert. Ah, quand il en aurait parlé à Clarisse! Dix-huit fois en une nuit : n'était-ce pas *très* amical?

Mimeca saisit la perche tendue par Hellstrom. Elle caressa le bras de Janvert. Elle avait une mignonne petite main, très amicale.

– Je me disais la même chose, affirma-t-elle. Nous devrions être vraiment de très bons amis.

Janvert se redressa d'un mouvement sec, caressa la main posée sur son bras. C'était la chose amicale à faire. De nouveau, il s'interrogea. Il trouvait qu'il pouvait presque faire confiance à ces deux-là. Etait-ce normal? Après tout, pourquoi pas? Ils n'avaient rien pu mettre dans ses aliments. Une idée bizarre, pensa-t-il. Dans ses aliments. Il se rappela avoir pris l'assiette d'Hellstrom. Oui, Hellstrom avait renoncé à sa propre assiette de saine nourriture. Voilà qui était amical. On ne cachait pas des choses inamicales dans des actes clairs comme le jour, n'est-ce pas? Il regarda sa voisine, en se demandant brusquement pourquoi son cerveau fonctionnait à une allure de tortue. Peruge! Pas question qu'on eût mis quelque chose dans ses aliments. Ou qu'on l'eût piqué. Il continua à regarder sa voisine. Pourquoi la regardait-il ainsi? Le sexe? Il ne désirait pas cette petite bonne femme qui avait des mains amicales et des yeux attendris. Peruge s'était peut-être trompé. Peruge avait-il menti? Ce salaud inamical était capable de tout.

Il pouvait exister des explications parfaitement naturelles à toute cette histoire, se dit Janvert. Que pouvait-il avoir contre Hellstrom en dehors de ce que l'Agence lui avait imposé contre le pauvre homme? Il ne savait même pas de quoi il s'agissait. Le Projet 40. Oui... il en avait entendu parler. Des papiers. Le Projet 40. Mais c'était le projet d'Hellstrom. Il devait être amical. Pas du tout comme la maudite Agence où l'on vous demandait tout bonnement d'exécuter des ordres.

Janvert éprouva le besoin subit de bouger. Il repoussa sa chaise en arrière, faillit tomber, mais sa jolie voisine l'aida à retrouver son équilibre. Il lui caressa la main. Des fenêtres. Il eut envie de regarder par les fenêtres. D'un pas assez bien assuré, il longea la table et se dirigea vers la grande baie vitrée. Dans le lit de la petite rivière, il y avait un peu d'eau qui apparemment ne coulait pas. La faible brise de l'après-midi berçait les ombres des arbres sur l'eau et créait une illusion de mouvement. Le silence dans la salle à manger était chargé d'une illusion analogue. Il se demanda négligemment comment ses sens rendaient compte de la réalité. C'était une scène très amicale, un endroit très amical. Il y avait du mouvement.

Pourquoi ressentait-il ce diable de petit souci lancinant tout au fond de lui-même? C'était la seule chose agaçante dans toute cette situation.

Situation. Quelle situation?

Janvert secoua la tête de côté comme un animal blessé. Tout était si embrouillant!

Appuyé contre le dossier de sa chaise, Hellstrom fronça les sourcils. La chimie de la Ruche n'opérait pas sur Janvert exactement comme elle l'aurait fait sur l'un des leurs. Les humains de la Ruche restaient génétiquement assez proches des sauvages de l'Extérieur pour des croisements. La divergence n'avait que trois cents ans d'âge. Des affinités chimiques n'avaient rien de surprenant. Elles étaient même à prévoir. Mais Janvert ne réagissait pas avec une bienveillance totale et sans arrière-pensée. Il avait l'air de livrer une dure bataille intérieure. La chimie ne suffisait donc pas. Cela aussi était à prévoir. L'être humain était bien plus que de la chair. Un bastion de résistance dans l'esprit de Janvert conservait le concept : Hellstrom égale danger.

Mimeca avait suivi Janvert jusqu'à la baie; elle se posta derrière lui.

– Nous ne vous voulons réellement aucun mal, murmura-t-elle.

Il approuva d'un signe de tête. Bien sûr qu'ils ne lui voulaient aucun mal. Quelle idée! Janvert mit une main dans la poche de sa veste, y sentit le revolver. Il le reconnut. Un revolver était un objet inamical.

– Pourquoi ne pourrions-nous pas être amis? demanda Mimeca.

Des larmes coulèrent des yeux de Janvert sur ses joues. C'était tellement triste. Le revolver, cet endroit, Clarisse, l'Agence, Peruge, tout. Tellement triste. Il sortit le revolver de sa poche, se retourna en révélant son visage mouillé de pleurs, tendit le revolver à Mimeca. Elle l'accepta, le tint gauchement; l'une de ces abominables armes de l'Extérieur qui détruisaient la chair.

– Jetez-le, chuchota Janvert. Je vous en prie, jetez ce maudit objet!

Extrait d'une information de presse, datée de Washington, D.C.... Et il a été remarqué que la mort d'Altman n'était pas le premier suicide d'un haut fonctionnaire du gouvernement. Les observateurs à Washington se sont aussitôt rappelé la mort, le 22 mai 1949, du secrétaite de la Défense James Forrestal, qui bouleversa sa famille et ses collaborateurs quand il sauta par la fenêtre d'un hôpital.

La mort d'Altman a également redonné vie à un bruit qui circulait périodiquement à Washington, à savoir qu'il était le chef d'une agence de police secrète qui opérait pour le compte de l'Exécutif. L'un des principaux collaborateurs d'Altman, Joseph Merrivale, a publié un démenti courroucé en demandant « si ce misérable ragot serait colporté encore longtemps ».

L'un dans l'autre, l'après-midi avait été un succès en dépit de toutes les alarmes antérieures, se dit Hellstrom. Il était au poste de commandement du haut de la grange, et il regardait vers le nord par les lucarnes. Dans le lointain, des véhicules soulevaient de la poussière, mais il ne flairait pas pour le moment de menaces provenant de l'Extérieur. Des rapports de Washington et de la ville voisine indiquaient une diminution de la pression.

Janvert avait répondu à toutes les questions qu'ils lui avaient posées en usant simplement de la plus douce persuasion. Hellstrom éprouvait quelque chagrin en comparant cette scène avec leur procédure précédente. Tant de souffrances auraient pu être épargnées aux quatre prisonniers. Tout bien réfléchi, la nouvelle technique était l'évidence même. Fancy avait rendu à la Ruche un service véritablement immense.

Saldo rejoignit Hellstrom.

– Le poste 6 dit que la poussière là-bas est causée par trois véhicules lourds qui s'approchent de notre route du bas.

– Je pense que les « représentants de la loi » de Janvert vont arriver, déclara Hellstrom. Sommes-nous prêts à les recevoir?

– Aussi prêts que possible. Mimeca est en bas dans la ferme et elle jouera le rôle de Fancy sans défaillance. Blessée dans sa pudeur et son innocence, le grand jeu! Et elle n'a jamais entendu parler de Depeaux, de cette agence, d'une bicyclette, etc.

– Parfait. Où avez-vous mis Janvert?

– Dans une cellule vide au niveau 42. L'état d'alerte grave est général.

Assailli par une nouvelle vague de pressentiments,

Hellstrom réfléchit à ce que ces mots signifiaient. Alerte grave : autant de temps perdu pour les tâches essentielles qui assuraient l'entretien de la Ruche; des ouvriers détachés pour faire fonctionner le système qui pouvait obstruer de longues sections des galeries d'accès en solidifiant du mucilage liquide; des masses d'ouvriers dopés rangés derrière les sorties de secours, armés de baguettes à étourdir et des quelques armes de l'Extérieur que la Ruche avait pu se procurer.

– Ils foncent à toute vitesse, dit Saldo en désignant le nuage de poussière soulevé par les véhicules qui se rapprochaient.

– Ils sont en retard, répondit Hellstrom. Quelque chose les a retardés et ils essaient de rattraper le temps perdu. Sommes-nous tous prêts à évacuer ce PC?

– Je ferais mieux de donner la consigne, dit Saldo.

– Dans un moment, dit Hellstrom. Nous pouvons les retarder à la porte. Avez-vous réussi à joindre Linc?

– Son téléphone ne répond pas. Vous savez, quand cette histoire sera terminée, nous devrions lui fournir une meilleure couverture pour l'Extérieur : une femme, un autre téléphone chez lui qui serait relié à la ligne de son bureau.

– Bonne idée, approuva Hellstrom. (Il tendit une main vers la fenêtre.) Ce sont de grosses camionnettes de camping. Seraient-elles celles qui se trouvaient sur la montagne?

– Peut-ère. Nils, ils roulent beaucoup trop vite. Ils sont presque arrivés à la clôture. Ne devrions-nous pas...?

Il s'interrompit quand il vit la première des grosses camionnettes enfoncer la porte nord et virer sur le côté pour isoler la sorte de blockhaus qui pouvait passer pour une sortie de ventilateur. Deux silhouettes sautèrent à terre quand la camionnette s'arrêta brutalement. L'une d'elles portait une sacoche noire. Les autres camionnettes doublèrent celle qui s'était immobilisée et se dirigèrent sans ralentir vers la maison et la grange.

– Ils attaquent! cria Saldo.

Une forte explosion à la sortie du ventilateur confirma son avertissement et fut suivie par une seconde déflagration plus bruyante. La première camionnette avait été soufflée, projetée sur le flanc, et elle brûlait.

Nos propres explosifs pour retirer la couverture de secours sur ce ventilateur! pensa Hellstrom.

Il y eut d'autres détonations, des coups de feu, des cris, des gens qui couraient. Deux attaquants descendirent en marche d'une camionnette et s'élancèrent pour fracasser la porte de la ferme.

– Nils! Nils! (Saldo le tirait frénétiquement par le bras.) Il ne faut pas que vous restiez ici!

La sagesse de Harl. Une société qui va à l'encontre de tout le comportement qu'admettent les sauvages de l'Extérieur ne peut exister que dans un constant état de siège.

Assise dans la salle de séjour de la ferme, Mimeca attendait les « représentants de la loi » annoncés par Janvert quand la première explosion secoua le bâtiment. Un morceau de métal du premier ventilateur traversa le mur nord à quelques centimètres au-dessus de sa tête, alla s'écraser sur le mur opposé et y demeura en dégageant de la fumée. Des coups de feu, des hurlements, des déflagrations retentirent dans la cour.

Tête baissée, Mimeca s'élança vers la cuisine. Mme Niles y gardait une baguette à étourdir. Elle enfonça la porte battante, à la vive surprise de

Mme Niles qui se servait de cette baguette pour déblayer la cour entre la ferme et la grange. Mimeca n'accorda à la scène qu'un rapide coup d'œil. Elle savait que sa présence pour jouer le rôle de Fancy était d'une importance vitale pour la Ruche. Il lui fallait donc se préserver. Une porte derrière Mme Niles ouvrait sur un vieil escalier solide qui conduisait à l'ancienne cave aux racines. Mimeca poussa la porte à coups d'épaule, descendit l'escalier en trombe. Elle entendit une sorte de coup de tonnerre en haut, des coups de feu, des bris de vitres. Elle courut vers les étagères truquées qui dissimulaient un passage souterrain vers la grange, et se faufila à travers. Des ouvriers armés de baguettes se précipitaient vers elle en venant de l'autre extrémité. Haletante, Mimeca les croisa et courut vers la porte du sous-sol de la grange. Déjà le tunnel derrière elle était vidé des défenseurs, et elle reconnut le sifflement du mucilage qui remplissait le secteur et l'obstruait.

Un petit couloir s'étendait devant Mimeca; il débouchait sur un spectacle que seuls les originaires de la Ruche n'auraient pas pris pour un désordre inimaginable. Elle se dirigea de ce côté au pas de course. Des ouvriers galopaient dans tous les sens. Des paquets étaient transportés vers l'entrée de la galerie. Un poste de répéteur temporaire avait été installé contre un mur sur la gauche, et des gardes veillaient à ce que nul ne s'en approchât.

Lorsque Mimeca entra, l'écoutille dissimulée au-dessus de l'escalier de secours s'ouvrit. Saldo et Hellstrom descendaient en toute hâte, suivis par des ouvriers armés. L'ouverture de l'écoutille amplifia les bruits de la bataille au-dessus, mais ils cessèrent brusquement. Elle entendit une autre explosion, un autre coup de feu; elle entendit surtout le bourdonnement de plusieurs baguettes à étourdir.

Silence.

Hellstrom aperçut Mimeca, lui fit signe de le rejoindre, mais il continua sa course vers le poste répéteur. Un observateur principal se retourna, le reconnut et lui dit :

– Nous avons réglé leur compte à ceux qui ont pénétré jusqu'ici, mais il y en a deux autres près de la clôture. A cette distance, ils sont hors de portée des baguettes. Faut-il que nous les attaquions par-derrière?

– Attendez, répondit Hellstrom. Pouvons-nous remonter au PC du haut en toute sécurité?

– Ils sont armés d'au moins une mitraillette.

– Je vais remonter, dit Saldo. Restez ici, Nils. Ce n'est pas le moment que vous couriez le moindre risque.

– Nous remonterons ensemble, déclara Hellstrom. (Il fit signe à Saldo de passer devant et dit à Mimeca :) Je suis heureux que vous soyez saine et sauve, *Fancy*.

Elle le remercia d'un mouvement de tête. Elle était encore trop essoufflée pour parler.

– Attendez ici, poursuivit Hellstrom. Il se peut que nous ayons encore besoin de vous.

Il s'écarta, rejoignit Saldo qui était entouré de travailleurs armés au pied de l'escalier. La brutalité et la sauvagerie de l'attaque avaient bouleversé Hellstrom. Ils étaient maintenant au feu, réellement au feu.

Dans le studio de la grange, les dégâts étaient insignifiants, à l'exception d'un trou ouvert dans le mur à côté de la porte nord. Du matériel avait été déplacé et brisé. Une petite ruche des nouvelles abeilles-soldats avait été malmenée. Les survivantes bourdonnaient de colère en s'activant, mais sans attaquer les ouvriers de la Ruche – preuve remarquable de l'efficacité du processus de conditionnement. Hellstrom se promit intérieurement de féliciter les directeurs du projet et de leur accorder des crédits supplémentaires.

La grande grue du studio n'avait pas été endommagée. Saldo se dirigeait déjà vers la cabine quand Hellstrom arriva sur le palier. Il promena son regard à travers le studio. Des équipes de nettoyage emmenaient des cadavres d'ouvriers. Des victimes, des pertes, des morts! Maudits assassins! Hellstrom ressentit alors une pure réaction de la Ruche à l'outrage de la violence. Il eut envie de brandir son bras pour appeler des partisans, foncer sur les deux derniers agresseurs, les mettre en pièces à mains nues quel qu'en fût le prix. Il sentait la même impatience chez les ouvriers débordant d'adrénaline qui l'entouraient. Ils le suivraient au moindre geste. Ils n'étaient plus des cameramen, des acteurs, des techniciens, des spécialistes des multiples tâches qui permettaient à la Ruche de recueillir l'argent et l'énergie de l'Extérieur. Ils étaient jusqu'au dernier des ouvriers en fureur.

Hellstrom se contraignit à marcher calmement jusqu'à la cabine où il rejoignit Saldo après avoir aspiré une profonde bouffée d'air. Jamais la Ruche ne s'était trouvée en face d'une menace aussi terrible, et jamais ses chefs n'avaient eu plus besoin de garder la tête froide.

– Prenez un haut-parleur, commanda Hellstrom à Saldo quand la cabine les emporta vers le haut. Informez les deux derniers attaquants qu'ils seront tués s'ils ne se rendent pas. Essayez de les prendre vivants.

– Et s'ils résistent?

Ce n'était pas la voix normale de Saldo, mais celle d'un homme passionné, mûr pour l'attaque.

– Cessez d'espérer qu'ils résisteront, répliqua Hellstrom. Il faut les étourdir et les capturer vivants si possible. Voyez si vous pouvez passer sous eux dans la Ruche avec une baguette. Ce pourrait être un moyen.

La cabine les déposa doucement au bord du grenier. Hellstrom descendit le premier, Saldo juste derrière lui. La contre-porte du PC était ouverte, et des voix surexcitées fusaient à l'intérieur.

– Dites à ces ouvriers d'ici de se fier davantage aux signes de la Ruche pendant les périodes de tension, ordonna Hellstrom sur un ton qui n'admettait pas de réplique. Les signes font moins de bruit et diminuent la nervosité.

– Oui... Oui bien sûr, Nils.

Le calme avec lequel Hellstrom commandait frappa Saldo d'admiration. C'était cela, la marque distinctive d'un vrai chef : une évaluation rationnelle qui maîtrisait les remous intérieurs de la colère. Nul doute que l'attaque n'eût rendu Hellstrom furieux, mais il avait gardé tout son sang-froid. Il s'avança dans le PC et cria :

– Un peu d'ordre là-dedans! Réparez cette contre-porte. Peut-on encore téléphoner à l'Extérieur?

Les bruits cessèrent aussitôt. Des ouvriers s'empressèrent d'obéir. Un spécialiste de la sécurité qui se tenait à l'extrémité du banc incurvé des répéteurs transmit un appareil téléphonique à Hellstrom.

– Ramenez le matériel ici, ordonna Hellstrom en saisissant le téléphone, et faites descendre un observateur au Projet 40. L'observateur ne devra pas intervenir ni interrompre d'aucune manière le travail en cours; il se contentera d'observer. Dès qu'il entendra parler d'une percée, cet observateur me préviendra personnellement. Est-ce compris?

– Compris, dit Saldo qui se hâta d'obéir.

Hellstrom colla le téléphone à son oreille et ne

perçut pas de tonalité. Il le rendit à l'ouvrier qui le lui avait remis.

– La ligne est morte. Tâchez de la réparer.

L'ouvrier prit l'appareil.

– Il fonctionnait encore tout à l'heure.

– Eh bien, il ne fonctionne plus.

– Qui alliez-vous appeler, Nils?

– J'allais téléphoner à Washington pour essayer de savoir si le moment de bluffer était venu.

Extrait du journal de Trova Hellstrom. Une vie remplie, de bonnes choses au bon moment, savoir que vous avez rendu des services constructifs à vos semblables, et puis à la cuve quand vous mourez : voilà la signification d'une véritable solidarité. Un dans la vie, un dans la mort.

Clarisse s'était attribué la première camionnette, sans tenir compte des objections de Myerlie qui prétendait que « ce n'était pas un endroit pour une femme ». Elle lui avait répliqué qu'il pouvait aller se faire cuire un œuf, et il avait eu un petit sourire, un regard chargé de sous-entendus : « Je comprends, chérie. Ça pourrait aller mal à la ferme, et tu ne veux pas que ton petit bébé Shorty écope. Si je le trouve dans une mare de sang, je te promets que je reviendrai te le dire. »

Il est donc au courant! pensa-t-elle.

Elle lui cracha au visage et elle leva sa main gauche pour lui assener une manchette quand il essaya de la frapper. Les autres s'interposèrent. DT cria :

– Bon Dieu, est-ce que c'est le moment que nous nous battions entre nous? Vous êtes fous, vous deux! Allez, partons!

Dès qu'ils eurent quitté la ville, ils s'arrêtèrent pour ligoter Kraft, le bâillonner et le jeter sur le lit à l'arrière de la première camionnette.

– Vous me le paierez! gronda-t-il.

Mais un geste de Clarisse avec son revolver le réduisit au silence. Il n'en garda pas moins les yeux bien ouverts pour ne rien perdre de ce qui se passait autour de lui.

Clarisse était assise à côté de DT qui conduisait. Elle regardait défiler le paysage sans le voir réellement. C'était donc ainsi que tout se terminerait? Les gens de la ferme tueraient Eddie au premier signe d'une attaque. Elle avait eu le temps d'y réfléchir, et elle en était à présent convaincue. N'importe quel bon agent n'agirait pas autrement : on ne laisse pas le danger derrière soi. Elle sentait une rage froide la guider; un peu comme si cette rage lui était extérieure et l'invitait à aller de l'avant. Elle commençait également à entrevoir d'autres motifs possibles au choix du Chef pour lui faire commander cette attaque. Il avait voulu que le responsable fût dans une lueur aveugle, meurtrière.

Ils étaient partis à 4 heures. Un petit vent faisait onduler la haute herbe jaune des pâturages à côté de la route non macadamisée. Elle vit l'herbe, regarda devant elle, et elle se rendit compte qu'ils étaient arrivés au dernier virage avant la cloture. DT poussait le moteur de la camionnette au maximum, et le dernier kilomètre fut avalé à toute vitesse.

– Nerveuse? s'enquit DT.

Elle lança un regard vif au visage dur et jeune, encore bronzé du hâle du Vietnam. La casquette verte d'aviateur projetait des ombres foncées sur ses yeux, accentuait la petite cicatrice blanche qu'il avait sur l'arête de son nez.

– Drôle de question! dit-elle en grossissant sa voix pour dominer le bruit du moteur.

– Il n'y a rien de mal à être nerveux avant une attaque, répondit-il. Je me rappelle une fois au Nam...

– Je n'ai pas envie d'écouter vos boniments! interrompit-elle.

Il haussa les épaules. Il avait remarqué qu'elle avait le visage presque gris. Elle ne prenait pas l'affaire à la rigolade. Myerlie avait raison : ce n'était pas la place d'une femme. Mais il n'avait pas à s'en mêler. Si elle avait envie de se trouver en première ligne, cela la regardait. A condition qu'elle sût manier la charge contenue dans la sacoche. Mais tous les rapports assuraient qu'elle en était capable.

– Que faites-vous quand vous ne travaillez pas? demanda-t-il.

– Qu'est-ce que ça peut bien vous faire, jeune homme?

– Seigneur, que vous êtes susceptible! C'était juste pour nous distaire un peu.

– Alors, distrayez-vous tout seul!

J'aimerais mieux me distraire avec toi, bébé, pensa-t-il. Tu as un joli petit corps. Et il se demanda comment Shorty en profitait au mieux. Tout le monde était au courant, bien entendu! Une affaire sérieuse. Mauvais dans l'Agence. Pas comme Tymiena et lui : du bon sexe et rien d'autre. Voilà pourquoi Clarisse, naturellement, prenait les choses tellement à cœur. Shorty serait tué à la minute même où ils pénétreraient dans la ferme : c'était aussi sûr que deux et deux font quatre. Et, Shorty étant mort, ce serait à elle de terminer l'opération.

Il lui lança un deuxième coup d'œil. L'Agence se fiait-elle réellement à cette petite bonne femme pour diriger une opération pareille?

– Ils ne nous attendent pas, dit-il. Ça pourrait être du gâteau. Ou une promenade de santé. A votre avis, combien sont-ils là-dedans? Vingt? Trente peut-être?

– Ce sera un affreux massacre, gronda-t-elle. Et maintenant, bouclez-la!

Kraft, qui écoutait à l'arrière de la camionnette, éprouva à leur égard un sentiment proche de la pitié. Ils allaient se heurter à un mur de baguettes à étourdir, toutes réglées au maximum. Ce serait une boucherie. Il s'était déjà résigné à mourir avec ces deux gosses dans la camionnette. Que feraient-ils s'ils savaient combien il y avait d'ouvriers à la Ruche? Que diraient-ils s'ils le lui demandaient et s'il leur répondait : *Oh, cinquante mille à deux cents près, en plus ou en moins...*

Clarisse avait éprouvé un plaisir morbide à entendre la loquacité de DT. Il était terriblement nerveux, évidemment. Mais elle avait dépassé le stade de la nervosité pour atteindre celui de la rage meurtrière de la clôture, à présent, pour voir chaque détail extérieur de la structure trapue en béton de l'autre côté de la porte. La lumière de l'après-midi commençait à dessiner ses ombres longues à l'intérieur de la vallée. Elle ne pouvait pas apercevoir le moindre signe d'activité humaine à la ferme ou dans cette partie de la grange qui était visible devant eux. Elle décrocha le micro de la radio située sous la planche de bord afin d'avertir les camionnettes qui suivaient, mais dès qu'elle appuya sur le bouton émission, l'indicateur d'écoute se mit à couiner. Un brouillage! Quelqu'un brouillait leur fréquence!

Elle regarda DT, et les traits tendus de son compagnon lui apprirent qu'il avait compris.

Elle replaça le micro sur son crochet.

– Garez la camionnette entre la ferme et l'espèce de réduit en béton. Vous prendrez la sacoche. Nous sortirons tous les deux par votre porte. Vous lancerez la sacoche le long du mur vers le côté est du réduit. Vous irez de l'autre côté et vous me couvrirez. Je réglerai la charge. Dès qu'elle sera réglée, nous courrons à toute vitesse vers le bord de cette colline là-bas.

– Le souffle va démolir la camionnette, objecta-t-il.

– Mieux vaut que ce soit elle que nous. Commencez à accélérer. Nous pouvons rouler plus vite.

– Et notre passager?

– Qu'il se débrouille tout seul!

Elle ramassa sur le plancher la petite mitraillette, se prépara à détacher sa ceinture de sécurité. DT cala un coude contre la sacoche qui avait été coincée entre son siège et la portière.

– Foncez en plein milieu! cria Clarisse. La grille va...

La fin de sa phrase se perdit dans le bruit assourdissant de leur passage à travers la porte défoncée. Après cela, ils n'eurent plus le temps d'en dire davantage.

Extrait du journal de Trova Hellstrom. La nature de la subordination de notre Ruche à toute la planète ne doit jamais être perdue de vue. C'est particulièrement vrai en ce qui concerne la chaîne alimentaire, et beaucoup de nos ouvriers ne le comprennent pas clairement. Ils pensent que nous pourrons nous nourrir éternellement sur nous-mêmes. C'est stupide! Chaque chaîne alimentaire est basée en fin de compte sur les plantes. Notre indépendance dépend de la qualité et de la quantité de *nos* plantes, cultivées par nous, leur production s'équilibrant avec ce régime alimentaire dont nous avons appris qu'il nous procure une meilleure santé et une plus grande longévité que celles des sauvages de l'Extérieur.

– Ils ont refusé de répondre à notre appel, dit Saldo qui ne semblait pas du tout fâché de ce refus.

Il se tenait à côté d'Hellstrom à l'extrémité nord du poste de commandement en haut de la grange; derrière eux, des ouvriers finissaient de restituer à la salle son efficacité précédente. Une lucarne était tout ce qui séparait Hellstrom de l'épave de la camionnette devant la porte. Des flammes crépitaient encore à l'intérieur et autour de la camionnette. L'essence avait pris feu, s'était mise à flamber et avait explosé en allumant quelques petits incendies dans l'herbe environnante. Il y aurait bientôt un holocauste là-bas si les ouvriers ne pouvaient s'approcher.

– J'ai entendu, dit Hellstrom.

– Quelle devra être notre réaction? s'enquit Saldo avec une raideur bizarre.

Il essayait trop d'être calme, pensa Hellstrom.

– Utilisons nos propres armes à feu. Tirons quelques balles autour d'eux. Voyez si vous ne pouvez pas les reconduire vers le nord, ce qui nous donnerait une chance pour éteindre les feux. Avez-vous déjà envoyé les patrouilles pour surveiller la petite route qui vient de la ville?

– Oui. Voulez-vous que je leur fasse faire un crochet pour prendre ces deux-là par-derrière?

– Non. Comment allons-nous faire pour mettre une baguette en dessous d'eux?

– Ils sont mal placés. Nous pourrions toucher certains de nos hommes. Vous savez qu'une charge forte rebondit dans les pierres et la terre battue.

– Qui commande la patrouille?

– Ed.

Hellstrom approuva ce choix d'un signe de tête. Ed avait une forte personnalité. Il savait se faire obéir des ouvriers. En aucune circonstance, ils ne devraient tuer ces deux hommes de l'Extérieur, il en était de plus en plus conscient. La Ruche avait besoin de survivants pour pouvoir les interroger. Hellstrom devait apprendre quelle avait été la cause de l'attaque brusquée. Il demanda à Saldo si cela avait été bien expliqué à Ed.

– Oui, je l'ai fait moi-même.

Saldo semblait déconcerté. Hellstrom agissait avec une étrange réserve.

– Faites procéder à la petite opération dont je vous ai parlé au sujet de ces deux-là, commanda Hellstrom.

Saldo alla donner ses ordres, revint une minute plus tard.

– N'oubliez jamais, lui dit Hellstrom, que la Ruche est une chiure de mouche par comparaison avec les forces existantes de l'Extérieur. Il nous faut ces deux-là : pour les informations qu'ils peuvent détenir, et pour leur utilisation possible dans une transaction. Le téléphone a-t-il été rétabli?

– Non. La panne provient des environs de la ville. Ils ont dû couper la ligne.

– C'est vraisemblable.

– Pourquoi voudraient-ils un arrangement avec nous? demanda Saldo. S'ils peuvent nous liquider...

Il n'acheva pas sa phrase, frissonna devant l'énormité de cette hypothèse. Il se sentit disposé, dans son affolement, à mettre la Ruche en congé, à disperser les ouvriers, à les éparpiller avec l'espoir que quelques survivants recommenceraient une autre Ruche. S'ils restaient ici, ils périraient tous! Une bombe atomique... dix ou douze bombes atomiques et... mais si un nombre suffisant d'ouvriers partait maintenant.

Saldo exposa à Hellstrom toutes ses craintes.

– Nous n'en sommes pas encore tout à fait arrivés là, répondit Hellstrom. J'ai pris les mesures nécessaires si le pire doit survenir. Nos documents seront rapidement détruits si nous...

– Nos documents?

– Vous savez bien qu'il faudrait le faire. J'ai expédié le signal de crise à ceux qui ont été nos yeux et nos oreilles à l'Extérieur. Maintenant, ils sont coupés de nous. Peut-être seront-ils obligés de changer de mode d'existence, de manger la nourriture de l'Extérieur, d'obéir aux lois de l'Extérieur, d'accepter une vie brève et les plaisirs vides de l'Extérieur, en guise de rémunération finale des services qu'ils nous ont rendus. Ils ont toujours su que cela pouvait arriver. Mais quelques-uns pourront survivre. N'importe lequel pourrait commencer une nouvelle Ruche. Quoi qu'il se produise ici, Saldo, nous ne sommes pas complètement perdus.

Epouvanté par une telle perspective, Saldo ferma les yeux.

– Janvert est-il revenu plus complètement à lui? interrogea Hellstrom. Nous pouvons avoir besoin d'un plénipotentiaire.

Les yeux de Saldo se rouvrirent aussitôt.

– Un plénipotentiaire? Janvert?

– Oui. Et voyez pourquoi il faut tant de temps pour cueillir ces deux derniers hommes. De toute évidence, ils ont été refoulés dans le pâturage. Je distingue des ouvriers qui commencent à combattre les feux. (Il regarda par la fenêtre.) Ils feraient bien, eux aussi, de se dépêcher. Si nous avons trop de fumée, nous risquons de voir arriver les pompiers de l'Extérieur. (Il se retourna vers les postes d'observation.) Toujours pas de liaison téléphonique?

– Non, répondit l'un des observateurs.

– Alors utilisez la radio, ordonna Hellstrom. Appelez à Lakeview, le service des Forêts. Dites que nous avons ici un petit feu de prairie, mais que nos gens l'ont maîtrisé. Nous n'avons pas besoin d'une assistance de l'Extérieur.

Saldo s'éloigna pour exécuter ses instructions, et il s'émerveilla de la façon dont tous les rouages de la sécurité de la Ruche se trouvaient réunis dans l'intelligence d'Hellstrom. Hellstrom avait été le seul à penser au danger d'une intervention des pompiers de l'Extérieur. Quand Saldo sortit de la salle, un autre observateur appelait Hellstrom.

Celui-ci reconnut sur l'écran un spécialiste de la recherche physique. Le spécialiste commença à parler dès qu'Hellstrom fut arriver dans le champ du pick-up.

– Faites partir d'ici votre insupportable observateur, Nils!

– L'observateur a-t-il provoqué de la perturbation au laboratoire? questionna Hellstrom.

– Nous ne sommes plus dans le laboratoire.

– Plus dans le... Où êtes-vous?

– Nous avons occupé la grande galerie au niveau 50, toute la galerie. Nous avons dû la déblayer pour que nous nous y installions. Votre observateur soutient que vous lui avez dit de rester ici.

Hellstrom se représenta la galerie : elle avait plus de quinze cents mètres de long.

– Pourquoi vous faut-il toute la galerie? demanda-t-il. Nous avons des besoins essentiels...

– Vos idiots d'ouvriers peuvent utiliser les tunnels latéraux! gronda le spécialiste. Rappelez votre crétin! Il nous retarde.

– Toute la galerie, répéta Hellstrom. Mais c'est une...

– Ce sont vos propres informations qui nous y ont obligés, expliqua le spécialiste sur un ton de patience fatiguée. Les observations que vous nous avez si aimablement transmises. Le problème est une affaire de dimensions. Nous allons nous servir de toute la galerie. Et si votre observateur s'en mêle, vous le retrouverez dans la cuve!

La communication fut interrompue par un déclic furieux.

Extrait du Manuel de la Ruche. La plus puissante

force de socialisation dans l'univers est la dépendance mutuelle. Le fait que nos ouvriers principaux mangent la nourriture supplémentaire d'un dirigeant ne devrait jamais leur faire oublier leur interdépendance avec ceux qui n'ont pas été choisis pour ce privilège.

Clarisse était étendue à l'ombre sous un taillis de madrones, à cinq cents mètres au sud-est de la porte qui donnait accès à la ferme d'Hellstrom. Elle pouvait voir une nuée de gens qui combattaient les feux de prairie près de la clôture; certains étaient armés, et non pas de ces mystérieuses armes bourdonnantes qui avaient jeté à terre plusieurs membres de son équipe. Seigneur! Mais ils devaient être des centaines à lutter contre ces feux! De la fumée bleu-gris s'élevait en spirales au-dessus des foyers d'incendie, et elle sentait l'âcreté de cette fumée quand des volutes s'égaraient de son côté.

Elle tenait son pistolet dans sa main droite en l'appuyant sur son avant-bras gauche pour le raffermir. Ils viendraient de cette direction-là, assurément. DT s'était faufilé à plat ventre derrière elle sur la droite avec la mitraillette. Elle essaya de le repérer. Il avait demandé qu'elle lui accordât dix minutes avant de reculer; il la couvrirait.

Elle pensa à la brève bataille qui s'était déroulée dans la cour de la ferme. Seigneur Dieu! Jamais elle n'aurait imaginé une aventure pareille. Ç'avait été terrible, oui, mais pas que cela. Des hommes et des femmes tout nus portant des armes bizarres à double extrémité. Elle avait encore dans les oreilles l'étrange bourdonnement grésillant de ces maudits objets. D'après la manière dont ses compagnons étaient tombés sous ce tir de barrage, elle les croyait mortels.

Un nouveau type d'armes : ce devait être la solution du Projet 40. Ma foi, ils s'étaient attendus à une arme, mais sûrement pas à une arme pareille!

Pourquoi ces gens-là étaient-ils nus?

Elle ne s'était pas encore permis de se demander ce qui avait pu arriver à Eddie Janvert. Elle s'en était tenue à sa première hypothèse. Il était mort, et sans doute avait-il été tué par l'une de ces armes inconnues. Elles avaient toutefois une portée limitée. Une centaine de mètres, calcula-t-elle. Les balles de son pistolet portaient plus loin. L'astuce consistait donc à maintenir les attaquants à distance et à surveiller ceux – pas nombreux – qui étaient munis d'armes à feu.

Elle consulta sa montre : trois minutes avant de pouvoir s'éloigner.

Mon Dieu, qu'il faisait chaud! La poussière de l'herbe lui chatouillait les narines. Elle refoula un éternuement. Quelque chose s'avançait sur le versant de la colline au-dessus de la clôture et à gauche de la porte. Elle visa, tira deux fois, réarma, entendit un autre coup de feu derrière elle et un appel de DT. Il était déjà en position. Bien. Pourquoi attendrait-elle que les dix minutes fussent écoulées? Elle se mit à genoux, se retourna, sortit en courant, recroquevillée dans l'ombre des arbres, sans regarder derrière elle. Il incombait à DT de couvrir sa fuite. D'une colline derrière elle, lui parvint le bourdonnement mystérieux, mais elle n'éprouva qu'un vague picotement le long de sa colonne vertébrale. Elle se demanda si cela pouvait être un produit de son imagination, mais la peur insufflait une énergie toute neuve à ses muscles et elle courut plus vite.

Un coup de feu retentit devant elle sur sa gauche; un autre; encore un autre. DT tirait au coup par coup avec sa mitraillette afin de ralentir la poursuite. Elle changea légèrement de direction pour contourner l'endroit d'où les balles étaient parties.

Elle ne voyait toujours pas DT, mais il y avait un chêne et quelques vaches qui s'en éloignaient au trot. Elle choisit comme objectif un chêne sur la gauche des vaches, y courut, empoigna le tronc avec sa main gauche et s'affala derrière l'arbre. Elle avait le corps trempé de sueur, et chaque fois qu'elle respirait sa poitrine lui faisait mal. DT continuait à tirer, mais demeurait invisible. Six silhouettes nues descendirent de la vallée au pas de course et s'engagèrent sur le pâturage à découvert. Elle aspira trois grandes bouffées d'air pour se calmer, se releva, appuya son arme contre le chêne, et tira quatre balles espacées. Deux des coureurs boulèrent sur le sol; les autres plongèrent dans l'herbe.

DT apparut tout à coup; il se laissa tomber à bas de l'arbre, et elle comprit qu'il avait grimpé dans le chêne. Le brave type! Il atterrit comme un chat et détala sans se retourner, sans lancer un regard à Clarisse, en filant sur sa gauche. Un bon équipier le couvrirait, et il avait à présent accepté Clarisse comme bonne équipière.

Clarisse rechargea, surveilla les mouvements de l'herbe à l'endroit où les quatre survivants de son tir s'étaient couchés. Ils rampaient et tentaient évidemment de se rapprocher pour la mettre à portée de leurs armes. L'herbe dessinait des ondulations, plus près, encore plus près. Elle se concentra pour estimer la distance. A cent cinquante mètres, elle leva son revolver et commença à tirer. Elle prit son temps, en espaçant soigneusement ses coups. Au troisième, une silhouette se dressa en titubant et bascula en arrière. Trois autres se mirent debout et chargèrent, baguettes pointées sur elle. Sans se presser, car chacune des trois balles qui restaient dans son chargeur devait faire mouche, elle visa le premier attaquant, une femme chauve dont le visage était déformé par une grimace féroce. La balle de

Clarisse l'arrêta net comme si elle s'était jetée contre un mur. Son arme vola dans les airs quand elle s'effondra sur le côté. Les autres s'aplatirent dans l'herbe. Clarisse utilisa ses deux dernières balles en les tirant vers l'endroit où ils s'étaient laissés choir. Elle n'attendit pas pour juger de son efficacité; elle s'enfuit tout en rechargeant son revolver.

– Par ici! Par ici!

DT l'appelait d'un autre chêne sur sa gauche. Elle obliqua en devinant qu'il l'avait appelée parce qu'il n'y avait plus d'arbres dans le pâturage. C'était en effet une prairie dégagée dont l'herbe avait été tondue par le bétail sur huit cents mètres au moins. DT la prit par le bras pour l'aider à s'arrêter.

– Vous savez, c'est bizarre, dit-il. Voyez-vous comme les vaches ont brouté l'herbe de ce côté-ci, mais pas du tout vers la ferme. A croire que les vaches évitaient ce secteur. Celles que j'ai effarouchées tout à l'heure étaient réellement ombrageuses, comme si quelque chose les avait effrayées et les avait obligées à se rassembler. Et pourtant je n'aperçois personne.

Il lui fallut un moment pour reprendre haleine.

– Avez-vous une idée lumineuse sur la façon dont nous allons nous sortir d'ici? questionna-t-elle.

– En continuant ce que nous avons fait, répondit-il.

– Il faut que nous sortions et que nous rapportions ce que nous avons vu, dit-elle.

Elle leva les yeux vers lui, mais son attention était rivée sur le chemin qu'ils venaient de parcourir.

– Je crois que vous avez eu un des types qui ont plongé dans l'herbe, dit-il. Il me semble qu'il n'y en a qu'un seul qui avance. Etes-vous prête pour une autre course?

– Bien sûr. Que voyez-vous de celui que j'ai raté?

– Il rampe encore, mais il va bientôt sortir de

l'herbe. Vous vous déporterez légèrement sur la gauche jusqu'à ce que vous arriviez à la route, puis vous essaierez de la suivre. Moi, je me tiendrai à droite. La petite rivière doit être là-bas; vous voyez la rangée d'arbres à quinze cents mètres. Nous leur donnerons deux cibles au lieu d'une. Si je peux arriver au ruisseau...

DT, tout en parlant, avait scruté le terrain en direction de la ferme, mais il se retourna pour regarder du côté où ils allaient fuir. Clarisse pivota brusquement quand DT s'interrompit, et elle laissa échapper une sorte de râle involontaire. Un front serré d'êtres humains nus et glabres leur coupait la route. Ce front se tenait à cinq cents mètres d'eux, commençait au loin sur la gauche dans les petits chênes de la colline et s'étendait sur leur droite bien au-delà des arbres qui jalonnaient le cours d'eau et où DT avait espéré trouver un couvert.

– Jé... sus! murmura DT.

Ils doivent être au moins dix mille! pensa Clarisse.

– Je n'ai jamais vu autant d'ennemis depuis le Nam, dit DT d'une voix rauque. Jé... sus! C'est comme si nous avions excité toute une fourmilière.

Clarisse pensa : C'est exactement ce que nous avons fait. Toutes les pièces du puzzle se mettaient en place; Hellstrom servait de façade à une sorte de culte maboul. Elle remarqua la pâleur de la peau. Ils devaient vivre sous terre. La ferme n'était qu'une couverture. Elle réprima un petit rire hystérique. Non, la ferme n'était qu'un *couvercle!* Elle leva son revolver, bien décidée à faire le plus de ravages possible dans cette sinistre marée humaine qui déferlait, mais un bourdonnement crépitant derrière elle engourdit son corps et son esprit. Elle entendit un coup de feu quand elle s'écroula, mais elle aurait été incapable de dire si c'était elle ou D.T. qui avait tiré.

Extrait du journal de Nils Hellstrom. Le concept d'une colonie directement implantée au milieu d'une société humaine existante n'a rien d'exceptionnel. On trouve de nombreux groupes et mouvements secrets dans l'histoire des hommes. Les gitans présentent encore aujourd'hui une grossière contrefaçon de notre méthode. Non, nous ne sommes pas exceptionnels en cela. Mais notre Ruche est aussi éloignée de ces autres que des primitifs qui habitaient les cavernes. Nous ressemblons au protozoaire colonial, *carcheisum,* nous tous dans la Ruche attachés à un tronc unique avec branches, ce tronc étant dissimulé dans le sol sous l'autre société qui se figure être les doux qui hériteront de la terre. Les doux! A l'origine, il fallait être « muet et silencieux » pour être appelé doux.

Ç'avait été un vol affreux et désordonné depuis l'aéroport Kennedy : une heure d'escale à O'Hare, le changement rapide à Portland pour prendre un avion affrété, et l'inconfort bruyant d'un monomoteur pour remonter la Columbia Gorge puis, lorsque vint le soir, la longue traversée de l'Oregon en diagonale vers l'angle sud-est. Merrivale était furieux quand l'avion le déposa à Lakeview, et l'exaltation qui montait en lui ne faisait qu'amplifier cette humeur.

Au moment où il s'y attendait le moins, alors qu'il s'était résigné à une défaite personnelle déshonorante, on avait fait appel à lui. On – un conseil dont l'existence ne lui était pas inconnue mais dont il avait toujours ignoré la composition – avait choisi Joseph Merrivale en disant qu'il était « notre meilleur espoir pour sauver quelque chose de cette catastrophe ».

Peruge et le Chef étant morts, de qui d'autre disposait le conseil? Cette idée lui conférait un sentiment de puissance personnelle qui, à son tour, alimentait sa colère. Un homme comme lui obligé de subir un tel inconfort?

Le rapport qui lui fut communiqué à Portland ne le calma guère. Peruge était dénoncé comme responsable d'une négligence criminelle. Passer la nuit avec une femme pareille! *Et quand il était de service, par-dessus le marché!*

Le petit avion atterrit dans l'obscurité et, pour accueillir Merrivale, il n'y avait qu'une grosse voiture grise avec un seul chauffeur. Le fait que le chauffeur se présenta comme étant Waverly Gammel, chef du détachement des agents spéciaux du FBI sur place, ranima les inquiétudes que Merrivale avait réussi à endormir pendant le vol.

Ils vont peut-être me jeter aux chiens, se dit-il en s'installant dans la voiture à côté du conducteur. Cette hypothèse s'était insinuée en lui depuis le départ de Portland. Il avait contemplé le clignotement des lumières, en bas, et il avait pensé avec amertume que des gens étaient en train de vaquer à leurs occupations ordinaires – manger, aller au cinéma, regarder la télévision, rendre visite à des amis. Merrivale rêvait souvent à cette existence banale, sans histoires, en regrettant qu'elle ne fût pas la sienne. Mais il se disait aussi que cette sécurité silencieuse des gens d'en bas dépendait en grande partie de ses efforts personnels pour l'assurer. Ils ne savaient pas ce qu'il faisait pour eux, ils ignoraient les sacrifices qu'il consentait...

Même lorsque vous exécutez les ordres au pied de la lettre, cela ne contribue pas à vous protéger le moins du monde. Sa soudaine promotion n'avait rien changé à la loi universelle : les gros se nourrissent des petits, et il y a toujours un plus gros pour faire un plus petit.

Gammel avait un visage jeune, des cheveux gris acier, et des méplats durement ciselés qui suggéraient une ascendance indienne. Ses yeux étaient profondément enfoncés dans leurs orbites; sa voix grave était un peu nasillarde. Texas?

– Mettez-moi au courant, dit Merrivale quand Gammel fut sorti du parking de l'aéroport.

L'homme du FBI conduisait bien mais sans se soucier beaucoup de prolonger la vie de sa voiture. Ils quittèrent l'aéroport par un chemin défoncé, et tournèrent à gauche pour s'engager sur une route goudronnée.

– Vous savez, bien entendu, que nous sommes sans nouvelles de l'équipe que vous avez envoyée dans la ferme, dit Gammel.

– On me l'a appris à Portland, répondit Merrivale en oubliant momentanément d'imposer son accent britannique d'homme supérieur. Une improvisation démentielle!

Gammel s'arrêta à un feu rouge, tourna encore à gauche pour prendre une route plus large et attendit d'avoir doublé un car bruyant pour poursuivre.

– Pour le moment, nous sommes d'accord avec le jugement que vous avez porté sur le shérif adjoint de Fosterville, à savoir qu'il n'est pas sûr et qu'il peut y avoir d'autres personnes douteuses, aussi bien au bureau du shérif que dans la ville elle-même. Par conséquent, nous nous méfions de tous les gens du pays.

– Qu'allez-vous faire du shérif adjoint?

– Il a été emmené par vos agents, comme vous le savez, et depuis nous n'avons aucune nouvelle de lui non plus.

– Qu'allez-vous dire aux autorités locales?

– Une affaire d'espionnage; motus et bouche cousue.

– Consentiront-elles à se tenir à l'écart?

– Pas de gaieté de cœur, mais elles ne bougeront pas; les suggestions politiques que nous avons lancées à un haut niveau sont devenues des ordres absolus à ce niveau inférieur.

– Bien sûr. Sans doute avez-vous déjà investi la campagne autour de la ferme?

Les yeux de Gammel quittèrent la route pendant une seconde. *Investi?* Oh oui : occupé.

– Nous avons fait intervenir onze hommes seulement. Cela doit suffire pour l'instant. La police des autoroutes de l'Oregon nous a envoyé trois voitures et six hommes, mais nous ne les avons pas laissés entrer en scène. Nous allons monter une opération limitée sur la présomption réfutable que les évaluations de votre service sont justes. Toutefois, au moindre signe que vous avez mal jugé la situation, nous serons forcés de revenir à nos propres méthodes. Compris?

Présomption réfutable, pensa Merrivale. C'est une expression comme il les aimait, et il la savoura en se réservant le droit de l'utiliser ailleurs plus tard. Cependant les sous-entendus qui s'abritaient derrière elle ne lui plurent pas, et il le dit.

– Vous comprenez sûrement, lui répondit Gammel, que nous opérons largement en dehors des conventions. Cette équipe que vous avez dépêchée à la ferme n'avait aucun prétexte légal; c'était une force d'assaut, purement et simplement. Vous autres fabriquez vos propres règles à mesure. Nous ne pouvons pas toujours vous imiter. Mes instructions sont claires. Je dois faire tout ce qui est en mon pouvoir pour vous aider avec une histoire de couverture et/ou procurer à vos gens la protection raisonnable dont je suis capable, mais – et c'est un *mais* extrêmement important – mes instructions ne sont valables qu'aussi longtemps que votre estimation de la situation se révèle correcte.

Merrivale écouta dans un silence glacial. Il avait de plus en plus l'impression que le conseil ne lui avait pas accordé de promotion mais qu'il le jetait aux chiens. Il avait été l'associé de deux hommes, morts à présent, dont les lignes de conduite ne pouvaient plus être défendues. Le conseil l'avait expédié tout seul sur le terrain en lui disant : « Vous recevrez sur place l'assistance pleine et entière du FBI. S'il le faut, d'autres soutiens vous seront envoyés quand vous les solliciterez. »

Des phrases!

Il serait la cible toute désignée si la situation empirait encore. Il pouvait déjà entendre grincer les rouages de la réorganisation à Baltimore et à Washington. *Voyons, vous saviez bien quel était ce métier quand vous l'avez choisi, Merrivale.* Ils prendraient un air chagrin en prononçant la phrase standard qui servait en chaque occasion de ce genre : *Dans ce métier, on prend des bosses quand c'est nécessaire.*

Telle était la situation. Pas de doute là-dessus. S'il pouvait sauver les meubles, il le ferait, mais d'abord il avait à se sauver lui-même.

– Finissons-en. Qu'avez-vous pu apprendre sur mes collaborateurs?

– Rien.

– Rien?

Merrivale fut outragé. Il se tourna pour étudier le visage de Gammel à la lueur des phares d'une voiture qui allait les croiser. L'homme du F.B.I. avait une physionomie immobile comme un bloc de pierre, imperméable à toute émotion.

– J'aimerais que vous m'expliquiez ce *rien*, si toutefois vous en êtes capable, dit Merrivale d'une voix aigre et distante.

– Conformément à nos instructions, dit Gammel, nous vous avons attendu.

Il exécute ses ordres, rien de plus, pensa Merrivale.

Il entrevit les conséquences de cette attitude. Il n'y aurait qu'un seul responsable. Cela figurait aussi dans les ordres de Gammel. Il en était sûr. Absolument sûr.

– C'est presque inconcevable, déclara Merrivale.

Il se détourna, contempla la nuit qui défilait sur sa droite avec des mouvements imprécis pendant que la voiture fonçait vers Fosterville. Il nota cependant qu'ils traversaient une campagne bien dégagée, que la route montait légèrement, que des contours de collines se dessinaient devant eux dans la lumière des étoiles. Ils croisèrent fort peu de voitures. Du paysage sombre émanait une impression d'isolement qui s'accordait avec le sentiment d'être abandonné qu'éprouvait Merrivale.

– Qu'il n'y ait pas de malentendus entre nous, dit Gammel. Je suis venu à Lakeview tout seul afin que nous puissions parler sans détours.

Il lança un coup d'œil à Merrivale. Le pauvre bougre se trouvait dans les mâchoires de l'étau, c'était certain. Commençait-il seulement à s'en rendre compte?

– Alors pourquoi ne parlez-vous pas franchement? demanda Merrivale.

Il est plus sur l'offensive que la situation ne le requiert, pensa Gammel. Cela signifiait-il qu'il disposait d'informations capables de modifier la situation de son agence? Je me demande...

– Je fais de mon mieux dans le cadre de mes instructions, déclara Gammel. Il n'y avait pas une heure que j'étais arrivé à Fosterville quand on m'a averti que vous vous poseriez à Lakeview. Il a fallu que je fonce pour vous cueillir à temps. On m'a dit que vous atterririez à Lakeview parce que c'était le terrain d'aviation le plus proche qui était bien éclairé la nuit. Etait-ce la vraie raison, ou y en avait-il une autre?

– Que voulez-vous dire?

– Je me pose encore des questions sur nos propres pertes, aux Sisters.

– Ah... oui, bien sûr! Cela figurait dans le rapport qui m'a été remis à Portland. Il n'y a encore rien de concluant; autrement je l'aurais mentionné. Le feu a joué un vilain rôle dans cette catastrophe. La foudre peut-être, et ensuite une explosion du carburant. Il paraît que le pilote n'aurait pas dû remonter la Columbia Gorge, mais qu'il aurait voulu gagner du temps en volant en ligne droite.

– Le sabotage n'a pas été exclu?

– Non. Entre nous, la probabilité est grande. Une drôle de coïncidence en tout cas, ne trouvez-vous pas?

– Nous travaillons sur cette hypothèse, dit Gammel.

– Qu'avez-vous fait avec vos onze bonshommes et la patrouille? demanda Merrivale.

– J'ai fait partir trois voitures. Deux hommes dans chacune. J'ai envoyé l'une des voitures de la police des autoroutes avec trois agents contourner le site par le sud. Cela prendra un peu de temps. Pendant une partie de cette randonnée, ils ne pourront pas entrer en communication avec nous par radio.

– Mais que vont faire ces trois voitures?

– Nous avons établi une base de transmissions au motel de Fosterville. Mes voitures maintiennent le contact avec cette base à intervalles réguliers. Elles sont déployées entre Fosterville et la ferme, et elles...

– Deux voitures entre la ville et la ferme?

– Non, trois. La voiture de la police des autoroutes de l'Oregon est une quatrième. Mes trois voitures exercent une surveillance sur un large rayon. L'une se trouve sur une route du service forestier à l'est; les deux autres sont espacées le long de la véritable route qui conduit à la ferme. Elles ont reçu pour instructions de rester à au moins trois kilomètres de la ferme.

– *Trois kilomètres?*

– Exact. Et on a dit aux hommes de demeurer dans leurs voitures.

– Mais, trois kilomètres...

– Lorsque nous serons à peu près sûrs de ce que nous ferons et de la force de nos adversaires, nous prendrons volontiers des risques, dit Gammel. Mais dans cette affaire nous ne sommes sûrs de rien.

Il s'était exprimé d'une voix neutre en s'efforçant de ne pas laisser percer sa mauvaise humeur. La critique malveillante de Merrivale lui portait sur les nerfs. Ne comprenait-il pas qu'il pourrait avoir les menottes de Gammel aux mains dans les prochaines vingt-quatre heures? Le FBI serait peut-être obligé d'arrêter Merrivale pour éviter la hache du bourreau. Qu'espérait donc cet idiot?

– Mais trois...

– Combien d'agents avez-vous perdus là-bas? demanda Gammel qui ne songea plus à cacher son exaspération. Douze? Quatorze? Je me suis laissé dire que l'équipe que vous avez envoyée aujourd'hui à la ferme se composait de neuf personnes, et que vous aviez déjà perdu au moins une autre équipe avant cette aventure. Nous prenez-vous pour des imbéciles?

– Quatorze en comptant Peruge, dit Merrivale. Pour les chiffres, vous êtes imbattable.

Dans la faible lumière verte du tableau de bord, il remarqua qu'un muscle bougeait le long de la mâchoire de Gammel et que ses mains s'étaient crispées sur le volant.

– Donc, nous avons un mort certain, treize disparus, plus nos passagers de l'avion qui s'est écrasé sur les Sisters. Vingt en tout. Et vous avez le toupet de me demander pourquoi je n'ai pas envoyé mes hommes là-bas après les vôtres? Si j'en faisais à ma guise, nous aurions un régiment de Marines sur place et nous foncerions, mais je n'en fais pas à ma guise. Pourquoi n'en fais-je pas à ma guise? Parce que toute cette affaire sent la combine de vos gens! Et si elle explose, nous ne tenons pas du tout à être anéantis par le souffle. Est-ce assez clair pour vous? Ai-je parlé assez franchement?

– Bande de lâches! mumura Merrivale.

Gammel donna un brusque coup de volant, dérapa en freinant sur le gravier du bas-côté de la route, s'arrêta, coupa le moteur et éteignit ses feux. Il se retourna sur son siège pour regarder Merrivale dans les yeux.

– Dites donc, vous! Je comprends que votre position vous semble terriblement incorfortable. Seulement, mon agence n'a pas été mise dans le coup dès le début, *alors qu'elle aurait dû y être!* Maintenant, il apparaît qu'il s'agit d'un repaire de communistes, nous le liquiderons et nous aurons tous les concours nécessaires. S'il s'avère qu'il s'agit d'une branche d'une grande industrie de ce pays qui essaie de protéger une nouvelle invention contre les vautours que vous représentez, alors ce ne sera plus du tout la même chose.

– Qu'entendez-vous par industrie... nouvelle invention?

– Vous le savez fichtrement bien! Nous ne sommes pas restés le cul sur nos chaises en comptant uniquement sur vous pour nous fournir des informations.

S'ils connaissent toute l'histoire, pourquoi continuent-ils à nous aider? se demanda Merrivale.

Comme s'il avait entendu la question, Gammel lui dit :

– Notre position ici consiste à essayer de limiter les éclaboussures. Si la merde atteint votre organisation, c'est tout le gouvernement qui sentira la merde. Maintenant, si vous avez été envoyé ici comme bouc émissaire, je peux compatir. Mais il serait absurde que nous nous bagarrions mutuellement. Si cette affaire tourne mal et si vous êtes venu pour écoper, vous avez tout intérêt à être loyal avec moi dès maintenant. Le serez-vous?

Déconcerté par les manières de Gammel, Merrivale hésita.

– Ecoutez! Si vous...

– Etes-vous ici pour écoper?

– Bien sûr que non!

– Balivernes! (Gammel hocha la tête.) Pensez-vous que nous n'ayons pas nos petites idées sur les raisons qui ont fait prendre à votre patron la route la plus directe pour l'enfer?

– La route la plus directe?

– En sautant par une fenêtre! Etes-vous leur bouc émissaire?

– J'ai été envoyé ici après avoir reçu l'assurance que vous m'accorderiez toute la coopération nécessaire en attendant que nous soyons à même de réunir de nouvelles équipes, déclara Merrivale sur un ton sec. Je trouve que votre attitude présente n'est vraiment pas coopérative.

Nullement radouci, Gammel lui demanda :

– Dites-moi – oui ou non – si vous avez des informations nouvelles qui modifient radicalement votre première estimation?

– Bien sûr que non!

– Vous n'avez donc rien de nouveau à m'apprendre?

– Je ne suis pas ici pour subir un interrogatoire

contradictoire, protesta Merrivale. Vous connaissez la situation autant que moi. Et même mieux! Vous, au moins, vous avez vu les lieux.

– J'espère que vous dites la vérité, répliqua Gammel. Sinon, je superviserai personnellement toutes les mesures que nous serons amenés à prendre pour vous faire passer à la casserole.

Il se replaça derrière son volant, remit le moteur en marche, et quitta le bas-côté. Quand il ralluma ses phares sur l'autoroute, ils épouvantèrent une grosse vache noire et blanche qui s'était aventurée sur le macadam et qui galopa devant eux pendant une centaine de mètres avant de se jeter dans une prairie qui bordait la route.

Très déprimé et de plus effrayé en pensant à la situation qui serait la sienne s'il n'avait pas la coopération du FBI, Merrivale dit à Gammel :

– Je suis sincèrement désolé si je vous ai offensé. Comme vous pouvez l'imaginer, je viens de passer des moments assez difficiles et fatigants. La mort du Chef d'abord, et puis les ordres pour me rendre ici personnellement. Je n'ai pratiquement pas dormi depuis que tout a commencé.

– Avez-vous mangé?

– A bord de l'avion de Chicago.

– Nous pourrons vous offrir quelque chose à notre quartier général du motel. (Gammel avança la main pour saisir le micro sous la planche de bord.) Je vais leur dire de préparer du café et des sandwiches. Que voudriez-vous?...

– Je n'ai besoin de rien, affirma Merrivale qui se sentit un peu mieux. (De toute évidence, Gammel s'efforçait de retrouver un ton amical. Merrivale s'éclaircit la gorge.) Quelle sorte de plan d'action avez-vous conçu?

– Ne faire qu'un minimum pendant la nuit. Attendre le matin et opérer une reconnaissance en plein jour en gardant un contact radio permanent avec la base. Cela me paraît tout indiqué jusqu'à ce que nous découvrions ce qui s'est passé là-bas. Nous ne pouvons pas nous fier encore aux gens du pays. On m'a même recommandé de rester sur mes gardes avec la police des autoroutes de l'Oregon. Notre premier souci doit être de clarifier un peu de cette eau qui jusqu'à présent a été salement troublée.

Troublée par nos agents, naturellement, pensa Merrivale. Le FBI était décidément une bande de sacrés poseurs!

– Donc, rien cette nuit? demanda-t-il.

– Il ne me paraît pas très recommandé de courir des risques qui ne seraient pas d'une nécessité absolue. De toute façon, nous serons plus musclés demain matin.

– Vous attendez des renforts? (Merrivale s'épanouit.)

– Deux hélicoptères des Marines qui viennent de San Francisco.

– Vous les avez commandés?

– Nous continuons à vous couvrir, répondit Gammel en souriant. Ils seront là uniquement pour la surveillance et les transports. Il nous a fallu beaucoup d'insistance pour les obtenir sans pouvoir donner beaucoup d'explications.

– Très bien, dit Merrivale. On m'a appris à Portland que vous n'aviez pas de liaison téléphonique avec la ferme. La situation a-t-elle évolué?

– La ligne est morte, répondit Gammel. Probablement coupée par vos gens lorsqu'ils sont allés là-bas. Nous aurons demain matin une équipe de réparateurs. De chez nous, bien sûr.

– Je vois. Je suis tout à fait d'accord avec vos décisions, quitte naturellement à les rectifier quand nous serons arrivés à votre PC. Vos hommes auront peut-être des renseignements plus récents à vous communiquer.

– Ils m'auraient appelé, dit Gammel en tapotant sur la radio placée sous la planche de bord.

Il pensa : Ils ont envoyé un prétentieux. Il servira de bouc émissaire, c'est sûr, et ce pauvre idiot ne s'en doute peut-être pas.

Extrait du Manuel de la Ruche. En tant que mécanisme biologique, la reproduction humaine n'a pas un rendement exceptionnel. Quand on les compare aux insectes, les êtres humains paraissent extrêmement inefficaces. L'insecte et toutes les formes de vie inférieure se consacrent à la survie de l'espèce. La survie passe par la reproduction, par l'accouplement. Les mâles et les femelles de toutes les formes de vie autres qu'humaine s'unissent dans l'intérêt direct et singulier de la reproduction. Pour les formes sauvages de l'espèce humaine, en revanche, si le cadre ne convient pas, si le parfum ne convient pas, s'il n'y a pas de musique douce, et si l'un des partenaires au moins n'est pas *aimé* (concept singulièrement instable) par l'autre, l'acte de reproduction peut ne se produire jamais. Nous, de la Ruche, par conséquent, nous nous attachons à libérer nos ouvriers du concept de l'idylle. L'acte de procréation doit s'accomplir aussi simplement, aussi naturellement, et aussi oublieusement que manger. Ni la beauté, ni l'idylle, ni l'amour ne doivent intervenir dans la reproduction de la Ruche. Que les exigences de la survie, seules, y figurent !

La campagne enrobée de nuit autour de la ferme parut assoupie à Hellstrom quand il la scruta du PC du haut de la grange. L'obscurité avait effacé tous les traits du paysage familier, et seule brillait la lueur lointaine des lumières de Fosterville à l'horizon. La Ruche sous ses pieds n'avait jamais été plus silencieuse, plus chargée des tensions de l'attente. Bien que la tradition orale parlât d'anciennes confrontations quand tout le Mouvement Colonie (ainsi l'appelait-on alors) se trouva au bord de l'extinction, la Ruche n'avait jamais connu une crise aussi grave. Les événements s'étaient présentés par étapes si naturelles qu'Hellstrom, en y réfléchissant, y voyait une inéluctabilité. La population d'une cinquantaine de milliers d'ouvriers dépendait, pour que son existence continuât, des décisions que prendraient Hellstrom et ses assistants au cours des prochaines heures.

Hellstrom se retourna; l'incandescence des cathodes aurait pu passer pour un feu de marais; les écrans surveillaient les hommes de l'Extérieur qui étaient montés de Fosterville un peu après la tombée de la nuit. Trois voitures sans plaques minéralogiques étaient garées dans les pâturages, à un peu plus de trois kilomètres. Au début, une quatrième voiture identifiée comme appartenant à la police des autoroutes s'était trouvée avec elles, mais elle se frayait à présent un chemin vers le sud de la vallée. La seule piste qui y accédait était la vieille route de Thimble Mine, et elle ne s'approchait pas du sud de la vallée à moins d'une quinzaine de kilomètres, sauf si les automobilistes passaient à travers champs. Hellstrom pensait que ce véhicule devait être à quatre roues motrices, mais il savait que la nature du terrain l'empêcherait d'arriver à moins de quatre ou cinq kilomètres du périmètre de la Ruche.

Les ouvriers du PC qui sentaient que le poids des décisions incombait à Hellstrom ne parlaient plus qu'à voix basse et se déplaçaient sans bruit.

Dois-je me servir de Janvert comme d'un plénipotentiaire? se demandait-il.

Mais toute médiation ne pouvait commencer qu'à

partir d'une position de force, et la Ruche n'avait à offrir qu'un trompe-l'œil. Le secret de la baguette à étourdir pouvait représenter une proposition valable. Janvert l'avait vue à l'œuvre. Il était aussi au courant de la maîtrise que le Ruche avait acquise sur la chimie humaine : ses réactions personnelles en témoigneraient. Mais Janvert ne pouvait que devenir l'ennemi de la Ruche s'il en sortait comme plénipotentiaire. Il y avait vu trop de choses pour pouvoir rester neutre.

Hellstrom regarda la pendule derrière l'arc des instruments de surveillance : 11 h 29. C'était tout près de *demain*, et demain serait la journée décisive. Il la devinait à de nombreux indices, parmi lesquels la présence des trois voitures d'observation qui étaient échelonnées entre la Ruche et Fosterville. En songeant aux occupants de ces voitures, Hellstrom eut envie de savoir ce qu'ils faisaient. Il se tourna vers le poste d'observation et posa la question à un spécialiste de la coordination dont la figure était blafarde dans cette semi-obscurité verte.

– Ils restent à l'intérieur des voitures, répondit le spécialiste. Ils font leurs rapports à dix minutes d'intervalle entre chaque équipage. Nous sommes maintenant à peu près sûrs qu'il n'y a pas plus de deux hommes de l'Extérieur dans chaque voiture.

– Ils attendent que le jour se lève, dit Hellstrom.

– C'est l'opinion de tout le monde ici, déclara le spécialiste. La voiture du milieu n'est qu'à vingt-cinq mètres de l'une des issues de secours, celle qui se trouve au bout de la galerie du niveau deux.

– Vous suggérez que nous tentions de capturer ces gens de l'Extérieur pour les amener ici?

– Cela nous permettrait d'avoir des réponses à certaines questions.

– Et cela pourrait déclencher aussi une attaque générale. Je pense que nous avons épuisé notre part de chance. (Hellstrom se frictionna la nuque. Il était à bout de forces, il dirigeait tout sur les nerfs.) Et cette voiture qui faisait un grand tour vers le sud?

– Elle s'est arrêtée près de l'endroit où la route de la vieille mine s'apprête à franchir Muddy Bottom, c'est-à-dire à une douzaine de kilomètres de notre périmètre et à au moins seize kilomètres de la vallée.

– Merci, dit Hellstrom en se détournant.

Le PC était plus calme maintenant que lorsqu'il y avait pénétré deux heures plus tôt. Des groupes de spécialistes de la sécurité étaient passés et avaient reçu leurs consignes pour le ratissage nocturne. Ils étaient tous partis dans les ténèbres, et ils n'étaient plus que des points de signalisation sur les instruments, des silhouettes lumineuses sur les écrans.

Pour la dixième fois peut-être depuis son arrivée au PC, Hellstrom se dit : Je devrais me reposer. Au lever du jour il faudra que j'aie tous mes sens en état d'alerte. Ils nous donneront l'assaut dans la matinée, j'en suis sûr. Et moi, plus que n'importe qui, je dois être prêt à les recevoir. Beaucoup d'entre nous mourront probablement demain. Si je suis en forme, j'en sauverai peut-être quelques-uns.

Il eut une pensée triste pour Lincoln Kraft. Son corps calciné (dont il ne restait même pas assez pour qu'on se donnât la peine de le conduire à la cuve) avait été retiré de l'épave de l'une des camionnettes des attaquants. La mort de Kraft portait à trente et un le nombre des victimes de la journée.

Et ce n'est qu'un début!

Un peu plus tôt, le PC de la grange s'était réduit à un léger murmure d'interrogations. Les mots *attaque* et *prisonniers* avait été répétés dans plusieurs contextes. Il y avait même eu une sorte d'exaltation pompée dans l'adrénaline, des allusions à la « victoire ».

Hellstrom pensa encore une fois aux trois prisonniers que la Ruche détenait à présent. Il semblait bizarre de garder des prisonniers. Les adultes de l'Extérieur étaient normalement voués à la cuve. Seuls de très petits enfants avaient été jugés dignes d'être refaçonnés pour les usages de la Ruche. Maintenant... maintenant, d'autres possibilités existaient.

Le plus déconcertant des trois, Janvert, avait fait des études de droit. Hellstrom l'avait appris au cours d'un interrogatoire prudent. Il pouvait être ridiculement simple de détacher Janvert des mœurs de l'Extérieur, à condition qu'il reçût la trempe de la chimie de la Ruche. La femme, Clarisse Carr, possédait des caractéristiques agressives que la Ruche pourrait tourner à son avantage. Le troisième, que ses papiers d'identité présentaient comme s'appelant Daniel Thomas Alden, se conduisait comme un soldat. Il y avait des traits valables dans chacun d'entre eux, mais Janvert demeurait le plus intéressant. Au surplus, il était petit, ce qui était souhaitable dans la Ruche.

Hellstrom se retourna vers les postes d'observation, se pencha au-dessus du deuxième sur la droite.

– Quoi de neuf sur notre patrouille au bas de la rivière? demanda-t-il. A-t-elle quelque chose sur les propos des occupants de la voiture qu'ils surveillent?

– Les sauvages de l'Extérieur sont encore intrigués, Nils. Ils trouvent que c'est « une affaire très étrange », et ils citent assez souvent le nom d'un nommé Gammel qui, apparemment, croit qu'il s'agit d'une salade. Qu'est-ce que c'est qu'une salade, Nils?

– De l'argot militaire, traduisit Nils. Cela veut dire de la confusion, du désordre, dans une situation normale.

– Quelque chose qui a mal tourné, alors?

– Oui. Prévenez-moi si vos hommes apprennent du neuf de ce côté-là.

Hellstrom se redressa; il envisagea d'appeler Saldo. Le jeune homme avait été prié d'observer discrètement le Projet 40 en se tenant à un bout de la longue galerie du niveau cinquante. Ce n'était pas une bonne place car le travail principal s'effectuait vers le milieu de la galerie, donc à huit cents mètres de lui, mais l'irascibilité des chercheurs s'était encore accrue à la suite de l'incident provoqué par la présence de l'« observateur gênant ». Hellstrom comptait sur l'intelligence de Saldo pour savoir s'y prendre avec eux. Il avait désespérément besoin de savoir, dans son PC du haut de la grange, si la situation au laboratoire évoluait dans le sens d'un nouveau progrès.

Nous ne pourrons jamais nous en tirer par un coup de bluff contre l'Extérieur, réfléchissait Hellstrom. La Ruche pourrait obtenir un court répit en montrant les baguettes à étourdir afin de faire croire – provisoirement – à l'existence d'une arme plus puissante, construite sur le même principe. Mais les gens de l'Extérieur réclameraient une démonstration. Et il fallait toujours garder en mémoire l'avertissement de Harl. La menace d'utiliser une arme absolue plaçait la détente entre les mains d'un adversaire qui pourrait dire : *utilisez-la donc!* L'arme devait être appropriée à des énergies moins qu'absolues; et cela devait être démontrable, clairement démontrable. Un bluff ne tiendrait pas longtemps. La Ruche serait mise au pied du mur, et ensuite qu'adviendrait-il? Les sauvages de l'Extérieur étaient vraiment étranges. Ils avaient tendance à ne pas croire en la violence jusqu'à ce qu'ils l'eussent ensuite subie. Ils disaient toujours : « Cela ne peut pas se produire ici. »

Peut-être était-ce inévitable dans un monde qui fondait ses sociétés sur la menace, la violence et les illusions du pouvoir absolu. Comment espérer que des gens tels que Janvert pourraient penser en termes plus malléables, penser aux interdépendances de la vie et aux relations mutuelles des systèmes vivants, penser à insérer l'espèce humaine dans le grand cercle de vie? Ce genre de concepts serait du charabia pour les êtres de l'Extérieur, même pour les partisans de la nouvelle marotte : *l'écologie.*

Extrait des notes privées de Joseph Merrivale. Conformément aux instructions qui m'ont été remises à l'aéroport Kennedy, je suis arrivé dimanche soir à Lakeview afin d'avoir un contact préliminaire avec Waverly Gammel, chef d'un détachement d'agents du FBI, qui avait installé sa base à Fosterville. Il m'a conduit à Fosterville où nous sommes arrivés à 23 h 18. Gammel m'a dit qu'il n'avait pas pris d'autres mesures qu'une surveillance minimale de l'objectif, à une distance de trois kilomètres, avec quatre véhicules et neuf hommes seulement. Selon Gammel, c'était en conformité de ses instructions, déclaration qui ne concorde pas avec ce que j'ai été amené à croire lors de la conférence pour l'action. Gammel déclare n'avoir aucune nouvelle de nos agents qui ont pénétré dans le secteur de l'objectif. Gammel doute qu'il s'agisse d'une affaire de stupéfiants. Il a vu le rapport préliminaire sur l'autopsie de Peruge. J'ai dû faire état de mon appartenance à une autre agence pour les effectifs nécessaires à la poursuite de cette affaire. La division de l'autorité engendre une situation fertile en embarras et inconvénients potentiels. Le vague *modus vivendi* selon lequel je dois accomplir ma mission ne peut qu'accroître les difficultés actuelles. Etant donné que plusieurs mesures ont déjà été prises sur le terrain dans cette affaire sans que je les aie connues ou approuvées, je devrai protester officiellement à la première occasion. Mes fonctions dans le présent contretemps sont de mauvais augure pour nos responsabilités. Je dois préciser que rien, dans la conduite de cette affaire, ne s'accorde avec ce que j'estime être les décisions requises pour résoudre la situation.

Saldo battit tous les records de vitesse pour remonter du niveau à quinze cents mètres de profondeur où les chercheurs avaient déplacé leurs opérations. Il y avait des ascenseurs rapides uniquement dans les nouvelles galeries au-dessous de neuf cent cinquante mètres, mais plus il montait, moins les ascenseurs allaient vite. Les travaux dans les nouvelles galeries le retardèrent légèrement à onze cent cinquante mètres, mais il se fraya néanmoins le passage. Il faudrait qu'il demande à Hellstrom si ces travaux ne pourraient pas être réduits au minimum pendant la crise actuelle.

Il avait laissé un jeune assistant au laboratoire déplacé; assis à l'extrémité sud-est de la longue galerie, il disposait de l'arme secrète que Saldo lui avait confiée : les jumelles qui avaient appartenu à Depeaux, l'intrus de l'Extérieur. Les jumelles avaient révélé un redoublement d'activité chez les chercheurs, et Saldo l'avait interprété comme l'imminence d'un essai de système. Il n'avait pas osé s'approcher des spécialistes pour ne pas contrevenir aux ordres formels d'Hellstrom. Seul ce dernier pouvait modifier la tournure des événements et, vu l'urgence de la décision à prendre, Saldo était parti pour demander une petite interruption du travail au laboratoire.

Il était près de minuit quand la cabine de la grue le déposa sur la coursive à l'extérieur du PC. Un ouvrier le reconnut et le laissa entrer. Dans la salle, il vit que la plupart des cadres dirigeants de la Ruche s'apprêtaient à passer la nuit avec Hellstrom dont la silhouette se détachait à l'extrémité nord devant la lucarne. Saldo constata qu'il ne tenait pas en très haute estime les qualités de chef de presque tous ceux qui étaient présents, en dehors d'Hellstrom – encore que, parfois, Hellstrom lui-même... Certains ouvriers auraient dû conserver leur force pour le lendemain. Il savait que cette réaction intérieure reflétait un modèle élevé et conditionné en lui, mais cela ne retirait rien à son évaluation de ses qualités personnelles. Hellstrom et la moitié des autres auraient dû être en train de se reposer.

Toutefois il reconnut qu'à la place d'Hellstrom il serait resté lui aussi devant la fenêtre nord.

Hellstrom se retourna et aperçut Saldo qui se dirigeait vers lui.

– M'apportez-vous du nouveau, Saldo?

Saldo se rapprocha d'Hellstrom et, à voix basse, lui expliqua pourquoi il avait quitté le laboratoire.

– Etes-vous certain qu'ils vont procéder à un essai?

– Tout le donne à penser. Depuis des heures, ils montent les câbles de transport d'énergie. Ils ne se souciaient pas de ces câbles sur les autres modèles avant d'être prêts pour l'essai.

– Dans combien de temps?

– Difficile à dire.

Hellstrom fit quelques pas; sa fatigue était visible dans la précision contrôlée de ses gestes. Il se planta devant Saldo.

– Je ne vois pas comment ils pourraient procéder si tôt à un essai. (Il se frotta le menton.) Ils m'ont dit que le nouveau modèle utiliserait toute la galerie.

– Ils utilisent toute la galerie, en effet, et des ventilateurs, et un étrange assemblage de tuyaux qu'ils sont en train de relier sur toute la longueur de la galerie. Ils ont fait reposer la tuyauterie sur tout ce qu'ils ont pu récolter : des chaises, des bancs; c'est quelque chose de très étrange qu'ils sont en train de construire. Ils ont même pris une pompe à fort débit aux hydroponiques du niveau quarante-deux; ils sont entrés, l'ont débranchée et l'ont emportée. Vous imaginez la tête du directeur des hydroponiques! Mais ils ont déclaré que vous les aviez autorisés. Est-ce vrai?

– A peu près, répondit Hellstrom.

– Nils, pensez-vous qu'ils se conduiraient ainsi s'ils n'allaient pas procéder à l'essai et s'ils n'étaient pas relativement certains de la réussite?

Dans son for intérieur, Hellstrom partageait le sentiment de Saldo, mais il y avait d'autres hypothèses à considérer, et il n'avait pas encore osé s'autoriser un espoir. Le comportement des spécialistes pouvait être un reflet de l'agitation qui s'était répandue à travers la Ruche. Hellstrom en doutait, mais enfin c'était une possibilité à ne pas écarter.

– Ne devriez-vous pas descendre et voir les choses par vous-même? s'enquit Saldo.

Hellstrom sympathisa avec l'impatience qui avait poussé Saldo à quitter le laboratoire. C'était une impatience répandue dans la Ruche. Mais à quoi servirait qu'il descendît maintenant? Les spécialistes ne lui diraient peut-être rien. Ils étaient naturellement circonspects quand on leur demandait de prédire le résultat d'un projet. Quand ils se décidaient à répondre, ils parlaient de probabilités, de conséquences possibles dans certains développements... C'était compréhensible. On avait vu des expériences se retourner contre les expérimentateurs. Un ancien modèle d'essai pour le Projet 40 avait créé une bulle de plasma explosif qui avait tué cinquante-trois ouvriers dont quatre chercheurs et causé beaucoup de dégâts sur une soixantaine de mètres dans une galerie latérale au niveau 39.

– Quels chiffres de prise de puissance ont-ils donnés à la Centrale de Production d'énergie? demanda

Hellstrom. Combien de diversion leur faut-il?

– Les spécialistes de la Production d'énergie ont voulu le savoir, mais on leur a répondu que les calculs n'étaient pas terminés. J'ai néanmoins posté un autre observateur à la Centrale. A coup sûr, les chercheurs doivent demander la diversion.

– La Centrale fera-t-elle une estimation fondée sur la dimension des câbles de transport d'énergie qui seront utilisés?

– Cinq cent mille kilowatts. Peut-être un peu moins.

– Tant que cela? (Hellstrom aspira une grande bouffée d'air.) Les chercheurs sont différents de nous à bien des égards, Saldo. Ils ont été élevés pour une vision assez étriquée, une concentration de l'intelligence. Nous devons nous prémunir contre la possibilité d'un échec catastrophique.

– Catas... (Saldo, consterné, se tut.)

– Préparez l'évacuation d'au moins trois niveaux autour de la galerie d'essai, commanda Hellstrom. Vous irez vous poster vous-même à la Centrale. Vous direz au spécialiste-chef de ne pas connecter les câbles de transport d'énergie avant que j'aie donné l'autorisation. Lorsque les chercheurs viendront procéder aux dérivations d'énergie, appelez-moi. Vous leur demanderez alors, si vous le pouvez, quelle marge et quel facteur d'erreurs ils envisagent pour le projet. Procurez-vous les chiffres d'énergie et, en même temps, ordonnez l'évacuation des galeries. Nous ne risquerons pas plus de vies d'ouvriers que ce qui est nécessaire.

Saldo céda à un sentiment de respect mêlé de crainte. Il tombait de haut – du haut de son orgueil – et il était découragé. Il n'avait pas pensé une seconde à toutes ces précautions. Il n'avait eu d'autre idée que de décider Hellstrom à prendre une mesure particulière. Mais le stratagème de poster un observateur à la Centrale avec l'autorité de retarder la connection de l'énergie satisfaisait aux exigences du propre plan de Saldo et allait même au-delà.

– Peut-être devriez-vous envoyer à la Centrale quelqu'un qui ait plus d'imagination et de capacité, murmura Saldo. Ed, par exemple...

– Vous êtes celui dont j'ai besoin à la Centrale, dit Hellstrom. Ed est un spécialiste aguerri qui a une longue expérience de l'Extérieur. Il peut penser comme quelqu'un de l'Extérieur, ce dont vous êtes incapable. Il possède aussi une modération suffisante qui lui permet de ne pas surestimer ni de sous-estimer ses aptitudes professionnelles. En un mot, il est *équilibré.* Si nous devons survivre aux heures prochaines, c'est de cette qualité que nous aurons besoin avant tout. Je vous fais confiance pour que vous exécutiez mes ordres à la lettre. Je sais que vous le pouvez et le voulez. Maintenant, retournez à votre poste.

Les épaules de Saldo remontèrent : il regarda la physionomie d'Hellstrom : elle était ravagée par la fatigue.

– Nils, je ne pensais pas...

Hellstrom l'interrompit avec des intonations plus douces.

– C'est en partie ma lassitude qui est cause de ma brusquerie et de ma sévérité envers vous. Et c'est une chose que vous auriez dû prendre en considération. Vous auriez pu m'appeler sur le réseau intérieur de communication sans quitter votre poste. Un vrai chef envisage plusieurs possibilités avant d'agir. Si vous étiez mûr pour un commandement, vous auriez pensé à conserver mes énergies, autant que les vôtres. Vous développerez cette aptitude, et le délai entre vos réflexions sur plusieurs lignes de conduite et votre décision pour agir correctement sera de plus en plus bref.

– Je retourne tout de suite à mon poste, dit Saldo.

Il fit demi-tour, commença à traverser la salle. Pendant qu'il marchait, des voix s'élevèrent aux postes d'observation. Une friture de bruits s'échappa de l'un des communicateurs. On entendit un observateur demander :

– Qui d'autre est là-bas pour commander?

Une nouvelle friture jaillit des communicateurs.

– Un seul à la fois! cria l'observateur. Dites-leur de rester à leurs postes. Si nous sommes trop nombreux pour courir dans tous les sens sans coordination, nous nous gênerons les uns les autres. Nous nous occuperons des recherches à partir d'ici.

L'observateur était une jeune femme qui était instructeur en second; dans la lumière de son écran, son visage apparut comme le masque ovale du désarroi; elle se souleva de sa chaise pour regarder au-delà du banc d'instruments en direction d'Hellstrom.

– L'un des prisonniers s'est évadé dans la Ruche!

Hellstrom s'élança, arriva à côté d'elle. Saldo marqua un temps d'arrêt à la porte.

– Lequel? interrogea Hellstrom en se penchant au-dessus d'elle.

– Celui qui s'appelle Janvert. Devons-nous envoyer des ouvriers pour...

– Non!

De la porte, Saldo intervint.

– Nils, est-ce que je...

– Regagnez votre poste! répondit Hellstrom sans quitter des yeux l'écran situé devant la jeune femme.

Un garde épouvanté apparut sur l'écran.

– Quel niveau? demanda Hellstrom.

– 42, répondit le garde sur l'écran. Et il a une baguette. Je ne sais pas comment il a pu... Il a tué deux ouvrières, celles qui nous ont dit avoir été envoyées sur... sur votre ordre pour...

– Je comprends, interrompit Hellstrom.

C'étaient les spécialistes qu'il avait fait descendre afin de redonner à Janvert suffisamment de vivacité d'esprit pour qu'il pût être utilisé comme ambassadeur. Une anicroche s'était produite et Janvert s'était évadé. Hellstrom se redressa, promena son regard sur les ouvriers qui l'entouraient :

– Réveillez vos remplaçants. Janvert a été marqué du sceau de la Ruche. Aucun ouvrier ordinaire ne le prendrait pour quelqu'un de l'Extérieur. Il peut aller n'importe où dans la Ruche sans attirer l'attention. Notre problème est double. Nous devons le reprendre, mais sans bouleverser davantage la Ruche. Faites bien comprendre cela à tous les enquêteurs. Envoyez vos remplaçants à la poursuite de Janvert avec une description physique. Distribuez des armes de l'Extérieur à au moins un ouvrier dans chaque groupe de recherche. Je ne veux pas qu'on se serve de baguettes à l'intérieur en des circonstances pareilles.

– Vous le voulez mort, et ensuite à la cuve, dit un ouvrier dans le dos d'Hellstrom.

– Non, je ne veux pas!

– Mais vous avez dit...

– Une arme par groupe, précisa Hellstrom. L'arme est destinée à l'atteindre aux jambes, uniquement si nous ne pouvons rien faire d'autre pour l'arrêter. Je veux qu'il soit pris vivant. Comprenez-vous cela, vous tous? Nous avons besoin de ce représentant de l'Extérieur vivant!

Extrait du Manuel de la Ruche. La vie doit prendre la vie dans l'intérêt de la vie, mais aucun ouvrier ne doit participer à ce grand cycle de la régénération s'il n'est pas motivé par la perpétuation de l'espèce. C'est uniquement dans l'espèce que nous sommes reliés à l'infini, et cela a une signification différente pour l'espèce plus que pour la cellule mortelle.

Janvert avait mis un long moment à réaliser l'étrangeté de sa situation. Il eut d'abord l'impression qu'il était devenu deux personnes nettement différentes, et il se les rappelait très bien. L'une avait fait son droit, était entrée à l'Agence, aimait Clarisse Carr, et se sentait prise au piège dans des activités déshumanisantes. L'autre sembait s'être éveillée à la vie au cours d'un repas avec Nils Hellstrom et une petite poupée de femme qui s'appelait Fancy. Cet autre individu s'était conduit d'une manière très spéciale. Cet individu-là se rappelait s'être rendu gentiment avec Hellstrom dans une salle où des gens l'avaient entouré pour lui poser des questions. En tant que cet *autre* mystérieux, Janvert se souvenait d'avoir répondu à ces questions avec une franchise totale. Il avait répondu de son plein gré, en cherchant des détails capables de développer ses réponses. Il s'était réellement donné beaucoup de mal pour que ses réponses fussent comprises.

Il avait d'autres souvenirs bizarres, aussi : de grands réservoirs ouverts dans une salle immense, dont certains bouillonnaient; une deuxième salle presque aussi grande qui grouillait de tout petits enfants jouant et sautant dans un curieux silence sur un plancher recouvert qui par endroits les soulevait comme un tremplin. Dans cette salle régnait une odeur acide de propreté. Il se rappela également que de l'eau était tombée soudain du plafond sur les bébés quand il était passé, et puis était apparue cette odeur particulière que son double avait respirée et qu'il sentait encore autour de lui : forte, fétide, tiède dans ses narines.

Celui qu'il considérait comme son moi originel semblait s'être endormi pendant toute l'aventure de l'*autre*, mais il avait repris conscience. Il reconnut le lieu où il se trouvait dans les deux jeux de sa mémoire. C'était une salle avec des murs gris rugueux, un creux dans un angle qui était percé d'un trou pour qu'il pût s'y soulager, une étagère de trente centimètres sur quatre-vingts près de l'unique porte de la pièce; cette étagère était sans doute faite de la même matière que les murs, et elle supportait un pichet et un verre en plastique noir qui contenaient de l'eau chaude. Un peu plus tôt, il y avait eu un bol plein de nourriture. Il se souvint de ce bol et de l'homme nu au visage inexpressif qui l'avait apporté sans dire un mot. Pas de fenêtres. Rien qu'une porte et le creux des toilettes. Par intermittence, de l'eau jaillissait sous ce trou. Des jets d'eau étaient aussi disposés autour du creux; ils avaient coulé une fois pour le nettoyer. Pas de sièges. Il ne pouvait s'asseoir que par terre, et il était nu comme un ver. Il chercha – ce fut vite fait – s'il pouvait se confectionner une arme. Le pichet et le verre en plastique se révélèrent incassables.

Sa mémoire lui offrit aussi les images de deux visiteurs : des femmes plus âgées que lui qui l'avaient soutenu avec une aisance remarquable pendant qu'elles procédaient sur lui à un examen très intime avant de lui injecter Dieu savait quoi dans la fesse gauche. La région de la piqûre le picotait encore. Mais ç'avait été peu après cette injection que son moi originel s'était réveillé. Il devait y avoir trois heures de cela. Comme on lui avait pris sa montre, il n'aurait su le dire exactement. Mais en formulant cette hypothèse, il sentit qu'il faisait quelque chose de positif.

Il faut que je m'évade, se dit-il.

Son double mystérieux, qui commençait maintenant à s'assoupir, lui remit en mémoire des hordes de gens nus qui se pressaient dans les souterrains par lesquels il avait été conduit à cette salle. C'était une fourmilière humaine. Comment pourrait-il en sortir?

La porte s'ouvrit. Une femme nue, assez jeune, entra. Pendant les quelques secondes où la porte était restée entrebâillée, il aperçut au-dehors une femme qui avait l'air plus âgée, plus robuste, qui portait l'une de ces armes étranges qui ressemblaient à un fouet à deux branches. La jeune femme qui était entrée avait une touffe de poils noirs sur le pubis, et une autre sur la tête. Ni dans sa physionomie ni dans ses gestes, il n'y avait cette absence presque lunaire de vie. Elle tenait dans sa main gauche un stéthoscope banal.

Janvert se leva d'un bond et alla se placer, le dos au mur, près de l'étagère.

Elle eut l'air amusé.

– Détendez-vous. Je ne suis venue ici que pour voir comment vous avez tout supporté.

Elle agrafa le stéthoscope autour de son cou, et en saisit l'extrémité dans sa main gauche.

Janvert, sans la quitter des yeux, voulut prendre le pichet d'eau, mais sa main le fit tomber de l'étagère.

– Voyez ce que vous avez fait! dit-elle en se penchant pour ramasser le pichet qui bien entendu gisait dans l'eau qu'il avait contenu.

Lorsqu'elle se baissa, Janvert lui assena de sa main droite un coup terrible en travers de la nuque. Elle s'affaissa et ne bougea plus.

Mais il y avait l'autre femme à l'extérieur. Relaxe-toi et réfléchis, se dit Janvert. Une lumière verte venant du plafond éclairait la pièce et baignait d'une pâleur mortelle la peau de la femme étendue à terre. Il se courba au-dessus d'elle, chercha son pouls, ne le trouva pas. Il s'empara du stéthoscope, écouta. Le cœur ne battait plus. Le coup désespéré dont il l'avait frappée l'avait donc tuée. Il mesura alors, avec un frisson, l'étendue des périls où il s'était jeté. Il lui fallait agir, et agir vite. Il traîna le corps de la femme à droite de la porte, se retourna pour voir si tout était en ordre. Le pichet était demeuré sur le plancher, mais Janvert hésita. Cette hésitation le sauva.

La porte se rouvrit. La femme plus âgée passa sa tête à l'intérieur; la curiosité se lisait sur son visage.

Bondissant de derrière la porte, Janvert l'attrapa par la tête, la tira vers lui, et lui administra un terrible coup de genoux dans le creux de l'estomac. Elle laissa échapper une plainte sourde, lâcha son arme. Il l'assomma d'un revers de la main, comme la première, fit demi-tour et referma la porte.

Maintenant, il les avait eues toutes les deux. Mieux, il avait l'une de leurs armes. Il examina cet objet bizarre. C'était une sorte de cravache en plastique noir, d'une couleur et d'une texture analogues à celles du pichet et du verre, qui avait un mètre de long. Son manche était court, avec des échancrures pour les doigts. A la base du manche, il vit un cadran à cliquet denté et un bouton jaune sous l'échancrure pour l'index.

Janvert dirigea la double extrémité de la cravache sur la femme qu'il venait d'abattre, et il pressa le bouton. Il entendit un bourdonnement, et il lâcha le bouton. Le bourdonnement cessa aussitôt. Mais la femme avait sursauté quand l'arme s'était activée. La peau de son flanc nu commença à virer au violet foncé. Il se pencha au-dessus d'elle à la recherche de son pouls. Rien. Elles étaient mortes toutes les deux. Il recula, regarda la porte. Il y avait une découpure arrondie, à hauteur de sa taille, qu'il avait déjà essayé d'actionner, et la porte avait alors refusé de s'ouvrir. Affolé, il se demanda s'il ne s'était pas enfermé à l'intérieur. Poussé par le désespoir, il appuya de nouveau sur la découpure, et la porte s'ouvrit immédiatement sans bruit; il entrevit des gens qui passaient dans la galerie; il referma le battant.

– Il faut que je réfléchisse, dit-il à haute voix.

Naturellement, ils penseraient qu'il allait se diriger vers la surface. Mais ne possédaient-ils pas d'autres issues pour sortir? Qu'y avait-il sous lui? Il savait qu'il existait au moins un autre niveau inférieur. Ses ravisseurs l'avaient fait passer devant une cage d'ascenseur où des cabines montaient d'un côté et descendaient de l'autre. Il avait en sa possession l'une de leurs armes, et il savait à présent que cette arme pouvait tuer. Les gens d'Hellstrom le rechercheraient. Ils feraient le tour des salles dans leur labyrinthe souterrain, et ils disposaient d'effectifs suffisants pour ne rien laisser au hasard.

Je vais descendre.

Il n'avait aucune idée de la profondeur à laquelle il se trouvait. On l'avait mené là par des ascenseurs et il avait aperçu beaucoup d'étages, mais son *autre* moi n'avait pas pensé à les compter.

Ils l'avaient nourri de quelque chose qui devait le rendre docile, bien sûr. Cette autre personne était la création d'Hellstrom. Une création qui pourrait bien être la solution du Projet 40. Les papiers de l'Institut de Technologie du Massachusetts pouvaient contenir tout simplement la description de ce qu'il fallait pour composer les produits chimiques destinés à la manipulation des hommes.

Ses poursuivants, cependant, ne s'attendraient pas à ce qu'il descendît. S'il y avait une autre issue à cette fourmilière humaine, il la découvrirait en pratiquant l'imprévu.

Continue à pratiquer l'imprévu, se dit-il.

Il ne se sentait pas encore complètement maître de lui, mais il savait qu'il ne pouvait plus s'attarder. Il assura son arme dans sa main droite, ouvrit la porte, risqua un coup d'œil à l'extérieur. L'activité s'était ralentie dans le souterrain, mais un groupe muet d'hommes et de femmes nus le croisa de gauche à droite sans regarder avec curiosité dans sa direction. Ils étaient neuf. Un groupe plus nombreux, sur l'autre côté du tunnel, passa de droite à gauche. Personne ne fit attention à lui.

Alors Janvert sortit et rejoignit la file de ceux qui se dirigeaient vers la gauche. Il s'arrêta au premier ascenseur, attendit l'arrivée d'une cabine qui descendait, s'y engouffra rapidement à la suite d'un homme maigre au visage inexpressif.

Les odeurs du lieu commencèrent à indisposer Janvert à mesure qu'il retrouvait toute sa vivacité d'esprit. L'homme qui était avec lui dans la cabine semblait ne pas le remarquer. Il respirait paisiblement, mais Janvert subissait l'assaut d'une petite nausée à chaque inspiration. Il se donna le conseil de ne pas chercher à savoir qu'elle était leur origine et de ne plus s'intéresser à elles. Son voisin d'ascenseur représentait peut-être un danger, mais il ne semblait pas vouer une attention particulière à Janvert. Les poils de son pubis avaient été rasés ou supprimés d'une autre façon. Son crâne chauve luisait.

Lorsque l'ascenseur passa devant un autre niveau, l'homme sauta au-dehors et Janvert eut la cabine pour lui seul. Il compta les murs gris et les étages, arriva à dix, se demanda combien de temps il devait demeurer dans cette cabine. Il leva les yeux vers le plafond : il était aussi terne que le plancher. Quelque chose de gris et de brillant y était collé près du mur de gauche. Il se haussa sur la pointe des pieds et toucha cette substance dont une petite partie s'accrocha à son doigt; il la huma : c'était la même odeur que celle du brouet de son bol. Il se frotta la main contre la cuisse pour la faire disparaître. Mais il chercha à s'expliquer la présence d'aliments sur le plafond. Peut-être le plafond devenait-il un plancher lors de la phase retour de l'ascenseur? Les cabines semblaient ne jamais s'arrêter. Des gens entraient ou sortaient d'un bond à travers les ouvertures sans portes. Tout donnait l'impression d'une chaîne sans fin de cabines qui faisaient le tour des niveaux de la fourmilière d'Hellstrom.

La cabine fit une brusque embardée, s'inclina légèrement sur sa gauche. Nouveau tangage, inclinaison plus accentuée. Janvert s'agenouilla contre le rebord inférieur et s'y accroupit quand l'ascenceur se coucha carrément sur le côté. Il ne vit rien d'autre qu'un mur gris dans l'ouverture de la porte, puis la cabine continua sa révolution et le plafond devint effectivement le plancher. Il avait deviné juste. Mais la cabine remontait maintenant. Il sauta dehors à la première ouverture; personne en vue. Il se trouvait dans une galerie éclairée par une faible lumière rouge, mais il aperçut une lueur jaune plus brillante dans le lointain sur sa droite. La galerie continuait dans une pénombre rouge au delà de cette lueur. Il regarda à gauche, aperçut une courbe qui déformait le plancher du tunnel. Il décida de se diriger vers la lueur jaune, tourna à droite et adopta un pas de marche normal. Il devait avoir l'air d'un quelconque habitant du labyrinthe qui se rendait à son travail habituel. L'arme pesait lourd dans sa main droite, et la transpiration de sa paume la rendait glissante.

Il entendit un bruit d'eau courante avant d'arriver dans le secteur de la lueur, mais il découvrit que la lumière provenait de longues fentes parallèles au plancher et au plafond voûté. Les fentes étant à la hauteur de ses yeux, il n'eut qu'à tourner la tête en passant pour apercevoir une vaste salle basse avec de longues citernes espacées où de l'eau coulait, et des gens qui travaillaient autour des citernes avec un sérieux et une application exemplaires. Janvert regarda la citerne la plus proche; il distingua des poissons qui sautaient hors de l'eau, des petits poissons qui mesuraient une quinzaine de centimètres de long. Il vit alors que les gens qui se trouvaient plus loin dans la salle puisaient les poissons de la citerne pour les mettre dans un chariot sur roues.

Un élevage de poissons, Seigneur!

Janvert dépassa les fentes lumineuses et il entrevit devant lui une autre lueur, distinctement rosée celle-là. La lumière provenait de portes qui, hautes jusqu'au plafond, révélèrent une salle encore plus grande que la première. Cette salle était remplie de tables éclairées par des lampes basses et où s'étalaient des plantes luxuriantes à feuilles d'un vert splendide. De nouveau il entendit, mais plus faiblement, le bruit de l'eau courante. Des ouvriers portant des lunettes noires se déplaçaient entre les tables avec des sacs en bandoulière, et récoltaient des fruits rouges que Janvert crut être des tomates. Une fois pleins, les sacs étaient transportés vers des ouvertures dans le mur opposé et déversés par là.

Il croisait à présent davantage de monde dans le souterrain, et il entendit devant lui un bourdonnement qui s'amplifiait à mesure qu'il se rapprochait. Il se rendit compte qu'il y avait quelque temps que ce son parvenait à ses oreilles, mais qu'il avait été « biffé » de sa conscience.

Jusque-là, aucune des personnes qu'il avait rencontrées ne lui avait manifesté d'attention particulière.

En arrivant plus près de ce bourdonnement agaçant, il trouva qu'il faisait plus chaud dans la galerie. L'intensité du son devenait presque douloureuse à supporter. Il passa bientôt devant des fentes plus larges dans le mur de gauche, et il découvrit derrière elles une salle gigantesque. Elle occupait sûrement deux étages plus bas et autant en hauteur. Elle était pleine de grands objets tubulaires qui rapetissaient les travailleurs s'affairant sur le plancher bien au-dessous de lui. Il estima que les dimensions de ces objets se chiffraient à dix-huit mètres de hauteur et à trente mètres de diamètre. Ils étaient de toute évidence la source du bourdonnement, et une odeur reconnaissable d'ozone s'échappait des fentes du souterrain.

Des générateurs électriques, supposa Janvert.

Mais il n'avait jamais vu un groupe aussi formidable de générateurs. Il s'étendait sur huit cents mètres au moins sur sa gauche et bien plus loin sur sa droite, et il semblait avoir une largeur de huit cents mètres. Si c'étaient des générateurs, il se demanda ce qui les actionnait.

Quand il parvint à l'autre extrémité de son tunnel, Janvert fut en mesure de répondre à cette question. Le tunnel tournait à gauche avec une double rampe. Une rampe descendait dans la salle éclairée; l'autre rampe, parallèle à la première sur la droite et séparée d'elle par un mur peu épais, se perdait dans un secteur d'obscurité où il ne discerna que le flot huileux d'une eau qui coulait sous un médiocre éclairage.

L'eau... L'eau serait-elle sa route d'évasion?

Janvert descendit délibérément la rampe en direction de l'eau; il croisa un nouveau groupe de gens qui ne le regardèrent même pas. Il déboucha sur une sorte de corniche noire à côté de l'eau. Sacrée rivière! Elle s'enfonçait dans l'obscurité, et il repéra des lumières mobiles sur l'autre rive à quatre cents mètres de là.

La corniche diminua de largeur quand Janvert la suivit sous la salle des générateurs. Il entendait l'eau à ses pieds, le bourdonnement étouffé sur sa gauche.

L'ampleur possible de cette entreprise souterraine commença à émerger au niveau de la conscience de Janvert. Il s'agissait de quelque chose de si considérable que le gouvernement avait dû s'y intéresser d'une façon ou d'une autre. Trop considérable pour passer inaperçu. A moins que...

Si le gouvernement s'en était mêlé, pourquoi l'Agence n'en avait-elle rien su? Cela paraissait impossible. Le Chef avait été mis au courant de certains secrets extrêmement délicats. Janvert l'avait compris en diverses occasions. Merrivale en aurait sans doute entendu parler.

Pris par cette rêverie pleine de points d'interrogation, Janvert faillit se heurter à un homme grisonnant qui lui barrait le chemin au bout de la corniche. Un escalier se trouvait derrière l'homme qui leva sa main droite et agita bizarrement ses doigts sous le nez de Janvert.

Janvert haussa les épaules.

L'homme recommença à agiter ses doigts, secoua la tête. Il était sûrement très intrigué.

Janvert leva son arme, la braqua sur l'homme.

Celui-ci recula d'un pas; il était scandalisé; il avait la bouche ouverte, les yeux écarquillés, les muscles tendus sur la défensive. Une fois encore il leva la main, agita ses doigts.

– Que me voulez-vous? demanda Janvert.

Ce fut comme si Janvert l'avait frappé. L'homme fit un nouveau pas en arrière qui l'amena au bas de l'escalier, mais il ne répondit rien.

Janvert examina les alentours. Ils étaient seuls sur cette corniche et il sentait la tension qui montait. Le signe de la main ne pouvait que signifier quelque chose à son intention. Le fait que Janvert n'avait rien compris à cette agitation des doigts n'était pas moins patent. Janvert se décida brusquement. Il appuya sur le bouton de son arme, entendit un bref bourdonnement, et l'homme grisonnant s'écroula.

Janvert tira rapidement le corps dans l'obscurité qui régnait au bord de la corniche; il hésita; allait-il jeter l'homme dans la rivière? Il y avait peut-être des gens en aval qui verraient le cadavre et qui viendraient s'enquérir de ce qui s'était passé. Janvert préféra monter l'escalier.

Les marches aboutissaient à une plate-forme qui formait le point d'amarrage d'une passerelle au-dessus de la rivière. Hardiment, Janvert s'y engagea. Il n'éprouvait aucun remords particulier parce qu'il avait tué un autre habitant du labyrinthe d'Hellstrom. Cependant le débit de l'eau à dix mètres au-dessous de lui et la pression continue de l'odeur fétide se conjuguèrent pour lui donner une sorte de vertige, et il se guida avec sa main gauche sur la balustrade.

La passerelle déboucha sur un souterrain étroit et court, de l'autre côté de la rivière, et un tube fluorescent jaune au-dessus de lui l'éclaira. Une porte fermait l'extrémité intérieure du souterrain; elle était munie en son milieu d'une poignée en forme de volant au-dessus de laquelle un A lumineux et vert voisinait avec un symbole stylisé qu'il supposa être une partie du corps d'un insecte, sectionné et fuselé, mais sans tête.

Tenant toujours son arme, Janvert voulut faire tourner le volant de sa main gauche; le volant résista un moment, puis céda et s'arrêta brusquement. Il le souleva alors et la porte s'ouvrit avec un bruit de soupir. Il sentit un courant d'air sur sa nuque. Une lumière provenait de petits disques plats espacés au-dessus de sa tête. Le souterrain était une rampe en pente douce.

Janvert entra, referma soigneusement la porte derrière lui en faisant jouer un volant analogue à l'intérieur, et commença à gravir la rampe.

Rapport 7-A de la Sécurité de la Ruche : Janvert. Un ouvrier dont la description concorde avec celle de Janvert a été vu sur le niveau quarante-huit près des turbines. Rien que cela indiquerait que le fugitif descend dans la Ruche au lieu de monter. Une enquête est en cours. Les ouvriers qui affirment l'avoir vu disent qu'ils l'avaient pris pour un spécialiste dirigeant, parce qu'il avait les cheveux longs et qu'il tenait une baguette. Ces détails seraient de nature à confirmer la présence de Janvert à ce niveau, mais il semble tout de même extraordinaire qu'il n'ait pas essayé d'émerger tout de suite à la surface.

Quand Janvert s'arrêta pour se reposer, il avait calculé qu'il était monté de près d'une centaine de mètres dans cette étroite galerie. Celle-ci comportait des virages raides tous les mille pas, et la côte devait avoir une inclinaison de trois pour cent. Il supposa que c'était un ventilateur quelconque, mais il n'avait pas encore vu d'ouvertures, et le silence qui régnait aux alentours ainsi que quelques nids de poussière lui donnèrent à penser qu'elle n'avait pas été utilisée depuis longtemps. S'agissait-il d'une sortie de secours? Peut-être avait-elle été creusée comme voie d'accès pendant que des tunnels plus larges étaient aménagés. Pouvait-elle vraiment aboutir à une sortie? Il n'osa pas l'espérer. La galerie, simplement, le conduisait plus haut.

Il reprit son ascension. Peu après il arriva devant une autre porte munie d'un volant. Il s'arrêta, examina la porte. Qu'y avait-il de l'autre côté? Peut-être ferait-il mieux de poursuivre son chemin. Mais il possédait une arme. L'arme constitua un argument décisif. Il tourna le volant, appuya son épaule contre la porte pour l'ouvrir. Un courant d'air lui caressa le visage.

Janvert pénétra alors sur une plate-forme étroite, à balustrade, à mi-hauteur du mur d'une immense salle ronde à coupole. Elle s'étendait devant lui sur au moins deux cents mètres dans une lumière brillante et bleuâtre. Le plancher de cette salle s'incurvait légèrement vers le centre; il grouillait d'hommes et de femmes qui se livraient à toutes sortes d'accouplements sexuels.

La stupéfaction immobilisa Janvert.

Il y avait dans la salle une vague de fond de grognements, de claquements de chairs contre d'autres chairs. Des couples se séparaient, trébuchaient pour trouver de nouveaux partenaires, et continuaient leurs étonnantes activités sexuelles.

La fécondation!

Il se rappela le récit de Peruge sur sa nuit avec Fancy. Elle avait appelé cela *fécondation.* Fécondation pour la reproduction. C'était le seul mot approprié à cette scène ahurissante. Elle ne suscita en lui aucun intérêt lubrique. Plutôt, elle le dégoûta. La salle avait sa propre odeur distinctive : un mélange sauvage de sueur et de quelque chose qui lui rappela la salive dominait les relents de tout ce labyrinthe. Il remarqua que le plancher était mouillé et semblait élastique; sa teinte gris-bleu luisait aux rares endroits où il n'était pas occupé par des couples qui se tortillaient. Parmi l'agitation des chairs au milieu de la salle, il aperçut un large cercle de matière plus sombre qui semblait être un égout – et qui était un gril, bon Dieu! Certains corps arboraient sur leur chair le dessin du gril.

Que pouvait-il y avoir de plus efficace?

Encore bouleversé par ce spectacle, Janvert regagna son tunnel, referma la porte et reprit son ascension. Il se dit qu'il n'oublierait jamais une scène pareille. Mais personne ne le croirait. Il fallait l'avoir vue pour y croire.

Il pensa qu'il aurait pu descendre de sa plateforme et se mêler à cette orgie sexuelle sans que personne n'y trouvât à redire. Un autre reproducteur, voilà tout!

Janvert passa devant deux autres portes à volant avant d'avoir retrouvé un semblant d'équilibre mental. Il regarda avec dégoût ces portes, en essayant d'imaginer ce qu'il pourrait découvrir de l'autre côté. C'était une abominable ruche humaine! Il s'immobilisa brusquement, comme si l'entière signification du mot le paralysait.

Une ruche.

Il regarda les murs faiblement éclairés du souterrain; ses autres sens enregistrèrent le bourdonnement assourdi des machines, les odeurs, tous les signes d'une vie foisonnante qui l'entourait.

UNE RUCHE!

Janvert frissonna, respira à fond trois fois, puis recommença à gravir la rampe. Ses pensées étaient en ébullition. C'était une ruche humaine. Ils vivaient ici à la manière des insectes. Comment vivaient les insectes? Ils faisaient des choses qu'aucun être humain ne voulait faire – certaines qu'aucun être humain ne *pourrait* faire. Ils avaient des reproducteurs et des ouvriers – et une reine et... ils mangeaient pour vivre. Ils mangeaient des aliments que l'estomac humain rejetterait en supposant que la conscience humaine ne les eût pas rejetés avant. Pour des insectes, la reproduction était uniquement... la reproduction. Plus il réfléchissait, plus il se persuadait qu'il avait découvert la vérité. Ce n'était pas un projet de gouvernement secret! C'était une horreur, une abomination, une chose qu'il fallait détruire par le feu de fond en comble!

Rapport 16-A de la Sécurité de la Ruche : Janvert. Le corps d'un spécialiste des turbines tué par baguette a été découvert près du milieu du principal cours d'eau. L'œuvre de Janvert, assurément. La garde a été doublée sur tous les conduits d'admission et les écrans des turbines, bien que pas un être humain ne puisse survivre à une expédition dans la station génératrice. Il est plus vraisemblable qu'il se cache dans les anciennes galeries d'accès qui ont été converties en une réserve de ventilation de secours. Les recherches se concentrent de ce côté.

Janvert s'arrêta devant la porte suivante à laquelle il colla son oreille pour écouter. Il entendit de l'autre côté de faibles coups sourds rythmés – une machine quelconque, pensa-t-il. Un sifflement accompagnait les coups sourds. Il tourna le volant de la porte pour l'entrebâiller, et jeta un coup d'œil. C'était une salle beaucoup plus petite que l'autre, mais tout de même assez vaste, d'une trentaine de mètres de côté. Le plafond était bas, et la porte s'ouvrait directement sur le plancher de la salle. Des tubes en travers du plafond projetaient une lueur rouge sur des tables trapues; chaque table était chargée aux deux extrémités d'une colonne de tuyaux enchevêtrés en verre transparent, et ces tuyaux palpitaient de fluides à couleurs brillantes. Il les contempla un moment avant de reporter son attention sur ce qui se trouvait entre les colonnes sur les tables.

Son regard se fixa sur ces objets avec une intensité d'autant plus grande qu'il ne voulait pas croire ce que ses yeux lui révélaient. Chaque table supportait ce qui semblait être le tronçon d'un corps humain, de la taille aux genoux. Il y avait des tronçons d'homme et des tronçons de femmes. Quelques femmes avaient l'abdomen gonflé comme si elles étaient enceintes. Au-delà de la taille et des genoux, il n'y avait rien qui ressemblât à de la chair : uniquement ces tuyaux aux couleurs palpitantes. Ces tronçons pouvaient-ils être réels?

Janvert se glissa dans la pièce et toucha le plus

proche : un tronçon d'homme. La chair était chaude! Il retira sa main aussitôt, et eut envie de vomir. Il recula vers la porte donnant sur la galerie, incapable de détacher son regard du contenu de cette salle. C'étaient des tronçons vivants de chair humaine. Pas autre chose!

Une certaine agitation à l'autre bout de la pièce le rappela à d'autres réalités. Il vit des gens qui défilaient le long des tables, qui se penchaient pour étudier les tronçons et examiner les tuyaux. Une véritable caricature de médecins faisant leurs visites à l'hôpital! Janvert s'échappa dans la galerie sans avoir été remarqué. Il referma la porte et resta là, le front appuyé sur la surface fraîche et lisse.

Il avait donc vu des tronçons reproducteurs humains. Il pouvait imaginer que la ruche d'Hellstrom conservait en vie ces monstruosités à des fins de reproduction. La pensée de sa propre chair soumise à un tel traitement lui donna la chair de poule; son dos, son cou, ses épaules se mirent à trembler, et il crut que ses genoux allaient être incapables de le soutenir plus longtemps. Des souches de reproduction!

Quelque part plus bas, un son mat retentit, et il sentit dans ses oreilles un changement de la pression de l'air dans le tunnel. Il entendit des pieds nus qui, au pas de course, battaient le plancher de la galerie.

Ils me cherchent ici!

Poussé par la peur, il rouvrit la porte, se faufila à l'intérieur, la referma. Cette fois, le cortège médical l'aperçut, mais ses participants n'eurent que le temps de sursauter de surprise avant que la baguette de Janvert ne les jetât à terre. Il traversa à toute vitesse la salle de cauchemar en essayant de ne pas regarder les tronçons humains. Un couloir voûté le conduisit à une grande galerie pleine de monde. La peur lui donna des ailes et de nouvelles forces. Il tourna à gauche, se fraya à coups d'épaule un passage à travers la foule sans se soucier de l'agitation et de la curiosité qu'il suscitait évidemment. Des mains se levèrent derrière lui, il entendit quelques cris inarticulés ainsi que la voix perçante d'une femme qui l'appelait : « Dites donc, vous! »

Au premier ascenseur qu'il trouva, il repoussa un homme qui voulait passer par l'ouverture et sauta dans une cabine qui montait. Il regardait les visages qui, sur le palier, continuèrent à l'observer avec étonnement et inquiétude jusqu'à ce que le plancher de la cabine obstruât l'ouverture.

Deux femmes et un homme se trouvaient déjà dans la cabine. L'une des femmes ressemblait à Fancy, mais en beaucoup plus âgée; l'autre avait une opulente chevelure blonde, comme plusieurs qu'il avait déjà vues dans les profondeurs de la ruche d'Hellstrom. L'homme, sans cheveux ni poils, lui rappela Merrivale par son faciès étroit de renard et ses yeux vifs. La curiosité des trois était naturellement éveillée; l'homme se pencha vers Janvert et le renifla. Ce qu'il huma dut le déconcerter car il renifla une seconde fois.

Affolé, Janvert braqua son arme sur lui, puis sur les deux femmes. Ils s'écroulèrent sur le plancher. Quand la cabine passa devant une autre ouverture, une femme aux seins lourds et au visage rond essaya d'entrer, mais Janvert la repoussa d'un coup de pied au creux de l'estomac et l'envoya bouler dans la foule. La cabine continua son ascension sans incident. Janvert sauta par la quatrième ouverture et plongea dans une véritable marée humaine. Il traversa la galerie en jouant des coudes et pénétra dans un petit passage latéral qu'il choisit parce qu'il lui semblait vide. Deux hommes qu'il avait bousculés et renversés sur son passage se relevèrent et voulurent le poursuivre, mais il les abattit avec sa baguette. Il reprit sa course folle, tourna à gauche, encore à gauche, et il se retrouva dans la grande galerie, à cent mètres de l'ouverture de l'ascenseur devant laquelle la foule se pressait.

Janvert tourna alors à droite en maintenant son arme à la verticale devant lui pour la dissimuler aux gens qui se trouvaient derrière. Il se contraignit à adopter un pas de promenade tout en s'efforçant de reprendre haleine. A mesure qu'il s'éloignait de la galerie, les bruits de l'agitation qu'il avait soulevée s'affaiblirent, et il n'entendit pas de poursuivants lancés à ses trousses. Alors il osa traverser le tunnel pour s'engager sur sa gauche dans un couloir plus petit qui, à angle droit, était en réalité une rampe à forte inclinaison. Au bout d'une centaine de pas, il s'aperçut que ce couloir débouchait sur une autre grande galerie, et il vit un ascenseur juste devant lui. Il fendit sans incident la foule et sauta dans la première cabine qui montait. Dès qu'il entra, la cabine prit de la vitesse. Il regarda autour de lui. Un conducteur aurait-il oublié le réglage? Les ouvertures défilèrent en un éclair devant lui. Il en dénombra neuf, non sans se demander si Hellstrom ne possédait pas une commande secrète de la cabine et si l'on n'avait pas accéléré sa montée secrète pour le prendre au piège; à une telle vitesse, il n'osait pas essayer de sauter.

De plus en plus paniqué, Janvert se rapprocha de la porte pour chercher s'il n'y avait pas un système de frein, mais il n'en aperçut aucun. Cependant, lorsqu'il bougea, la cabine ralentit en arrivant à une ouverture. Il sauta au-dehors et faillit heurter deux hommes qui tiraient un chariot rempli d'une sorte de tissu jaune. Ils l'esquivèrent en souriant et en lui adressant des signes de la main qui ressemblaient à ceux de l'homme grisonnant au bord de la rivière. Janvert leur répondit par un sourire triste et un haussement d'épaules. Les deux hommes acceptèrent ce genre d'excuses et reprirent leur marche dans la galerie avec leur chariot.

Janvert tourna à droite pour mettre de la distance entre eux et lui; le souterrain se terminait par une large voûte bien éclairée au delà de laquelle des gens s'affairaient sur des machines situées dans une grande salle. Il n'osa pas faire demi-tour et pénétra dans cette salle. Il reconnut un tour, une sorte d'estampeuse (le plafond avait été ouvert pour accueillir la partie supérieure de la machine), ainsi que plusieurs machines à percer sur lesquelles se penchaient des gens qui travaillaient sérieusement et qui ignorèrent sa présence. Il régnait dans cette pièce basse une odeur d'huile et une âcreté de métal surchauffé. Il aurait pu se croire dans un quelconque atelier si les ouvriers n'avaient été nus. Des chariots transportant des caissons d'objets métalliques qu'il n'identifia pas étaient poussés dans les allées entre les machines.

Janvert s'efforça de prendre un air très occupé, traversa la salle à grandes enjambées en espérant trouver une sortie de l'autre côté. Il remarqua que des gens s'intéressaient maintenant à lui différemment et il se demanda pourquoi. Une femme quitta un tour pour aller renifler son coude. Janvert, une fois de plus, répondit par un haussement d'épaules mais, en baissant les yeux, il s'aperçut que sa peau luisait de sueur. Etait-ce sa sueur qui avait attiré cette femme?

Aucune porte n'apparaissait sur le mur d'en face, et il commençait à craindre de se trouver coincé quand il vit un volant semblable à ceux des portes qu'il avait précédemment ouvertes dans les galeries. En réalité, la porte n'était qu'un trait à peine visible sur le mur, mais elle s'ouvrit dès qu'il tourna le volant. Il franchit le seuil comme s'il en avait parfaitement le droit, referma la porte derrière lui. Le souterrain montait en pente douce sur sa droite. Il tendit l'oreille, n'entendit aucun bruit, et reprit son ascension à pied.

La fatigue engourdissait douloureusement son dos et ses jambes; combien de temps pourrait-il tenir encore? Il avait l'estomac vide, la bouche et la gorge sèches. Mais le désespoir le soutint, et il sut qu'il continuerait sa marche vers le haut jusqu'à ce qu'il s'effondrât par terre. A tout prix, il devait s'évader de cette ruche monstrueuse.

Extrait du Manuel de la Ruche. Les déclencheurs chimiques qui peuvent susciter une réaction prédéterminée chez l'individu de toute espèce animale doivent être très nombreux et peuvent être illimités à l'intérieur des nuances affinées de la variation. Le prétendu esprit rationnel de conscience dans l'animal humain ne présente pas d'obstacle insurmontable à un tel processus de déclenchement, mais peut être considéré seulement comme un courant à maîtriser. Et une fois que la conscience a été suffisamment abaissée, le déclencheur a la liberté de faire son œuvre. Ici, dans ce secteur qui passait jadis pour le domaine exclusif de l'insecte, nous de la Ruche sommes sûrs de développer nos plus grandes forces d'unification.

Hellstrom se tenait toujours dans le PC du haut de la grange, sous une rangée de signes de la Ruche qui signifiaient : « Utilisez tout, ne gâchez rien. » Il était plus de 3 heures du matin, et Hellstrom avait perdu tout espoir de dormir. Il ne réclamait plus dans son for intérieur qu'un peu de repos.

– Voyez ces changements dans la pression de l'air, dit un observateur derrière lui. Il est de nouveau dans le système de ventilation de secours. Comment fait-il? Vite! Envoyez l'alerte. Où est l'équipe de recherches la plus proche?

– Pourquoi ne bloquons-nous pas ce système, niveau par niveau, ou du moins tous les deux niveaux? s'enquit Hellstrom d'une voix résignée.

– Nous n'avons suffisamment d'équipes que pour monter la garde sur dix niveaux du système, répondit une voix mâle sur sa gauche.

Hellstrom essaya de reconnaître, dans la faible lumière verte du PC, qui avait parlé. Ed peut-être? Etait-il déjà rentré de son inspection des patrouilles de l'Extérieur?

Maudit Janvert! Cet homme était d'une ingéniosité diabolique. Des ouvriers morts et blessés, des bouleversements de comportement provoqués par son passage, l'agitation croissante que laissaient dans leur sillage les équipes de recherches... Tout conspirait pour mettre sens dessus dessous toute la Ruche. Il faudrait des années pour nettoyer et éliminer les traces de cette nuit-là. Janvert était terrorisé, bien entendu, et la chimie de sa terreur se répandait dans la Ruche. A mesure que de plus en plus d'ouvriers lisaient ce signal subtil d'un être humain qui, selon ses autres marqueurs chimiques, semblait être l'un des leurs, leurs craintes déferlaient comme une vague. S'il n'était pas appréhendé bientôt, une crise pourrait éclater.

Ç'avait été une faute de ne pas renforcer la garde quand il avait été ramené à un état normal.

Ma faute, pensa Hellstrom avec amertume.

La chimie de la solidarité était, en réalité, une arme à double tranchant. Elle coupait dans les deux sens. Ses gardiens avaient été inconsciemment endormis par elle. Quand un ouvrier avait-il jamais attaqué ses pareils?

Il écouta les postes d'observation qui coordonnaient ce nouvelle épisode des recherches. Les équipes étaient excitées par cette chasse ainsi que l'attestaient leurs voix. C'étaient presque comme si elles n'avaient pas envie d'attraper Janvert trop tôt.

Hellstrom soupira.

– Conduisez la prisonnière ici, dit-il.

Dans la pénombre, quelqu'un répondit :

– Elle est encore inconsciente.

C'était Ed, certainement, se dit Hellstrom.

– Eh bien, répliqua-t-il, réanimez-la et faites-la monter ici!

Inscription en signes de la Ruche au-dessus de la salle centrale des cuves. Il est juste et saint que nous donnions nos corps quand nous mourons, que les éléments de nos vies éphémères ne soient pas perdus pour la plus grande force manifestée dans notre Ruche.

A la huitième porte au cours de son ascension, Janvert hors d'haleine trébucha et s'effondra. Quand il appuya sa tête contre elle, il en sentit la fraîcheur à travers ses cheveux. Il regarda ses pieds nus. Mon Dieu, qu'il faisait chaud dans ce tunnel! Et l'odeur était encore pire. Il sentit qu'il ne pourrait plus bouger s'il ne se reposait pas un peu. Son cœur battait à se rompre, il avait mal à la poitrine, la sueur dégoulinait sur son corps. Il se demanda s'il oserait revenir dans la grande galerie pour chercher un ascenseur. Il colla une oreille à la porte, écouta, n'entendit aucune activité particulière de l'autre côté. Ce silence l'inquiéta. Attendaient-ils qu'il se montrât?

Seuls lui parvinrent des bruits lointains de machines et l'impression omniprésente d'une agitation humaine. Curieux, tout de même, ce silence derrière la porte. De nouveau il écouta, mais ne surprit rien qu'il pût interpréter comme une menace précise.

Combien étaient-ils pourtant ces étranges habitants de la ruche d'Hellstrom? Dix mille? Il n'y en avait aucun sur les listes de recensement. Il le savait. Tout cet endroit exprimait un ensemble délibéré d'objectifs qui allaient à l'encontre des habitudes et des conventions du dehors, de la façon la plus directe et la plus outrageante. Ici des gens vivaient selon des règles qui étaient contraires à toutes les croyances de la société. Avaient-ils un dieu dans cette ruche? Il se rappela Hellstrom disant son bénédicité. Du baratin! Rien que du baratin!

C'était une ruche infâme, révoltante!

Les dernières paroles de Trova Hellstrom. La défaite des sauvages de l'Extérieur est garantie par leur arrogance. Ils défient des puissances plus grandes qu'eux-mêmes. Nous, dans la Ruche, sommes les vraies créatures de la raison. Nous attendrons patiemment à la manière des insectes, avec une logique qu'aucun sauvage de l'Extérieur ne comprendra peut-être jamais, parce que les insectes nous ont enseigné que le véritable vainqueur de la course à la survie sera le *dernier* à terminer cette course.

Janvert calcula qu'il avait attendu cinq minutes avant que la peur triomphât de sa fatigue. Il n'était pas réellement reposé, mais il lui fallait continuer. Il respirait mieux, mais il avait toujours mal aux jambes; il ressentait une douleur lancinante au côté quand il aspirait trop profondément de l'air, et il avait l'impression que des canifs lui avaient entaillé la voûte plantaire de ses pieds, ce qui était la conséquence d'avoir couru pieds nus. Il comprit que son corps ne résisterait plus longtemps. Il devait sortir d'ici et trouver un ascenseur. Il se redressa avec l'intention d'ouvrir la porte, mais du coin de son œil gauche il aperçut du mouvement dans le tunnel. Des poursuivants porteurs d'armes envahirent l'angle un peu au-dessous de lui, mais ils ne les levèrent pas en montant, et ils subirent un effet de surprise qui sauva Janvert quand ils le virent. Il avait tenu sa baguette en travers de son bras gauche quand il avait voulu faire tourner le volant de la porte, et il n'eut qu'à appuyer sur le bouton, ce que ses mains firent d'elles-mêmes. Les silhouettes derrière lui tombèrent à la renverse quand le bourdonnement remplit le souterrain.

En tombant, l'un des poursuivants braqua son pistolet et tira une balle qui atteignit une lampe près de Janvert. La lampe vola en éclats et l'un d'eux atterrit sur sa joue. Par réflexe, sa main gauche se porta aussitôt sur la blessure, retira l'éclat taché de sang.

Janvert ne savait absolument pas si l'arme qu'il tenait dans sa main était capable d'opérer à travers des murs, mais jusqu'ici la plupart de ses actes avaient été inspirés par la peur. Il leva sa baguette, appuya sur le bouton, et tira une « rafale » sur la porte avant de l'ouvrir.

Quand il franchit le seuil, il trouva six corps étalés par terre. L'un de ces hommes tenait un pistolet automatique dont la crosse était en ivoire. Janvert le retira aux doigts relâchés et s'avança dans la pièce qui, avec ses couchettes à étages le long des murs, avait l'aspect d'un corps de garde. Les seuls occupants étaient les six victimes de sa baguette : tous des hommes, tous nus, tous (sauf un) chauves, tous respirant. Donc la baguette ne faisait qu'étourdir les gens lorsqu'un obstacle solide atténuait sa puissance. Janvert hocha la tête avec satisfaction : il avait maintenant une arme dans chaque main, et l'une des deux lui procurait un contact aussi familier que rassurant.

Traduction pour la Ruche de « Sagesse des Sauvages ». La voie vers l'extinction de l'espèce commence par la fière croyance qu'en tout individu il y a un être pensant – un ego ou une personnalité, un esprit, un caractère, une âme ou une intelligence – et que cette incarnation séparée est plus ou moins libre.

– Maintenant il a un revolver, dit Hellstrom. Formidable! Tout simplement formidable! Serait-il un surhomme? Il y a moins d'une demi-heure, il se trouvait dans la section centrale des reproducteurs. On m'a affirmé que nous l'avions coincé là et à présent... à présent on me dit qu'il vient de mettre hors de combat deux équipes de recherche huit niveaux plus haut!

Hellstrom était assis presque au milieu du PC du haut de la grange, juste derrière l'observateur central. La chaise qu'il occupait était l'unique concession qu'il avait accordée à un corps rompu de fatigue. Il ne s'était pratiquement pas assis depuis vingt-six heures et la pendule du PC indiquait 4 heures du matin.

– Quels sont vos ordres? interrogea l'observateur devant lui.

Hellstrom regarda la tête de l'observateur qui se détachait sur l'écran rougeoyant. *Mes ordres?*

– Qu'est-ce qui pourrait faire croire que mes ordres ont changé? demanda-t-il. Il faut que vous le capturiez!

– Vous le voulez toujours vivant?

– Plus que jamais! S'il est réellement aussi ingénieux, nous avons besoin de mélanger son sang avec le nôtre.

– Il est évidemment revenu dans les grandes galeries, dit l'observateur.

– Bien sûr! Dites aux équipes de recherche de se concentrer sur les ascenseurs. Il a effectué une longue ascension. Il doit être fatigué. Que chaque équipe se rassemble aux niveaux supérieurs le long des ascenseurs. Qu'elles fouillent chaque cabine et assomment tous les suspects. Je sais... (Hellstrom leva une main quand l'observateur visiblement choqué se retourna.) Impossible d'agir autrement.

– Mais nos propres...

– Mieux vaut que nous le fassions plutôt que lui. Considérez ce qu'il a fait. Il a évidemment sa baguette réglée au maximum, et il ne connaît pas cette arme. Il tue des ouvriers de près. J'éprouve à cet égard ce que vous ressentez tous, mais nous ne devons pas perdre de vue qu'il est affolé et qu'il ne sait pas ce qu'il fait.

– Il en sait assez pour ne pas tomber entre nos mains! maugréa quelqu'un derrière Hellstrom.

Hellstrom ne tint pas compte de cette manifestation de mécontentement et demanda :

– Où est cette prisonnière? Voilà près d'une heure que j'ai commandé de la faire monter ici.

– Il fallait la réanimer, Nils. Ils vont nous l'amener.

– Alors, dites-leur de se dépêcher.

Extrait du Manuel de la Ruche. L'une de nos forces réside dans la reconnaissance de la diversité que nous acquérons grâce à une application unique du comportement social des insectes par opposition au comportement social développé par le sauvage animal humain. Avec cette leçon constamment devant nous, pour la première fois dans la longue histoire de la vie sur cette planète, nous concevons et construisons notre propre avenir.

Janvert se tenait derrière deux femmes et deux hommes dans un ascenseur qui montait. Le quatuor avait manifesté un certain émoi lorsqu'il était entré, et il en avait attribué la cause à sa blessure sur la joue. Un geste péremptoire avec son pistolet, cependant, les avait calmés, mais il eut le sentiment bizarre que c'était le geste et non l'arme qui avait motivé la réaction. Afin de le vérifier, il enfouit l'automatique sous son bras droit quand l'un des hommes se retourna et il agita la paume de sa main vers l'homme, un peu comme s'il lui avait dit : *Demi-tour et fichez-moi la paix.* L'homme exécuta effectivement un demi-tour, tortilla ses doigts à l'adresse de ses compagnons, et tous ignorèrent Janvert à partir de ce moment-là.

Il avait compris maintenant le fonctionnement des ascenseurs. Dans ces cabines qui montaient, il fallait se tenir dans le fond; l'acte de faire un pas en avant les ralentissait à l'approche d'un étage. Près de l'ouverture, il y avait une surface critique qui actionnait un détecteur invisible.

L'une des femmes se retourna vers lui, désigna d'un mouvement de tête la porte qui passait devant un mur gris. Le dernier arrêt de la montée? se demanda Janvert. Les autres s'avancèrent en groupe. Janvert se prépara à se joindre à eux en levant sa baguette dans sa main gauche. Quand il s'approcha, la première bordure mince de l'ouverture apparut au-dessus de lui. La cabine ralentit et il vit des jambes nues, mais surtout deux armes braquées sur l'intérieur de la cabine.

Janvert appuya aussitôt sur le bouton de sa propre baguette qu'il promena latéralement à travers la porte quand l'ouverture s'agrandit. Il abattit ses compagnons de cabine ainsi que les hommes armés sur le niveau. Il sauta par-dessus ses compagnons, fit décrire à sa baguette un arc bourdonnant d'anéantissement, et descendit la galerie sur la droite; dans sa course il foula le plancher froid et la chair encore chaude de ses victimes.

Il entendit derrière lui le bruit d'un craquement et

d'un ruissellement; sans ralentir il jeta un coup d'œil en arrière. L'un de ses compagnons de cabine était tombé, la tête en travers de l'ouverture, et la cabine en remontant avait tranché la tête qui roulait sur le plancher dans une mare de sang.

Janvert fut étonné de ne rien ressentir. Car il ne ressentit rien du tout. Ce citoyen de cette ruche avait déjà été tué par l'une des armes fabriquées par ses congénères. Ce qui était arrivé ensuite à son corps n'avait pas d'importance. Pas la moindre importance.

Tout en continuant de distribuer de brèves rafales bourdonnantes avec sa baguette, Janvert s'enfonça au petit trot dans la galerie. Il contourna un angle, tomba sur un autre groupe armé qui surveillait l'ascenseur, l'abattit d'une seule rafale. Mais il vit accourir dans la galerie d'autres gardes, et il entendit le bourdonnement de leurs baguettes. Heureusement ils étaient trop loin pour l'atteindre. Il leva son automatique, le déchargea dans leur direction, fonça dans la première cabine qui montait et sauta deux niveaux plus haut par une ouverture non gardée.

Il traversa la galerie, se retrouva sur une autre rampe très raide qu'il quitta à la première porte sur sa droite. La porte s'ouvrit sur un nouveau jardin hydroponique. Il reconnut des tomates et lança l'automatique vide à la tête d'un ouvrier qui se précipitait pour protester contre son intrusion. Tout en courant, il expédia des rafales de sa baguette devant lui, à droite et à gauche, car il y avait beaucoup de jardiniers. Des tomates tombant de sacs crevés s'écrasèrent, et leur chair rouge éclaboussa ses jambes et ses pieds quand il les piétina dans sa course. Il avait la poitrine en feu, la gorge sèche et douloureuse, un corps qui ne tenait debout que par miracle.

Il aperçut, à hauteur de poitrine, une série de petites ouvertures dans le mur situé à l'autre bout du jardin et, en s'approchant, des sacs de produits qui grimpaient à toute vitesse, puis des paniers, des casiers. Il reconnut des baies, peut-être des concombres, des haricots verts...

Un monte-charge!

Epaules tombantes, il s'arrêta, examina le mur, ne découvrit aucune porte sur toute sa longueur. Rien que ces ouvertures avec les produits dirigés vers le haut. Il y avait des plateaux sur une transporteuse; quelques-uns étaient vides quand ils passaient devant lui. Des récipients étaient placés sur les plateaux. Les ouvertures mesuraient à peu près trente décimètres carrés, et les plateaux mobiles n'avaient pas l'air beaucoup plus grands. Pourrait-il profiter de ce système en utilisant l'un des plateaux? Ils montaient avec une rapidité terrifiante. Mais il entendit du tumulte dans la galerie derrière lui. Quelle autre chance avait-il? Il ne pouvait plus faire demi-tour.

Janvert fit appel à tout ce qui lui restait de vigueur, recula de plusieurs pas et attendit le passage d'un plateau vide. Lorsqu'il en vit un, il plongea dans l'ouverture en s'enroulant autour de l'arme que ses mains serraient. A l'instant où sa tête pénétra dans l'ouverture, la transporteuse ralentit et il atterrit sans douceur. Le plateau sous lui oscilla, mais il se mit en boule comme un fœtus et réussit à se maintenir à bord. Lorsque la transporteuse reprit de la vitesse, son épaule gauche frotta le mur du fond qui lui arracha un lambeau de peau avant qu'il pût s'en éloigner. Il regarda au-dessus et autour de lui.

Le monte-charge fonctionnait dans une longue fente entre des murs gris qu'éclairait seulement la lumière provenant des ouvertures d'alimentation. Il distingua de nombreuses transporteuses qui, autour de lui, grimpaient allégrement. Une odeur âcre de fruits faisait oublier toutes les autres. Il passa devant plusieurs ouvertures et, à l'une d'elles, entrevit le visage ahuri d'une femme portant un panier archi-plein de fruits jaunes qui ressemblaient à de minuscules citrouilles. Janvert scruta le haut du système pour essayer de savoir comment il se terminait. Se déversait-il dans des hachoirs? Y avait-il des trieuses ou des tapis roulants?

Assez loin au-dessus de lui, un large trait de lumière devint visible, et il entendit un grondement croissant de machines tout en haut, qui étouffait le sifflement, le cliquetis, les sons aigus de la transporteuse. Le trait de lumière se rapprocha de plus en plus. Janvert banda tous ses muscles, mais il ne put éviter une surprise : un culbuteur fit basculer son plateau à la fin de la montée et le précipita dans un casier rempli jusqu'au bord de carottes jaunes.

S'accrochant de la main gauche au rebord du casier, Janvert se remit debout, et sauta dans une salle où de longues rigoles profondes permettaient d'écouler des flots de pulpe bouillonnante et de toutes les couleurs. Des ouvriers y jetaient les produits contenus dans les récipients qui ne cessaient d'arriver.

Janvert avait sauté d'au moins deux mètres, et il atterrit sain et sauf au prix d'une glissade qui le projeta sur une femme poussant un chariot vide vers l'issue de la transporteuse. Elle s'étala les quatre fers en l'air. Il la maintint à terre avec une rafale de sa baguette, et il s'élança en avant. Il avait les pieds recouverts de chair de tomates car le plancher était jonché de débris multicolores.

Il croisa un groupe d'ouvriers avant d'arriver à une porte, mais ils étaient aussi souillés que lui et ils ne firent même pas attention à cet instrus qu'ils prirent vraisemblablement pour l'un des leurs. Janvert ouvrit la porte, s'engouffra de l'autre côté où il fut accueilli par une pluie d'eau froide qui se déversait par des lances d'arrosage au-dessus de sa tête. Suffoquant sous le choc, il se découvrit presque propre quand il sortit par une autre porte dans une large galerie peu éclairée. L'eau s'écoula de lui et de la baguette qu'il n'avait pas lâchée pour former une petite mare à ses pieds. Mais il aperçut d'autres mares semblables tout autour.

Janvert regarda à gauche. Il vit une longue galerie où il y avait peu de gens qui, par surcroît, ne semblaient pas s'intéresser à lui. Mais sur sa droite il découvrit un escalier analogue à celui qu'il avait remarqué au bord de la rivière souterraine. L'escalier aboutissait dans une zone obscure, et Janvert décida de s'y engager. Il commença à gravir les marches en s'aidant de sa main sur la rampe. Il était incapable de fermer la bouche tant il était épuisé par ses efforts et la douche forcée qu'il avait prise.

Au bout de quelques mètres, il distingua des jambes au haut de l'escalier. Il expédia une rafale de sa baguette sans s'arrêter, et la conserva en action en grimpant les dernières marches. Cinq hommes gisaient sur une plate-forme. Il contourna les corps en boitillant, car il n'avait d'yeux que pour une porte derrière eux, fermée par une barre qu'il souleva et tira. La porte s'ouvrit en grinçant sur un passage humide en terre battue; son mouvement repoussa au-dehors les racines d'une souche d'arbre. Janvert se traîna de l'autre côté de la souche, entendit la porte se refermer, vit la souche se remettre en place avec un faible son mat.

Janvert grelotta dans l'air froid de la nuit.

Il lui fallut un moment pour se rendre pleinement compte qu'il s'était évadé de la ruche démentielle d'Hellstrom. Il leva les yeux : des étoiles dans le ciel. Aucun doute : il était dehors. Mais où? La lueur des étoiles n'éclairait guère son environnement. Il aperçut vaguement des profils d'arbres devant lui. Il tâta la souche qui masquait l'issue. Ses doigts rencontrèrent une surface dure et l'un de ses ongles lui apprit que c'était du vrai bois. Ses yeux s'accommodaient cependant, et la pensée qu'il était sorti des souterrains lui donna une énergie nouvelle dont il ignorait l'existence. Légèrement sur sa gauche, un rougeoiment dans le ciel devait être les lumières de Fosterville. Il se rappela la distance : quinze kilomètres. Jamais il ne la franchirait pieds nus. Il était trop fatigué. Le secteur devant lui semblait être une pente herbeuse parsemée de points noirs.

Il était à peu près sec maintenant, mais la fraîcheur continuait de le faire trembler. De toute façon, il ne pouvait pas s'attarder davantage; les corps qu'il laissait derrière lui seraient vite découverts, et les gens d'Hellstrom se lanceraient immédiatement à sa poursuite. Il fallait qu'il mît de la distance entre cette sortie camouflée et lui-même. Par n'importe quel moyen, il fallait aussi qu'il revînt à la civilisation et qu'il racontât ce qu'il avait vu.

Prenant le rougeoiement du ciel comme point de direction, Janvert commença à descendre la pente. Il serrait la baguette dans sa main droite. Elle lui permettrait de convaincre n'importe quel sceptique quand il ferait le récit de ses aventures. Une démonstration de cette arme sur un animal imposerait silence à tout contradicteur.

Le terrain accidenté lui faisait mal aux pieds. Ses orteils se prenaient dans des racines ou des cailloux invisibles. Il avança en trébuchant, en sautillant, heurta une clôture basse en bois et bascula de l'autre côté dans la poussière d'une route étroite.

Janvert se releva, étudia ce qu'il pouvait entrevoir de la route dans la lumière des étoiles. Elle lui parut se diriger à gauche vers ce qu'il croyait être Fosterville. Il la suivit. Il vacillait, il haletait, il ne cherchait même pas à faire le moins de bruit possible : il était trop fatigué. La route s'enfonça dans un creux où il ne vit plus le rougeoiement du ciel, mais il le retrouva quand elle remonta.

La poussière soulevée par ses pieds lui chatouillait le nez. Une faible brise caressait comme une plume son côté droit. La route redescendit, obliqua légèrement sur la droite vers une obscurité plus profonde : des arbres, peut-être? Il manqua le virage, buta du petit orteil de son pied gauche contre le bord d'une ornière; jurant entre ses dents, il s'agenouilla et serra entre ses mains l'orteil blessé jusqu'à ce que la douleur s'apaisât. Pendant qu'il était à genoux, il aperçut dans les ténèbres d'en face une petite lueur qui s'était subitement allumée. Par réflexe, Janvert leva sa baguette, la braqua et expédia une seule rafale bourdonnante.

La lueur s'éteignit.

Il se releva, avança en tâtonnant avec sa main gauche tendue et son arme serrée contre son côté droit. Sa main exploratrice fut trop haute pour l'obstacle qu'elle rencontra, et il tomba en travers d'une surface métallique froide que son arme égratigna avec un cliquetis bruyant qui lui fit peur... jusqu'au moment où il se découvrit à moitié affalé sur le capot d'une voiture.

Une voiture!

Il recula, s'écorcha le coude sur un ornement du capot, puis se guida avec sa main libre le long du côté gauche de la voiture. A la fenêtre, ses doigts explorèrent un entrebâillement en haut, et il sentit l'odeur familière du tabac. Il essaya de regarder à travers la vitre, mais il faisait trop sombre. Il entendit tout de même le sifflement rythmé d'une respiration. Il chercha la poignée de la porte, l'ouvrit, et l'éclairage automatique inonda de lumière l'intérieur, révélant deux hommes en complet veston, avec chemise et cravate blanches immaculées, effondrés sans connaissance sur le siège avant. Le conducteur tenait une cigarette qui se consumait toute seule et qui avait troué d'un rond la jambe gauche de son pantalon. Janvert se saisit de la cigarette, la jeta sur la route et, d'une main, éteignit le tissu brûlant.

L'homme avait allumé une cigarette : voilà l'explication de la petite lueur vacillante qu'il avait visée. Cette baguette ne tuait donc pas de loin. Des murs et la distance ne la rendaient pas meurtrière; de plus, elle avait évidemment une portée limitée.

Janvert secoua l'épaule du conducteur mais il n'obtint pour toute réponse qu'un va-et-vient inconscient de la tête. Ils étaient knock-out pour le compte! Le mouvement ouvrit la veste du conducteur et Janvert aperçut, émergeant d'un étui, un gros pistolet au nez camus. Presque simultanément il s'empara de l'arme et découvrit la radio sous la planche de bord. Ce n'étaient pas des gens d'Hellstrom! C'étaient des flics!

Ce que disait l'abeille mâle (axiome de la Ruche). Vous, sauvages de l'Extérieur! Ce sont vos enfants que nous recherchons, pas vous! Nous les aurons, eux aussi, sur vos corps morts.

– Comment peut-il être à l'Extérieur? interrogea Hellstrom dont la vexation augmentait la soudaine vague de peur qui l'assaillait.

Il se détourna de la fenêtre nord du PC obscurci et traversa la salle à grandes enjambées en direction de la femme qui, de son pupitre d'observateur, l'avait appelé.

– Le voici, dit-elle. Vous le voyez? Là!

Elle pointa un index vers l'écran à lumière verte qui se trouvait devant elle. L'écran montrait la silhouette de Janvert, dont les contours scintillaient dans le rayonnement diffus de la projection en vision de nuit. Janvert s'avançait furtivement sur une route poussiéreuse.

– C'est le périmètre nord, murmura Hellstrom qui reconnut le profil du paysage derrière Janvert. Comment est-il sorti?

Une admiration involontaire pour cet homme incroyable se mélangeait chez Hellstrom avec une colère furieuse. *Janvert était à l'Extérieur!*

– Nous recevons des rapports sur une agitation au niveau trois, dit un observateur à gauche d'Hellstrom.

– Il a trouvé l'une des portes secrètes pour sortir du niveau trois, déclara Hellstrom. Mais comment est-il arrivé jusque-là? Il sera dans quelques secondes à la voiture où s'abritent les guetteurs! Leur voiture est là, dans ces arbres. (Il montra un point sur l'écran.) Les veilleurs l'ont-ils déjà entendu?

– Nous avons une équipe qui le poursuit, annonça un observateur sur la gauche. Mais il faudra à nos hommes quelques minutes. Ils étaient au niveau cinq et nous les avons dirigés vers les issues supérieures.

L'observateur qui avait appelé Hellstrom précisa :

– J'ai eu un éclair d'interférence avant de l'avoir vu, comme s'il s'était servi de son arme. Aurait-il étourdi les guetteurs de cette voiture?

– Etourdi ou tué, dit Hellstrom. S'il les a tués, ce serait la justice idéale. Qui observe cette voiture?

– L'équipe a été retirée il y a une heure afin de participer à la recherche du prisonnier évadé, répondit quelqu'un derrière lui.

Bien sûr! pensa Hellstrom. C'était lui-même qui en avait donné l'ordre.

– Il n'y a pas eu de conversation entre les guetteurs dans cette voiture depuis quelque temps, dit l'observateur de gauche. J'ai le micro sur l'arbre au-dessus de la voiture. (L'observateur tapa sur la fiche d'ivoire à son oreille.) J'entends Janvert qui approche... Les guetteurs dans la voiture semblent sans connaissance. Ils ont une respiration d'asthmatique comme c'est toujours le cas avec les gens de l'Extérieur que l'on étourdit fortement.

– Peut-être est-ce enfin une bonne chose pour nous, dit Hellstrom. L'équipe de poursuite est-elle encore loin?

– Cinq minutes au maximum, répondit quelqu'un derrière lui.

– Expédiez quelques groupes d'appui sur les pâturages entre lui et la ville, commanda Hellstrom. Juste pour le cas où...

– Et les autres guetteurs? questionna l'observateur devant lui.

– Dites à nos ouvriers de ne pas se faire remarquer! Quel démon, ce Janvert! La Ruche a besoin de reproducteurs aussi pleins de ressources.

Comment Janvert s'était-il évadé de la Ruche?

L'observateur à sa gauche annonça :

– Il est presque à hauteur de la voiture.

Une femme assise à l'autre bout de l'arc intervint :

– Voici le rapport sur son évasion.

Se retournant, elle lui résuma ce que les équipes de nettoyage avaient trouvé au niveau trois.

Il est monté sur une transporteuse de denrées alimentaires! pensa Hellstrom.

L'homme de l'Extérieur avait pris des risques qu'aucun ouvrier ordinaire n'aurait envisagé de courir. Il faudrait réfléchir sérieusement aux conséquences de ce fait – mais plus tard.

– La prisonnière, dit Hellstrom. Lui a-t-on montré ce qui l'attend si elle échoue?

Quelqu'un derrière lui répondit avec une répugnance non dissimulée :

– On le lui a montré, Nils.

Hellstrom soupira. Ils n'aimaient pas cela, bien

sûr. Et lui, pas davantage. Mais nécessité faisait loi, et tous le comprenaient malgré leur aversion.

– Amenez-la ici, ordonna Hellstrom.

Ils durent la traîner dans le champ des faibles lumières des écrans d'observation, puis la soutenir quand ils s'arrêtèrent.

Hellstrom refoula son propre dégoût, parla lentement et distinctement comme s'il s'adressait à un tout petit enfant, en se répétant constamment qu'il se sacrifiait pour la Ruche.

– Clarisse Carr, dit-il. C'est le nom que vous nous avez indiqué. Confirmez-vous que telle est bien votre identité?

Elle regarda, dans la pénombre, la pâleur verdâtre de la peau d'Hellstrom. C'est un cauchemar, se dit-elle. Je vais me réveiller et je découvrirai que tout a été un cauchemar.

Hellstrom n'eut pas besoin de confirmation verbale : il vit l'émotion que suscitait l'emploi de son nom.

– Dans un instant, mademoiselle Carr, votre ami Janvert sera à portée d'un haut-parleur que nous avons installé là-bas. (Il désigna l'écran.) J'attirerai alors l'attention de M. Janvert, et il vous appartiendra de le faire revenir ici si vous le pouvez. Je regrette profondément de devoir vous causer cette angoisse mentale, mais vous en voyez sûrement la nécessité. Voudrez-vous essayer?

Elle acquieça d'un signe de tête; son visage n'était plus qu'un masque blanc de terreur dans la lumière verte. Essayer? Bien sûr! Jouer le jeu tout de suite avec les cauchemars.

– Très bien, dit Hellstrom. Il faut que vous pensiez d'une manière positive. Que vous pensiez que vous réussirez. Je crois que vous en êtes capable.

Elle répondit par un nouveau signe de tête, mais

ce fut comme si elle n'exerçait plus aucun contrôle conscient sur ses muscles.

Extrait du Manuel de la Ruche. La société elle-même doit être considérée comme une matière vivante. Les mêmes éthique et morale qui nous préoccupent quand nous intervenons dans la chair sacrée d'une cellule individuelle doivent nous préoccuper autant lorsque nous nous livrons à des intrusions dans les processus de la société.

Janvert allait décrocher le micro de la radio en pouvant à peine croire qu'il avait ce symbole de civilisation à portée de sa main, quand une voix tonnante l'appela.

– Janvert!

(La voix venait d'assez haut au-dessus de son épaule droite.)

Il sauta en arrière, claqua la porte pour éteindre le plafonnier de la voiture, se faufila vers l'avant et s'accroupit en braquant son arme vers les hauteurs obscures.

– Janvert, je sais que vous m'entendez.

La voix venait sûrement de la cime d'un arbre, mais il faisait trop noir pour que Janvert distinguât le moindre détail. L'indécision le paralysa. Quel idiot il avait été de laisser quelque temps le plafonnier allumé!

– Je vous parle par l'intermédiaire d'un appareil distant, Janvert, reprit la voix. Un appareil électronique dans un arbre près de vous. Il recueillera votre réponse et me la transmettra. Il faut que vous me répondiez maintenant.

Un haut-parleur!

Janvert resta tapi sans rien dire. C'était un stratagème. Ils voulaient le faire parler uniquement pour le localiser.

– Nous avons ici quelqu'un qui voudrait vous parler, poursuivit la voix. Ecoutez attentivement, Janvert.

Au début, Janvert n'identifia pas la nouvelle voix diffusée par le haut-parleur. Les mots s'échappaient d'une gorge serrée comme si chacun d'eux exigeait un effort surhumain. C'était une femme, en tout cas. Et puis, cette femme s'écria :

– Eddie! Je suis Clarisse. Réponds-moi, je t'en prie!

Clarisse était la seule personne qui l'appelait Eddie. Tous les autres employaient ce maudit sobriquet de *Shorty*. Ses yeux épièrent les ténèbres. Clarisse?

– Eddie, continua-t-elle, si tu ne reviens pas, ils me feront descendre à un... un endroit où... où ils coupent les jambes et le reste... (Elle sanglota.) Les jambes et le reste du corps au-dessus de la taille et... oh, mon Dieu! Eddie, j'ai tellement peur. Eddie! Je t'en prie, réponds-moi! Reviens, je t'en supplie!

Janvert se rappela alors cette salle de tronçons humains avec des tubes multicolores, une sexualité ignoblement mise en relief. Un autre souvenir lui revint comme un éclair : la tête tranchée sur le plancher de la galerie, la mare de sang, ses propres pieds foulant les fruits rouges, son corps éclaboussé de...

Il se plia en deux, vomit.

Clarisse continuait ses adjurations.

– Eddie, s'il te plaît, m'entends-tu? Je t'en prie! Ne les laisse pas me faire cela. Oh, mon Dieu! Pourquoi ne répond-il pas?

Je ne peux pas lui répondre, pensa Janvert.

Mais il lui fallait réagir, faire quelque chose. L'air était imprégné de l'odeur nauséabonde de son vomissement et sa poitrine lui faisait mal, mais ses idées redevenaient plus nettes. Il se releva, s'appuya d'une main sur le capot de la voiture.

– Hellstrom! appela-t-il.

– Je suis ici.

C'était la première voix que Janvert avait entendue.

– Comment pourrais-je vous faire confiance? demanda Janvert.

Il commença à se rapprocher de la porte de la voiture. Il devait atteindre cette radio.

– Nous ne vous ferons aucun mal, ni à vous ni à Mlle Carr, si vous revenez, répondit Hellstrom. Nous ne mentons pas quand il s'agit de choses pareilles, monsieur Janvert. Vous ne jouirez pas, évidemment, d'une liberté totale, mais il ne vous sera fait aucun mal, ni à vous ni à elle. Nous vous permettrons de vivre ensemble et d'avoir tous les rapports que vous désirerez mais, si vous ne revenez pas immédiatement, nous mettrons notre menace à exécution. Nous le ferons à notre profond regret, mais nous le ferons. Notre attitude à l'égard d'une souche de procréation est extrêmement différente de la vôtre, monsieur Janvert. Croyez-moi.

– Je vous crois, dit Janvert.

Il se trouvait maintenant devant la porte de la voiture. Il hésita. S'il l'ouvrait et s'il empoignait le micro, que feraient-ils là-haut? Ils avaient dû envoyer par ici des équipes de recherches. Ils disposaient de ce haut-parleur dans l'arbre. Ils avaient sûrement un moyen de savoir ce qu'il faisait. Il lui fallait donc prendre des précautions. Il leva sa baguette avec l'intention d'arroser les alentours au hasard avant d'ouvrir la porte. Il ne se permettait pas de penser à Clarisse. Mais cette salle... Son doigt sur le bouton de sa baguette refusa de bouger. Cette salle avec les tronçons de corps humains! Une nouvelle nausée l'assaillit.

Il entendait toujours Clarisse dans le haut-parleur. Quelque part à l'arrière-plan elle pleurait, l'appelait.

– Eddie-Eddie-Eddie, aide-moi, je t'en prie. Fais cesser ce...

Janvert ferma les yeux. *Que puis-je faire?*

Au même moment, il sentit un picotement sur son dos et son côté droit, il entendit un bourdonnement éloigné qui le suivit dans sa chute sur le sol poussiéreux à côté de la voiture, mais il ne l'entendit plus dès qu'il fut étendu à terre.

Extrait du Manuel de la Ruche. Une ressemblance protectrice a toujours été un élément majeur de notre survie. La tradition orale et les plus anciens documents écrits que nous avons conservés l'attestent. Le mimétisme que nos ancêtres ont appris des insectes contribue à nous protéger des attaques des sauvages de l'Extérieur. L'observation des insectes nous dit cependant que la valeur de survie de cet expédient reste faible si nous ne le perfectionnons pas et ne le conjuguons pas avec beaucoup d'autres techniques, notamment des techniques nouvelles que nous devons constamment rechercher. Pour nous aiguillonner sur cette voie, il faut que nous considérions toujours les sauvages de l'Extérieur comme des prédateurs. Ils nous attaqueront s'ils nous découvrent. Or, ils nous découvriront certainement un jour ou l'autre, et nous devons nous préparer à cette éventualité. Nos préparatifs doivent être de deux sortes : défensifs et offensifs. Pour les armes offensives, conservons toujours l'insecte comme modèle – l'arme doit *conditionner* n'importe quel agresseur à ne jamais répéter des actes de violence contre nous.

La vibration de la Ruche commença très loin audessous du PC de la grange et s'étendit vers le haut et l'extérieur avec des ondes de choc que tous les séismographes de la planète allaient enregistrer.

Lorsqu'elle s'arrêta, Hellstrom pensa : *Tremblement de terre!* Mais c'était plus une prière ardente qu'une certitude scientifique. Plutôt un tremblement de terre que la destruction du Projet 40!

La vibration avait commencé vingt minutes après le retour de Janvert prisonnier, et Hellstrom goûtait enfin un peu de détente quand elle s'était produite.

Et puis, le PC cessa de grincer et de craquer; il y eut un moment de silence anormal comme si tous les ouvriers de la Ruche retenaient simultanément leur souffle. Hellstrom fit le tour de la salle, remarqua que les lampes fonctionnaient toujours, que les écrans étaient encore lumineux.

– Rapports sur les dégâts, s'il vous plaît. Que quelqu'un me passe Saldo.

Le ton de commandement calme dans sa voix le surprit lui-même.

Au bout de quelques secondes, Saldo apparut sur un écran dans la partie droite de l'arc. Hellstrom aperçut derrière Saldo une partie de la grande galerie; de la poussière s'y déposait.

– Ils m'ont empêché! s'écria Saldo.

Le jeune homme avait l'air choqué et un tout petit peu intimidé. L'un des gros symbiotes qui servaient les chercheurs s'avança derrière Saldo et le poussa de côté. Le visage d'ébène et couturé d'un chercheur remplit l'écran. Une main rose se leva alors devant le visage et les doigts s'agitèrent pour composer les signes de la Ruche.

Hellstrom traduisit à haute voix à l'intention de ceux qui ne pouvaient voir l'écran.

– Nous n'apprécions pas la méfiance qu'a constituée la présence de votre observateur avec des ordres pour retarder la connexion énergétique dans notre projet. Que l'inquiétude que vous avez ressentie soit une petite manifestation de notre déplaisir! Nous aurions pu vous avertir pour que vous vous y attendiez, mais votre comportement ne méritait pas autant de prévenance. Rappelez-vous la résonance que nous avons sentie dans la Ruche et soyez assuré que l'effet a été d'un ordre de plusieurs milliers de fois plus fort au lieu de notre impulsion projetée. Le Projet 40, mis à part quelques petits affinements comme l'amortissement de la réaction locale, peut être considéré comme un succès total.

– Où est le lieu de votre projection? s'enquit Hellstrom.

– Dans le Pacifique, près des îles que les sauvages de l'Extérieur appellent Japon. D'ici peu, une nouvelle île sera observée là-bas.

La grosse tête disparut de l'écran et fut remplacée par Saldo.

– Ils m'ont empêché! répéta Saldo. Ils m'ont retenu et n'ont pas voulu écouter mes ordres. Ils ont branché la puissance et ne m'ont pas permis de vous appeler. Ils vous ont désobéi, Nils.

Hellstrom adressa un signal « Calmez-vous » et, Saldo se taisant, il lui dit :

– Rassemblez toutes vos informations, Saldo. Composez un rapport complet, y compris le délai qu'il leur faudra pour procéder aux améliorations dont il a été question, puis communiquez-le-moi, à moi personnellement.

Il fit signe de couper la communication et se détourna.

La Ruche avait donc son arme défensive-offensive, mais beaucoup d'autres problèmes avaient surgi avec elle. La perturbation provoquée par la crise et qui s'était répandue dans toute la Ruche n'avait pas épargné les chercheurs. Leur susceptibilité ordinaire s'était amplifiée en une sorte de révolte. Le système d'interdépendance de la Ruche était endommagé. Mais cela leur donnait peut-être le temps de se reprendre. Plus que de toute autre chose, la Ruche avait besoin de longues périodes de calme. Les grands changements dévoraient énormément de temps. Il s'en apercevait quand il se comparait à la nouvelle génération. Hellstrom ne se faisait guère d'illusions sur lui-même. Il préférait vraiment s'exprimer par la parole, et le langage par signes de la Ruche était toujours un effort pour lui. Mais, pour certains de la nouvelle génération, c'était l'inverse. Hellstrom savait qu'il tirait un plaisir malsain de la possession d'un nom distinct et d'une identité semblable à un homme de l'Extérieur, mais la plupart des ouvriers de la Ruche étaient libérés de cette servitude.

Je suis une forme de transition, se dit-il, *et un jour je serai périmé.*

Extrait du Manuel de la Ruche. La liberté représente un concept qui est lié de façon inextricable à l'abstraction discréditée de l'individualisme/ego. Nous ne sacrifions rien de cette *liberté* pour rendre notre fond humain plus efficace, plus sûr, plus commode.

Merrivale se tenait sur le balcon de sa chambre au deuxième étage du motel pour attendre l'aube. Il faisait froid, mais il avait revêtu un chandail à col roulé en laine grise des Highlands, qui était assez épais pour le protéger même quand il s'appuyait sur la balustrade de fer. Tirant méditativement sur sa cigarette, il écoutait les bruits de la nuit. Il entendit des pas dans le parking, ainsi qu'un murmure de voix provenant d'une chambre où une lampe s'était allumée quelques minutes plus tôt.

Une porte s'ouvrit au-dessous de lui et un éventail de lumière jaune se déploya à travers la cour jusqu'au rebord bleu de la piscine. Un homme s'avança dans la lumière et leva la tête.

Merrivale reconnut Gammel. L'homme du F.B.I. avait peut-être des informations sur la secousse sismique. Le tremblement de terre, grondement lointain qui avait empli sa chambre de frayeurs primitives, avait réveillé Merrivale trois quarts d'heure plus tôt. Gammel était déjà levé et se trouvait dans la chambre du bas qu'ils utilisaient comme PC. Merrivale l'avait eu au téléphone intérieur et lui avait demandé :

– Qu'est-ce que c'était?

– On dirait un tremblement de terre. Nous sommes en train de vérifier s'il y a eu des dégâts. Vous n'avez pas de mal?

Merrivale avait allumé sa lampe de chevet; au moins il y avait de l'électricité. Il promena son regard dans sa chambre.

– Non, je vais très bien. Ici, en tout cas, je ne vois aucun dégât.

Quelques autres clients du motel étaient allés sur leurs balcons ou dans la cour lorsque Merrivale avait décidé de sortir, mais ils avaient presque tous regagné leurs chambres.

Gammel reconnut Merrivale sur son balcon et lui fit signe de descendre.

– Dépêchez-vous!

Merrivale écrasa sa cigarette et quitta son balcon pour se diriger vers l'escalier. Il y avait quelque chose de très inquiétant dans l'attitude de Gammel.

Merrivale descendit les deux étages en dix secondes, deux marches à la fois, sans se soucier du bruit. Il s'engouffra dans l'ouverture de la porte que Gammel maintenait entrebâillée de l'intérieur, et il entendit cette porte claquer derrière lui.

Ce fut seulement lorsqu'il se trouva au milieu de la pièce, lorsqu'il vit trois hommes serrés autour de la table qui supportait un émetteur-récepteur radio et un téléphone dont le combiné était décroché, que

Merrivale commença à se faire une véritable idée de la mauvaise tournure des événements.

Il y avait un lit contre le mur derrière la table : ses couvertures avaient été rejetées et tirées vers le centre de la chambre. Un cendrier était tombé de la table et personne ne s'occupait des cendres éparpillées. L'un des hommes était encore en pyjama, bien que Gammel et les autres fussent habillés. La lumière provenait de deux lampadaires rapprochés de la table. Tous, Gammel compris, regardaient fixement le téléphone au combiné décroché. L'homme en pyjama reporta son regard sur Merrivale, puis sur le téléphone, puis enfin sur Merrivale. Gammel furieux désigna l'appareil.

– Bon Dieu de bon Dieu! Ils connaissent notre numéro!

– Quoi? (La voix accusatrice désarçonna Merrivale.)

– Nous avons fait poser cette ligne hier soir, expliqua Gammel. C'est une ligne privée.

– Je ne comprends pas, dit Merrivale.

Il étudia la physionomie de Gammel dans l'espoir de découvrir une explication à cette curieuse conversation.

– C'était Hellstrom qui nous téléphonait, dit Gammel. Il affirme avoir chez lui l'un de vos hommes... et... connaissez-vous un nommé Eddie Janvert?

– Shorty? C'était Shorty qui commandait l'équipe...

Gammel porta un doigt à ses lèvres pour le faire taire.

Merrivale opina.

– D'après Hellstrom, reprit Gammel, nous aurions intérêt à écouter votre homme; sinon, ils feront sauter cette ville et la moitié de l'Etat d'Oregon.

– Hein?

– Il m'a dit que ce n'était pas un tremblement de terre que nous avons tous ressenti. Que c'était une arme qui, prétend-il, peut fendre la planète en deux. Peut-on se fier à votre Janvert?

Merrivale répondit automatiquement :

– Totalement!

Aussitôt il regretta d'avoir été aussi catégorique. Il avait réagi sans réfléchir à une question mettant en doute le sérieux de l'Agence. Janvert pouvait ne pas être totalement digne de confiance, ou peut-être faudrait-il émettre quelques réserves sur sa loyauté réelle. Mais maintenant c'était trop tard. Sa réponse l'avait coincé, avait limité le champ des réactions possibles.

– Janvert est en ligne et voudrait vous parler, dit Gammel. Il m'a déclaré qu'il a pu vérifier la menace d'Hellstrom et qu'il pouvait m'expliquer pourquoi l'une de nos voitures ne répond plus à la radio.

Merrivale voulut gagner du temps pour évaluer la situation.

– Je croyais que vous m'aviez dit que le téléphone à la ferme était hors d'usage. Appellent-ils de la ferme?

– Apparemment. L'un de mes hommes vient de sortir pour essayer de trouver une piste. Hellstrom a sans doute fait réparer la ligne. Quant aux hommes de notre voiture, Janvert m'a dit qu'ils étaient tout simplement sans connaissance, mais il a refusé de m'expliquer pourquoi. Il a insisté pour vous parler d'abord. Je lui ai répondu que vous dormiez peut-être, mais...

Gammel désigna le téléphone.

Merrivale avala sa salive; il avait la gorge sèche. Faire sauter la moitié de l'Oregon? Des bêtises! Il se dirigea vers le téléphone avec toute l'assurance dont il fut capable, s'empara du combiné, et choisit son meilleur accent britannique.

– Ici, Merrivale.

Gammel s'approcha d'un magnétophone qui tournait derrière l'appareil, brancha un micro et écouta en faisant signe à Merrivale de continuer.

C'est bien le vieux Merrivale, pensa Janvert en entendant la voix. Je serais curieux de savoir pourquoi on l'a envoyé ici.

Clarisse se tenait juste en face de lui. Elle avait toujours peur, mais elle ne sanglotait plus. Il trouva étrange que la nudité de Clarisse ne l'excitât point.

Janvert adressa un signe de tête à Hellstrom qui se tenait à deux pas de lui dans la salle obscure au-dessus de la grange-studio. Le visage d'Hellstrom semblait être d'une pâleur mortelle dans la lumière verte qui provenait de ce que Janvert crut être des écrans de télévision.

– Dites-lui, commanda Hellstrom.

La voix de Merrivale allait être diffusée par haut-parleur dans tout le PC du haut de la grange.

– Bonjour, Joe, commença Janvert en appelant volontairement Merrivale par son prénom pour la première fois. Ici Eddie Janvert. Je suis sûr que vous reconnaissez ma voix, mais je vais vous permettre de m'identifier tout à fait. Je suis celui à qui vous avez donné le numéro et le code pour avoir le président par le service des Transmissions militaires, vous vous rappelez?

S'il se rappelait! Merrivale n'aimait pas du tout la familiarité du ton ni l'emploi de son prénom. Mais c'était Janvert. Aucun doute là-dessus.

– Racontez-moi ce qui se passe, dit Merrivale.

– Si vous ne tenez pas à ce que toute cette planète devienne une gigantesque morgue, vous ferez bien de m'écouter attentivement et de me croire, répondit Janvert.

– Voyons, Shorty, dit Merrivale, qu'est-ce que

c'est que toute cette idiotie dont on m'a parlé et qui consisterait à faire sauter...

– Taisez-vous et écoutez-moi! interrompit sèchement Janvert. Vous entendez? Hellstrom possède une arme à côté de laquelle une bombe atomique ressemble à un pistolet d'enfant. Les types dans la voiture, ces agents du F.B.I. dont s'inquiétait votre copain, eh bien ils ont été étourdis par une petite version manuelle de cette arme, une arme portative qui peut tuer des gens de loin, ou simplement les mettre knock-out. Vous pouvez me croire : je l'ai vue. Maintenant, vous...

– Shorty, interrompit Merrivale à son tour, je pense que ce serait mieux si j'allais là-bas et...

– Oh, vous n'avez qu'à venir, répliqua Janvert. Mais si vous avez le moindre doute, autant vous en débarrasser tout de suite. Et si vous essayer de lancer une nouvelle attaque sur la ferme... Oh, ma foi, si je soupçonnais que vous pourriez faire cela, j'utiliserais ce numéro et ce code que vous m'avez communiqués et j'appellerais le président pour lui donner un entier...

– Allons, Shorty! Notre gouvernement ne va pas...

– Le gouvernement? L'arme d'Hellstrom est en ce moment pointée sur le Capitole. Et son efficacité a déjà été démontrée. Pourquoi ne vérifiez-vous pas cela?

– Vérifier quoi? Ce petit tremblement de terre que nous...

– L'île nouvelle au large des côtes du Japon, cria Janvert. Les gens d'Hellstrom ont une écoute secrète sur le relais de télétype par satellite du Pentagone. Ils sont au courant, et je puis même vous préciser qu'un avis d'onde sismique en mer a déjà été diffusé dans tout le bassin du Pacifique.

– Mais enfin de quoi parlez-vous, Shorty? demanda Merrivale en se penchant sur la table pour s'emparer d'un bloc et d'un crayon. (Il griffonna quelques mots.) Gammel! Vérifiez cela!

Gammel lut la note, acquiesça d'un signe de tête, la tendit à l'un de ses agents en chuchotant une explication.

Janvert continuait à parler. Sa voix était nette et claire comme s'il tentait d'expliquer quelque chose à un enfant désobéissant.

– Je vous ai prié d'écouter attentivement, dit Janvert. La ruche d'Hellstrom n'est qu'une minuscule partie visible d'un gigantesque complexe souterrain. Des galeries s'étendent au diable et elles descendent à plus de quinze cents mètres. Elles sont revêtues d'un béton spécial dont Hellstrom assure qu'il résisterait à une bombe atomique. Je le crois. Cinquante mille personnes vivent dans ces galeries. Croyez-moi... Je vous en prie, croyez-moi!

Merrivale était fasciné par les bobines qui tournaient sur le magnétophone de Gammel. Levant cependant les yeux, il aperçut une lueur d'effroi dans le regard de l'homme du F.B.I.

Si Shorty a raison, pensa Merrivale, ce n'est pas un travail pour nous; c'est un travail pour les militaires. D'une manière ou d'une autre, il fallait croire Shorty. Il était impossible qu'un rapport aussi atterrant fût faux. Merrivale se pencha au-dessus du bloc et écrivit : « Appelez l'armée. »

Gammel hésita, puis il fit signe à un autre de ses hommes de lire la note et d'obéir. L'homme lut les trois mots, lança un coup d'œil interrogateur à Gammel qui confirma son ordre d'un mouvement énergique de la tête et murmura quelques phrases à l'oreille de son collaborateur qui pâlit et s'élança hors de la pièce.

– Tout incroyable que paraît votre histoire, dit Merrivale, je m'en rapporte à vous pour le moment. Cependant, vous devez bien vous douter de ce que je vais être obligé de faire. C'est une situation trop grave pour que je...

– Espèce d'idiot! Si vous attaquez, toute la planète est fichue!

Merrivale sursauta. Ce n'était pas ainsi qu'on s'adressait à un supérieur!

Dans le PC du haut de la grange, Hellstrom s'approcha de Janvert et chuchota :

– Dites-lui que la Ruche désire négocier. Temporisez. Demandez-lui pourquoi il ne s'est pas renseigné auprès du Pentagone au sujet de la nouvelle île. Dites-lui que nous sommes tout à fait prêts à pulvériser une zone de plusieurs centaines de kilomètres carrés autour de Washington s'il a besoin de démonstrations supplémentaires.

Janvert transmit ce message.

– Avez-vous vu cette arme? interrogea Merrivale.

– Oui!

– Décrivez-la.

– Etes-vous tombé sur la tête? Ils ne me laisseront pas vous la décrire. Mais je l'ai vue et j'ai vu aussi sa petite version manuelle.

Le premier agent que Gammel avait fait sortir de la pièce revint et, haletant, parla à l'oreille de son chef. Gammel écrivit sur le bloc : « Pentagone confirme et envoie une force d'assaut. »

– Shorty, reprit Merrivale, croyez-vous vraiment qu'ils pourraient faire cela?

– Je ne vous ai jamais dit autre chose, bon Dieu! N'avez-vous pas encore reçu la vérification du Pentagone?

– Shorty, j'ai horreur de vous dire ceci, mais il me semble que plusieurs bombes atomiques en chaîne sur...

– Imbécile! Allez-vous cesser d'émettre des suggestions pareilles?

Merrivale regarda d'un œil courroucé le socle du téléphone.

– Shorty, je dois vous prier de modérer vos expressions et vos passions. Cette... cette *ruche*, comme vous l'appelez, a l'air de ressembler beaucoup au type même de subversion que nous devons...

– Je vais téléphoner au président! vociféra Janvert. Vous savez que je peux l'appeler. Vous m'avez donné vous-même les numéro et code spéciaux du service des Transmissions militaires. Il aura une réaction, lui. Vous et votre Agence pourront aller directement dans la...

– Shorty!

Merrivale était affreusement vexé, mais la peur l'assaillit. Cette affaire commençait à le dépasser. Les avertissements fantastiques de Janvert pouvaient contenir un fond de vérité – les militaires le découvriraient assez vite – mais un coup de téléphone au président aurait d'immenses répercussions. Des têtes tomberaient. Oh oui, elles tomberairent!

– Calmez-vous, Shorty, dit Merrivale, et écoutez-moi à présent. Quelle assurance ai-je que vous me dites la vérité? Vous décrivez une situation assez terrible que j'ai énormément de mal à croire. S'il existe la moindre des choses qui ressemble, même de loin, à ce que vous venez de me décrire, alors il faudra avoir recours à une solution militaire et je n'ai pas d'autre ressource que de...

– Bougre d'idiot! cria Janvert. Vous n'avez donc rien compris à ce que je vous ai dit et répété? Il n'y aura plus un *monde* sur lequel votre foutue solution militaire pourra intervenir si vous faites à présent le plus petit faux pas! Il n'y aura plus rien! Plus rien! Ces gens-là peuvent fendre la planète en deux, ou réduire en poussière n'importe quel pays de leur choix. Vous ne pourriez pas arriver jusqu'à eux à temps pour l'empêcher. C'est la planète qui est en jeu! Toute la planète, me comprenez-vous?

Gammel saisit le bras de Merrivale et le secoua pour réclamer quelques secondes d'attention. Merrivale le regarda.

Sur une feuille il avait écrit : « Entendez-vous avec lui. Demandez une visite personnelle d'inspection. Tant que nous ne sommes pas sûrs, nous ne pouvons pas prendre de risques. »

Merrivale se mordit les lèvres. M'entendre avec lui? C'était pure folie. Faire sauter le monde, sans blague! Il dit :

– Shorty, je suis sûr que mes doutes personnels sérieux sur tout cela...

Brusquement, Gammel retira ses écouteurs, empoigna le téléphone de Merrivale qu'il poussa de côté, et fit signe à deux de ses hommes de maintenir Merrivale.

– Janvert, dit Gammel, ici Waverly Gammel. Je vous ai parlé il y a quelques minutes lorsque vous avez téléphoné. Je suis agent principal au F.B.I. J'ai écouté votre conversation et, moi, je suis prêt à me mettre d'accord...

– Ils ne font que gagner du temps! cria Merrivale en se débattant. Ils bluffent, espèce d'idiot! Ils ne peuvent pas...

Gammel posa une main sur le récepteur et commanda à ses hommes :

– Emmenez-le dehors et fermez la porte! (Il reprit sa conversation avec Janvert en expliquant :) C'était Merrivale. Je l'ai éloigné de force. Etant donné les circonstances, je le soupçonne d'être complètement timbré. Je vais me rendre à cette... cette ruche moi-même et je regarderai tout ce que vous pourrez me montrer pour établir le bien-fondé de cette mystérieuse histoire. Je demanderai que toute action de ce côté-ci soit ajournée jusqu'à ce que je sois revenu pour faire mon rapport, mais je fixerai une heure limite pour mon retour. Comprenez-vous tout cela, Janvert!

– Vous avez l'air beaucoup plus intelligent que la moyenne, Gammel, répondit Janvert. J'en rends grâce à Dieu. Une minute, s'il vous plaît.

Hellstrom parla à voix basse à Janvert.

– Hellstrom vient de me dire, reprit Janvert, que vous pouvez venir ici à ces conditions-là et que vous serez autorisé à repartir pour faire votre rapport. A mon avis, vous pouvez lui faire confiance.

– Cela me suffit, déclara Gammel. Dites-moi exactement à quel endroit de la ferme je dois me présenter.

– A la grange, répondit Janvert. C'est là où tout commence.

Lorsque Janvert raccrocha le combiné, Hellstrom s'éloigna en se demandant pourquoi il ne se sentait plus fatigué. La Ruche allait obtenir le sursis dont elle avait besoin. Cela semblait évident. Il y avait chez les sauvages de l'Extérieur quelques hommes avec lesquels il serait possible de raisonner : ce Janvert et l'agent du F.B.I. au téléphone, par exemple. Des gens pareils comprendraient les implications du nouveau *dard* de la Ruche. Ils admettraient la nécessité du changement. Les choses allaient changer aussi dans ce monde. Hellstrom savait quelle serait sa propre ligne de conduite. Il négocierait avec le gouvernement de l'Extérieur pour obtenir des conditions selon lesquelles la Ruche continuerait son existence mimétrique à l'abri des regards des masses sauvages. Le secret ne pourrait pas être gardé indéfiniment, bien sûr. La Ruche même veillerait à cela. L'essaimage commencerait avant peu, et l'Extérieur ne pourrait rien tenter pour l'empêcher. Dans la suite, les essaimages se succéderaient, les sauvages seraient assimilés et repoussés vers des parties de plus en plus petites de la planète qu'ils partageaient aujourd'hui avec les humains de demain.

Extrait du rapport de Joseph Merrivale au conseil de l'Agence. Ainsi que vous ne l'ignorez pas, nous sommes effectivement tenus à l'écart de toute nouvelle participation active dans cette affaire – décision dont nous reconnaissons tous le manque de clairvoyance. Nous sommes consultés de temps à autre sur le problème, cependant, et je peux vous donner une certaine idée de la façon dont les choses évoluent à Washington.

La conjecture que je hasarde personnellement pour l'heure est que Hellstrom sera autorisé à continuer son culte immonde, du moins pendant quelque temps, et peut-être même lui sera-t-il permis de poursuivre le tournage de ses films subversifs.

Le débat officiel tourne autour des deux opinions contradictoires suivantes :

1) Les anéantir et au diable les conséquences. C'est un point de vue minoritaire que je partage, mais qui compte de moins en moins de partisans.

2) Gagner du temps en négociant un accord secret avec Hellstrom, donc en dissimulant l'existence de la Ruche aux yeux du public, et monter simultanément un programme massif de recherche dont le but serait la destruction de ce que l'on commence à appeler dans les sphères officielles l'« horreur d'Hellstrom ».

SCIENCE-FICTION et FANTASTIQUE

Dans cette série, Jacques Sadoul édite ou réédite les meilleurs auteurs du genre :

ASIMOV Isaac
404*** Les cavernes d'acier
453*** Les robots
468** Face aux feux du soleil
484** Tyrann
542** Un défilé de robots
552** Cailloux dans le ciel
870*** La voie martienne

BLISH James
752** Semailles humaines

BOVA Ben
1028*** Colonie - 1
1029*** Colonie - 2

BRACKETT Leigh
734* Le secret de Sinharat
735* Le peuple du talisman

BROWN Fredric
767** Paradoxe perdu

BRUNNER John
848** Le long labeur du temps
1058** La planète Folie
1104**** Tous à Zanzibar - 1
1105**** Tous à Zanzibar - 2

CLARKE Arthur C.
349** 2001 - L'odyssée de l'espace
799*** Les enfants d'Icare
904*** Terre, planète impériale
966*** L'étoile
1047*** Rendez-vous avec Rama

CURVAL Philippe
595** Le ressac de l'espace
1020*** L'homme à rebours

DELANY Samuel
760*** Nova
1127*** Babel 17

DEMUTH Michel
693*** Les Galaxiales - 1
996*** Les Galaxiales - 2

DICK Philip K.
547* Loterie solaire
563** Dr Bloodmoney
567*** Le maître du Haut Château
613** A rebrousse-temps
633** Ubik
774** Au bout du labyrinthe
879*** Les clans de la lune alphane
910*** La vérité avant-dernière

DICK Philip K. et NELSON Ray
1067** Les machines à illusions

ELLISON Harlan
626*** Dangereuses visions - 1
627*** Dangereuses visions - 2

FARMER Philip José
537** Les amants étrangers
581* L'univers à l'envers
621** Ose
712** Des rapports étranges
885** La nuit de la lumière

FOSTER Alan Dean
1115*** Alien

HAMILTON Edmond
432** Les rois des étoiles

HARRISON Harry
741*** Prométhée en orbite
911** Le monde de la mort

HEINLEIN Robert
510** Une porte sur l'été

HENDERSON Zenna
1092**** Chronique du Peuple

HERBERT Frank
1139**** La ruche d'Hellstrom

HIGON Albert
761** Le jour des Voies

KAST Pierre
924*** Les vampires de l'Alfama

KEYES Daniel
427** Des fleurs pour Algernon

KING Stephen
835*** Carrie

KING Vincent
664** Candy Man

KLEIN Gérard
628** Les seigneurs de la guerre
935*** La loi du talion

KLOTZ et GOURMELIN
967*** Les innommables

LARSON et THURSTON
1083*** Galactica

LEIBER Fritz
694** A l'aube des ténèbres

LEVIN Ira
342** Un bébé pour Rosemary
434*** Un bonheur insoutenable

LOVECRAFT H.P.
410* L'affaire Charles Dexter Ward
459**** Dagon

LOVECRAFT et DERLETH
821** L'ombre venue de l'espace

MATHESON Richard
612*** La maison des damnés

MERRITT Abraham
557** Les habitants du mirage
574** La nef d'Ishtar
618*** Le gouffre de la lune
886*** Le visage dans l'abîme

MOORE Catherine L.
415*** Shambleau
700** La nuit du jugement

NOLAN William F.
1019** Retour à l'âge de cristal

OLIVER Chad
1116** Les vents du temps

OTTUM Bob
568** Pardon, vous n'avez pas vu ma planète?

PADGETT Lewis
689* L'échiquier fabuleux

PELOT Pierre
728** Les barreaux de l'Éden
773*** Delirium Circus
1048*** Parabellum tango
1140*** Kid Jésus

PRIEST Christopher
688*** La machine à explorer l'espace
725*** Le monde inverti
989*** Futur intérieur

RODDENBERRY Gene
1071** Star Trek

RUELLAN André
1006** Tunnel

SADOUL Jacques
Les meilleurs récits de :
532** « Astounding Stories » - 1
663** « Wonder Stories »
713** « Unknown »
731** « Famous Fantastic Mysteries »
784** « Startling Stories »
822** « Thrilling Wonder Stories »
880** « Fantastic Adventures »
923** « Weird Tales » - 3
988** « Astounding Science-Fiction » - 2

SILVERBERG Robert
585** Les ailes de la nuit
800** Un jeu cruel
997*** Les monades urbaines
1068*** Trips

SIMAK Clifford D.
373** Demain les chiens
500** Dans le torrent des siècles
609** Le pêcheur
847** Au carrefour des étoiles
903*** Une chasse dangereuse
956*** Mastodonia
1005*** Escarmouche

SPIELBERG Steven
947** Rencontres du troisième type

STEINER Kurt
657* Le disque rayé
779* Les océans du ciel

STURGEON Theodore
355** Les plus qu'humains
369** Cristal qui songe
829*** Les talents de Xanadu

TOLKIEN J.R.R.
486*** Bilbo le hobbit
1037*** Le Silmarillion - 1
1038*** Le Silmarillion - 2

VANCE Jack
707** Cugel l'astucieux
Cycle de Tschaï :
721** 1. Le Chasch
722** 2. Le Wankh
723** 3. Le Dirdir
724** 4. Le Pnume
836** Un monde magique

VAN VOGT A.E.
362** Le monde des Ã
381** A la poursuite des Slans
392** La faune de l'espace
397** Les joueurs du Ã
418** L'empire de l'atome
419** Le sorcier de Linn
463** Le livre de Ptath
475** La guerre contre le Rull
496*** Destination Univers
515** Ténèbres sur Diamondia
588** Des lendemains qui scintillent
659** L'homme multiplié
813*** Invasion galactique
934** L'horloge temporelle
975*** Rencontre cosmique
1057** L'été indien d'une paire de lunettes
1082** Les monstres

WALTHER Daniel
976** L'Epouvante

ZELAZNY Roger
1126*** Une rose pour l'Ecclésiaste

La série d'anthologie présentant les aspects les plus fascinants de la S F moderne

629* UNIVERS 03
650* UNIVERS 04
695* UNIVERS 06
714* UNIVERS 07
732* UNIVERS 08
754* UNIVERS 09
769* UNIVERS 10
786* UNIVERS 11
815* UNIVERS 12
837* UNIVERS 13
857* UNIVERS 14
887* UNIVERS 15
925* UNIVERS 16
958* UNIVERS 17
977* UNIVERS 18
1007* UNIVERS 19
1093*** Univers 1980

L'AVENTURE MYSTÉRIEUSE

BARBARIN Georges
A. 216* Le secret de la grande pyramide
A. 229* L'énigme du Grand Sphinx

BELLINE
A. 342** La troisième oreille
A. 345** Histoires extraordinaires d'un voyant
A. 356*** Un voyant à la recherche du temps futur

BERGIER Jacques
A. 250* Les extra-terrestres dans l'Histoire
A. 351** Visa pour une autre Terre
A. 361** La guerre secrète de l'occulte

BERGIER J. et GALLET G. H.
A. 374*** Le livre du mystère

BERLITZ Charles
A. 363** Le mystère de l'Atlantide

BERNSTEIN Morey
A. 212** A la recherche de Bridey Murphy

BIRAUD Fr. et RIBES J.-C.
A. 281** Le dossier des civilisations extra-terrestres

BROWN Rosemary
A. 293* En communication avec l'au-delà

CARMI Gabrielle
A. 347** Le temps hors du temps

CAYCE Edgar
A. 300* Visions de l'Atlantide

CHARPENTIER Louis
A. 325** Les géants et le mystère des origines
A. 364** Les mystères templiers
A. 367** Les Jacques et le mystère de Compostelle

CHARROUX Robert
A. 190** Trésors du monde
A. 372**** Histoire inconnue des hommes depuis cent mille ans
A. 378**** Le livre des secrets trahis
A. 382**** Le livre des maîtres du monde

CHEVALLEY Abel
A. 200* La bête du Gévaudan

CHURCHWARD James
A. 223** Mu, le continent perdu
A. 241** L'univers secret de Mu

DÄNIKEN Erich von
A. 322** Vers un retour aux étoiles
A. 365*** L'or des dieux
A. 377*** Le livre des apparitions

DEMAIX Georges
A. 262** Les esclaves du diable

EDWARDS Frank
A. 355*** Du nouveau sur les soucoupes volantes

FLAMMARION Camille
A. 247*** Les maisons hantées
A. 310*** La mort et son mystère
A. 311** Après la mort

GRANGER Michel
A. 349*** Terriens ou extra-terrestres?

HEMMERT D. et ROUDENE A.
A. 339** L'univers des fantômes

HYNEK J. Allen
A. 327**** Les O.V.N.I., mythe ou réalité?

IVERSON Jeffrey
A. 360*** Vivons-nous plus d'une vie?

KOWAKS Franz
A. 383*** Le dossier secret de l'île de Pâques

LE POER TRENCH Brinsley
A. 321** Les géants venus du ciel

LISSNER Ivar
A. 319** Civilisations mystérieuses

MANNING Matthew
A. 341** D'où me viennent ces pouvoirs?

MILLARD Joseph
A. 232** L'homme du mystère, Edgar Cayce

MOODY Dr Raymond
A. 379** La vie après la vie

NEUVILLE Pierre
A. 301** Ces autres vies que vous avez pourtant vécues

OSSENDOWSKI Ferdinand
A. 202** Bêtes, hommes et dieux

PERRIN R. Jack
A. 362**** Le mystère des O.V.N.I.

PIKE James A.
A. 285*** Dialogue avec l'au-delà

PLANSON Claude
A. 323*** Vaudou, un initié parle

PLAYFAIR Guy Lyon
A. 373**** La vie sans frontières

RAMPA T. Lobsang
A. 11** Le troisième œil
A. 210** Histoire de Rampa
A. 226** La caverne des anciens
A. 256** Les secrets de l'aura
A. 277** La robe de sagesse
A. 298* Les clés du nirvâna
A. 326** Crépuscule
A. 357* C'était ainsi
A. 366** Je crois
A. 375** Les trois vies

RANDALL Neville
A. 359*** La mort ouvre sur la vie

ROBINSON Lytle W.
A. 305*** Edgar Cayce et le destin de l'homme

ROULET Alfred
A. 320* A la recherche des extra-terrestres

SADOUL Jacques
A. 258*** Le trésor des alchimistes

SANTESSON Hans Stephan
A. 332** Le dossier Mu

SAURAT Denis
A. 187* L'Atlantide et le règne des géants

SEDE Gérard de
A. 185** Les Templiers sont parmi nous
A. 303* La race fabuleuse
A. 316*** Le secret des Cathares
A. 343** L'étrange univers des prophètes
A. 358* La Rose-Croix

SENDY Jean
A. 371*** Ces dieux qui firent le ciel et la terre
A. 376*** L'ère du Verseau
A. 381*** Les temps messianiques

SOTTO Alain et OBERTO Varinia
A. 368** Au delà de la mort

TALAMONTI Leo
A. 317*** Univers interdit

TARADE Guy
A. 214** Soucoupes volantes et civilisations d'outre-espace

VALLÉE Jacques
A. 308** Chroniques des apparitions extra-terrestres

VANDENBERG Philipp
A. 336*** La malédiction des pharaons

WAMBACH Helen
A. 380** La vie avant la vie

WATSON Lyall
A. 354**** Histoire naturelle du surnaturel
A. 369*** Histoire naturelle de la vie éternelle

WEBB Dominique
A. 348** L'hypnose et les phénomènes psi

WILSON Colin
L'occulte :
A. 330*** 1 - Histoire de la magie
A. 331*** 2 - Les pouvoirs latents de l'homme

WINER Richard
A. 370** Le nouveau dossier du Triangle des Bermudes

Editions J'ai Lu, 31, rue de Tournon, 75006 Paris

diffusion
France et étranger : Flammarion, Paris
Suisse : Office du Livre, Fribourg
Canada : Flammarion Ltée, Montréal

Achevé d'imprimer sur les presses de l'imprimerie Brodard et Taupin
7, Bd Romain-Rolland, Montrouge. Usine de La Flèche,
le 15 décembre 1980
6688-5 Dépôt Légal 4e trimestre 1980. ISBN : 2 - 277 - 21139 - 7
Imprimé en France